Von Andrea Bramhall außerdem lieferbar

Ein Fall für Kate Brannon:

Die Tote im Marschland
Das Skelett im Bunker

Aus dem Englischen
von Anne Sommerfeld

ANDREA BRAMHALL

Widmung

»Um zu sehen, was andere nicht sehen können …
muss man den Berg erklimmen.«

– Ron Akers

Wie auf dem Berg … so im Leben. Nicht alle Berge bestehen aus Stein.

Wir alle haben unseren eigenen Everest, meine Freunde, also besteigt euren und dann entspannt euch und genießt die Aussicht.

Danksagung

Louise – danke, dass du es mit mir aushältst. Selbst dann, wenn ich eigentlich mit dir reden sollte und stattdessen tausende Meilen entfernt bin und eine Steinwand in Patagonien besteige.

Für diejenigen, die dieses Buch in die Hand nehmen: Ich hoffe wirklich, dass euch das Lesen des Buches so viel Spaß machen wird, wie mir das Schreiben. Es war ein wundervolles Abenteuer!

Prolog

Jayden Harris stellte den Kragen ihrer Fleecejacke auf, rieb ihre Hände aneinander und schlüpfte in das riesige Speisezelt, in dem problemlos hundert Menschen gleichzeitig Platz fanden. Ein Kaffee und ein kleines Mittagessen hörten sich nach einem guten Plan an. Anschließend würde sie sich noch etwas Schlaf gönnen, bevor sie alle Vorbereitungen für ihre Gruppe treffen musste. Um Mitternacht wollten sie das Basislager des Everest verlassen, um die Gipfelbesteigung in Angriff zu nehmen.

Sie warf einen Blick auf ihre Uhr. 11:35 Uhr. Okay, vielleicht war es ein wenig früh fürs Mittagessen. Aber sie musste unwillkürlich lächeln, als sie das Datum auf ihrem Chronografen sah: 25. April 2015. Drei Jahre. Mensch, die Zeit war so schnell vergangen.

Eine Windböe, die durch die geöffnete Tür wehte, zerrte an ihren Haaren. Hastig griff sie nach den langen, dunkelblonden Locken, die ihr ums Gesicht wehten, und band sie in ihrem Nacken zusammen.

»Hey«, rief eine vertraute Stimme.

Jayden drehte sich um und lächelte, als Rebecca hinter sie in die Schlange trat.

Rebecca erwiderte das Lächeln nicht.

»Was ist los?«, fragte Jayden.

»Die Nervensäge Pete will rausgehen und seine Selbstrettungs-Fähigkeiten noch mal üben.«

»Das ist keine schlechte Sache, Babe.« Sie unterdrückte ein frustriertes Stöhnen. So viel zu einem entspannten Nachmittag. Aber auf dem Berg stand Sicherheit immer an erster Stelle. Ein nervöser Kletterer war ein gefährlicher Kletterer. Wenn ein zusätzlicher Nachmittag zum Üben Pete beruhigte, könnte es später mehr als nur sein eigenes Leben retten.

»Ja, ich weiß«, antwortete Rebecca schwer seufzend. »Ich wollte nur den Rest des Tages mit dir verbringen, das ist alles.«

Jaydens Lächeln wurde breiter. »Ich weiß, was du meinst. Aber wir können unseren Jahrestag immer noch feiern, wenn wir zurückkommen.«

Dieses Mal lächelte Rebecca, als sie sich auf die Zehenspitzen stellte, um die fünfzehn Zentimeter Größenunterschied zu überwinden und Jaydens Wange zu küssen. Ihre Augen funkelten verführerisch, als sie zurücktrat und flüsterte: »Ich nehme dich beim Wort.« Dann drückte sie ihre Lippen fest auf Jaydens.

Als sich Rebecca zurückzog, nahm sie Jayden die Kaffeetasse aus den Händen, trank einen großen Schluck und reichte sie ihr zurück. »Danke.« Seufzend fuhr sie sich mit den Fingern durch ihre Haare. »Du bleibst hier und trinkst deinen Kaffee aus. Ich nehme Pete dieses Mal mit raus.«

Jayden schüttelte unwillig den Kopf, denn sie wollte sich nicht um ihre Verantwortung drücken. Sie war die Gruppenleiterin und Firmenchefin; es war ihre Pflicht, die Sicherheit der Kunden zu gewährleisten, nicht Rebeccas. Egal, wie fähig und erfahren sie war, am Ende hatte immer Jayden den schwarzen Peter und das wusste sie. »Danke, aber das sollte wirklich ich tun.«

Rebecca runzelte die Stirn. »Hör zu, ich will nicht mit dir streiten, *Babe*.« Sie spuckte den Kosenamen wie eine Beleidigung aus. »Nicht heute. Aber es macht mich wirklich sauer, wenn du das machst.«

»Wenn ich was mache?«

»Wenn du mich behandelst, als wäre ich eine Anfängerin auf dem Berg. Ich weiß, was ich tue, das ist dir klar, oder?«

Jayden hob flehend die Hand. »Das weiß ich. Ich verspreche dir, das will ich damit nicht sagen. Es ist nur so, dass –«

»Ja, ich weiß. Nur die große Jayden Harris kann jemandem auch nur das Geringste über das Überleben in den Bergen beibringen.« Sie drehte sich um, um das Zelt zu verlassen, aber Jayden umfasste ihren Arm, bevor sie auch nur zwei Schritte gehen konnte.

»Das ist nicht fair, Becks. Ich trage die Verantwortung für sie.«

»Was ist mit deiner Verantwortung mir gegenüber? Zähle ich nicht? Ich bin deine Freundin, deine Partnerin … dachte ich. Und trotzdem behandelst du mich weiter wie einen der anderen Lakaien.«

»Das stimmt nicht.«

»Eigentlich doch, das stimmt sehr wohl.«

Jayden schüttelte den Kopf. So viel dazu, heute nicht streiten zu wollen. Sie wollte das nicht schon wieder durchkauen. Jayden wusste, dass Pete ein fähiger Kletterer war, der die nötige Technik in seinem Muskelgedächtnis trug. Die Unsicherheiten kamen ausschließlich von seinem Kopf. Und Rebecca war eine gute, starke Kletterin und eine kompetente Lehrerin. Auch wenn die sie umgebende Natur unberechenbar sein konnte, malte Jayden wahrscheinlich Schatten an die Wand.

Hatte Rebecca recht? Behandelte sie sie wie eine Untergebene und nicht wie ihre gleichberechtigte Partnerin? Sie würde nicht so darauf bestehen, wenn Fen statt Rebecca an ihrer Seite wäre, oder? Waren die wachsenden Probleme in ihrer Beziehung am Ende doch ihre Schuld?

»Schön. Ich mache heute Nachmittag ein Nickerchen, während du ihn aufs Eis mitnimmst.«

Rebeccas finsterer Blick ebbte ab und mit einem triumphierenden Glitzern in den Augen legte sie ihre Arme um Jaydens Taille und zog sie an sich. »Danke.«

Ein Schauer rann über Jaydens Rücken und die Härchen in ihrem Nacken richteten sich auf. Sie verzog das Gesicht und versuchte herauszufinden, von woher es zog, indem sie sich umdrehte und nach einer offenen Zeltklappe suchte. Aber da war nichts. Sie schüttelte den Kopf und rieb sich mit der Hand über den Nacken.

»Becks?«

»Ja, Babe?«

»Pass auf da draußen.«

Rebecca rümpfte erneut die Nase, ihre braunen Augen funkelten im gedämpften Licht des Speisezelts und ihre Lippen verzogen sich zu dem frechen, halb übermütigen und halb sexy Grinsen, das Jayden so sehr liebte. »Das tue ich immer, Jay. Immer.«

Jayden sah ihr nach und konnte das Gefühl noch immer nicht abschütteln, dass irgendetwas nicht stimmte. Sie fühlte sich ruhelos und unbehaglich. Der Frieden, den sie selbst auf den belebtesten Gipfeln in den Bergen verspürte, fehlte. Sie nippte an ihrem Kaffee und setzte sich an einen Tisch, entschlossen, ihre Unruhe zu vergessen und sich stattdessen auf die Herausforderung zu konzentrieren, die vor ihnen lag: eine Gruppe von Neulingen zum Gipfel des Everests zu führen.

Ihre Route war gut geplant; sie hatten Leitern zusammengezurrt, um Brücken über die tödlichen Gletscherspalten zu bauen, und Seile in das Gestein und Eis geschraubt, um ihnen etwas Schutz zu geben, wenn sie die freiliegenden Berghänge erklimmen mussten. In Lager eins und zwei warteten Vorräte und Sauerstoff auf sie, damit sie die Höhenkrankheit nicht heimsuchte – Lungenödeme konnten verheerende Folgen haben. Es war kein angenehmer Tod, an den eigenen Körperflüssigkeiten zu ersticken, während man versuchte, zu atmen. Aber es war definitiv die verbreitetste

Todesart auf dem Berg. Ja, es war riskant. Das machte es aufregend. Es brachte das Blut zum Kochen. Und sie waren bereit dafür. Sie war bereit.

Nichtsdestotrotz konnte sie nicht still sitzen. Sie trank den Rest ihres Kaffees und trat dann nach draußen. Kleine, gelbe Kuppelzelte zogen sich reihenweise an einer Seite des Lagerplatzes entlang. In der anderen Richtung waren rote Zelte zu sehen und zerstreute, bunte Zelte sprenkelten den Rest des Basiscamps. Jede Farbe stellte eine andere Trekking-Firma dar. Die blauen Zelte ihrer eigenen Firma, *Adventure Trekkers*, waren fast in der Mitte des Lagerplatzes aufgebaut. Ein guter, sicherer Ort in einem sicheren Lager. Bei einer Tour zum Everest konnte nicht viel als sicher bezeichnet werden, aber das Basislager war es.

Waren ihr Unbehagen und ihre Nervosität dem Zustand ihrer Beziehung zuzuschreiben? Sie runzelte die Stirn. *Ich werde mich noch mal bei ihr entschuldigen. Vielleicht können wir einen Weg finden, uns etwas Zeit zu nehmen, an einen romantischen Ort zu fahren und die Dinge wieder geradezubiegen.* Erneut warf sie einen Blick auf ihre Uhr, um herauszufinden, ob sie noch Zeit hatte, Rebecca abzufangen, bevor sie mit Pete aufbrach. Es war bereits 11:50 Uhr. Wahrscheinlich zu spät, aber sie sah trotzdem in ihrem Zelt nach. Es war leer. *Verdammt.*

Die roten, gelben und blauen Dreiecke der Wimpel um das Lager herum flatterten in der Brise, als sie sich entschied, wie sie ihre ruhelose Energie nutzen würde. Zwei Minuten später stand sie im Krankenzelt, um die Erste-Hilfe-Kästen und medizinischen Vorräte einzusammeln, was ihr später den Weg dorthin ersparen würde.

»Hey, Jay«, sagte Jost Clabben, als sie eintrat.

»Hey, Doc. Wie läuft's?«

»Es ist ein ruhiger Tag.« Er zuckte mit den Schultern. »Viele sind bereits zu den höher gelegenen Camps aufgebrochen.«

»Hab ich gesehen. Wie viele waren es – hundertzehn in Camp eins heute Abend und siebzig in Camp zwei?«

»Ja. Verrückt. Dieser Berg wird mit jedem Jahr belebter. Weißt du, ich bin für ein ruhigeres Lebens hier rausgekommen.« Er lachte und schlug ihr auf die Schulter.

»Verstehe ich, Doc. Ich bin selbst nicht so ein Menschenfreund.«

»Ihr Kletterer seid das nie. Deswegen seid ihr verrückt genug, um all diese Gipfel zu jagen.«

Sie lachte leise. »Wahre Worte.«

»Also, was kann ich heute für dich tun?«

»Erste-Hilfe-Kästen und grundlegende medizinische Vorräte, bitte. Wir brechen heute Nacht auf.«

»Ah, natürlich. Ich werde nur … was zur Hölle …?«

Der Boden unter ihren Füßen bebte. Nein, es war mehr als das. Es fühlte sich eher an, als würde er schwanken und sich von einer Seite zur anderen wiegen, wie ein Boot auf einer Welle. Erst eine, dann eine zweite. Und das Heben und Senken wurde stärker, während die Augenblicke ineinander verschwammen.

»Erdbeben!«, rief Jayden. Der Doktor riss die Augen auf und sie rannten gemeinsam auf die Zeltklappe zu. Der graue Himmel über ihnen schien zu zittern. Dann erkannte Jay, dass es nicht der Himmel war, der sich bewegte. Der Boden unter ihr bebte so heftig, dass sie Mühe hatte, auf den Beinen zu bleiben. Halt suchend griff sie nach der Schulter des Doktors. Auch er stolperte unter dem Ruckeln und drängte sich im Zelteingang an sie. Nur ein wenig. Gerade genug, um es zu sehen. Sie tippte ihm auf die Schulter und streckte den Finger aus, weil sie nicht sprechen konnte.

Ein weißer Vorhang rollte den Berghang hinunter. Der schlimmste Albtraum eines jeden, der sich in den Bergen aufhielt.

»Lawine!«, schrie sie in das laute Poltern, das die Luft zerriss.

Eis und Schnee und Gestein rasten mit einer Geschwindigkeit und Grausamkeit auf sie zu, die sie sich nie hätte vorstellen können. Das Basislager war einige Tagesmärsche vom Gipfel entfernt, Tagesmärsche von mörderischem Wandern, Klettern und Leiden – und damit sicher zu weit weg, als dass die wütende Flut aus Eis sie erreichen konnte, richtig? Aber was war mit denen, die bereits auf dem Weg zu den anderen Camps waren? Und Rebecca?

»Oh Gott, Rebecca.« Sie wusste nicht, ob sie die Worte schrie oder flüsterte. Sie konnte sie nicht hören, weil das Grollen immer lauter wurde und den Horizont zerriss, als wäre es aus den Tiefen der Erde herausgebrochen und direkt in den Himmel geschossen. »Sie sollte nicht da draußen sein. Ich hätte es sein müssen. Oh Gott, bitte.«

Der Doktor zog an ihrer Hand. Sein Mund öffnete sich und seine Lippen formten Worte, die sie nicht hören konnte.

Sie schüttelte den Kopf. »Ich hätte niemals nachgeben dürfen.« Sie riss ihren Blick von Jost los und sah nach oben in das Grau. Sie hatte nie an Gott oder den Himmel geglaubt. Es war egal. Sie würde mit Freude ihre Seele verkaufen, um jetzt mit Rebecca die Plätze zu tauschen. »Bitte, lass es ihr gut gehen.« Aber selbst während sie flehte, wusste sie, dass die Chancen gegen sie standen. Es wäre wirklich ein Wunder. Die Mauer aus Eis, die auf sie zuraste, würde heute auf dem Berg Leben einfordern.

In schweigendem Entsetzen starrten sie auf den Berg, während das Brüllen der Hölle lauter wurde. Es wurde schrecklich deutlich, dass das Basislager nicht weit genug weg sein würde. Bei Weitem nicht. Eine riesige Welle aus Schnee und Gestein rollte auf sie zu. Steine, die schwer genug waren, um Knochen zu zerbrechen, würden zu Raketen werden und mit der Geschwindigkeit von Gewehrkugeln auf sie herabfallen.

Sie mussten einen Unterschlupf finden, der sie vor der kommenden Lawine schützte. Zelttuch bot nur wenig Schutz … aber es war das Beste, was sie hatten. Ansonsten würden sie sich allein auf das Glück verlassen müssen, während die Chancen aufs Überleben eins zu einer Milliarde standen.

Wenn sie nicht lebendig begraben wurden und erfroren.

Also tat Jayden das Einzige, was ihr einfiel: Sie schob Jost vor sich her, schubste ihn zurück ins Krankenzelt hinter ihnen und unter eines der Feldbetten, die so weit wie möglich von der Tür entfernt war. Das Eis war ihnen direkt auf den Fersen.

Sie versuchte verzweifelt, nicht an Rebecca zu denken, die da draußen und zu weit weg war, um etwas zu finden, das ihr auch nur den geringsten Schutz bieten konnte. »Ich hätte sie niemals gehen lassen dürfen«, flüsterte sie.

Das Zelt bebte unter der Gewalt der Lawine, die gegen den Stoff krachte und ihn unter ihrem Druck zerriss. Die Wand, die der Tür am nächsten war, gab unter der Flut nach; Zeltstangen wurden zerdrückt, Feldbetten zerbrochen und die beiden Krankenschwestern und der Arzt, die darunter Schutz gesucht hatten, wurden lebendig begraben. Jayden schoss nach vorn, wurde jedoch von Jost aufgehalten.

»Warte!«, schrie er in den donnernden Lärm, der sie umgab.

Dann war der Lärm ganz plötzlich verschwunden.

Eine unheimliche Stille erfüllte das halb zerstörte Zelt, als sich die letzten Trümmer legten. Langsam wackelte Jayden mit den Fingern, krümmte ihre Zehen und Knöchel und richtete sich auf. Ihre Augen nahmen alles auf, aber ihr Kopf konnte nicht verarbeiten, was sie sah. Sie konnte nicht begreifen, dass Krankenschwestern und Ärzte – Menschen, die sie kannte – direkt vor ihr unter Eis und Schnee begraben waren.

Ein Wimmern ließ alles auf sie einströmen.

Jayden drückte Josts Hand von ihrer Schulter weg und rannte zu dem Schneehügel. Sie achtete sorgfältig darauf, an seinem Rand zu stehen, damit sie nicht auf irgendjemanden trat und noch mehr Schaden anrichtete. Sie begann an einer Seite, sich durchzugraben. Jayden war entschlossen, diejenigen zu befreien, die darin begraben waren. Vielleicht hatten sie eine Chance zu überleben, wenn sie sie aus ihrem gefrorenen Grab befreien konnte.

Sie drückte gegen die Steine, die zu schwer waren, um sie anzuheben, und nickte Jost dankbar zu, als er ihr zu Hilfe kam. Sie kratzte über Schnee und scharfe Eisstücke. Schließlich erreichte sie eine Hand, ausgestreckt und mit einem Handschuh bekleidet. Der Gurt eines Eispickels war um das Handgelenk geschlungen. Sie konnte sich nicht erinnern, dass sich jemand in Kletter-Montur im Inneren des Zeltes befunden hatte, als es zusammengebrochen war. Die einzige Erklärung, die ihr Gehirn finden konnte, war, dass jemand von der Lawine mit ins Camp gerissen worden war.

Sie arbeitete schnell und befreite die Person, bis sie sie aus dem Loch ziehen und umdrehen konnte. Dann schrie sie.

»Nein!«

Rebeccas Kopf lag in einem abscheulichen Winkel. Ihre Kehle war von einem gezackten Schnitt fast zur Hälfte durchtrennt worden. Blut tropfte von dem Eispickel an ihrem Handgelenk. Die braunen Augen, die vor weniger als einer halben Stunde über ihre Sorge gelacht hatten, waren nun geöffnet und starrten zu ihr herauf, ohne etwas zu sehen. Sie würden nie wieder irgendetwas sehen.

Kapitel 1

Rhian Phillips drehte ihren Kugelschreiber auf dem Schreibtisch, während sie darauf wartete, dass ihre Kollegen eintrafen und ihre Plätze einnahmen. Ihre Chefin, Rachel Webster, würde auf die Minute genau zum Meeting erscheinen. Das tat sie immer. Und wie immer hatte Rhian versucht, fünf Minuten früher da zu sein. Nicht, dass es ihr bei der einschüchternden Frau irgendwelche Pluspunkte eingebrachte. Aber schaden würde es auch nicht. Manchmal war das das Beste, worauf man in der mörderischen Welt der Marketing- und Werbebranche und bei *Webster, Spencer und Cline*, Londons führender Werbefirma, hoffen konnte. Vor allem, wenn die leitende Partnerin nicht nur die eigene Chefin, sondern auch noch ihre Stiefmutter war. Sie musste den Rest der Belegschaft beeindrucken. Nicht nur Rachel.

»Hey, Rhi. Also, was soll das hier alles?«, fragte Joe Gert, als sich der Konferenztisch und die zwölf Stühle darum herum langsam füllten. Er war einer der leitenden Kundenbetreuer und war seit ihrem ersten Tag ihr Mentor gewesen.

Rhian zuckte mit den Schultern. »Keine Ahnung, Joe. Ich hab genau wie du und alle anderen bloß den Anruf bekommen, hochzukommen.«

»Kein Insider-Wissen?«

Rhian schnaubte leise lachend. »Leider nicht.« Im Gegenteil. Rhian war immer die Letzte, die etwas erfuhr. Rachel gab nie etwas preis, damit ihr niemand vorwerfen konnte, Rhian zu bevorzugen. Trotzdem wurde sie vom Rest der Belegschaft gemieden, weil alle vermuteten, dass sie mehr wusste als sie, oder ständig bei Rachel petzen würde. Es war … belastend. Ermüdend. *Vielleicht wird es Zeit, die Flügel auszubreiten und weiterzuziehen*, dachte sie – und das nicht zum ersten Mal. Der Versuch, Rachels Erwartungen zu genügen, war ebenso aufreibend wie der Versuch, das Stigma der nicht existenten Vetternwirtschaft ihrer Arbeitskollegen zu ignorieren.

»Wir haben gute und schlechte Neuigkeiten, Leute.« Rachel drückte die Tür mit ausgestrecktem Arm auf und ließ sie hinter sich mit einem lauten Knall zuschlagen. Sie marschierte durch den Raum zum Kopfende des Tischs und ließ einen schweren Aktenstapel auf die polierte Oberfläche fallen. »Wo soll ich anfangen?«

Sie warf einen leicht bedrohlich wirkenden Blick durch den Raum. Ihre braunen Augen sahen so grimmig aus, dass Rhian als Kind immer ein wenig Angst vor ihr gehabt hatte – schon damals als sie Wochenenden, Schulferien und besondere Anlässe mit ihrem Dad und dieser Frau verbracht hatte. Und später ebenso, als Rachel dann bei ihnen gelebt hatte, nachdem Rhians Mutter gestorben war. Aber Rachel war kein schlechter Mensch. Sie war für sie da gewesen, als ihr Dad es nicht gewesen war.

Rhian schüttelte den Kopf und riss sich aus den schmerzhaften Gedanken. Sie würde sich nicht wieder darauf einlassen.

»Fang mit den schlechten Neuigkeiten an, Rach«, sagte Joe.

»Alles klar. Joe wird Vater.«

»Ich sagte schlechte Neuigkeiten.« Ein Grinsen breitete sich auf Joes Lippen aus.

»Ich weiß«, erwiderte Rachel und ihr Gesichtsausdruck schien ihn geradezu dazu herauszufordern, ihr zu widersprechen. Er saß schweigend auf seinem Platz und sein Grinsen wurde breiter. »Das bedeutet, dass der Rest von uns härter arbeiten muss, um zu kompensieren, dass du wegen Schlafmangel und Hormonen hirntot bist.«

»Ich dachte, es wären die Frauen, die unter Hormonen leiden, wenn sie schwanger sind?« Dave Roper saß am anderen Ende des Tischs.

Rhian schnaubte, strich sich die Haare hinter die Ohren und fing an, auf ihrem Notizblock herumzukritzeln. Ihr Interesse an Geplänkel am Arbeitsplatz war schon vor langer Zeit versiegt. Nichtsdestotrotz warf sie pflichtbewusst immer mal wieder einen Blick in den Raum und wartete darauf, dass Rachel auf den Punkt kam.

Rachel deutete auf Joes Gesicht und sein rührseliges Grinsen. Er sah ein wenig dümmlich und sehr glücklich aus. »Muss ich wirklich noch mehr sagen?« Sie wartete, bis das Gekicher am Tisch abebbte. »Ernsthaft, Joe, herzlichen Glückwunsch. Ich weiß, dass Stacey und du es sehr lange versucht habt. Ich freue mich wirklich für dich.« Sie tätschelte seine Hand. »Du dämlicher Idiot.«

Joe lachte laut. »Danke, Boss.«

Rachel nickte, um die Unterhaltung zu beenden, und räusperte sich. »Also, nun zu den guten Neuigkeiten. Patagonien.« Sie sah jedem am Tisch in die Augen. »Wer kann mir etwas über Patagonien erzählen?«

Die Stille im Raum war ohrenbetäubend.

»Niemand? Ernsthaft?«, fragte Rachel ungläubig. »Rhian?«

Rhian hob den Blick und zog fragend die Brauen nach oben. »Hm?«

»Lenken wir dich ab?«

Rhians Wangen brannten. »Tut mir leid, ich hab mir nur Notizen zu etwas gemacht, das ich nach dem Meeting erledigen muss.« Sie räusperte sich und hoffte, dass Rachel die stümperhaften Skizzen auf dem Blatt nicht sehen konnte. »Was hast du gefragt?«

Rachels Gesichtsausdruck verriet, dass sie sehr wohl wusste, dass sie Rhian beim Lügen erwischt hatte. »Patagonien.«

»Was ist damit?«

»Sieht so aus, als würde hier niemand etwas darüber wissen. Was ist mit dir?«

»Das ist die Region in Südamerika, die Chile und Argentinien miteinander verbindet. Sie zieht sich von den Anden bis zur Südspitze Argentiniens«, sagte Rhian. »Abgesehen von der Antarktis, ist es der südlichste Punkt der Erde. Dort finden sich Gletscher, Berge, Vulkane, unberührte Wälder, Sümpfe, Seen, Wüsten und Steppen. Das Gebiet ist riesig, wild und menschenleer. Das Wetter ist extrem und die Winde heftig. Und der Gletscher ist einer der wenigen verbliebenen auf der Erde, die sich noch immer ausdehnen.«

»Danke. Was ist mit der Firma?«

Rhian runzelte erneut die Stirn, ebenso wie alle anderen am Tisch. »Du meinst die Bekleidungsfirma?«

Rachel nickte.

»Sie stellen großartige Outdoor-Ausrüstung her. Ich hab eine ihrer Daunenjacken. Die ist ausgezeichnet. Warum?«

Rachel schob jedem eine der Akten über den Tisch zu. »*Patagonia*, die Firma, hat uns beauftragt, eine neue Marketing-Kampagne auszuarbeiten. Sie wollen eine stärkere Anziehung auf Frauen ausüben. Wie wir alle wissen, geben Frauen, wenn es um Kleidung geht, mehr und öfter Geld aus als Männer. Außerdem gibt es immer mehr Frauen, die Extremsportarten und Outdoor-Aktivitäten nachgehen. Diese Ausweitung ist sehr sinnvoll. Deshalb werden sie eine Reality-TV-Show sponsern, die in Patagonien spielt und bei der ihre Produkte genutzt werden. Die argentinische Tourismusbehörde stellt die andere Hälfte der Geldmittel zur Verfügung, um den Tourismus in Patagonien zu bewerben.«

»Sponsern sie eine schon existierende Fernsehsendung?«, fragte Claire Sheffield, Dave Ropers Assistentin.

»Sie ist vollkommen neu, Leute.« Murmeln breitete sich am Tisch aus. Rachel ignorierte es und deutete auf die Akten. »Seite eins«, sagte sie, öffnete ihren eigenen Ordner und hielt ein A4-Blatt mit dem Titel *The Amazing Climb* nach oben.

Rhian legte den Kopf schräg, öffnete die Akte und überflog schnell die erste Seite, während Rachel weitersprach. Ihre Begeisterung und Neugier wuchs mit jeder weiteren Einzelheit. *Oh mein Gott. Das ist ... brillant.*

»In der Show werden Kletterer aus aller Welt um einen fantastischen Preis im Wettstreit stehen und –«

»Der da wäre?«, fragte Dave.

»Das wird erst noch enthüllt«, sagte Rachel. »Und es wird Klettertouren und Herausforderungen in Patagonien –«

»Wo und wie viele?«, fragte Claire.

»Das wird erst noch enthüllt«, sagte Rachel erneut.

»Das sind zu viele ungewisse Faktoren, Rachel. Ich würde sagen, dass es zu riskant für sie ist«, sagte Joe.

»Riskanter als du denkst, Joe. Es müssen viele Einzelheiten ausgearbeitet werden – was wir tun werden – und viele Dinge organisiert werden – worum wir uns kümmern werden. Ihr müsst jetzt nur wissen, dass wir beauftragt worden sind, diese TV-Serie zu produzieren.«

Rhian grinste. Eine Kletter-Serie in Patagonien. Himmlisch.

»Bist du wahnsinnig?«, fragten Claire, Joe und Dave gleichzeitig.

»Wir sind eine Marketing-Firma«, fuhr Claire fort, »keine Produktionsgesellschaft.«

»Ja, wir machen solche Sachen nicht, Rachel«, sagte Joe. »Wir sind dafür nicht ausgerüstet.«

»Das ist nicht ganz richtig, Joe«, sagte Rhian. Rachel sah sie an, unterbrach sie aber nicht. Rhian war nicht sicher, was das bedeutete, aber sie hatte ein Argument und wollte es vorbringen. »Wir produzieren die ganze Zeit Werbespots und Infomercials. Der Gedanke, in diesem Medium zu produzieren oder etwas zu schaffen, ist uns nicht fremd.«

Rachels Lippen verzogen sich zu einem befriedigten Grinsen, als sie Rhian zustimmend zunickte.

Rhian straffte die Schultern und drückte den Rücken durch.

Joe schnaubte. »Das ist nicht mal in derselben Liga wie diese Sache. Wir reden hier von monatelanger Vorbereitung, monatelangem Filmen – vor Ort. Wir reden hier von … Scheiße, ich weiß nicht mal die Hälfte von dem, worüber wir hier reden, um so ein Projekt durchzuziehen.«

»Sicher tust du das. Wir teilen es in kleine Stücke ein, wie wir es bei jedem großen Projekt tun. Wir alle haben unsere Stärken, Joe.« Rhian sah ihn mit festem Blick an und versuchte einzuschätzen, wie begründet seine Sorgen zu diesem Projekt waren. Man musste kein Genie sein, um es zu erkennen. Er würde bald Vater werden. Er wollte kein großes Projekt annehmen, bei dem er vielleicht von zu Hause weggehen musste.

Einer weniger, gegen den ich konkurrieren muss.

Der Gedanke schoss ihr wie aus dem Nichts in den Sinn. Konkurrieren? Sie konkurrierte nicht mit diesen Leuten. Sie machte einfach ihren Job und hielt den Kopf unten. Warum dachte sie überhaupt daran, mit ihnen zu konkurrieren, um dieses Projekt zu bekommen?

»Ja, wir haben unsere Stärken«, antwortete Joe. »Im Marketing und der Werbung, nicht in der TV-Produktion. Nicht darin, Filme zu machen. Nicht darin, sie den Massen bereitzustellen.«

»Darüber müssen wir uns keine Gedanken machen«, sagte Rachel. »*Patagonia* hat einen Vertrag mit *Amazon* unterschrieben, um die Show weltweit zu vertreiben.«

Dave pfiff anerkennend. »Nett.«

»Ganz genau. Das wird ganz groß, meine Damen und Herren. Gewaltig. Es ist eine Möglichkeit für uns, die Firma in eine neue Richtung zu lenken. Etwas Neues und Aufregendes auszuprobieren, das *Webster, Spencer und Cline* auf einem vollkommen neuen Markt ins Gespräch bringt. Die Medienmärkte da draußen verändern sich blitzschnell, Leute. Das ist unsere Chance, unsere Ansprüche darin anzumelden.«

Die Tatkraft strahlte in Wellen von Rachel aus und zum ersten Mal, seit sie sich erinnern konnte, wollte Rhian ihr nicht aus dem Weg springen. Sie wurde von ihr mitgerissen. Ihre Kollegen waren für sie Konkurrenten, weil sie dieses Projekt wollte. Sie wollte, dass es ihr Projekt war. Sie wollte Patagonien und sie wollte die Chance, ihnen zu zeigen, dass sie etwas konnte, wovor sie alle Angst hatten.

»Wie sieht das Format der TV-Serie aus?«, fragte Rhian.

»Sechzehn Kandidaten. Amateurkletterer verschiedener Herkunft. Internationale Teilnehmer, nicht nur Kletterer aus dem Vereinigten Königreich.« Rachels Blick richtete sich auf Rhian, als wäre niemand sonst im Raum.

»Methode zur Anwerbung?«

Rachel zog die Brauen nach oben. »Die sozialen Medien sind wahrscheinlich der beste Anfangspunkt.«

Rhian machte sich Notizen und zum ersten Mal seit langem benutzte sie ihren Kugelschreiber in einem Meeting nicht zum Spielen oder Kritzeln. »Zeitlicher Rahmen?«

»Wir haben jetzt März. Die Aufnahmen beginnen in etwas mehr als sechs Monaten und bis dahin müssen wir alles zusammen haben.«

»Sechs?«, rief Joe aus. »Du machst Witze. Wir brauchen mindestens ein Jahr dafür. Selbst wenn wir es könnten.«

»Wir haben sechs Monate«, sagte Rachel erneut. Ihr Tonfall machte deutlich, dass es bei diesem Punkt keine Verhandlungen geben würde. Es war beschlossene Sache. Rachel hatte entschieden und der stählerne Ausdruck in ihren Augen machte ihnen allen klar, dass sie es auch allein durchziehen würde, wenn keiner von ihnen mitmachte. Rhian hatte keinen Zweifel daran, dass sie es konnte. Sie konnte sich nicht erinnern, dass Rachel jemals bei etwas versagt hatte, wenn sie es sich erst einmal in den Kopf gesetzt hatte. Aber dieses Mal würde sie es nicht tun müssen. Dieses Mal würde Rhian es durchziehen. *Was hat sie immer gesagt, als ich klein war? Greif nach dem Mond, Kleines. Selbst wenn du nicht triffst, wirst du zwischen den Sternen landen.*

»Wir können das nicht machen, Rachel«, sagte Claire vom anderen Ende des Tischs aus.

Rachel runzelte die Stirn und öffnete den Mund, um etwas zu sagen …

»Doch, können wir«, sagte Rhian. »Wir können es schaffen, wenn wir als Team zusammenarbeiten.« Sie deutete auf die Akten vor ihnen. »Wenn jeder von uns einen anderen Aspekt des Projekts bearbeitet, gibt es nichts, was wir nicht schon mal gemacht hätten. Zugegeben, in einem kleineren Rahmen. Aber wir kennen das alles bereits.«

Eine Reihe finsterer Blicken starrte sie an. Zweifellos fragten sie sich, für wen sie sich hielt, so mit ihnen zu sprechen. Zu versuchen, sie zu überreden. Das war Rachels Job. Rachel, die sich gerade auf ihrem Stuhl zurücklehnte, die Hände hinter dem Kopf verschränkte und Rhian wie eine Katze ansah, die gerade ihre Sahne bekommen hatte. Und den Thunfisch. Und das Katzengras. *Was zur Hölle ist los mit ihr?* Rhian schüttelte den Kopf, um sich auf die Gruppe und nicht auf Rachel zu konzentrieren. Sie hatte keine Zeit, sich darüber Gedanken zu machen.

Sie hatte keine Zeit, sich über irgendetwas anderes Gedanken zu machen, wenn sie das durchziehen wollte.

»Joe«, sagte sie, »du hattest von uns allen am meisten Kontakt zu Crews, die Infomercials und solche Dinge machen. Du musst eine Film-Crew zusammenstellen. Wir brauchen Leute, die in der Lage sind, mit unseren Kandidaten und Führern durch die Berge zu klettern. Sie werden auf Seilen und über Gletschern filmen und mit allen anderen zusammen campen.«

»Hol uns bloß keine Diven ins Boot, oder ich schwöre bei Gott, dass dieses Baby in sechs Monaten nicht das einzige sein wird, das dich wachhält«, fügte Rachel hinzu, als Joe Rhian mit offenem Mund anstarrte.

Rhian hielt seinem Blick stand, konnte aber aus dem Augenwinkel sehen, wie Rachel grinste. »In Ordnung?«, fragte Rhian nach einem ganz kurzen Blick zu Rachel, um ihre Zustimmung einzuholen. War es für sie wirklich in Ordnung, dass Rhian so die Führung übernahm?

Joe sah ebenfalls zu Rachel und wartete offensichtlich auf eine Reaktion. Aber die kam nicht.

»Joe?«, fragte Rhian erneut mit sanfterer Stimme. Sie leckte sich über die Lippen. Das Team musste zustimmen und Joe war von allen Anwesenden im Raum am längsten dabei. Wenn er mitmachte, wenn er ihr zustimmte, würden es alle tun. Sie wusste es.

Joe seufzte und machte sich Notizen. »Verstanden.«

Ein triumphierender Schauer lief ihr über den Rücken. Sie wollte jubeln und auf ihrem Stuhl tanzen, hielt sich aber zurück. Diese Art von Verhalten würde ihrem Vorhaben keineswegs helfen, egal, wie viele Runden ihr inneres Selbst durch den Raum rannte und dabei *The Eye of The Tiger* sang.

»Danke«, sagte sie so professionell, wie sie konnte, und wandte sich dann an Dave. »Deine Kompetenz in Sachen Branding, Produktplatzierung und Produktwahl wird von unschätzbarem Wert sein.«

Dave nickte und lächelte. »Das kann ich machen.«

»Jeder unserer Kandidaten wird mit *Patagonia*-Produkten ausgestattet werden müssen. Deren Verkaufsabteilung wird dir sagen können, welche davon die besten für diese Aufgabe sind, und ein Paket zusammenstellen.«

»Stellen sie nur Kleidung her?«

»Nein«, sagte Rhian. »Sie machen auch großartige Rucksäcke und Schlafsäcke.«

Dave nickte.

»Wir werden so viele Produkte wie möglich präsentieren müssen«, fügte Rachel hinzu.

»Natürlich«, sagte Dave, als wäre das offensichtlich. Zu seiner Verteidigung musste Rhian sagen, dass sie ihm zustimmte. Er machte diese Arbeit schon lange genug.

Claire und die anderen am Tisch schrieben hektisch auf ihren Notizblöcken.

»Nun, Rhian, da du bei diesem Projekt anscheinend die Leitung übernimmst, wirst du mit der Anwerbungskampagne anfangen und den richtigen Bergführer finden müssen, weil diese Person auch die Moderation machen wird. Aber was noch viel wichtiger ist: die richtigen Kandidaten.«

»Ich? Du willst diesen Teil nicht selbst machen?« Rhian war schockiert. Kandidaten. Bergführer. Den Moderator! Der Erfolg oder das Scheitern der Sendung – und damit auch der gesamten Kampagne – war von den Menschen vor der Kamera abhängig. Es war egal, wie wunderschön die Landschaft sein würde, oder wie gut die Produkte waren, wenn niemand zusah, weil die Show langweilig war. »Du willst, dass ich eine so wichtige Rolle übernehme? Warum?«

Die wichtigere Frage war: warum zögerte sie? Sie wollte dieses Projekt und trotzdem zeigte sich ihre natürliche Neigung, sich in Rachels Schatten zurückzuziehen. Das und die Tatsache, dass sie noch nie eine so große, entscheidende Rolle in einem Projekt gespielt hatte. Nervosität war wirklich das Letzte.

»Weil außer dir niemand hier auch nur eine Leiter hochgeklettert ist, ganz zu schweigen von einer Mauer oder einer Felswand«, sagte Rachel.

»Hey!«, schimpfte Dave. »Ich bin letztens die Leiter hochgestiegen, um auf den Dachboden zu kommen.«

»Du hast mir gesagt, dass du auf dem Rückweg runtergefallen und fast am Ende der Treppe gelandet bist«, sagte Rachel.

Dave grinste verlegen. »Du vergisst auch gar nichts, oder?«

»Niemals.« Rachel wackelte mit dem Finger, ehe sie ihre Aufmerksamkeit wieder auf Rhian richtete. »Also, Rhian, das macht dich zu unserer Kletter-Expertin. Du kletterst schon an Felswänden und in Abenteuerparks herum, seit ich dich kenne. Ich hab dir zugehört, wie du übers Klettern gesprochen hast, bis mir Kreide aus den Ohren gekommen ist. Und ich weiß, dass du im Urlaub jedes Mal eine Klettertour machst. Bist du nicht gerade erst aus Alaska zurück?«

Rhian nickte. Erst seit ein paar Wochen.

»Und davor war es Spanien?«

Sie nickte erneut und war ein wenig verdutzt, dass sich Rachel an so viele Einzelheiten erinnerte. Sie schien immer so desinteressiert zu sein, wenn sich Rhian mit ihr darüber unterhielt.

»Tja, da du die Einzige von uns bist, die den Unterschied zwischen einer Eiswand der Schwierigkeitsstufe fünf und sechs kennt, bist du die richtige Person für diese Aufgabe.« Rachels Blick wurde ein wenig sanfter, als sie sie ansah und Rhian erkannte alles, was sie wissen musste. Zuversicht. Rachel glaubte, dass sie es schaffen konnte.

»Greif nach dem Mond«, flüsterte sie leise. Rhian räusperte sich und sah Rachel in die Augen. »In Ordnung.«

Langsam breitete sich ein Lächeln auf Rachels Lippen aus. »Gut.« Sie deutete mit nach oben gedrehter Handfläche auf Rhian, damit sie fortfuhr.

Rhian schluckte. »Dave, wir werden in Bezug auf die Kletter- und Sicherheitsausrüstung mit jemandem –«

»Das ist doch sicher die Aufgabe des Gesundheits-und-Sicherheits-Typen!«, protestierte Dave.

Rhian hob die Akte an, die Rachel ihnen gegeben hatte. Sie hatte den Großteil des Inhalts nur überflogen, aber mehr auffallende Einzelheiten bemerkt als ihre Kollegen, da diese erst noch mit Rachel diskutiert hatten. »Der Bergführer, den ich einstellen werde, wird am und abseits des Sets für Gesundheit und Sicherheit verantwortlich sein«, sagte Rhian mit brennenden Wangen. Da sie es überhaupt nicht gewohnt war, das Zentrum der Aufmerksamkeit zu sein, wurde ihr ganz unwohl. Darüber musste sie schnell hinwegkommen. »Ich werde direkt mit ihm zusammenarbeiten. Deshalb werde ich die nötigen Utensilien bald für dich haben. Wahrscheinlich kann ich auch jetzt schon eine provisorische Liste zusammenstellen. Das sollte zum Planen ausreichen, bevor wir mit dem Einkaufen beginnen.«

Dave schrieb nickend etwas auf seinen Notizblock.

»Danke.« Sie richtete ihren Blick auf die andere Seite des Tischs. »Mellissa, Logistik? Wir brauchen Reisepläne für jeden Bewerber und dann die Kandidaten, die Film-Crew und das ganze Equipment, die Fahrzeuge in Patagonien und so weiter. Du weißt, wie es läuft.«

»Ja«, sagte Mellissa mit knapper, effizienter Stimme. Sie war fast seit der Gründung der Firma dabei und hatte erst als Rachels Assistentin gearbeitet, bevor sie nach ihrer Rückkehr aus dem Mutterschutz vor ein paar Jahren zu Rhian gewechselt war. Organisation und Logistik waren definitiv ihre Spezialitäten.

»Martin, Web-Design. Kannst du dich mit Dave wegen der Markensache zusammentun?« Sie deutete auf die Akte. »Sieht so aus, als würden wir die Website von *Patagonia* einmal komplett überarbeiten müssen. Ihr Online-Shop sieht momentan etwas überholt und schwerfällig aus. Die Bilder müssen gestrafft werden. Das Übliche.«

»Kein Problem.«

»Es wäre auch eine gute Idee, wenn du mit Rhian wegen der Werbung und Anwerbungskampagne zusammenarbeitest«, sagte Rachel. »Die sozialen Medien sind eine gute Möglichkeit, um die Informationen für die Bewerbungen zu verbreiten. Kannst du ihr helfen, etwas auf die Beine zu stellen?«

»Mit dem größten Vergnügen«, sagte Martin.

Rhian ging den Rest der Akte durch. Rachel hatte das Projekt bereits in wichtige Aufgabenbereiche unterteilt. Rhian musste die Aufgaben nur noch verteilen und dafür sorgen, dass alle glücklich und bereit waren, das Projekt zum Laufen zu bringen. Sie hatten keine Zeit zu verlieren.

»Okay, Leute, bringen wir den Ball ins Rollen«, sagte Rachel, als Rhian am Ende angekommen war. »Ich will Fortschrittsberichte auf meinem … und Rhians Schreibtisch. Und zwar Freitagmittag.« Alle standen auf, sammelten ihre Papiere ein und kratzten sich am Kopf. »Rhian, hast du eine Minute?«

Rhian nickte und blieb auf ihrem Stuhl sitzen, bis der Rest des Teams förmlich zur Tür hinausgerannt war.

»Alles gut?«, fragte Rachel.

Rhian lächelte. »Ja. Danke für die Chance …«

Rachel winkte ab. »Nicht. Du hast es dir verdient. Wenn du irgendwo anders arbeiten würdest, hättest du diese Chance vor langer Zeit schon bekommen. Du weißt das, ich weiß das, und keiner dieser Idioten kann etwas dagegen sagen. Also bedank dich nicht bei mir dafür, dich zurückgehalten zu haben.« Sie lächelte sie liebevoll an. »Um ganz ehrlich zu sein, habe ich Jahre darauf gewartet, dass du mir das zeigst, was du heute im Meeting getan hast. Dass du hier sein willst. Ich musste dieses Feuer in deinen Augen sehen, die Begeisterung und das Verlangen, zu gewinnen. Ich hab darauf gewartet zu sehen, dass du mehr willst, als dich nur ein- und auszustempeln, Kleines.« Sie seufzte. »Ich hätte dich beinahe aufgegeben.«

Der euphorische Rausch des Meetings ebbte ab und wurde von einem Gefühl ersetzt, das sie nur allzu gut kannte – dass sie nie ganz den Erwartungen entsprach, dass sie nicht gut genug war, dass sie unwürdig war.

»Ich hätte beinahe gedacht, dass du bereit bist, deine Sachen zu packen und zu neuen Ufern aufzubrechen.«

Rhian blinzelte, begegnete jedoch ihrem Blick. »Das war ich fast.«

Rachels Mund verzog sich zu einem wissenden Lächeln. »Tja, du warst immer grausam ehrlich.«

»Ich frage mich, von wem ich das gelernt habe.«

»Touché«, räumte Rachel ein. »Ich bin froh, dass du es nicht getan hast. Als sie das erste Mal wegen dieses Projekts auf mich zugekommen sind, wusste ich, dass es perfekt für uns ist. Für dich. Ich wollte diese Sache aus vielen Gründen, aber größtenteils wollte ich es, weil ich wusste, dass du es lieben würdest.«

»Ein Geschenk? Das sieht dir nicht ähnlich, Rach.«

Rachel hob eine Braue. »Bin ich so eine gemeine Stiefmutter?«

Rhian lachte leise. »Nur wenn du es sein willst.«

»Mensch, Mensch, du testest wirklich deine Krallen aus, oder?«

»Tut mir –«

»Entschuldige dich nicht.« Rachels liebevoller Blick wurde härter. »Für dieses Projekt wirst du dir noch schärfere Klauen zulegen müssen, Kleines. Wenn du dich schon für die kleinste Sache entschuldigst, wirst du es niemals schaffen. Und da wir gerade davon sprechen …« Sie öffnete den Ordner vor sich und zog ein Blatt Papier heraus, bevor sie es über den Tisch zu Rhian schob. »Das ist eine Liste mit Tourismus-Firmen und Bergführern in der Gegend, mit denen *Patagonia* bereitwillig oder gern zusammenarbeiten würde.«

Rhian überflog die Liste und nahm sich einen Moment Zeit, um sich an Rachels typisch schnellen Themenwechsel anzupassen. Davon konnte man ein Schleudertrauma bekommen. Auf der Liste standen nur wenige Namen. »Nur drei? Das ist alles?«

Rachel nickte.

»Warum so wenige? Was ist das für eine Firmenpolitik?«

»Keine Politik. Geschlecht. Das sind die einzigen Frauen mit gutem Ansehen in der Nähe, die Klettergruppen leiten. Sie kennen das Gebiet und bringen die Leute sicher hoch und wieder runter. Bei einer solchen Expedition ist das wichtig. Wir müssen die Risiken so gut es geht minimieren.«

»Ich weiß. Die generell bestehenden Gefahren sind so schon groß genug.«

»Ganz genau.«

Rhian betrachtete erneut die Namen. »Meinen sie es wirklich so ernst, den weiblichen Markt anzusprechen?«

»Todernst.«

Rhian verzog die Lippen zu einem schiefen Lächeln. »Es ist schön und gut, mir die Frauen und ihre Bewertungen online anzusehen, Rach, aber ich glaube, dass ich sie persönlich treffen muss, bevor ich mich auf jemanden festlege.«

Rachel lächelte. »Ich würde es nicht anders wollen.« Sie schob ihr einen Umschlag zu. »Du fliegst morgen Nachmittag. In einer Woche kommst du wieder zurück. Die Zeit sollte ausreichen, um die drei Bergführerinnen zu treffen und dich zu entscheiden. Ich fütterte Rufus für dich, solange du weg bist.« Sie verzog das Gesicht bei dem Angebot, Rhians pummeligen, roten Kater zu füttern.

»Was hättest du getan, wenn ich deinem verrückten Plan nicht zugestimmt hätte?«

»Mir wäre schon was eingefallen.« Ihr Blick wirkte todernst. »Du hast dafür gekämpft. Willst du mir jetzt sagen, dass du es gar nicht wirklich willst?«

Rhian betrachtete den Zettel in ihrer Hand und den Umschlag, der auf dem Tisch lag. Patagonien – der Ort, nach dem sie sich schon seit Jahren sehnte. Das Klettern, das Abenteuer, die Natur … und für all das würde sie bezahlt werden. Nein. Dieser Job war wie für sie gemacht. »Ich will es.«

»Gut. Nun, in diesem Sinne – wir haben beide viel Arbeit vor uns. Was hast du heute Abend vor?«

Rhian rieb sich mit der Hand übers Gesicht und strich sich anschließend mit den Fingern durch die Haare. »Wahrscheinlich werde ich mir auf dem Nachhauseweg einen Burger holen und dann packen.«

»Pfft. Komm zum Haus. Ich taue für heute Abend eine Lasagne auf.«

»Ähm, nein danke.«

Rachel sah sie finster an. »Weißt du, er vermisst dich.«

Rhian biss die Zähne zusammen. »Er hat seine Entscheidung getroffen, Rach. Du weißt es. Er kann sich nicht einfach die Teile meines Lebens aussuchen, an denen er Anteil nimmt. Wenn er mich nicht so akzeptieren kann, wie ich bin, dann akzeptiert er mich überhaupt nicht. Er hat mich aus dem Haus geworfen und mir gesagt, dass ich nicht wiederkommen soll, bis ich kein perverser Freak mehr bin.« Sie legte sich die Hand über den Mund und hielt einen Augenblick lang die Luft an, ehe sie sagte: »Ich bin immer noch ein perverser Freak, Rach. Ich bin immer noch lesbisch und immer noch ich, also warum sollte ich zurückgehen?«

»Weil er dich liebt und es ihm leid tut.« Rachels Blick war sanft und in ihren Augen schimmerten Tränen.

»Dann muss er mir das sagen, findest du nicht?«

»Wie soll er das denn tun, wenn du nicht mit ihm reden willst? Wenn du ihn nicht zeigen lässt, dass er sich bemüht?«

»Tut er das? Bemüht er sich? Weil ich seitdem nichts mehr von ihm gehört oder gesehen habe.«

»Er hat versucht anzurufen. Mindestens ein halbes Dutzend Mal.«

»In fünf Jahren. Das deckt noch nicht mal alle Geburtstage und Weihnachtsfeste ab, Rachel.«

»Ich weiß. Aber du bist nicht mal ans Telefon gegangen, wenn er es versucht hat. Und er ist zu stolz, um es weiter zu versuchen, Rhi.«

»Dann liebt er mich nicht genug.« Rhian ließ das Blatt durch ihre Finger rutschen. Ihre Augen brannten, aber sie weigerte sich, weitere Tränen darüber zu vergießen. Es war erledigt. Ihr Vater hatte seine Entscheidung getroffen und jetzt mussten sie alle damit leben.

Er konnte nicht akzeptieren, dass sie lesbisch war und Rachel würde sie nicht davon überzeugen können, dass er seine Meinung darüber geändert hatte. Nicht nach all den Dingen, die er in dieser Nacht gesagt hatte. Nicht nach dem, was er getan hatte. Wahrscheinlich bemühte er sich nur symbolisch, damit Rachel ihm nicht auf die Nerven ging. Er hatte sie immer eine keifende Harpyie genannt, wenn sie einen Lauf hatte. Tja, das war nicht die Art Entschuldigung, die wiedergutmachen würde, was er getan hatte.

Rhian hatte auch ihren Stolz und sie weigerte sich, jemand zu sein, der sie nicht war, nur um ihn glücklich zu machen. Dieses Opfer hatte er für sie auch nicht gebracht, als er sich in Rachel verliebt hatte, obwohl er verheiratet gewesen war und eine Familie hatte. Er hatte getan, was er wollte, war der Mann gewesen, der er sein wollte und hatte auf sie alle geschissen. Tja, sie war seine Tochter. Sie würde auf ihn scheißen.

»Jedes Mal, wenn du ihn zurückweist … Na ja, es ist, als würde ein weiterer Teil von ihm sterben.«

»Und du denkst, es würde mich nicht auch umbringen? Glaubst du, es würde mir nicht jedes Mal das Herz weiter herausreißen, wenn ich daran denke, dass mich mein Vater nicht ertragen kann? Dass er mich wegen etwas hasst, das ich nicht ändern kann?« Sie schüttelte den Kopf. »Er hat seine Entscheidung und Gefühle deutlich klar gemacht, als er mich geschlagen und aus dem Haus geworfen hat.« Sie hob eine Hand an ihr Gesicht, ließ sie jedoch wieder sinken, bevor sie die Wange berühren konnte, an der sie die Ohrfeige erhalten hatte. Manchmal erinnerte sie sich tief in der Nacht noch immer daran, wie ihre Haut unter dem Schlag gebrannt hatte. »Ich liebe ihn. Obwohl ich weiß, dass er alles an mir hasst, liebe ich ihn trotzdem. Aber ich kann keinem Wort mehr trauen, das aus seinem Mund kommt.«

Rachels Hand legte sich auf ihre und hielt ihre Finger ruhig. »Es ist in Ordnung, Süße.«

»Es tut mir leid, wenn du deshalb Probleme mit ihm hast.«

Rachel lachte bellend auf und wischte sich über die Augen. »Rhi, ich bin groß und giftig genug, um auf mich selbst aufzupassen. Und ich bin mehr als genug in der Lage, mit deinem Trottel von Vater umzugehen. Entschuldige meine Wortwahl.«

Rhian kicherte. »Keine Sorge. Ich hab das Wort schon mal gehört.«

»Da bin ich mir sicher.« Sie stimmte in ihr Lachen ein. »Tut mir leid.«

Rhian zuckte mit den Schultern. »Nicht deine Schuld. Er …«

»Nein, es tut mir leid, dass ich in dieser Nacht so erstarrt bin. Ich wollte dir das schon sagen, seit du dich vor uns geoutet hast. Ich konnte nur dasitzen, während sich dein Vater in einen Mann verwandelt hat, den ich nicht wiedererkannt habe.« Rachel fuhr sich mit den Fingern durch ihre dunklen Haare, die mit vielen silbernen Strähnen durchzogen waren, und ließ die Locken über ihre Schultern fallen.

»Es ist mehr als fünf Jahre her«, sagte Rhian leise.

Rachel lehnte sich auf dem Stuhl neben Rhian zurück und strich ihr mit einer Hand über den Rücken, während sie sich über den Tisch beugte. »Dann ist es lange überfällig.« In kleinen, sanften Kreisen rieb sie weiter über Rhians Rücken.

Rhian konnte sie nicht ansehen. Sie wusste, dass Tränen in ihren Augen schimmerten. Und sie wusste, dass sie sie nicht zurückhalten konnte, wenn Rachel ebenso emotional war.

»Ich bin so stolz auf dich.«

Rachels Hand verschwand von Rhians Rücken, als sie aufstand. Dann spürte sie, wie sie ihr einen Kuss auf den Kopf drückte. Rachels Hände legten sich auf ihre Schultern und drückten sie fest. »Ich weiß, dass das ein riesiges Projekt ist, Kleines. Und ich weiß, dass ich dir nicht immer die Chancen gegeben habe, die du hier hättest haben müssen. Aber das ist es, Rhian. Das ist deine Chance zu strahlen und nicht nur mir, sondern auch dem Rest dieser Mistkerle hier zu zeigen, was du drauf hast. Weil du es kannst. Da bin ich mir sicher.«

Rhian legte ihre Hand auf Rachels und zog sie zu sich, bis sie sich umarmten.

»Es wird so viel darauf herumgeritten, ich kann nicht … egal. Ich weiß, dass du dein Bestes geben und es umsetzen wirst.«

»Danke.« Als Rachel ihre Schulter fester drückte, ließ Rhian den Kopf hängen und atmete zitternd ein. Ein paar Minuten verharrten sie in dieser Position, ehe Rachel sie anstupste und ihre Arme zurückzog.

»Okay, genug Rührseligkeit. Geh wieder an die Arbeit.«

Rhian lachte leise. »Ja, Boss.«

»Mach mich stolz, Kleines«, murmelte Rachel.

Rhian hob den Blick und Tränen liefen ihr über die Wangen.

Rachel schniefte laut und stürmte aus dem Raum, während sie *verdammtes Kind* vor sich hin murmelte. Rhian wischte sich mit dem Ärmel übers Gesicht und schob entschlossen die Gefühle weg, die sie zu überwältigen drohten. Rachel hatte Vertrauen in sie. Rachel. Ihre Stiefmutter glaubte, dass sie dieses Projekt durchziehen konnte. Und nicht nur irgendein Projekt. Sondern das größte und großartigste Projekt, das die Firma je an Land gezogen hatte.

»Heilige Scheiße«, flüsterte Rhian, öffnete den Umschlag und betrachtete die Flugtickets und den Reiseplan. Sie wackelte freudig auf ihrem Stuhl herum.

»Ich fliege nach Patagonien!«

Kapitel 2

»*Northwest Electrical*, mit wem spreche ich bitte?«

»Jim Brown.«

»Guten Tag, Mr. Brown. Ich bin Jayden. Wie kann ich Ihnen heute helfen?«

»Der Strom's weg.«

»Ihr Strom ist ausgefallen. Wann ist er ausgefallen, Mr. Brown?«

»Ungefähr zwanzig Minuten, bevor ich Sie ans Telefon bekommen habe. Ich hab eine halbe Stunde in der Warteschleife gehangen.«

Jayden warf einen Blick auf ihren Bildschirm und sah, dass er nur zehn Minuten in der Warteschleife gewesen war. *Die Berieselungsmusik ist schrecklich, Kumpel, aber ich hab schon Schlimmeres gehört.* »Das tut mir wirklich sehr leid, Mr. Brown. Ich muss Ihnen ein paar Fragen stellen, um herauszufinden, was passiert ist. Ist das in Ordnung?«

»Wenn dann jemand hier rauskommt und wieder für Strom sorgt – schießen Sie los.«

»Ist der ganze Strom ausgefallen oder zum Beispiel nur die Lichter oder nur die Steckdosen?«

»Alles ist tot, Liebes.«

»Und wenn Sie nach draußen sehen, können Sie die Straßenlaternen oder Lichter und Geräte in anderen Häusern sehen?«

»Moment.« Ein Knistern in der Leitung deutete darauf hin, dass er das Telefon abgelegt hatte. Entferntes Murmeln und Fluchen ertönte, ehe seine Stimme wieder klar zu hören war. »Die Straßenlaternen sind an und es sieht aus, als würde die Frau auf der anderen Straßenseite den Nordlichtern Konkurrenz machen wollen. In diesem Haus muss jede Lampe an sein. Reicht das?«

»Ja, vielen Dank. Wissen Sie, wo der Sicherungskasten in Ihrem Haus ist?«

»Unter der Treppe.«

»Okay. Sie müssen einen Blick auf die Sicherungen werfen und nachsehen, ob sie rausgesprungen sind. Wenn dadurch der Strom ausgefallen ist, sollten sie die zurücksetzen können und sie werden wieder Strom haben.«

»Heilige Scheiße. Warten Sie kurz.«

Jayden warf einen Blick auf die Uhr. 16:45 Uhr. Nur noch fünfzehn Minuten bis zum Feierabend. *Hoffen wir einfach, dass ich diesen Anruf solange hinziehen kann. Ich ertrage heute nicht mehr.*

»Richtig«, sagte Mr. Brown schnaubend. »Ich kann alle Sicherungen sehen und sie sind genau da, wo sie sein sollen. Der Strom und das Telefon funktionieren aber immer noch nicht. Was jetzt?«

»Okay, Mr. Brown, lassen mich kurz auf Ihrer Abrechnung nachsehen und sichergehen, dass es in diesem Bereich keine Probleme gibt.« Sie klickte sich schnell durch verschiedene Fenster und schloss kurz die Augen, als sie das Problem entdeckte. »Mr. Brown?«

»Ja. Schicken Sie einen Elektriker her?«

»Nein, ich fürchte, dass ich das nicht tun kann. Wann haben Sie das letzte Mal ihren Strom aufgeladen?«

»Äh? Bitte was?«

»Sie haben einen Stromzähler. Sie gehen zum Fachhandel, um Geld auf den Schlüssel zu laden, und stocken dann ihr Konto auf, richtig?«

»Nein. Das ist verdammt dämlich.«

»Ihr Vertrag läuft seit vier Jahren auf diesen Stromzähler, Mr. Brown. Kümmert sich Ihre Frau normalerweise um die Aufladung? Oder jemand anderes im Haus? Vielleicht können Sie sie fragen, wann das letzte Mal etwas draufgeladen wurde?«

»Ich kann das Miststück nicht fragen. Die ist weg, mit einem Schnösel abgehauen.«

Scheiße. »Das tut mir wirklich leid, Mr. Brown. Wenn ich mir Ihren Vertrag und die Situation ansehe, die Sie beschrieben haben, sieht es so aus, als müsste Ihr Zähler nur wieder aufgeladen werden, um den Strom wieder einzuschalten.«

»Wie zur Hölle soll ich das machen?«

»Sie nehmen den Schlüssel und gehen zum nächsten Laden, in dem sie die Karte belasten können.« Sie drückte ein paar Tasten an ihrem Computer. »Ungefähr hundert Meter von Ihrem Haus entfernt gibt es ein solches Geschäft. Wenn Sie dort mit dem Schlüssel hingehen, wird Guthaben darauf geladen. Anschließend stecken Sie den Schlüssel in den Stromzähler und der Strom ist wieder eingeschaltet.«

»Und die Heizung?«

»Haben Sie elektrische Heizungen?«

»Nein, Gasheizungen.«

»Ähm, dann müssen Sie mit den Gaswerken über Ihr Gasproblem sprechen, Sir.«

»Miststück. Ich wette, sie hat da auch so einen dämlichen Zähler angebracht, nicht wahr?«

»Es tut mir leid, dass ich Ihnen nicht mehr helfen konnte, Mr. Brown.«

Er seufzte tief am anderen Ende der Leitung. »Ist nicht Ihre Schuld, Liebes. Es tut mir leid, dass ich so ein griesgrämiger, alter Mistkerl bin. Ich weiß nur einfach nicht, wo alles ist und wie das Ganze funktioniert. Wissen Sie, sie hat sich um alles im Haus gekümmert. Ich bin arbeiten gegangen und hab das Geld verdient. Jetzt ist sie weg und hat mich verlassen und ich weiß nicht, was ich ohne sie tun soll.

»Das muss wirklich schwer für Sie sein, Mr. Brown.«

»Das ist nur mein dummes Geschwätz. Sie müssen sich meine traurige Geschichte nicht anhören.«

»Ist schon in Ordnung. Immerhin sind wir hier beim Kundenservice. Wir sind hier, um zu helfen.«

Er lachte, aber es klang traurig. »Nicht diese Art von Hilfe. Wie auch immer, tut mir leid, wenn ich Sie damit belästigt habe. Und danke.«

»Kein Problem. Ich hoffe, dass Sie alles schaffen werden.«

»Ja.«

Sie beendete das Gespräch und sah auf die Uhr, als die Zeiger siebzehn Uhr anzeigten. Sie meldete sich aus dem Telefonsystem ab, loggte sich aus ihrem Computer aus und schwang sich die Tasche über die Schulter, als sie zur Tür ging.

»Jayden, wir haben schon mal über deine Gesprächsdauer gesprochen«, sagte Steph, die einundzwanzigjährige Büroleitern, bevor Jayden die Tür öffnen konnte.

Jayden drehte sich um und sah sie an. »Und?«

»Du weißt, dass wir bestimmte Vorgaben erreichen müssen.«

»Und wir haben Kunden, die zufriedengestellt werden müssen. Manchmal dauert das länger als fünf Minuten.«

»Nicht, wenn du dem Skript folgst.«

»Ja, wenn man dem Skript folgt. Manchmal blockiert irgendwelcher Müll den Zugang zu den Zählern, die sie ablesen müssen, oder zu den Sicherungen. Manchmal sind sie alt und bewegen sich nicht sehr schnell.«

»Dann solltest du sie sanft antreiben.«

Jayden schüttelte den Kopf und wandte der jungen Frau den Rücken zu. »Was auch immer«, sagte sie, als sie die Tür aufstieß und die kleinliche Probleme des Büros hinter sich ließ.

Die Abendsonne eines seltenen, sonnigen Frühlingstages schien auf den belebten Gehweg hinunter und die Gerüche von Asphalt, Dieselabgasen und Schweiß hingen in der Luft. Sie überquerte die Straße und ging zu dem Fahrradständer. Sie setzte ihren Helm und ihre Sonnenbrille auf, während sie sich auf der Straße nach dem Verkehr umsah. Schnell öffnete sie das Schloss ihres Fahrrads, steckte den Sattel wieder drauf und schob ihre Füße in die Riemen an den Pedalen.

Manchester war zur Hauptverkehrszeit kein angenehmer Ort. Manchester zur Hauptverkehrszeit in einem Auto war eine Hölle, die sie nicht ertragen konnte. Sie trat heftig in die Pedale und baute Schwung auf, als sie sich an der Piccadilly nah am Gehweg hielt und wenige Minuten später über den Kreisverkehr auf die Landstraße fuhr. Sie musste wohin und Menschen sehen. Na ja, einen Menschen, um genau zu sein. Aber einen wichtigen Menschen.

Das Pflegeheim war aus dem Schwimmbad entstanden, in dem sie und ihre Schwester als Kinder gespielt hatten. Sie hatten ihre Mutter bei jeder Gelegenheit angefleht, dorthin gehen zu dürfen. Irgendwann hatte ihre Mum ihnen gesagt, dass sie damit nicht mehr genervt werden wollte. Jetzt war es eine private Pflegeeinrichtung für Menschen, die an Demenz oder Alzheimer litten. Sie war sauber. Sie war gut ausgestattet. Aber sie war schrecklich klinisch, wie es alle Pflegeeinrichtungen waren. Sie war steril und egal wohin man sich wandte, überall hing der Geruch von Desinfektionsmittel in der Luft. Trotzdem war es besser als die anderen Gerüche, die diesen Ort dominieren könnten.

Jayden fuhr vor die Eingangstür, schloss ihr Fahrrad am Zaun an und verstaute ihren Helm und ihre Handschuhe in ihrer Tasche. Mit einer Ecke ihres T-Shirts wischte sie sich den Schweiß von der Stirn, band ihre Haare noch einmal neu im Nacken zusammen und drückte auf den Summer, um hereingelassen zu werden.

Eine der Schwestern winkte ihr zu, als sie sich am Empfang eintrug, und schlich sich zu ihr. »Fährst du nicht?«

Jayden runzelte die Stirn. »Wie bitte?«

»Jedes Mal, wenn ich dich sehe, kommst du mit dem Fahrrad. Fährst du kein Auto?«

»Oh, na ja, ich hab einen Führerschein, aber ich sehe keinen Sinn darin, mir ein Auto anzuschaffen. Ich fahre gern Fahrrad. Man kommt leicht überall hin und ich bleibe in Form.« Sie zuckte mit den Schultern und fragte sich, was die Frau noch wissen wollte. Vielleicht die Maße ihrer Beininnenlänge.

»Das sehe ich.« Sie lächelte verrucht und streckte die Hand aus. »Ich bin Debbie. Ich bin gerade als Hauptpflegekraft deiner Mutter eingeteilt worden.«

Jaydens Wangen wurden unter Debbies direktem Blick warm, der so lange über ihren Körper glitt, dass sie sich fast unbehaglich fühlte. Sie vergaß dabei aber auch das schwere Gefühl in ihrem Bauch für einen Augenblick. An der Stelle, an der das Glück gesessen hatte. Die Stelle, die nun seit fast einem Jahr leer war.

»Oh, richtig.« Jayden stellte ihre Tasche ab und schüttelte Debbies Hand. »Jayden Harris.«

»Die Bergsteigerin, ich weiß.«

Nicht mehr. Nicht, seit sie das Basislager am Everest mit dem Flugzeug verlassen und den nepalesischen Zweig von *Adventure Trekkers* verlassen hatte. Sehr zum Entsetzen ihrer Schwester – und Mitinhaberin. Aber Fen konnte nicht an zwei Orten gleichzeitig sein – Patagonien und Nepal – und Jayden war nicht fit genug, um überhaupt irgendwo zu sein. Also gab es *Adventure Trekkers Nepal* nicht mehr. Sie waren nicht die einzige Gruppe, die nach der Lawine aufgehört hatte, vom Everest Basislager aus zu operieren. Bei Weitem nicht.

»Du arbeitest also mit meiner Mum?«

Debbie räusperte sich. »Ja, ja, das tue ich. Sie hat heute einen guten Tag. Sie wollte vorhin baden und ist nach dem Mittagessen durch den Garten spaziert. Sie wirkt glücklich.«

»Das ist gut.«

»Ja. Ich bin sicher, dass sie sich freut, dich zu sehen. Soll ich dich hinbringen?«

Jayden schüttelte den Kopf. »Es geht schon, danke.« Sie zog die Tür zu dem Flur auf, der zum großen Aufenthaltsraum führte. Die Verandatüren hinaus zu einem eingezäunten Hof standen offen. Der Duft von Lavendel und Rosen hing in der warmen Luft. Menschen saßen auf Stühlen an den Seiten des Raums und Jayden musste unwillkürlich daran denken, dass es eher wie ein Wartezimmer aussah und nicht wie ein Ort, an dem diese Menschen lebten. Eine junge Pflegerin ging mit einem Wagen voller Plastiktassen, einem großen Krug Wasser und einer Teekanne durch den Raum. Sie fragte jeden, der gerade nicht schlief, ob er etwas trinken wollte, und schenke ihnen dann ein. Die meisten schliefen jedoch. Oder taten so.

Kann ihnen keinen Vorwurf machen. Ich würde dieses Leben auch verschlafen wollen.

Michelle Harris schlief – wirklich – in der hinteren Ecke, mit dem Rücken zur geöffneten Tür, die Hände um eine Packung Schokokugeln gelegt und mit einem verkniffenen Ausdruck auf dem Gesicht. Jayden lachte leise, als sie sich auf den leeren Stuhl neben sie setzte und das Handy aus ihrer Tasche zog. Während ihre Mutter schlief, antwortete sie auf ein paar Nachrichten ihrer Schwester, schickte ihr ein Bild ihrer schlafenden Mutter und scrollte anschließend durch Facebook.

Während der letzten neun Monate, nachdem Michelle in das Pflegeheim gezogen war, hatte Jayden schnell gelernt, ihre Mutter nicht zu wecken. Das ging niemals gut aus. Es war viel besser, sie einfach schlafen zu lassen. Selbst, wenn sie den ganzen Besuch verschlief. Jayden war schon lange zu dem Schluss gekommen, dass es wirklich egal war. Zumindest für ihre Mutter. Sie konnte sich von einem Moment auf den anderen nicht daran erinnern, einen Besucher zu haben, und sie fing an, sie immer öfter nicht mehr zu erkennen. Die Besuche dienten ihrem eigenen Wohl. Sowohl Jayden als auch ihre Schwester wussten das.

Eine Nachricht erschien auf ihrem Bildschirm.

Lass sie nicht während des ganzen Besuchs schlafen. Ich will mit euch skypen. Ich bin wieder im Lager und warte.

Jayden verdrehte die Augen. Sie war auf der anderen Seite der Erde und trotzdem versuchte ihre große Schwester, sie herumzukommandieren.

Du weißt, wie sie ist, wenn ich sie wecke. Sie hat immer schreckliche Laune. Ich tue ihr das nicht an, nur weil dein Hintern endlich mal wieder zu einer angemessenen Zeit in der Zivilisation ist!

Miststück.

Und?

Ernsthaft, geht es ihr gut?

Jayden musterte ihre Mutter kritisch. Sie sah dünner aus. Die große, drahtige Statur, die sie und ihre Mutter gemeinsam hatten, sah langsam nur noch nach Haut und Knochen aus. Ihr dunkelblondes Haar, das ebenso aussah wie Jaydens, war normallerweise voller Locken, lang und ein bisschen wild. Heute wirkte es strähnig und ein wenig fettig. Seltsam, da sie angeblich vorhin ein Bad genommen hatte.

Aber vielleicht hatte sie gebadet und nicht zugelassen, dass ihr die Haare gewaschen wurden. Es wäre nicht das erste Mal, dass die dickköpfige Frau so etwas getan hatte. Ihre Kleidung war sauber, auch wenn sie die Strickjacke verkehrt herum trug. Es war sehr wahrscheinlich, dass Michelle sie im Laufe des Tages ausgezogen und sich selbst wieder so angezogen hatte.

Sie sieht gut aus. Sie kümmern sich hier gut um sie.

Gut. Das kostet ein verdammtes Vermögen.

Gut, dass deine Firma so gut läuft, nicht wahr?

Es ist nicht nur meine Firma, Jay, und das weißt du. Ob du hier draußen bei mir bist oder nicht, sie gehört immer noch zur Hälfte dir. Ich Argentinien, du Nepal. Schon vergessen? Also, wann bewegst du deinen Hintern wieder nach draußen?

So ungefähr niemals.

Haha. Das glaube ich erst auf dem Sterbebett, Berzie.

Jayden runzelte angesichts des Spitznamens die Stirn. Fen hatte sie so getauft, als sie Kinder gewesen waren und mit dem Klettern begonnen hatten. Berzie – die Abkürzung für Bergziege – war länger als jeder andere Spitzname hängen geblieben, die sie sich über die Jahre hinweg hatten einfallen lassen. Und sehr viel länger als Jayden es sich gewünscht hatte.

Leck mich.

Komm her und zwing mich dazu. Du brauchst diese Berge genauso sehr wie ich.

Jayden lachte über das vertraute und doch kindische Gezanke. Aber Fen hatte recht – und so sehr sie der Gedanke auch ängstigte, wieder aufs Eis zu treten, Jay wusste es. Sie brauchte die Berge. Beinahe so sehr, wie sie die Luft zum Atmen brauchte. Sie würde es nicht zugeben. Aber sie wusste es.

Lass mich in Ruhe, ich mache hier wichtige Arbeit.

Was? Spiele auf dem Handy spielen?

Miststück.

Denk dir deine eigenen Beleidigungen aus, kleine Schwester. Hör auf, meine zu klauen.

Ich ignoriere dich jetzt.

Ja, ja, wir werden sehen.

Jayden schüttelte den Kopf und öffnete eine andere App, um ein Spiel zu spielen. Sie lächelte, als sie sich vergewissert hatte, dass ihre Mum noch immer schlief. Fen hatte recht. Sie war drüben in Argentinien, leitete ihre Firma und schickte alle Erlöse rüber, die sie brauchten, damit ihre Mum in der Einrichtung bleiben konnte, die Jayden ausgesucht hatte. Fen machte eine Tour nach der anderen, damit sie über die Runden kamen. Jayden konnte mit ihrem Einkommen gerade so ihre eigene Miete und die Lebensmittel bezahlen, während sie dasaß und zusah, wie alles an ihr vorbeizog. Es war nicht fair Fen gegenüber und Jayden war ehrlich genug, um das zuzugeben. Aber war das Leben jemals fair?

»Wer sind Sie?«

Jayden wurde aus ihrer Träumerei gerissen und sah ihre Mum an. Ein breites Lächeln breitete sich auf ihrem Gesicht aus, als sie sich umdrehte. »Ich bin's.«

Michelle runzelte die Stirn, schlug wild um sich und erwischte Jaydens Wange mit einem lautstarken Klatschen. »Gehen Sie weg! Sie berauben mich! Hilfe! Hilfe! Sie raubt mich aus! Helfen Sie mir!«

Jayden sprang vom Stuhl auf und trat schnell zurück, als die Fäuste und Füße ihrer Mutter in den Angriffsmodus übergingen. »Es ist in Ordnung. Ich raube dich nicht aus. Ich werde dir nicht wehtun. Es ist in Ordnung.«

»Hilfe! Hilfe! Jemand muss mir bitte helfen!« Michelle ließ den Kopf nach hinten an die Stuhllehne sinken, kniff die Augen zusammen und hielt die Hände vor sich, um zu zeigen, dass sie sich ergab. »Bitte tun Sie mir nicht weh!«

»Mum, es ist in Ordnung. Ich bin's nur. Niemand wird dir wehtun. Niemand, das verspreche ich.«

Debbie tauchte an ihrer Seite auf. »Vielleicht solltest du aus ihrem Blickfeld verschwinden. Ich versuche, sie ein wenig zu beruhigen.«

Jayden nickte und entfernte sich. Sie ging bis in den Flur zurück und blieb dort stehen, damit sie in den Raum hineinsehen, von ihrer Mutter aber nicht so leicht entdeckt werden konnte. Debbie brauchte eine halbe Stunde, in der sie Michelle sanft zuredete, damit sie sich beruhigte und allein gelassen werden konnte.

Es war nicht das erste Mal, dass ihre Mutter sie nicht erkannt hatte, und es würde nicht das letzte Mal sein. Es wurde schnell zum Normalfall. Jayden schluckte schwer und schob die Emotionen von sich. Dafür war noch genug Zeit, wenn sie allein war.

Debbie kam langsam auf sie zu und trug ein sanftes Lächeln auf den Lippen. »Ich bin nicht sicher, ob es eine gute Idee wäre, heute noch mal zu ihr zu gehen.«

Jayden schüttelte den Kopf. »Nein, ich bin sicher, dass es keine gute Idee wäre.« Sie wandte den Blick nicht von ihrer Mutter ab, die nun im Zimmer umherwanderte, alles aufhob, was ihr vor die Füße kam und es gegen das Licht hielt, um es zu betrachten. »Danke, dass du sie beruhigt hast.«

»Dafür bin ich hier. Kann ich dir noch etwas bringen, bevor du gehst? Vielleicht etwas zu trinken?«

»Nein, danke.« Jayden zog ihren Rucksack an. »Danke noch mal, dass du meiner Mum geholfen hast.« Sie wartete nicht auf Debbies Antwort, sondern marschierte einfach den Flur hinunter und durch die Tür hinaus.

Die Sonne ging langsam unter, aber der Kummer klammerte sich an sie. Sie musste ihn abschütteln und sich davon entfernen. Sie brauchte die Stille und unermessliche Weite, die sie nur in den Bergen fand. Aber die Berge waren nicht länger ihr Rückzugsort. Sie waren nun der Stoff ihrer Albträume.

Erneut schob sie die Füße in die Riemen ihrer Pedale und verließ den Parkplatz. Allerdings radelte sie nicht direkt nach Hause, sondern wählten einen Umweg. Sie fuhr in keine bestimmte Richtung, denn das einzige Ziel, das sie erreichen wollte, war die Erschöpfung. Die Nacht hatte für sie keinen Reiz mehr und Schlaf war ein seltener Besucher.

Die Straßen waren ein wenig ruhiger geworden, aber trotzdem war überall Verkehr, als sie eine Meile nach der anderen fuhr, bis ihre Oberschenkel schmerzten, ihre Lungen brannten und ihr Kopf wohlig ruhig war. Dann, und erst dann, schlug sie den Weg zu ihrer Wohnung ein. Sie hob das Fahrrad auf ihre Schulter, stieg die Treppe nach oben und öffnete die Tür.

»Hi, Liebling, ich bin zu Hause«, flüsterte sie in die leere, einsame Stille.

Kapitel 3

Rhian war müde. Der Platz in der Business-Klasse war bequem, aber selbst ihre Kopfhörer konnten das weinende Baby hinter der Trennwand zur Economy-Klasse nicht ausblenden. Zwanzig lange Stunden ohne Zwischenstopp. Rhian hatte kein Problem mit Kindern, solange sie ruhig waren und nicht auf sie zukamen, wenn sie nicht darum gebeten wurden. Na schön, ihre Herangehensweise war sehr sittenstreng, *sehen und nicht gehört werden* und all das. Aber na und? Sie hatte die Welt nicht ihrer Brut ausgesetzt, warum würde sie also wollen, dass die eines anderen in ihre Nähe gestoßen wurde?

Der Flughafen in El Calafate war im Vergleich zu Heathrow klein, aber es gab alles, was man brauchte. Passkontrolle, Duty-free-Shop, Gepäckbänder und eine saubere Toilette. Bonus.

Sie rannte förmlich zu den Toiletten. Sie spritzte sich Wasser ins Gesicht und warf einen Blick in den Spiegel, um sich den Folgen des Flugs anzusehen. Ihre grauen Augen waren blutunterlaufen und das Gefühl von Sandpapier hinter ihren Augenlidern half auch nicht gerade. Sie packte ihr schulterlanges blondes Haar, band es zusammen und zog es durch die Öffnung einer Baseballkappe, die sie in ihrem Rucksack gehabt hatte.

Im Flugzeug hatte sie bereits eine kurze, dunkelblaue Hose und ein grünes Hemd angezogen. Die Kleider passten gut zu ihrem schlanken Körper, aber die Falten von der Reise waren unmöglich zu übersehen. Tja, dagegen konnte sie im Moment nicht viel tun. Obwohl sie nicht überzeugt war, wieder als menschliches Wesen durchzugehen, verließ sie die Toilettenräume und den Flughafen, um ihre Mitfahrgelegenheit zu suchen.

Rachel war so aufmerksam gewesen, ihr einen Jeep und einen Fahrer für den Aufenthalt zu organisieren, sodass sie nicht auf ein Taxi oder den Bus warten musste, um die zweihundertzwanzig Kilometer weiter nach El Chaltén zu kommen. Für diesen Akt der Freundlichkeit würde sie für immer dankbar sein. Und für den Schlaf.

Ihr Fahrer Carlos schien damit zufrieden zu sein, sie in Ruhe zu lassen, nachdem er ihre Taschen eingeladen und ihr eine Flasche Wasser angeboten hatte.

Sie hatte sie beinahe ausgetrunken, bevor sie dem sanften Schaukeln des Fahrzeugs nachgegeben hatte, als sie über die Nationalstraße um die südöstliche Seite des Lago Argentino – dem größten Süßwassersee Argentinien – herumfuhren und schließlich auf die Route 40 einbogen.

»Miss Phillips.«

Rhian kam langsam wieder zu sich.

»Miss Phillips.« Der starke Akzent von Carlos drang durch ihre Müdigkeit und zog sie zurück in den klaren Sonnenschein, der auf sie herabfiel. Ein frischer Wind zog an ihren Haaren, als der unbedachte Jeep über die Bänder aus Asphalt auf die …

»Oh mein Gott.« Rhian starrte gerade aus, als sie einen ersten Blick auf die gewaltige Pracht des Mount Fitz Roy werfen konnte. Ströme aus Schnee und Eis klammerten sich an die Berghänge und die beeindruckenden Schatten der Klippen und Überhänge verschwanden in Gewölben und Gletscherspalten. Die massive Gesteinsmasse ragte groß und stolz ihre dreitausend Meter Höhe auf und wuchs aus den flachen Ebenen der Steppe empor, als sie näher heranfuhren.

»Das Massiv, Miss.« Carlos deutete durch die Windschutzscheibe.

»Ich sehe es.«

»Ich dachte, Sie würden es sehen wollen.«

»Da haben Sie richtig gedacht, Carlos. Danke.« Sie lächelte, konnte ihren Blick aber nicht von der majestätischen Schönheit des Cerro Fitzroy und des umliegenden Massivs abwenden. Es war spektakulär. Die Sonne ging hinter ihnen unter und wurde von dem zerklüfteten Monolithen reflektiert. Die ihn umgebenden Spitzen verwandelten den orangenen Granit in eine Palette aus hellen Pink- und Goldtönen. Langsam sank die Sonne tiefer, bis nur noch die Spitze des Fitz Roy erleuchtet war; das Kronjuwel des Chaltén-Massivs.

»Passiert das immer?«, fragte sie kaum hörbar über das Brüllen des Windes.

Carlos lachte. »Nein, Miss. Oft sieht man es nicht, wegen der Wolken.«

»Dann habe ich also großes Glück.«

»Haben Sie Hunger?«

»Jetzt, da Sie es erwähnen, ja. Ich bin am Verhungern.«

Er schenkte ihr ein Lächeln. »Meine Frau hat uns ein paar Dinge für die Reise zusammengepackt. Kommen Sie an die blaue Tasche auf dem Rücksitz?«

Rhian drehte sich auf ihrem Sitz um und beugte sich nach vorn, um die Tasche nach vorn zu holen. »Sie ist schwer.« Sie grunzte. »Was hat sie eingepackt? Die ganze Kuh?«

Carlos lachte leise. »Nein. Aber vielleicht ein ganzes Schaf.«

Rhian riss die Augen auf und öffnete den Mund in einer komischen Maske des Entsetzens. »Bitte sagen Sie mir, dass sie es zuerst gekocht hat.«

»Mögen Sie Empanadas?«

»Hab noch nie welche gegessen?«

»Sandwiches de miga?«

Rhian schüttelte den Kopf und holte die ersten Päckchen aus der Tasche. »Allerdings hatte ich schon Sandwiches aus aller Welt, also sollte das in Ordnung sein. Was ist das andere, das Sie erwähnt haben?«

»Empanadas?«, fragte er und sie nickte. »Das sind kleine Pasteten. Isabella macht die köstlichsten Empanadas, mit herrlich zartem Lamm oder Käse und Mais.« Er deutete mit der Hand auf ein kleines Päckchen, dass sie sich an die Nase hielt. »Nehmen Sie eine raus. Ich bin sicher, dass Sie sie lieben werden.«

Das kleine Gebäck ähnelte einer britischen Pastete. Die Füllung war vollständig von einer Kruste umhüllt und am Rand versiegelt, wie ein Kreis, den man von der Mitte aus gefaltet hatte. Es roch köstlich. Und Carlos hatte recht. Das Fleisch im Inneren war so zart, dass es in ihrem Mund schmolz. Sie stöhnte anerkennend, ehe sie schluckte. »Carlos, falls Sie sich jemals von Ihrer Frau scheiden lassen sollten, werde ich sie heiraten, wenn sie die hier für mich macht.«

Er lachte leise und nahm sich ebenfalls eine Pastete aus dem aufgefalteten Papier in ihrer Hand. »Vielleicht kann ich sie stattdessen bitten, Ihnen zu zeigen, wie sie gemacht werden.«

Rhian zuckte mit den Schultern. »Ich nehme an, das könnte auch funktionieren.« Sie schob sich den Rest der Pastete in den Mund und suchte in dem Beutel nach den Sandwiches. Das dünne Weißbrot ohne Kruste war mit hauchdünnen Fleischscheiben, Salat und Tomaten vollgestopft. »Was für Fleisch ist das?«

Carlos wandte den Blick kurz von der Straße ab. »Wildschwein. Mögen Sie das?«

Sie nickte. »Es ist wie Schinken, nur ein wenig, ich weiß nicht, intensiver vielleicht. Fleischiger oder mehr nach Schwein. Gott, ich muss müde sein. Ich rede totalen Unsinn.«

»Ich verstehe, was sie meinen. Als ich in England war, hatte ich Ihren Schinken und Speck und Sie haben recht. Im Vergleich zu dem hier schmeckt es schwach. Dieses Fleisch ist voller Geschmack. Anständiges Fleisch.«

»Wann waren Sie in England?«

»Hm, das ist schon viele Jahre her. Vielleicht zehn oder zwölf. Es war vor meiner Ehe.«

Rhian aß ihr Sandwich auf und nahm sich noch eine der kleinen Pasteten. »Haben Sie dort gearbeitet?« Sie biss in die mit Käse und Mais gefüllte Empanada. »Oh mein Gott, das schmeckt so gut.«

Carlos lächelte erneut. »Ich werde meiner Frau sagen, wie sehr Sie ihre Kochkünste genossen haben, wenn wir heute Abend in El Chaltén ankommen. Sie wird sehr zufrieden sein und mich zweifellos am Morgen mit Frühstück zu Ihnen schicken.«

»Sie werden keine Beschwerden von mir hören.«

»Ja, ich war in England, um zu arbeiten. Meine Familie bestand viele Generationen lang aus Schafzüchtern, und ich bin gegangen, um andere Wege der Zucht zu lernen. Ich bin zwei Jahre geblieben. Nach dem zweiten Winter hab ich entschieden, nach Hause zu kommen und mir eine Frau zu suchen. Es war Zeit um, wie sagen Sie, Wurzeln zu schlagen?«

»Jap. Und sie heißt Isabella?«

»*Sí.*«

»Haben Sie Kinder?«

Er schüttelte den Kopf. Rhian hatte das Gefühl, dass er traurig war. »Noch nicht. Wir sind jetzt seit acht Jahren verheiratet, aber es gibt noch immer keine Kleinen für uns, die wir verwöhnen können.«

»Züchten Sie immer noch?«

»Nein. Mein Vater hat meinem älteren Bruder die Farm hinterlassen, als er gestorben ist. Er war ein Trinker mit Pech beim Kartenspielen.«

»Also sind Sie jetzt Fahrer?«

Er zuckte mit den Schultern. »Jetzt tue ich alles, was ich kann, um meine Rechnungen zu bezahlen und meine Frau zu ernähren. Heute ist es das Fahren. Nächste Woche, wer weiß das schon?«

»Das ist traurig.« Rhian nahm einen Schluck aus ihrer Wasserflasche.

»Das ist das Leben.«

»Hm.« Sie nahm noch einen kleinen Schluck, ehe sie den Deckel wieder aufschraubte. »Es ist trotzdem traurig. Möchten sie auch etwas trinken?«

Er beugte sich vor und zog eine kleine Flasche aus der Tasche an seiner Tür. »Ich habe etwas, vielen Dank.«

»Wie lange leben Sie denn nun schon in El Chaltén, Carlos?«

»Seit fünf Jahren.«

»Und wie ist es so?«

»Was meinen Sie?«

»Na ja, ist es ein schöner Ort zum Leben?«

Ein Lächeln breitete sich auf seinen Lippen aus. »Es ist ein wundervoller Ort zum Leben. Es ist eine neue Stadt. Sie wurde erst 1985 gegründet und wächst noch immer. Entwickelt sich noch immer. Es gibt gerade ungefähr zweitausend Siedler in der Stadt und viele, viele weitere, wenn im Sommer die Touristen zum Wandern und Klettern kommen. Wir sind sehr stolz auf unsere Stadt und wir arbeiten sehr, sehr hart daran, um sicherzustellen, dass sie, wie sagt man, unverdorben bleibt?«

»Das ist richtig. Rein, sauber.«

»Ja, unverdorben und für die Zukunft erhalten. Sie finden hier nur heimische Pflanzenarten und Tiere. Es gibt kein, wie heißt es doch gleich, Dreck … nein, Ab… Auss… wie heißt das Wort?«

»Abfall? Ausschuss?«

»*Sí.* Keinen Abfall. Wir recyceln und haben einen Plan, um den Abfall abzutragen. Danke.«

»Das ist toll. Es hört sich wunderbar an.«

»Es ist wunderschön. Wussten Sie, dass Chaltén *rauchender Berg* bedeutet?«

»Nein.«

»Meistens, wenn man den Cerro Fitzroy sehen kann«, sagte er und deutete auf den großartigen Giganten, »liegt Schnee auf dem Gipfel oder Nebel wabert im Wind davon herunter und es sieht aus, als würde er rauchen. Daher hat das gesamte Gebiet seinen Namen. El Chaltén. Der rauchende Berg.«

»Ich kann es nicht erwarten, Ihre Stadt zu sehen.«

»Morgen wird das Wetter gut und Sie können El Chaltén sehen. Heute Abend nicht wirklich. Es ist zu dunkel, wenn wir ankommen.«

»Keine Straßenlaternen?«

»*Sí*, ein paar. Aber nur sehr wenige.«

»Wie lange dauert es noch, bis wir da sind?«

»Ungefähr eine Stunde. Vielleicht etwas länger.«

»Ich glaube, ich mache noch ein Nickerchen.« Er nickte und richtete den Blick nach vorn, während Rhian langsam ihre schweren Lider schloss und den Anblick des Mount Fitz Roy, der im Mondlicht glitzerte, ausblendete.

Kapitel 4

Rhian saß in ihrem Zimmer am Fenster, nippte an ihrem Kaffee und blickte auf El Chaltén hinaus. Niedrige Bungalows, Hütten im alpinen Stil und Häuser mit spitzen Dächern sprenkelten die Landschaft. Und über allem ragte der Fitz Roy auf. Es erinnerte sie an einige der großen alpinen Städte, die sie über die Jahre besucht hatte: Grindelwald oder Zermatt. Es waren nicht einfach nur Orte, an denen Touristen auf ihrem Weg zu dem Gipfel kurze Zwischenstopps einlegten. Es waren Städte, die tatsächlich lebten, atmeten und wuchsen. El Chaltén war genauso. Die Energie, die dieser Stadt anhaftete, knisterte förmlich in der Luft und gab ihr das Gefühl, lebendig zu sein.

Natürlich konnte das auch an der Mütze Schlaf und einer großen Tasse Kaffee liegen. Aber sie wollte der Stadt einen Vertrauensbonus geben.

Es war beinahe acht Uhr morgens und Carlos müsste jeden Moment vorbeikommen, um sie zur ersten Bergführerin auf ihrer Liste zu bringen: Sarah Matthews. Seit acht Jahren führte sie Gruppen über das Chaltén-Massiv und genoss ein hohes Ansehen. Viereinhalb Sterne auf *TripAdvisor* – so stand es in den Notizen, die Rachel ihr gegeben hatte. Anstatt sie jedoch zu beruhigen, machten sie Bewertungen von Internetseiten immer nervös. Menschen waren subjektiv und Webseiten mit Bewertungen ließen sich viel zu leicht manipulieren, wenn man geschickt genug war. Kein kleines Unternehmen konnte acht Jahre lang durchgehend so gut sein, um diese Bewertung zu erhalten. Nicht in der Tourismus-Industrie. Es musste nur zur falschen Zeit regnen und jemand würde sich im Internet beschweren.

Du wirst auf dein Alter noch zynisch, Rhi. Sie grinste. Nicht, dass achtundzwanzig alt war. Manchmal fühlte es sich einfach nur so an.

Der Jeep fuhr vor. Carlos hupte, winkte zu ihrem Fenster hinauf und hielt eine Tüte nach oben.

Rhian lachte leise. »Sieht so aus, als hättest du deine Frau davon überzeugt, mich noch mal zu füttern«, sagte sie zu sich selbst, als sie ihren Kaffee austrank, ihren Rucksack nahm, die Schlüsselkarte aus dem Schalter neben der Tür nahm und eilig nach draußen ging. »Lecker, lecker, Carlos. Was haben Sie mir mitgebracht?«

»Medialunas.«

»Und was ist das?« Sie warf ihren Rucksack auf den Rücksitz und kletterte in den Jeep.

»Sie ähneln Croissants, sind aber anders geformt. Ein bisschen wie, wie sagt man, eine *Fliege*? Für Anzüge? Sie sind auch süßer.«

Sie öffnete die Verpackung. »Oh, cool. Sie sehen aus wie kleine Fliegen.«

»*Sí*, Fliege. Medialunas.« Rhian biss hinein, als Carlos den Gang einlegte und auf die Straße fuhr. »Schmeckt es?«

»Köstlich«, sagte sie mit dem Mund voll süßem Gebäck. Sie reichte ihm eins, aber er schüttelte den Kopf.

»Ich hab schon gegessen. Meine Frau hat sie für Sie gemacht und mir gesagt, dass ich Sie heute Abend zum Essen einladen soll.«

»Wirklich?«

Er nickte. »*Sí*. Sie sagt, dass sie Ihnen ein anständiges, argentinisches Essen zeigen will. Wenn Sie denken, Empanadas und Medialunas sind gutes Essen, sollten Sie sehen, was sie heute Abend für Sie macht.« Er grinste und bog am Ende der Straße links ab. »Sie kommen doch?«

»Liebend gern.« Sie aß das zweite Gebäckstück und lehnte sich zurück, als sie durch die ruhigen Straßen fuhren. Als er vor einer Holzhütte im alpinen Stil anhielt, deutete er darauf.

»Mrs. Matthews ist da drin. Ich werde hier warten.«

»Das ist toll, Carlos. Aber es könnte eine Weile dauern.«

Er zuckte mit den Schultern und nahm eine Zeitung vom Rücksitz. »Das geht in Ordnung, Miss Phillips.«

»Danke.« Sie stieg aus dem Auto und trat direkt in eine schlammige Pfütze. Sie verzog das Gesicht, als sie ihren Schuh ausschüttelte und das kalte Wasser an ihrem Bein hochspritzte, und nahm ihren Rucksack. Die Tür ließ sich leicht öffnen. Sie betrat das Gebäude und klingelte am Empfangstresen.

»Ja, ja. Eine Sekunde«, rief eine leise, weibliche Stimme aus dem hinteren Teil des Gebäudes.

»Okay.« Rhian nutzte die Zeit, um sich umzusehen. Poster bedeckten die weißen Wände, an denen sich unbequeme Plastikstühle aufreihten. In der hinteren Ecke befand sich ein Broschürenständer, der unordentlich mit Touristenformationen, Trekking-Guides und Hotelhinweisen vollgestopft war. Eine Broschüre, die Wanderungen zu Pferd in der Gegend bewarb, erregte ihre Aufmerksamkeit. Sie blätterte die Broschüre durch, als eine kleine, kräftig gebaute Frau mit dunklen, stacheligen Haaren und dunklen Augen aus dem Hinterzimmer kam.

»Wie kann ich Ihnen helfen?« Ihr Lächeln entblößte leicht schiefe Schneidezähne und vertiefte die kleinen Fältchen um ihre Augen.

»Sarah Matthews?«

Das Lächeln verblasste ein wenig. »Wer will das wissen?«

Rhian trat nach vorn und streckte die Hand aus. »Mein Name ist Rhian Phillips. Ich komme von der Londoner Werbeagentur –«

»Was sollte ich von einer Werbeagentur wollen, die ihren Sitz in London hat?« Das Lächeln verschwand vollständig und sie ignorierte Rhians ausgestreckte Hand. »Ich brauch keine Werbung. Ich habe auch so genug Betrieb. Danke, aber nein danke und so weiter.«

Rhian starrte sie an. Es war nicht das erste Mal, dass jemand ein Angebot abgelehnt hatte. Aber in der Vergangenheit hatte sie das Angebot zumindest aussprechen können, bevor sie rausgeworfen wurde. *Viereinhalb Sterne auf TripAdvisor, dass ich nicht lache.*

»Deshalb bin ich nicht hier, Mrs. Matthews.«

»Aha. Was wollen Sie dann?«

Rhian setzte trotz ihrer wachsenden Verärgerung über die unhöfliche und ablehnende Einstellung der Frau ihr professionellstes Lächeln auf. »Ich wollte mit Ihnen über einen Job sprechen.«

Sarah Matthews verdrehte die Augen. »Ich stelle auch nicht ein.« Sie verschränkte die Arme vor der Brust. »Hören Sie, Süße, ich bin nicht interessiert, irgendwelche Studenten für ein Brückenjahr einzustellen, damit sie vor sich hingammeln, irgendwelche Touren zusammenbasteln und so gut wie nichts tun.«

Rhian starrte sie mit offenem Mund an. »Ich bin keine Studentin!«

Mrs. Matthews musterte sie mit skeptischem Blick von Kopf bis Fuß.

»Ich habe Ihnen gesagt, dass ich für eine Marketing-Firma arbeite.«

»Richtig, richtig. Sie sind also was? Eine Praktikantin oder so was? Warum wollen Sie dann hier einen Job?«

Rhian biss die Zähne zusammen, um in Gegenwart dieser unausstehlichen Frau gelassen zu bleiben. So jemanden hatten sie für die Show genehmigt? Sie würden innerhalb einer Woche wieder abgesetzt werden! »Ich bitte Sie nicht darum, mich in irgendeiner Form einzustellen.«

Sie war sich mehr als bewusst, dass sie nicht nur nach einer Bergführerin, sondern auch nach einer Moderation für die Show suchte. Sie brauchten jemanden mit aufrichtiger Wärme, Humor und Verstand. Jemand, der sich durch die Kamera mit einem Funkeln in den Augen und einem Lächeln auf den Lippen mit dem Publikum anfreundete. Kurzum: keine griesgrämige Frau, die jemanden so unhöflich links liegen ließ.

»Was wollen Sie dann?«

Rhian überlegte, ob sie es noch einmal versuchen sollte. Sie wollte nicht zu Rachel zurückkehren und ihr sagen, dass sie es nicht geschafft hatte, diese Frau zur Mitarbeit zu bewegen. Aber wenn sie ganz ehrlich war, glaubte sie nicht, dass es funktionieren würde – selbst wenn es ihr gelänge. *Immerhin bin ich diejenige, die mit ihr arbeiten muss.*

Die Entscheidung war gefallen.

»Nichts.« Sie drehte sich um und ließ die Tür hinter sich zuknallen. »Ganz und gar nichts«, murmelte sie zu sich selbst. Rachel würde nicht glücklich sein, aber wann war Rachel schon glücklich? Sie kletterte in den Jeep.

Carlos sah überrascht auf und zerknüllte die Zeitung zwischen seinen Fingern.

»Das nächste Ziel, bitte, Carlos.«

Er runzelte die Stirn. »Ist alles in Ordnung, Miss?«

»Nein. Ich fürchte, ich mag unhöfliche und arrogante Menschen nicht wirklich.«

Er klappte den Mund mit einem hörbaren *Klack* zu und startete den Motor. »*Sí*, so ist Mrs. Matthews.« Nachdem er einen Blick über seine Schulter geworfen hatte, fuhr er auf die Straße und ignorierte die Frau, die aus dem Geschäft hinaus kam und ihnen hinterher sah. Er grinste und warf einen Blick in den Rückspiegel. »Sie ist keine nette Dame.«

»Scheint so. Die anderen auf der Liste – sind die auch so?«

»Wer steht auf Ihrer Liste?«

»Fen McCash und Chris King.«

»Nein, die beiden sind nett. Nicht wie sie.«

»Okay, gut.«

»Wir sind Ms. Kings Büro am nächsten. Wollen Sie zuerst zu ihr?«

Rhian zuckte mit den Schultern und versuchte, die Spannung in ihren Schultern zu lösen. »Sicher, warum nicht?«

Das Gebäude, vor dem er hielt, ähnelte dem, in dem sie Sarah Matthews getroffen hatte. Die Farbe war hier allerdings frisch und in den Fenstern standen Blumenkästen, sodass der Holzverkleidung ein Hauch Wärme verliehen wurde.

Das Treffen mit Sarah Matthews war ganz und gar nicht so gelaufen, wie sie es geplant hatte. Das würde nicht noch einmal passieren. Sie atmete tief ein und straffte die Schultern. *Du bist eine intelligente, wortgewandte und erfolgreiche Frau, Rhian. Du kannst mit einer Kletterin darüber sprechen, ihr einen Kletter-Job anzubieten.*

Sie ging über den Weg und griff nach der Türklinke. Ihre Hand zitterte. *Okay, Plan B. WWRT? Was Würde Rachel Tun?* Sie lächelte. *Sie hätte Sarah Matthews gehörig eine geknallt, das hätte Rachel getan.* Sie schüttelte den Kopf. *Matthews ist Geschichte. Lass es gut sein. Jetzt wollen wir King. Konzentrier dich auf King und beschwöre deine innere Rachel herauf.*

Sie setzte ein Lächeln auf, das hoffentlich Selbstbewusstsein und Charme ausstrahlte, und zog die Tür auf.

Eine große Frau mit blonden Haaren lächelte sie hinter dem Empfangstresen an, als sie hereinkam. »Guten Morgen«, sagte sie.

»Morgen.« Rhian streckte die Hand aus. »Ich bin Rhian Phillips. Ich bin auf der Suche nach Chris King.«

Die Frau stand auf und schüttelte Rhians Hand. »Sie haben sie gefunden. Wie kann ich Ihnen helfen, Miss Phillips?«

»Ich arbeite für eine Werbefirma in London«, sagte sie und wartete auf eine Reaktion von Chris King. Als nichts passierte, fuhr sie fort. »Ich treffe mich hier mit einigen Bergführungs-Unternehmen, um jemanden einzustellen, der uns hilft, eine neue Reality-TV-Show auf die Beine zu stellen. Sie ist Teil einer vielschichtigen Marketing-Kampagne. Hätten Sie Interesse daran, sich mit mir darüber zu unterhalten?«

Die Frau zog die Brauen bis zum Haaransatz. »Marketing wofür?«

»Für eine bekannte Bekleidungsmarke und für das Gebiet hier an sich, um die argentinische Tourismusbehörde zu unterstützen.«

Chris pfiff anerkennend. »Ja, darüber können wir uns unterhalten.« Sie kam um den Tresen herum und ging zur Tür. Nachdem sie das Schild von *Geöffnet* auf *Geschlossen* gedreht hatte, schloss sie die Tür ab. »Lassen Sie uns hier reingehen, dann können wir reden.« Der Raum, in den sie Rhian führte, schien der Wohnbereich des Gebäudes zu sein. In der hintersten Ecke befand sich eine kleine Teeküche, vor den Verandafenstern standen ein Fernseher und eine Couch und in der Mitte des Raums befand sich ein großer Holzofen. An einer Wand stand eine Leiter, die zu einem Loft nach oben führte. Wahrscheinlich befand sich dort der Schlafbereich.

Chris deutete auf das Sofa. »Bitte, setzen Sie sich.«

Rhian setzte sich, während Chris einen Stuhl in die Mitte stellte und sich rittlings darauf setzte. »Wann würde das alles beginnen?«

»In sechs Monaten. Die Crew würde im September herkommen, damit es sich mit dem Start der Saison überschneidet. Die Kandidaten würden dann im Oktober anreisen. Wir würden einen Monat lang mit ihnen trainieren und sie beurteilen, ehe die Aufnahmen im November beginnen. Es ist eine Drehzeit von zwölf Wochen angesetzt.«

»Und was soll ich dabei tun?«

»Wir werden den Kandidaten Herausforderungen stellen, die sie bewältigen müssen. Jede Aufgabe wird dabei helfen, zu bestimmen, ob sie in der Lage sind, die finale Herausforderung zu meistern. Wenn sie es nicht sind, werden sie es nicht bis dahin schaffen.«

»Und was passiert, wenn das Wetter hier tut, was es eben so tut und Ihre Pläne in den Wind schießt?«

»Wir haben bereits Notfall-Pläne.«

»Okay, aber das beantwortet nicht wirklich meine Frage. Wollen Sie, dass ich die Klettertouren leite?«

»In manchen Fällen anfangs, ja. Wenn die Kandidaten besser werden, und das sollten sie werden, bräuchte ich ihre Hilfe eher bei der Film-Crew. Sie müssten die Kameramänner an Sicherheitsseilen befestigen, damit sie die Kandidaten filmen können. Ich brauche sie als Ansässige mit Fachwissen, um Drehorte zu finden und für die Sicherheit der Crew und Kandidaten zu sorgen, während wir die beste Challenge-Show produzieren, die das Fernsehen je gesehen hat.«

Rhian beugte sich vor und stützte die Ellbogen auf den Knien ab. Irgendetwas an Chris‘ Verhalten hielt sie davon ab, den letzten Teil des Jobs zu erwähnen. Sie konnte ihren Finger nicht darauflegen, aber da war irgendetwas. »Ich weiß, dass Sie die Strecke selbst gemeistert haben. Ich habe ein Video von Ihnen auf dem Gipfel des Fitz Roy gesehen. Sie sind fähig und Sie waren mir gegenüber nicht so unfreundlich wie die letzte Person, mit der ich darüber sprechen wollte.«

»Ich bin nicht die Erste auf Ihrer Liste?« Chris runzelte die Stirn und Rhian beobachtete, wie Unsicherheit hinter ihrer wagemutigen Fassade aufblitzte.

»Nein. Ich hatte drei Namen auf meiner Liste mit potenziellen Bergführerinnen, als ich hergekommen bin. Ich habe keine Präferenz. Für mich ist es am wichtigsten, jemanden zu finden, mit dem ich gut arbeiten kann und der für die Sicherheit der

Leute sorgt. Sie sind die zweite Person, die ich treffe, weil ihr Büro ganz einfach am zweitnächsten zu meinem Hotel liegt. Ich muss mich anschließend noch mit einer weiteren Person treffen.«

»Dann ist das eher ein Vorsprechen als ein Angebot.«

Rhian lachte leise. »Wenn Sie es so sehen wollen.«

»Hm. Ich glaube, ich muss darüber nachdenken.«

Rhian schürzte die Lippen. *Scheiße*. Was war denn heute mit den Leuten los? Sie bot ihnen die Chance ihres Lebens an – vielleicht. Das konnte eine einmalige Gelegenheit für diese Frau sein und sie stürzte sich nicht darauf. Rhian verzog das Gesicht, hoffte aber, es gut zu verstecken. *Rachel hätte sie mittlerweile mit Charme oder Manipulation dazu gebracht, die gestrichelte Linie zu unterschreiben.*

Sie stand auf und streckte die Hand aus. »Dann vielen Dank, dass Sie sich Zeit genommen haben.« Ein Hauch von Unentschlossenheit huschte über Chris' Gesicht und Rhian fragte sich, ob ihre List aufging.

»Das war's?« Schlaff umfasste Chris ihre Hand.

Rhian runzelte die Stirn. »Ich lasse Sie darüber nachdenken. Wenn Sie nicht an Bord sind, kann ich Ihnen zu diesem Zeitpunkt keine weiteren Einzelheiten verraten.« Das entsprach nicht ganz der Wahrheit, aber sie hoffte, dass Neugier und die Angst, der Job könnte verschwinden, die Frau zu irgendeiner Art von … Zusage verleiten könnten. Oder zumindest das Verlangen in ihr entfachte, für diese verdammt gute Chance zu kämpfen. »Außerdem muss ich noch wohin. Es tut mir leid.«

Sie hielt den Atem an und wartete darauf, dass Chris King ihre Entscheidung traf. *Komm schon, komm schon. Sag mir, dass du es willst.*

»Haben Sie eine Karte, damit ich Sie erreichen kann?«

Scheiße. Rhian zog eine Visitenkarte aus ihrer Tasche und reichte sie Chris. »Es war nett, Sie kennenzulernen.«

Chris steckte die Karte in die Tasche an ihrem Hemd. »Ja, ebenfalls. Danke.«

»Sie waren schon wieder sehr schnell, Miss Phillips«, sagte Carlos, als Rhian wieder ins Auto stieg. »War sie nicht nett zu Ihnen?«

»Sie war nett. Sie ist nur nicht sicher, ob sie mein Angebot annehmen will. Und bitte, nennen Sie mich Rhian.«

Er nickte, zeigte aber sonst kein Anzeichen von Zustimmung oder Widerspruch. »Ah. Ist ein komplizierter Job, ja?«

»Ja. Aber auch ein sehr lukrativer.«

Er nickte und fuhr auf die Straße. »Manchmal ist Geld aber nicht so wichtig.«

»Stimmt.« Sie stopfte ihren Rucksack in den Fußraum vor sich. »Also auf zur Letzten. Hoffen wir, dass Fen McCash will, was ich anzubieten habe – und dabei nicht unhöflich ist.«

»Fen ist ein guter Mensch.« Er lächelte.

»Ist sie eine Freundin von dir?«

Er wackelte leicht mit der Hand. »Ich arbeite während der Saison manchmal mit ihr. Fahr ihre Gruppen in die Berge und hole sie wieder ab, transportierte Ausrüstung und solche Sachen. Sie ist eine nette Frau. Gut, fair.«

»Hört sich nach der Person an, nach der ich suche. Warum hast du mich nicht zuerst zu ihr gebracht?«

»Ich wollte nicht, dass Sie denken, ich würde sie bevorzugen. Dass ich Sie nur zu meiner Freundin bringe. Dass ich Sie nur zu jemandem bringe, bei dem ich wahrscheinlich auch etwas Arbeit durch das Geschäft bekomme.«

Rhian schnaubte lachend. »Gutes Argument.« Sie lehnte sich auf ihrem Sitz zurück. »Da du sie so gut kennst, warum erzählst du mir nicht ein wenig über sie?«

»Versuchen Sie, wie sagt man … Insider-Informationen zu bekommen?« Er grinste verschlagen und trommelte mit den Fingern auf dem Lenkrad.

Rhian lachte. »Ein Mädchen muss ihre Quellen nutzen, Carlos.«

»Tja, da wir schon da sind, habe ich keine Zeit, vertrauliche Informationen preiszugeben.«

Rhian funkelte ihn an. »Na schön, na schön. Dann muss ich mir wohl selbst eine Meinung bilden.« *Verdammt, das war zu schnell. Ich hatte nicht mal Zeit, mir einen Plan zurechtzulegen.* Nervös spielte sie am Türgriff herum.

»Geht es Ihnen gut, Miss Rhian?«

Sie schluckte ihre Nervosität hinunter und schenkte Carlos ein Grinsen. »Absolut.« Sie stieg aus dem Auto und war überrascht, eine Frau an der Tür zu sehen, die ihnen zuwinkte. Sie hatte lange, kastanienbraune Haare, die sie sich zu einem Pferdeschwanz gebunden hatte, ein breites Lächeln und lachende Augen.

»Morgen.« Sie kam auf sie zu. »Wie komme ich zu dem Vergnügen, Carlos? Komm rein. Ich hab Mark gesagt, dass er Kaffee ansetzen soll.«

»Danke, Fen, aber nein. Heute keinen Kaffee für mich. Ich arbeite.«

Sie nickte Rhian zu und reichte ihr die Hand. »Ich bin Fen McCash. Sind Sie eine Freundin dieses Schurken hier?« Sie zwinkerte Carlos verspielt zu und stimmte in sein Lachen ein.

Rhian schüttelte ihre Hand. Ihr Griff war fest, nüchtern und warm. »Ich bin Rhian Phillips. Carlos ist so nett, mich eine Weile durch die Gegend zu kutschieren.«

»Ah, ich verstehe. Nun denn, nett, Sie kennenzulernen. Machen Sie hier Urlaub?«

Rhian setzte sich den Rucksack auf und schüttelte den Kopf. »Eigentlich bin ich hier, um Sie zu treffen.«

»Mich?«, fragte Fen überrascht. »Warum um alles in der Welt würden Sie mich treffen wollen?«

»Haben Sie ein paar Minuten Zeit, damit wir uns unterhalten können?«

Fen deutete auf das Haus hinter ihnen. Wie die anderen Häuser, die sie heute Morgen gesehen hatte, war auch dieses dunkel getäfelt und mit einem Spitzdach versehen. Allerdings war dieses Gebäude wahrscheinlich doppelt so groß wie die anderen und hatte einen Wellblechanbau an der Seite. »Solange es kein ausgekochter amerikanischer Trick ist, mir irgendwelche erfundenen Klagen anzuhängen, können wir drinnen reden.«

»Die schicken jetzt Briten, um ihre Drecksarbeit zu erledigen?«

Fen nickte langsam. »Wie ich schon sagte, ausgekocht.« Sie zwinkerte erneut und führte Rhian durch die Tür.

Ein großer, drahtiger Mann mit dunklen Haaren und Augen streckte seinen Kopf durch den Türrahmen und hielt eine Tasse nach oben. »Kaffee?« Er runzelte die Stirn. »Hast du nicht gesagt, Carlos wäre hier?«

»Ist er. Aber er arbeitet, also bleibt er im Jeep.« Mit einem Nicken deutete sie auf die Straße. »Anscheinend versucht er, einen guten Eindruck zu machen.«

»Oh, richtig. Dann bring ich ihm eine Tasse raus.« Er lächelte Rhian an. »Kann ich Ihnen auch etwas bringen, wenn ich schon dabei bin?«

»Das wäre toll. Danke. Ich bin übrigens Rhian.

»Mark McCash. Milch? Zucker?«

»Nur Milch, danke.«

Fen deutete mit der Hand auf die bequeme, niedrige Couch, die an der hinteren Wand des Empfangsbereichs stand. Das Gefühl der Behaglichkeit und Einfachheit unterschied diesen Ort bereits stark von den anderen beiden Häusern. Rhian fühlte sich wesentlich wohler mit der McCash-Art, die Dinge anzugehen.

»Also, wie kann ich Ihnen helfen?«

»Ich brauche eine ortskundige Bergführerin, eine Frau, die mit mir zusammenarbeitet, um eine TV-Show auf die Beine zu stellen, die einen Hersteller von Outdoor-Ausrüstung bewirbt – zusammen mit der Region Patagonien. Es ist eine Marketing-Kampagne, die weltweit laufen, Kandidaten aus verschieden Ländern zeigen und im Prinzip Ihren ganzen nächsten Sommer beanspruchen würde.«

Mark kam herein und stellte ihre Getränke auf den Couchtisch. »Ich bringe das nur schnell zu Carlos.«

Fen nickte, löste ihren Blick aber nicht von Rhian. »Was ist das Ziel für die Kandidaten?«

»Im Grunde die Fitz-Überquerung in fünf Tagen.«

»Heilige Scheiße.«

»Es würde jede Woche eine Herausforderung geben und sie wird jedes Mal schwieriger. Die zwei schlechtesten Teilnehmer der Woche können von den Zuschauern rausgewählt werden. Wenn also die finale Herausforderung ansteht, sind nur noch die übrig, die auch dazu in der Lage sind. Sechzehn Kletterer. Zwölf Wochen.«

Fen schüttelte den Kopf. »Man kann die Überquerung nicht allein schaffen. Es muss paarweise geschehen.«

»So wird es auch sein.«

»Also gibt es am Ende der Serie zwei Gewinner?«

»Ja. Wir finden heraus, wen wir in Teams stecken können, um sie sicher über den Berg zu bringen. Und in einer Woche werden entweder zwei Kandidaten rausgewählt, außer wir verlieren irgendwann jemanden durch eine Verletzung.«

Fen lächelte und nickte. »Notfallplan Nummer eins.«

»Ja.«

»Und wenn Sie mehr als nur einen durch eine Verletzung verlieren?«

»Dann gibt es in einer Woche niemanden zum Rauswählen.«

»Wer würde die Herausforderungen aufstellen?«

»Sie und ich.«

»Abgesehen davon, die Kandidaten herauszufordern, welche Ziele verfolgen Sie mit ihnen?«

Rhian lächelte. Sie verstand sie. »Patagonien voll und ganz zur Geltung zu bringen.«

»Das ist ja alles schön und gut, wenn das Wetter schön ist. Aber das ist nicht immer der Fall.«

»Hab ich gehört. Wir versuchen, Patagonien in all seiner Schönheit zu zeigen, aber die Realität muss auch dargestellt werden. Wenn wir das Gebiet für Touristen bewerben, müssen sie wissen, dass die Sonne nicht immer scheint. Andernfalls wird die Tourismusbehörde, die die Hälfte des Geldes zur Verfügung stellt, mit Beschwerden überschwemmt.«

Fen lachte und nahm einen Schluck von ihrem Kaffee. »Sie sagten, dass es ein Großteil der nächsten Saison sein wird. Wann wollen Sie mit diesem Projekt beginnen?«

»Die Film-Crew kommt im September. Die Kandidaten im Oktober und die Aufnahmen beginnen im November.«

»Zwölf Wochen lang?«

»Ja.«

Fen nickte. Ihr Blick huschte durch den Raum, aber Rhian glaubte nicht, dass sie irgendetwas außerhalb ihrer eigenen Gedanken wahrnahm. Sie biss sich auf die Lippe. »Ich habe ein paar Bedingungen, Rhian.«

Rhian legte den Kopf schräg und richtete ihre Aufmerksamkeit vollkommen auf Fen.

»Niemand besteigt einen Berg, wenn ich der Meinung bin, dass er es nicht schafft. Niemand geht allein und sie werden alle ein Seil haben. Wer ohne geht, ist raus. Sicherheit ist mein Hauptanliegen. Nicht die besseren Filmaufnahmen, nicht weitere Grenzüberschreitungen. Sicherheit. Das ist meine Priorität. Wenn sie die Überquerung nicht machen, ist mir das egal. Ich werde alles in meiner Macht Stehende tun, um sie lebend wieder nach Hause zu bringen. Ich werde mich auf jedem Schritt dieser Reise mit diesen Mistkerlen stellen.« Sie deutete mit dem Daumen über die Schulter auf die Berge, die hinter den Fenstern aufragten. »Aber ich werde nicht mit Ihnen oder unausstehlichen Kameramännern oder arroganten Kletterern diskutieren. Verstanden?«

»Was? Keine Versprechen, dass Sie mir die besten Aufnahmen oder sehenswertes Fernsehen liefern?«, fragte Rhian.

Fen schüttelte den Kopf. »Ich spiele keine Spielchen, wenn es darum geht, die Leute sicher nach Hause zu bringen. Wenn Sie jemanden wollen, der Ihnen eine goldene Gans verspricht und Ihnen Leichensäcke nach Hause bringt, müssen Sie sich jemand anderen suchen.«

Rhian schüttelt den Kopf. »Das will ich nicht. Ich brauche jemanden wie Sie, weil es genug Hitzköpfe am Set geben wird, genau, wie sie gesagt haben.«

»Ich nehme an, dass Sie mit mehreren Leuten sprechen werden.« Sie starrte in ihre Kaffeetasse. »Ich wäre überrascht, wenn Sie es nicht tun würden. Bei einem so großen Projekt müssen Sie sichergehen, die richtigen Leute und das richtige Team zu haben. Falls Sie sich für meine Firma entscheiden, können Sie mir so früh wie möglich Bescheid geben? Ich habe bereits Buchungen für den Sommer, für die ich einen Extra-Guide anstellen oder die ich an eine andere Firma umleiten müsste.«

»Sie sind die dritte Person, mit der ich heute gesprochen habe.«

Fen nickte. »Dann nehme ich an, dass Sie über Ihre Entscheidung nachdenken müssen.« Sie nahm eine Karte vom Tisch und drehte sie um. Anschließend tastete sie ihre Taschen ab, bis sie einen Stift gefunden hatte, und kritzelte etwas auf die Rückseite der kleinen Karte. »Meine Handynummer. Ich würde mich freuen, wenn Sie mir Bescheid sagen würden, egal, wie Sie sich entscheiden.« Sie schenkte ihr ein schiefes Lächeln. »Dann muss ich mir nicht bis zum nächsten Sommer den Kopf zerbrechen und herausfinden, wer den Job bekommen hat, wenn Sie die falsche Entscheidung treffen.«

Rhian nahm die Karte und schob sie in ihre Tasche. »Der Job hat noch einen weiteren Aspekt.«

»Der da wäre?«

»Die Show moderieren.«

Fens Augen weiteten sich. »Sie wollen, dass ich, oder eher ihre Bergführerin, auch noch Moderation ist?«

Rhian nickte. »Wir brauchen jemanden … eine Frau, mit dem Wissen, den Fähigkeiten und einem sympathischen Wesen, um die Show zu moderieren. Wir brauchen jemanden, der glaubwürdig ist und gut im Fernsehen ankommt. Und jemand wie Sie, der viel Erfahrung in den Bergen und einen herausragenden Ruf hat – und wenn Sie mir die Bemerkung erlauben, auch noch attraktiv ist – wird sicher dabei helfen, die Show zum Erfolg zu bringen.«

Fen beobachtete sie aufmerksam und ein schwaches Lächeln umspielte ihre Lippen.

»Immer noch interessiert?«

»Na ja, ich kann nicht sagen, dass ich geglaubt habe, jemals so etwas zu machen. Außerdem bin ich nicht sicher, ob ich gut darin bin. Aber ich sage immer, dass ich alles mindestens einmal ausprobiere.« Sie zuckte mit den Schultern. »Also, ja. Warum nicht?«

Rhian grinste. Danach hatte sie gesucht. Fens Einstellung, ihr Verhalten und ihr Witz passten zum Ton und dem Gleichgewicht, den sie für die Moderation der Show sehen wollte. Außerdem brauchte sie jemanden, der den Hitzköpfen die Stirn bieten konnte, die in dieser Show zweifellos jede Grenze austesten würden. Fen würde sie binnen eines Herzschlags zum Schweigen bringen. Sie konnte es bereits vor sich sehen.

WWRT? Sie würde sie den Vertrag unterschreiben lassen, bevor sie durch die Tür ging.

»Können Sie mich vielleicht ein bisschen herumführen?«

Fen runzelte die Stirn. »Wo?«

»Hier. *Adventure Trekkers.* Wenn das das Hauptquartier des Projekts werden soll, muss ich wissen, womit wir arbeiten.«

»Sie bieten mir den Job an?«

»Sieht so aus.«

»Einfach so?«

»Auf meiner Liste standen drei Namen. Drei Frauen, die die Überquerung abgeschlossen haben ...«

»Es gibt eine Menge Kerle da draußen, die das geschafft haben.«

»Eine Frau muss das Gesicht dieses Projekts und der zusammengewürfelten Truppe sein, die wir aufstellen.«

»Warum?«

»Weil unser Kunde das so will.«

Fen warf den Kopf zurück und lachte. »Und was der Kunde will, bekommt der Kunde auch, richtig?« Fen stand auf, streckte die Hand aus und zog Rhian auf die Füße.

»So lautet das Spiel, Fen.«

Sie lächelte und führte Rhian durch den Anbau. Ablagen voller Ausrüstung hingen in geordneten Reihen von den Dübeln an den Wänden. Flaschenzüge hingen von den Deckenbalken und Schienen voller Seile, Schlitten, Schneeschuhe und Skier. Regale teilten den Raum in vier lange Gänge, die mit beschrifteten Wannen gefüllt waren. Zelte, Schlafsäcke, Gurte, Wanderschuhe, Kreidebeutel, Anker. Es war die Schatzkiste eines jeden Kletterers. Alles, was sie brauchen oder wollen könnte, befand sich in diesem Raum.

»Da dieses Projekt die ganze nächste Saison in Anspruch nehmen wird, nehme ich an, dass die Bezahlung gut sein wird.«

»Sehr gut.«

»Ausgezeichnet.«

»Darf ich auch eine Bedingung stellen?«, fragte Rhian.

»Vielleicht.«

»Ich hätte Carlos bei diesem Projekt gern dabei. Wir werden viele Dinge transportieren müssen, sowohl Menschen als auch Ausrüstung. Auch schon den ganzen argentinischen Winter, wenn der September näher rückt.«

Fen lächelte und klopfte ihr auf den Rücken. »Ich dachte schon, dass ich einen Vollzeitfahrer in meinem Team gebrauchen könnte. Wer wirbt die Kandidaten an?«

»Ich.«

»Sie werden eine viel beschäftigte Frau sein.«

Rhian nickte und strich mit einer Hand ehrfürchtig über die Ausrüstungsregale.

»Klettern Sie?«

»Ja.«

Fen grinste. »Wie lange sind Sie hier?«

»Ich habe noch vier Tage.«

»Wollen Sie ein wenig mit mir auskundschaften? Wir können ein paar der einfachen Routen testen und Sie können sich das Biest ansehen.« Sie deutete durch das Fenster auf Mount Fitz Roy. »Persönlich und aus der Nähe, wie es so schön heißt.«

Rhian strahlte. »Das wäre großartig.«

Kapitel 5

»Wir müssen über deine Effizienz sprechen, Jayden«, sagte ihre Vorgesetzte Steph vom Tischende aus. Einundzwanzig Jahre alt, aufgeblasen und mit zu viel Bräunungscreme eingerieben. Jayden hatte genug von ihr.

»Deine durchschnittliche Anrufzeit liegt weit über der Fünf-Minuten-Marke. Du musst dich zusammenreißen, sonst habe ich keine andere Wahl, als dich zu melden. Dann werden all deine Anrufe überwacht.«

Jayden riss sich das Headset vom Kopf. Sie warf es auf den Tisch und schob ihren Stuhl zurück. Genug war genug. Es machte sie wahnsinnig, sich seit fast sechs Monate lang Kunden-Beschwerden anzuhören, dem Gemecker der Kollegen zu lauschen und zuzusehen, wie diese Frau immer wieder über verfluchte Zielvorgaben lamentierte. Die Sonne des späten Augusts schien draußen vor den Fenstern, aber die Luft im Büro erstickte sie.

Jayden nahm ihren Rucksack unter dem Tisch hervor und warf ihn sich über die Schulter. Sie sagte nichts, als sie auf die Tür zumarschierte.

»Hey! Komm wieder her. Du bringst dich in Schwierigkeiten.«

Jayden warf den Kopf zurück und lachte. »Interessiert mich einen Scheiß.« Sie löste das Fahrradschloss, setzte sich den Helm auf den Kopf und fuhr auf dem Rad davon. Es fühlte sich gut an, die Muskeln in ihren Beinen arbeiten zu lassen und in die Pedale zu treten. Die Sonne wärmte ihre Haut und die Brise kühlte den Schweiß auf ihrer Stirn. Sie war nicht dafür gemacht, jeden Tag an einem Schreibtisch zu sitzen und dort zu verrotten. Sie musste atmen.

Eine halbe Stunde später sprang sie von ihrem Fahrrad und steckte den Schlüssel in die Haustür. Sie schnappte sich einen größeren Rucksack und ihre Fahrradtaschen und füllte sie schnell mit der Campingausrüstung, Lebensmitteln, Wasser und Wechselkleidung.

Sie musste weg von den Menschen, den Autos, den Straßenlaternen und allem anderen, das dieses vorstädtische Goldfischglas ausmachte, in das sie hineingezogen wurde.

Weite. Das war es, was sie brauchte. Grenzenlose, leere Weite.

Nur für ein paar Stunden wollte sie nicht fühlen oder denken. Sie wollte sich nicht mehr die Schuld dafür geben, nicht an Rebeccas Stelle gewesen zu sein. Nur für eine Sekunde wollte sie sich nicht mehr wünschen, an ihrer Stelle gestorben zu sein. In dem vergeblichen Versuch, ihren Magen zu beruhigen, rieb sie kreisend darüber und ignorierte weiter das unsichtbare Seil, das ihre Brust umspannte und ihr das Atmen immer schwerer machte.

»Ich war die Leiterin«, flüsterte sie in den leeren Raum, wischte sich angewidert die Tränen von den Wangen und knirschte mit den Zähnen. »Ich hätte es sein müssen, Becks. Ich hätte es sein müssen.«

Als sie wieder auf dem Fahrrad saß, richtete sie ihren Blick auf die Hügel und fuhr aus dem Stadtzentrum.

Stockport war vieles, aber schön ganz sicher nicht. Aber die Nähe zum Stadtzentrum von Manchester und die Arbeitsmöglichkeiten waren ein Vorteil. Heute rief die andere Richtung nach ihr. Die Richtung, in die sie sich vor dem heutigen Tag geweigert hatte, zu blicken. Die Hügelspitzen und Sümpfe des Peak District hatten immer den Großteil von Stockports Anziehungskraft ausgemacht – zumindest für Jayden. Und heute zogen sie sie an wie das Licht die Motten.

Die stundenlange Fahrt half ihr, einen klaren Kopf zu bekommen, als sie ihren Rhythmus fand und dem Auf und Ab der Hügel folgte. Die Monotonie der Vorstadt verblasste. Die dunklen Schatten der Sandsteinklippen umgaben die üppige Torflandschaft, die mit blühendem Heidekraut und Fasanen angereichert war, die in den Büschen krähten. Sie erreichte den Kreisverkehr an der A6, der sie nach Castlefield oder Buxton führte, dann schwenkte sie nach links und radelte durch das Dorf Sparrow Pit – ein winziges Nest mit weniger als einem halben Dutzend Steincottages und einem Pub. Mam Tor und Kinder Scout waren nur ein paar Kilometer entfernt und sie sehnte sich danach, heute Nacht unter einer Zeltplane zu schlafen.

Sie würde sich nicht mit einem Campingplatz aufhalten. Zu viele Menschen. Zu viele schreiende Kinder. Es war das letzte Wochenende im August und die Sommerferien waren nur für Lehrer kein Fluch. Nein, heute Nacht würde sie unter ihrer Plane schlafen und die Sterne von der Spitze des Kinder Plateus beobachten. Sie wollte nichts mehr, als den Mitternachtswind auf ihrer Haut zu spüren und alles zu fühlen. Einfach fühlen. Sie hatte die erdrückende Leere in sich satt und musste sehen, wie es nach außen reflektiert wurde. Nur heute Nacht. Nur diese eine Nacht. Dann konnte sie wieder hineingehen und die Türen verschließen. Dann würde sie alle Gefühle wieder in die Kisten packen und sie wieder wegschließen. Sie brauchte nur diese eine Nacht.

Der letzte Anstieg über die Straße bei Barber Booth hob sie aus dem Sattel. Sie keuchte und schwitzte in aufrechter Position, bevor sie sich wieder hinsetzte und den ganzen Weg nach unten nach Edale die Bremsen betätigte. Ihr Fahrrad verstaute sie in einem der Schließfächer am Bahnhof, weil sie wusste, dass es dort sicher sein würde. Mit ihrer Ausrüstung im Schlepptau ging sie auf das *The Rambler's Inn* zu. Eine deftige Mahlzeit würde die Grundlage für die Nacht bieten. Es war voll, obwohl es erst siebzehn Uhr war. Sie bestellte die Rindfleischpastete und zog ihr Handy aus der Tasche, als sie sich setzte. Während sie auf ihr Essen wartete, nippte sie an einem Glas Bier.

Drei verpasste Anrufe. Unbekannte Nummer. Verfluchte Steph. Zweifellos wollte sie ihr sagen, dass sie gefeuert war. Als wäre ihr Abgang nicht Hinweis genug gewesen, dass sie gekündigt hatte. Zwei Nachrichten. Eine davon zeigte an, dass sie eine Nachricht auf der Mailbox hatte. Die andere war von ihrer Schwester. Sie stöhnte. Es würde nicht angenehm werden, Fen zu erzählen, dass sie gekündigt hatte. Schon wieder. Sie öffnete die App und starrte die Nachricht an. Es war Fens Nummer, aber die Nachricht war nicht von Fen.

Jay, Süße, hier ist Mark. Wenn du das liest, ruf mich an. Es gab einen Unfall.

Jaydens Handflächen schwitzten. Ihr Herz schlug heftig und das Blut rauschte in ihren Ohren. Das Essen wurde vor ihr abgestellt, aber der köstliche Geruch löste Übelkeit in ihr aus. Sie schluckte die Galle hinunter und wählte Fens Nummer.

»Jay, danke, dass du mich so schnell anrufst.« Marks Stimme war schroff. Sie klang gedrückt, wie von Tränen erstickt.

»Ist sie …«

»Es gab einen Unfall.«

»Ich weiß. Das hast du geschrieben. Geht's ihr gut? Geht's Fen gut?«

»Was? Oh, na ja, ja. Ich nehme es an.«

Jayden seufzte erleichtert auf. »Was ist dann passiert?«

»Wir haben ein paar der Anfangsrouten für diesen Job ausgekundschaftet.«

»Den TV-Job?«

»Ja. Es ist eine riesige Sache, Jay. Ich meine, riesig. Diese Frau, mit der wir arbeiten, Rhian, sie ist großartig. Und der Job … Na ja, wenn die Einschaltquoten so gut sind, wie sie hofft, könnten weitere Staffeln folgen.«

»Verstanden, große Sache. Was ist heute da draußen passiert?«

»Oh, ja. Tut mir leid. Wie auch immer, hier ist noch immer Winter, wie du ja weißt, aber wir haben den Gletscher überquert –«

»Angeseilt?«

»Natürlich.« Er klang beleidigt. »Das ist nicht meine erste verdammte Wanderung auf dem Eis, weißt du?«

»Tut mir leid, tut mir leid.« Sie wusste das. Es war Mark gewesen, der ihr so viel beigebracht hatte, als sie noch ein Kind gewesen war und versucht hatte, sich auf den Bergen zurechtzufinden. Sie bildete sich gern ein, dass er und ihre Schwester ihretwegen am Ende zusammengekommen waren. »Aber du schwafelst. Sag es mir einfach.«

»Das Pflaster abreißen, richtig?«

»Immer.«

»Unter ihr hat sich eine Spalte geöffnet. Sie ist fast zehn Meter tief gefallen und gegen eine Wand gekracht.«

Die Eiswand in einer Gletscherspalte konnte so hart sein wie polierter Marmor und genauso glatt. Zu versuchen, aus so einer Spalte wieder herauszukommen, war, als würde man einen Diamanten besteigen wollen. Eiswerkzeuge fanden kaum Halt. Ohne ein Seil … hatte man keine Chance. »Wie schlimm ist es?«

»Sie hat zwei gebrochene Rippen, einen gebrochenen Arm, ein gebrochenes Bein und ein ausgerenktes Knie …«

Jayden atmete erneut aus. »Also sechs Wochen mit Gips und dann Physio. Sie kommt wieder in Ordnung.«

»Und eine Wirbelsäulenfraktur.«

Die Luft verließ Jays Lungen in einem einzigen Atemzug. »Scheiße.«

»Ich hab es schlimmer gemacht. Als ich sie rausgezogen habe, ich … Es ist meine Schuld, dass sie vielleicht nie wieder laufen wird.«

»Es ist nicht deine Schuld, Mark. Wirklich nicht. Auf dem Eis passieren Unfälle.«

»Ich hab es gehört. Es ging ihr gut, bis ich sie hochgezogen habe. Sie hätte heilen können.«

»Das kann sie immer noch. Mark, du hast sie rausgezogen und ihr das Leben gerettet. Das ist wichtiger als alles andere.«

Ein Schluchzen drang durch die Leitung. »Wie soll ich ihr sagen, dass sie nie wieder laufen wird?«

Jayden schluckte schwer. »Ist sie wach?«

»Nein. Sie ist im OP. Sie operieren gerade ihren Arm und ihr Bein. Die Brüche waren schlimm. Sie müssen ihr eine Platte im Bein einsetzen.«

»Okay. Sag es ihr nicht. Sie wird eine Weile nicht ganz bei sich sein. Ich bin morgen da, Mark. Wir machen es zusammen, in Ordnung?«

Er schluchzte erneut und sie war nicht sicher, ob sie darin Erleichterung oder Angst hörte. Vielleicht beides. »Danke.«

»Du musst mir nicht danken. Jetzt leg auf. Ich muss einen Flug buchen.«

»Ich liebe dich, Jay.«

»Ja, ja. Das sagst du allen Mädchen.«

Er lachte trotz der Tränen, die sie noch immer in seinem Tonfall hören konnte. »Nur zu den hübschen Lesben. Andernfalls würde mich deine Schwester umbringen.«

»Na ja. Vielleicht macht sie es trotzdem. Sie ist so ein Miststück.«

»Wo bist du? Es hört sich laut an.«

»Ich bin in einem Pub und esse etwas. Jetzt lass mich in Ruhe, damit ich meinen Hintern in ein Flugzeug bewegen kann.« Ihr schwirrte bereits der Kopf von all den Plänen, die sie machen musste. Das Erste war der letzte Zug aus Edale zurück nach Stockport. Sie warf einen Blick auf ihre Uhr. Sie hatte eine Stunde. Schnell schaufelte sie sich das Essen mit einer Hand in den Mund, während sie mit der anderen durch ihr Handy scrollte.

Ihr war übel und Essen war das Letzte, was sie wollte – aber wer wusste, wann sie die nächste Mahlzeit bekommen würde. Marks Hilfeschrei hatte ihren Notfallmodus, ihren Überlebensmodus, eingeschaltet. Die Energie half, zu funktionieren. Und das musste sie tun. Sie musste funktionieren. Für Mark. Für Fen.

Kapitel 6

Argentinien war genau so, wie sie es in Erinnerung hatte. Wunderschön. Aber nach vierunddreißig Stunden unterwegs war Jayden nicht in der Stimmung, die Schönheit oder die ersten Strahlen der patagonischen Sonne zu bewundern. Sie hetzte durch den Flughafen und stieß gedankenverloren gegen den Rücken einer kleinen Blondine, die telefonierte, während sie nach einem Taxi Ausschau hielt. »Unverschämt«, sagte die Frau.

»Entschuldigung«, murmelte Jay und drückte die Türen auf, bevor sie in ein Taxi am El Calafate-Flughafen stieg und den Fahrer auf Spanisch bat, sie zum Krankenhaus zu bringen – so schnell er konnte. Er nickte und überschritt jedes Tempolimit, als er sich durch die belebten Straßen schlängelte. Sie schickte Mark schnell eine Nachricht, damit er am Haupteingang auf sie wartete.

Sobald sie den Taxifahrer bezahlt hatte und ihre Tasche auf dem Beton gelandet war, zog Mark sie in eine feste Umarmung.

»Ist sie schon aufgewacht?«

Er schüttelte an ihrer Schulter den Kopf. Er hatte sie noch immer nicht losgelassen. Sie schlang die Arme um seine Mitte und hielt ihn. »Komm schon, drück nicht so fest. Ich muss pinkeln.«

Er schnaubte und lockerte seinen Griff, während er sich mit einer Hand über die Augen wischte. Der andere Arm lag noch immer um ihre Taille. Er bückte sich, um ihre Tasche aufzuheben, und führte sie ins kühle Innere des El Calafate-Krankenhauses, wo er ihr zuerst den Weg zur Damentoilette zeigte. Als sie das Privatzimmer auf der Intensivstation erreichten, drückte er sie auf den einzigen Stuhl im Raum und quetschte sich mit seinen ein Meter zweiundachtzig auf den Rand von Fens Bett.

»Also, was gibt es Neues?«, fragte Jayden, während sie versuchte, sich an den Anblick ihrer bewusstlosen großen Schwester zu gewöhnen, die jetzt so klein und zerbrechlich aussah. Das war nicht wie bei Rebecca. Fen war noch immer hier. Sie lebte und würde heilen. Immer und immer wieder wiederholte sie diese Worte in ihrem Kopf.

»Die Operation ist gut verlaufen. In Zukunft sollte es keine Probleme mit dem Arm oder dem Bein geben. Aber ihre Wirbelsäule …«

»Wo ist es?«

»T4?«

»Und das bedeutet was?«

»Die Fraktur am T4-Wirbel übt Druck auf ihr Rückenmark aus und wir wissen noch nicht, ob die Nerven beschädigt oder gerade nur durch die Schwellung beeinträchtigt sind.« Eine junge Frau kam herein und streckte die Hand aus. »Ich bin Doktor Hernandez.«

»Jayden Harris.« Sie schüttelte ihre Hand. »Ich bin Fens Schwester.«

»Ah. Dann ist es gut, dass sie hier sind.«

»Was bedeutet all das wirklich, Doktor?«

»Nun ja, wenn der Nerv durchtrennt oder beschädigt ist, wird ihre Schwester höchstwahrscheinlich auf einen Rollstuhl angewiesen sein. Inkontinenz ist zu erwarten und abhängig davon, welche Nerven betroffen sind, könnte sie auch Muskelprobleme am Rumpf bekommen – und im Brustbereich.«

Jayden schluckte hart und versuchte, sich nicht zu übergeben.

»Wenn der Nerv nur wegen der Schwellung angestoßen ist, die den Wirbel schützt, sollte sie in Kürze wieder Gefühl und letztendlich auch Bewegungsfähigkeit in den Gliedmaßen haben. Im Moment reagiert sie auf beiden Seiten nicht auf Schmerzimpulse.«

»Also wissen Sie es nicht genau, richtig?«

Die Ärztin zuckte leicht mit den Schultern. »Es ist eine heikle Verletzung. Aber sie lebt und ist stark. Sie müssen ihr dabei helfen, sich auf diese beiden Dinge zu konzentrieren, wenn sie aufwacht. Sie wird es brauchen.« Doktor Hernandez schrieb etwas auf das Klemmbrett am Ende von Fens Bett, nickte ihnen beiden zu und verließ das Zimmer.

»Sie ist ein wahrer Sonnenschein«, murmelte Jayden.

»Wir müssen die Fakten kennen, Jay.«

Sie nickte und drehte den Kopf von einer Seite zur anderen, wobei ihr Nacken knackte. »Ich weiß.« Sie schloss die Augen und rieb sich mit der Hand übers Gesicht.

»Warum versuchst du nicht, ein wenig zu schlafen? Ich wecke dich, wenn sie aufwacht.«

Sie nickte, machte sich aber nicht die Mühe, die Augen zu öffnen.

Kapitel 7

Rhian wurde von hinten angestoßen, als sie sich zum Ausgang des Flughafens vorkämpfte. »Unverschämt«, sagte sie zu dem sich schnell entfernenden Rücken. Die große Frau mit den dunkelblonden Locken murmelte eine Entschuldigung, als sie sich an ihr vorbeidrängelte.

Sie seufzte, zog ihren Rucksack höher und verließ das Gebäude. Es war der erste September und der erste Tag der nächsten Projektstufe. Carlos wartete auf sie. Er trug ein breites Grinsen auf dem Gesicht und hielt eine Wasserflasche in der einen und eine braune Papiertüte in der anderen Hand.

»Isabella schickt Ihnen wieder Empanadas, meine Liebe.«

Sie schlang die Arme um ihn, als wäre er ein alter Freund und küsste seine Wange. »Es ist schön, dich wiederzusehen, Carlos. Ich kann nicht glauben, dass es schon sechs Monate sind.«

»*Sí*, richtig? So viel ist passiert und trotzdem fühlt es sich an, als wäre es gestern gewesen, als Sie mit mir und meiner Isabella gegessen und Pläne für Ihr großes Abenteuer gemacht haben.«

»Du nimmst mir die Worte aus dem Mund.« Sie warf ihren Rucksack auf den Rücksitz, während er ihren Koffer in den hinteren Teil des Jeeps lud. »Also, wie geht es voran?«

»Gut. Glaube ich.« Er nickte, als er auf den Fahrersitz rutschte. »Ja, ich glaube, wir liegen im Zeitplan. Ich habe viel mit Ihrer Assistentin Mellissa gesprochen. Sie ist sehr gut darin, mir die Einzelheiten zu geben, wann Ausrüstung und Leute ankommen. Wir haben nur noch eine Woche, bevor die Film-Crew eintrifft.« Er fuhr auf die Straße und fing an, sie durch die Stadt zu manövrieren.

»Das stimmt. Sie ist wirklich ein Geschenk des Himmels. Sie kommt mit den Kandidaten.«

»Gut. Es wird schön sein, sie persönlich kennenzulernen.«

»Ja. Und was ist mit den Routen und Herausforderungen? Hat Fen dir etwas über die Arbeit daran erzählt?«

Carlos runzelte die Stirn. »Ich weiß es nicht. Tut mir leid. Ich glaube, Sie sollten mit Mark sprechen.«

»Mark? Nicht Fen?«

Carlos nickte.

»Warum muss ich mit Mark sprechen? Was ist passiert?« Carlos sah sich um und sein Unbehagen wurde deutlich, als ihre Stimme lauter wurde und sich ein schriller Ton darunter mischte. »Tut mir leid, du machst mich nur ein bisschen panisch.« Sie lachte leise und zwang sich, sich zu entspannen. Immerhin hätten Fen oder Mark ihr Bescheid gesagt, wenn es etwas Ernstes wäre. »Ich meine, ich bin sicher, dass alles in Ordnung ist, richtig? Wir sind bereit, loszulegen, und Fen sagte, dass das Auskundschaften sehr gut vorangeht. Sie hat fast alle Aufgaben fertig, was kann also schon schief gehen?«

»Ich glaube, Sie sollten vielleicht mit Mark sprechen.«

Sie zog das Handy aus ihrer Tasche und suchte nach Marks Kontakt, um genau das zu tun. Von allen Notfallplänen, die sie für dieses Projekt parat hatte, hatte sie sich auf diesen Fall nicht vorbereiten können. Wenn Fen ausstieg, war sie am Arsch. Das ganze Projekt war am Arsch. Sie konnte nicht glauben, dass etwas so massiv schiefgelaufen war, dass Carlos so besorgt aussah und sie trotzdem keiner der beiden angerufen hatte. Was zur Hölle war los? Sie musste den Grund erfahren und Antworten bekommen – und vorzugsweise eine Lösung, bevor sie damit an Rachel herantrat. Oder es würde sie nicht *stolz machen*. Ganz und gar nicht.

»Ich glaube, dass ich mich lieber persönlich mit ihm unterhalte, Carlos.« Die Fahrt nach El Chaltén würde ihr genug Zeit geben, ihre Wut unter Kontrolle zu bringen und eine mögliche Lösung zu finden, falls Fen sie im Stich ließ. Das war der einzige Grund, der ihr einfiel, warum Carlos so besorgt aussah. »Kannst du mich direkt hinfahren?«

Die Falte zwischen Carlos Brauen vertiefte sich. »Ich bin nicht sicher, dass das das Beste ist. Nicht im Moment.«

Rhian drehte sich zu ihm und ihre Nerven waren zum Zerreißen gespannt. »Carlos, meine Firma zahlt ihnen ein kleines Vermögen – eigentlich ist es gar nicht so klein – wenn ich also mit ihnen sprechen möchte, erwarte ich auch, es tun zu können. Ich habe keine unzumutbaren Bedingungen gestellt, aber du machst mir gerade eine Heidenangst. Und dieses Projekt … Tja, wir können es jetzt nicht stoppen. Zu viele Leute haben bereits zu viel Geld investiert. Wenn Fen so kurz vor Beginn kalte Füße bekommt, werde ich verdammt noch mal jetzt mit ihr darüber sprechen.«

»Es ist nicht so einfach, Miss Rhian.«

»Für mich schon. Jetzt bring mich zu den Mistkerlen.« Carlos öffnete den Mund, überlegte es sich dann aber offensichtlich anders. Stattdessen nickte er und betätigte den Blinker.

Sechs Monate. Sie hatte sechs Monate damit verschwendet, die Show, die Routen und die Aufgaben zu entwickeln und jetzt stiegen sie einfach aus. Sie hätte in der Zeit jemand anderen finden können. Aber jetzt hatten alle bereits ihre Aufgaben. Alles beruhte darauf, dass Fen die Gruppen – sicher – durch die nächsten fünf Monate führte und die Show moderierte. Sie war die richtige Person für die Aufgabe. Dessen war sich Rhian sicher. Aber es gab eine Sache, der sie sich sogar noch sicherer war: Es war ganz einfach keine Zeit mehr, um noch mal von vorn anzufangen. Die Kandidaten waren ausgewählt. Die verdammte Film-Crew reiste in weniger als einer Woche an. *Vielleicht kann ich noch mal zu der ungehobelten Frau – wie hieß sie noch gleich? Sarah? Ich könnte sie fragen, ob sie es machen will. Zweifellos wird es mehr kosten, jemanden in letzter Minute zu finden, aber zumindest müssten wir dann nicht alles absagen. Und die Millionen verlieren, die bereits investiert wurden.*

Sie knirschte mit den Zähnen, die Muskeln in ihrem Kiefer spannten sich an und sie trommelte mit den Fingern auf ihre Oberschenkel.

»Es ist nicht, was Sie denken, Miss Rhian.«

»Nein? Was ist es dann?«

Carlos hielt den Wagen an und deutete nach draußen. El Calafate Krankenhaus. Rhian stand der Mund offen. »Oh Gott.« Fen und Mark hatten sie so gereizt, dass ihr gar nicht aufgefallen war, dass Carlos nicht auf die Straße nach El Chaltén gefahren war.

»Fen ist schwer verletzt, Miss Rhian.«

»Aber ich habe erst vor ein paar Tagen mit ihr gesprochen.«

»Vor zwei Tagen. Mark und sie wollten eine Route für die Show testen und das Eis hat sich geöffnet. Eine Gletscherspalte.«

Sie nickte und starrte noch immer das Gebäude an. »Wie schlimm ist es?«

»Mark sagt, Arm, Bein und Rippen gebrochen. Knie ausgerenkt und Rücken gebrochen.«

Sie schluckte. »Heilige Scheiße.« Sie schloss die Augen und drückte auf den Kontakt in ihrem Handy.

»Du bist also gut und sicher gelandet, ja?« Rachels Stimme war locker und klang fröhlich.

Tja, das wird nicht lange andauern. »Rach, wir haben ein Problem.«

»Scheiße. Erzähl mir nicht die Probleme, Rhian. Gib mir Lösungen.«

»Ich weiß nicht, ob es dafür eine gibt.«

»Lass mich nur die Tür schließen.« Ein lautes Krachen ertönte, ehe es erheblich leiser wurde. »Alles klar, schieß los.«

Rhian umriss kurz, was Carlos ihr erzählt hatte.

»Mist«, sagte Rachel. »Es geht ihr gut, ja?«

»Ich weiß nur das, was Carlos mir erzählt hat.«

»Scheiße.«

»Ich weiß.«

»Wir stecken schon zu tief drin, um diese Sache jetzt zu stoppen.«

»Ich weiß.«

»Es wurde zu viel Geld reingesteckt.«

»Ich weiß.«

»Die Firma wäre bankrott, wenn wir die Strafen dafür zahlen müssten, die Sache nicht durchzuziehen.«

»Ich weiß.«

»Hör auf, *Ich weiß* zu sagen. Das ist nervig.«

»Ich weiß«, fügte Rhian hinzu. Sie konnte nicht widerstehen. »Tut mir leid. Also, was soll ich tun? Soll ich herausfinden, ob die anderen beiden von der Liste passen?«

»Nein. Wenn du vor sechs Monaten darauf vertraut hättest, dass sie es schaffen können, hättest du sie genommen. Auf keinen Fall werden sie es einen Monat vor Beginn der Dreharbeiten fertigbringen.« *Tap, tap, tap.* Das nervöse Klicken von Rachels Kugelschreiber auf dem Schreibtisch drang durch die Leitung. »Gibt es nicht noch einen Kletterer in der Firma?«

»Mark? Ja, sicher. Aber ich dachte, *Patagonia* will das Gesicht einer Frau. Außerdem bin ich nicht sicher, in welcher Verfassung er ist. Es hört sich an, als wäre er mit ihr da draußen gewesen und sie ist seine Frau. Ich glaube nicht –«

»Nein, eine andere Frau.«

Rhian runzelte die Stirn. »Ich hab keine andere Frau kennengelernt und kann mich nicht erinnern …«

»Lass mich die Einzelheiten raussuchen, dann rufe ich dich wieder an. Du siehst nach Mark und findest raus, was los ist.«

»Du willst, dass ich in ein Krankenhaus gehe und ihn über eine TV-Show ausfrage, während seine Frau verletzt im Bett liegt?«

»Hört sich ein bisschen gefühllos an, wenn du es so formulierst.«

»Ach wirklich?«

»Hör zu, Kleines, ich weiß, dass es hier ernst wird. Aber wir brauchen Informationen, bevor wir weitermachen und herausfinden können, ob wir ein Kanu und ein Paddel haben, um diesen Fluss aus Mist runterzufahren, oder ob wir einfach untergehen. Du bist da draußen meine Augen und meine Ohren und ich muss es wissen. Ich muss wissen, ob Mark mit einer anderen Frau zusammenarbeiten würde, um seine und Fens Arbeit zu verwenden. Ich muss wissen, ob er diejenige unterstützt, die es sein wird, um sicherzustellen, dass es sicher ist. Denn ich will nicht – und ich wiederhole – *ich will nicht,* dass einer unserer Kandidaten verletzt wird. Es ist mir egal, welche Verzichtserklärungen sie unterschrieben haben.«

»Du hast ein großes Herz, Rach.«

»Nein, ich bin ehrlich, Rhi. Das weißt du. Jetzt hör auf, Trübsal zu blasen, und besorg mir Antworten. Ich versuche, Informationen für dich zu haben, wenn du dich wieder bei mir meldest. In Ordnung?«

»Sicher«, sagte sie, aber Rachel hatte bereits aufgelegt.

»Wollen Sie, dass ich Sie jetzt nach El Chaltén bringe, Miss Rhian?«

Rhian schüttelte den Kopf. »Leider muss ich jetzt wirklich mit Mark sprechen.« Sie hielt das Handy nach oben. »Befehl vom Boss.«

»Ihr Boss, Sie – wie sagt man – ist ein großes Miststück?«

Rhian lachte leise. »Das kann sie sein.« Sie wählte Marks Nummer. »Außerdem ist sie meine Mutter.«

Carlos riss die Augen auf.

»Mark, hi, tut mir leid, dass ich dich störe. Ich weiß, dass es gerade kein guter Zeitpunkt ist, aber besteht die Möglichkeit, dass ich ein paar Minuten mit dir sprechen kann?«

»Rhian? Oh, ja, klar. Ich bin sogar froh, dass du anrufst. Es gibt etwas, dass ich dir sagen muss.«

»Ich weiß von Fens Unfall.«

»Du weißt es? Oh, richtig. Na ja, das wollte ich dir sagen. Ich hab nicht früher angerufen, weil sie erst vor Kurzem aus dem OP gekommen ist und ich warte darauf, dass sie aufwacht, damit ich ihr … damit wir ihr sagen können …«

»Oh Mark. Es tut mir so leid. Wie hat sie es aufgenommen?«

»Sie ist seit dem Unfall nicht mehr bei Bewusstsein.«

»Gott.«

»Ja. Es herrscht Chaos.«

»Ich weiß. Hör zu, ich bin gerade mit Carlos auf dem Parkplatz. Kann ich dich kurz sehen? Ich weiß, dass es ein schrecklicher Zeitpunkt ist, aber, na ja, mein Boss übt schon Druck auf mich aus, damit wir na ja, aus der Sache heil rauskommen, nehme ich an.«

»Oh, richtig. Na ja, ich glaube, das geht in Ordnung. Jay ist hier, also ist Fen nicht allein, wenn sie aufwacht. Ich komme runter. Ich könnte etwas frische Luft gebrauchen.«

»Danke. Und noch mal: Es tut mir wirklich leid.«

»Ist nicht deine Schuld. Wir sehen uns gleich.«

Sie legte auf und tippte sich mit dem Handy aufs Knie. Ihr schwirrte der Kopf, als sie versuchte, einen Weg durch das Labyrinth an Hindernissen zu erkennen, das nun das Projekt umgab. Wie konnte alles so schnell den Bach runtergehen?

Mark wirkte ausgelaugt. Normalerweise funkelten seine Augen und er strahlte Energie aus. Heute wirkte er wie ein Schatten seiner selbst – schlaff und farblos. Er schien kaum mehr als eine Ergänzung zum Hintergrund zu sein, als er auf sie zukam.

Manchmal hasse ich dich wirklich, Rachel. Sie stieg aus dem Wagen und ging ihm entgegen. Es war das Mindeste, ihm auf halbem Weg entgegenzukommen.

»Hi«, sagte er leise, als sie sich trafen.

»Wie geht's ihr?«

»Wie gesagt, sie schläft noch. Die Ärztin sagt, dass die Operation gut verlaufen ist. Jetzt können wir nur warten, dass sie aufwacht. Dann werden wir herausfinden, ob ihr Rückenmark verletzt ist oder ob die Schwellung nur Druck darauf ausübt.«

»Können sie keinen Scan oder so was machen, um es herauszufinden?«

»Haben sie. Die Schwellung ist so groß, dass sie kein klares Bild vom Rückenmark bekommen.“

»Geht's dir gut?«

Er schüttelte den Kopf und ließ ihn nach vorn fallen, sodass sein Kinn auf seiner Brust ruhte. »Ich hab es getan, Rhian.«

»Was meinst du?«, fragte Rhian stirnrunzelnd. »Es war ein Unfall.«

»Ich hab sie am Seil hochgezogen. Ich hab ihren Rücken gebrochen.« Ein Schluchzen brach aus ihm hervor.

»Nein, es war nicht deine Schuld.« Sie zog ihn in ihre Arme und streichelte seinen Rücken, während er schluchzte. »Es war ein Unfall. Wenn du sie nicht hochgezogen hättest, wäre sie tot. Es ist nicht deine Schuld.«

»Ich hätte es anders machen sollen.«

»Mark, sie hatte einen gebrochenen Arm, ein gebrochenes Bein, gebrochene Rippen und ein ausgerenktes Knie. Sie hätte sich niemals allein hochziehen oder rausklettern können. Du hast getan, was du tun musstest. Du hast ihr das Leben gerettet.«

»Was sollen wir tun, wenn sie nie wieder laufen kann?«

»Ihr passt euch an. Ihr findet einen neuen Weg für euer Leben.«

»Aber sie wird nicht mehr klettern.«

»Dann wirst du sie tragen. Ihr findet gemeinsam neue Abenteuer.«

»So einfach ist das nicht.«

»Nein, ich kann mir vorstellen, dass es das nicht ist. Aber vielleicht sollte es so sein.«

»Ja.« Er zog sich zurück und setzte sich auf den steinernen Rand eines Blumenhochbeets. »Tut mir leid, dass ich so rumheule.«

»Sei nicht albern. Was könnte ein kleines Mädchen wie ich anderes von einem großen, starken Kerl wie dir erwarten?« Sie stieß ihn mit der Schulter an und setzte sich neben ihn.

Er lachte leise. »Ja, ich tu meinem Harter-Kerl-der-Berge-Image keinen Gefallen, oder?«

»Ich würde sagen, dass der Zug abgefahren ist.«

»Wie kommt es eigentlich, dass du so schnell hier warst?«

Sie runzelte die Stirn. »Es ist der erste September. Das sollte die ganze Zeit schon mein Ankunftstag sein.«

Sein Gesicht wurde noch blasser und sein Mund klappte auf. »Scheiße. Die Show. Oh mein Gott. Was sollen wir tun? Sie kann nicht … Ich kann nicht … oh scheiße.«

Rhian schüttelte den Kopf und hob die Hand, um ihn zu unterbrechen. »Wir finden einen Weg. Hilfst du mir, so gut du kannst? Ich weiß, dass du oft hier bei ihr sein wirst, aber wenn du mir einen Teil der Routen und Aufgaben zeigen könntest, die ihr zusammengestellt habt, wenn ich eine neue Bergführerin gefunden habe, würde mir das unendlich viel helfen. Ich hasse es, dich darum bitten zu müssen. Ich hasse es wirklich, dich jetzt darum zu bitten …«

»Rhian, du musst das tun. Es ist dein Job. Ich verstehe das. Und natürlich werde ich dir helfen. Sag mir einfach, was du brauchst, wenn du jemanden gefunden hast.« Er deutete mit dem Daumen auf die Türen. »Ich sollte wieder reingehen. Sie könnte jetzt wach sein und es ist nicht fair, Jay alles zu überlassen.«

»Jay?«

»Jayden, Fens Schwester. Sie ist heute aus Großbritannien hergeflogen. Ihr müsst denselben Flug genommen haben.«

»Oh, okay. Na ja, dann los. Du solltest lieber wieder reingehen.«

»Ja. Und danke.«

»Keine Ursache.« Rhian sah ihm hinterher und wusste, dass er alles in seiner Macht stehende tun würde. Aber er war nicht in der Verfassung, die Sache zu leiten. Sein Herz wäre nicht bei der Sache und das konnte Menschen das Leben kosten. Selbst wenn sie seinen Bart abrasierte und ihn in ein Kleid steckte. Sie rief Rachel an, um ihr zu sagen, dass sie keine guten Neuigkeiten hatte.

»Nun, zu deinem Glück habe ich welche.«

»Und die wären?«

»Die Trekking-Firma gehört zwei Leuten.«

Ja, Fen und Mark McCash. Ich hab dir gesagt, dass keiner der beiden in der Lage ist, das zu tun, was wir von ihnen erwarten.«

»Falsch. Sie gehört Fen McCash und Jayden Harris. Ihrer Schwester. Sie ist auch eine Bergsteigerin. Ich hab ihren Namen der Tourismusbehörde und der Bekleidungsfirma gegeben. Beide segnen ab, dass sie das Gesicht der Sache wird und übernimmt. Sie sagen, dass sie sogar besser ist als Fen. Ich sehe mir gerade ihren Lebenslauf an. Everest, K2, Annapurna. Eigentlich hat sie alle Achttausender bestiegen – und die Seven Summits. Ist das gut?«

»Ja.«

»Außerdem steht hier, dass sie eine der wenigen Frauen auf der Welt ist, die den Cerro Torre bestiegen haben.«

»Wirklich?«

»So steht es hier.«

»Wow. Das ist wirklich beeindruckend.«

»Gut. Mit dieser Lösung sind dann jedenfalls alle glücklich. Und sie ist außerdem die Firmenleiterin, also ist sie vertraglich bereits an uns gebunden.«

»Ich kann nicht glauben, dass du schon mit den Kunden gesprochen hast.«

»Ich muss am Ball bleiben, Kleines. Wir haben gerade per Skype miteinander gesprochen. Du hättest ihre Gesichter sehen sollen, als ich ihren Namen erwähnt habe. Scheint so, als wäre sie für die Leute von *Patagonia* ohnehin die erste Wahl gewesen.«

»Warum stand sie dann nicht auf der Liste?«

»Weiß ich nicht. Vielleicht war sie nicht im Land.«

»Mark hat gesagt, dass sie gerade aus Großbritannien eingeflogen ist, also muss es wohl daran liegen.«

»Sie ist da?«

»Ja. Mark sagt, dass sie bei Fen ist. Also nehme ich an, dass sie im Krankenhaus ist.«

»Dann geh rein und rede mit ihr. Hol sie an Bord und mach dich an die Arbeit.«

»Rachel, du hast das Einfühlungsvermögen eines Nilpferdarschs. Ich werde nicht in dieses Krankenhauszimmer marschieren und einer Fremden sagen, dass sie bei mir unter Vertrag steht und ihre verletzte Schwester zurücklassen muss, um mit mir zu arbeiten. Sie warten darauf, dass sie aufwacht, um ihr zu sagen, dass sie vielleicht nie wieder laufen wird.«

Rachel seufzte. »Schön. Dann rede morgen mit ihr.« Und damit legte sie auf.

Rhian schlug sich das Handy gegen die Stirn und knurrte dem Blumenbeet ihre Frustration entgegen. »Miststück.«

Kapitel 8

»Alles in Ordnung?«, fragte Jayden, als Mark zurück ins Zimmer kam.

Er gab eine Mischung aus einem halben Schulterzucken und einem halben Nicken zum Besten und hockte sich wieder auf den Bettrand. »Es war Rhian. Die Frau, mit der wir an der TV-Sache zusammenarbeiten.«

»Sie ist hergekommen? Fen ist seit weniger als achtundvierzig Stunden im Krankenhaus. Verdammte Geier.«

Mark schüttelte den Kopf. »So war es nicht. Sie hat sich Sorgen um sie gemacht.«

Jayden schnaubte. »Wohl eher Sorgen um das ganze Geld, das in diesem Projekt steckt.«

»Nein, so ist Rhian nicht. Sie ist wirklich nett. Es war ihr wirklich unangenehm, mich zu fragen, ob ich mit der Person zusammenarbeiten würde, die sie sucht, um für Fen zu übernehmen. Damit die Sachen verwendet werden können, die Fen und ich schon ausgearbeitet haben.«

Jayden lachte bellend auf. »Siehst du? Sie versuchen schon, den Kadaver abzukauen.« Ein leises Stöhnen aus dem Bett unterbrach sie schlagartig und Fens Augen öffneten sich flatternd.

»Hey, Babe.« Mark rannte zum Kopfteil des Bettes. »Dir geht's gut, Babe. Ich bin hier. Du bist im Krankenhaus. Sieh mal, wen ich wie immer beim Faulenzen und Nichtstun gefunden habe.« Er zeigte in Jays Richtung. »Die verlorene Schwester ist zurückgekehrt.«

»Himmel, dann muss ich wohl im Sterben liegen«, sagte Fen und ihre Stimme war nicht mehr als ein Krächzen.

»Noch nicht ganz, aber ich kann sicher etwas arrangieren, wenn du willst?« Jayden beugte sich von der anderen Seite übers Bett. »Was du alles tust, um deinen Willen durchzusetzen.«

Fen schloss erneut die Augen, aber ein schiefes Lächeln lag auf ihren Lippen. »Ich gewinne unsere Wetten immer, Berzie.«

Jayden war zu erleichtert darüber, dass Fen die Augen geöffnet hatte, um sich über den verhassten Spitznamen zu ärgern. Sie lächelte und hoffte, dass es nicht so traurig aussah, wie es sich anfühlte. »Das liegt daran, dass du schummelst.«

»Ich würde mich ja beleidigt fühlen, aber es geht mir am Arsch vorbei.« Fen leckte sich über die Lippen. »Kann ich etwas Wasser haben?«

Jayden schob den Strohhalm zwischen ihre Lippen und hielt das kleine Glas über Fens Brust. »Langsam.«

Fen nickte und nahm einen kleinen Schluck durch den Strohhalm. Als sie fertig war, hatte sie das halbe Glas ausgetrunken und legte den Kopf zurück aufs Kissen, um zu Atem zu kommen. »Ihr solltet mir besser die schlechten Neuigkeiten verraten«, sagte sie und ihre Stimme war bereits kräftiger. Mark wandte den Blick ab und erneut stiegen Tränen in seinen Augen auf. »Himmel, ich muss wirklich sterben.« Fen verzog das Gesicht, als sie versuchte, eine Hand zu heben, um ihn zu berühren. »Warum kann ich meinen Arm nicht bewegen?«

Jayden sah nach unten und stellte fest, dass er unter der Decke feststeckte. Mit einem leisen Kichern befreite sie Fens unverletzten Arm, damit sie ihn anheben konnte. »Tut mir leid.«

»Du hast mich zu Tode erschreckt. Ich dachte, ihr würdet mir sagen, dass ich querschnittsgelähmt oder so was bin. Himmel …« Sie hielt inne und ihr Blick richtete sich auf Marks eingefallenes Gesicht. Ihre Augen weiteten sich und sie sah wieder zu Jayden. »Da der fröhliche Kerl da drüben schweigt, bleibt die Drecksarbeit wohl an dir hängen, kleine Schwester. Was ist los?«

»Vielleicht sollten wir einen Moment …«

»Spuck es einfach aus. Ich bin immer noch hier, ich atme und glotze deine hässliche Visage an, also kann es nicht so schlimm sein.«

Jayden setzte eine neutrale Miene auf und erinnerte sich daran, dass es hier um Fen ging und darum, ihr durch die Sache hindurchzuhelfen. Sie konnte jetzt für sie stark sein. *Gott weiß, dass sie unser ganzes Leben lang für mich stark gewesen ist.*

»Woran erinnerst du dich?«

Fen konzentrierte sich und ihre Brauen zogen sich unter der Anstrengung zusammen. »Wir sind über den Gletscher gelaufen. Oh Gott. Eine Spalte hat sich direkt unter mir aufgetan.« Sie schluckte und warf einen Blick auf Mark. »Wie groß ist der Schaden?«

Jayden nahm Fens Hand und drückte sanft ihre Finger. »Gebrochene Knochen, die heilen. Arm, Bein, Rippen. Ein ausgerenktes Knie.« Sie versuchte, die richtigen Worte zu finden. Wie sagte man jemandem – jemandem, den man liebte – so etwas?

»Okay, nichts davon ist so schlimm. Und ich muss verdammt gute Schmerzmittel bekommen haben. Ich kann kaum etwas spüren.«

Mark schüttelte den Kopf und wischte die Tränen auf seiner Wange weg. »Es tut mir so leid, Babe. Es tut mir so leid.«

»Was tut dir leid? Es war ein Unfall. Ich werde schon wieder.« Er schluckte und drückte das Gesicht an seine Schulter. »Na komm schon, spuck es aus. Wie ein Pflaster, erinnerst du dich? Es tut weniger weh, wenn man es schnell macht.«

Jayden atmete tief ein und zog die Luft in ihre Lunge, die ihrer Schwester die Heiterkeit nehmen würden, die sie noch immer hatte. »Dein T4-Wirbel ist gebrochen. Sie wissen im Moment nicht, ob das Rückenmark beschädigt ist oder nicht.«

Fen schloss die Augen. »Der Pflastervergleich ist ein Haufen Scheiße, nicht wahr?«

»Ich hab immer versucht, dir das zu sagen.«

»Erinnere mich beim nächsten Mal daran.« Eine Träne löste sich aus ihrem rechten Augen und rollte in Richtung Haaransatz. Jayden streckte die Hand aus und wischte sie weg. Fen schenkte ihr ein schwaches Lächeln. »Also, wie lautet die Prognose?«

»Sie wissen es wirklich noch nicht. Bis die Schwellung zurückgegangen ist, können sie nicht wirklich reinsehen. Im Moment sitzt du allerdings hier fest und musst auf dem Rücken liegen, um sicher zu gehen, dass es nicht schlimmer wird.« Sie strich mit den Fingern über Fens Wange. »Ich meine es ernst. Keine Bewegung. Ich will nicht, dass es jetzt zu retten ist und du es versaust, weil du so ungeduldig bist.«

»Bin froh, dass du hier bist, Mum.« Fen lächelte sie sarkastisch an und zwinkerte ihr frech zu.

»Sehr witzig. Ich meine es ernst.«

»Ich weiß.« Sie schniefte. »Dann erinnerst du mich am meisten an sie.« Sie verengte die Augen. »Du musst zum Friseur. Du siehst aus wie eine Wilde.«

Jayden lachte leise. »Wer hört sich jetzt wie Mum an?«

Fen streichelte Marks Rücken und richtete den Blick auf die Tür, ehe sie wieder zu Jayden sah. Jayden war sehr gern bereit, ihnen etwas Privatsphäre zu geben.

Es würde schwer werden. Aber Fen war stark. Nicht nur körperlich, sondern auch mental. Sie würde wieder in Ordnung kommen. Sie konnte das überstehen.

Die Wand im Flur fühlte sich an Jaydens Rücken kalt an. Das Heizsystem versuchte, die Luft in Bewegung zu bringen und über ihr summten die Lampen, obwohl es mitten am Tag war. Krankenhäuser waren überall auf der Welt gleich. Zu viele kranke Menschen, zu viele Medikamente und zu viel Kummer.

Tja, zumindest wird sie nicht sauer auf mich sein, weil ich meinen Job gekündigt habe. Schon wieder.

Kapitel 9

Rhian war lieber in einem Hotel in El Calafate geblieben, als mit Carlos zurück nach El Chaltén zu fahren. Sie musste mit dieser Jayden Harris sprechen und vermutete, dass sie das Krankenhaus nicht so schnell verlassen würde. Rachel hatte per E-Mail alles geschickt, was sie über Jayden gefunden hatte. Und sie hatte recht. Die Frau war wirklich beeindruckend, wahrscheinlich die beste Bergsteigerin der Welt und eine von wenigen Frauen, die alle vierzehn Achttausender absolviert hatte – die höchsten Berge des Planeten: Everest, K2, Broad Peak, Naga Parbat, Shishapangma, Cho Oyo, Manaslu, Kangchendzönga, Lhotse, Makalu, Dhaulagiri I, Annapurna I, Gasherbrum I und Gasherbrum II. Es gab zudem nur fünfzehn Frauen auf der Welt, die jemals die Seven Summits bestiegen hatten – die höchsten Berge der sieben Kontinente – und Jayden Harris war eine von ihnen.

Und dann war sie vor achtzehn Monaten vom Radar verschwunden.

Warum würde jemand so etwas tun? Warum würde eine Person eine solche Leidenschaft aufgeben? Denn es musste eine Leidenschaft sein, eine Verpflichtung, eine Liebesbeziehung, um jemanden danach streben zu lassen, diese Kunststücke zu vollbringen und sich selbst immer weiter und höher zu treiben, als man es je für möglich gehalten hätte. *Um Himmels willen, sie ist in der verdammten Antarktis gewesen!* Sie machte sich die gedankliche Notiz, herauszufinden, was passiert war, wenn sie das nächste Mal etwas Freizeit hatte.

Sie wischte sich die Hände an der Hose ab und schob sie in ihre Manteltaschen. Es war kalt. Der Frühling war in Argentinien angekommen, aber offensichtlich hatte jemand vergessen, der Sonne Bescheid zu sagen. Ihr Atem bildete kleine Wolken, als sie vom Hotel zum Krankenhaus ging.

Zusammen mit der beruflichen Laufbahn von Jayden Harris hatte Rachel ihr auch den Vertrag geschickt, den Fen im Namen der Firma unterschrieben hatte – und es war deutlich zu lesen, dass es im Namen der Firma *Adventure Trekkers* geschehen war und nicht nur von Fen McCash. Rein rechtlich gesehen war nun Jayden dafür verantwortlich, den Vertrag zu erfüllen. Sie hatte die Nacht damit verbracht, Bilder und Interviewmitschnitte von Jayden Harris zu studieren, und sie konnte verstehen, warum die Sponsoren mit ihr so glücklich waren. Lange, dunkelblonde Locken mit sonnengebleichten Strähnen verliehen ihr ein leicht wildes Aussehen. In ihren blauen Augen schimmerten derselbe Humor und dieselbe Intelligenz, die Rhian auch bei Fen gesehen hatte. Außerdem hatte sie ein Ansehen und eine Liste von Erfolgen, die selbst abgehärteten Bergsteigern Respekt einflößen würden.

Rhian öffnete die Türen zum Krankenhaus und folgte der Beschilderung zur Cafeteria. Sie schrieb Mark schnell eine Nachricht, kaufte einen Kaffee und etwas Gebäck und setzte sich hin, um ihr Frühstück zu genießen. Und zu warten.

Sie musste nicht lange warten.

Kaum hatte sie ihre Medialunas gegessen, als Mark in den Raum schlurfte. Sie schob ihm den Kaffeebecher zu. »Du siehst aus, als könntest du den eher gebrauchen als ich.«

»Danke«, sagte er und kippte das Getränk schnell hinunter. »Was kann ich für dich tun?«

»Erzähl mir erst, wie es ihr geht.«

Er schüttelte den Kopf und stützte die Ellbogen schwerfällig auf der Tischplatte ab. »Sie hatte eine schlechte Nacht. Der Schmerz in ihrem Arm und in ihren Rippen hat sie aufgeweckt und die ganze Nacht wachgehalten.«

»Tut mir leid, das zu hören. Was ist mit dir? Hast du ein bisschen schlafen können?«

»Nein. Ich kann hier keinen bequemen Ort finden und ich kann sie nicht allein lassen. Es ist zu weit, um nur für ein paar Stunden Schlaf nach Hause zu fahren und dann wiederzukommen.«

Rhian dachte überhaupt nicht nach, sondern zog sofort den Schlüssel aus ihrer Tasche. »Mein Hotel ist fünf Minuten von hier entfernt. Geh und gönn dir ein paar Stunden Schlaf in meinem Hotelzimmer. Nimm eine Dusche, besorg dir was zu essen und dann kannst du wiederkommen.«

Er wollte den Kopf schütteln. »Nein, ich kann nicht –«

»Du wirst ihr keine Hilfe sein, wenn du dich krank machst. Sie braucht dich mit all deiner Kraft. Um ihr zu helfen, musst du auch auf dich selbst achten.« Sie drückte ihm den Schlüssel in die Hand. »Geh schon. Sag mir, wo sie ist, dann leiste ich ihr eine Weile Gesellschaft.«

Er runzelte die Stirn. »Ich bin zu müde, um mit dir zu streiten.« Schnell gab er ihr eine Wegbeschreibung zu Fens Zimmer und hob den Schlüssel auf. »Danke dafür. Ich kann dir gar nicht sagen, wie sehr ich deine Hilfe zu schätzen weiß.«

»Musst du nicht. Geh einfach und leg dich schlafen. Du siehst aus wie der Tod.«

»Du hast den Teil mit den Latschen vergessen.«

»Nein, hab ich nicht.«

Er schnaubte. »Witzig.«

»Ich bin hier, um zu helfen, Mr. McCash. Wir sehen uns später.« Sie beobachtete, wie er aus der Cafeteria und in Richtung des Ausgangs stolperte, bevor sie zwei neue Tassen Kaffee holte und seiner Wegbeschreibung zu Fens Zimmer folgte.

Bildschirme piepten und über dem Bett hing eine Infusion. Sie konnte Fen hinter dem Fußteil kaum erkennen. Sie lag flach auf dem Rücken und eine Seite der Decke war für den Gips an ihrem Arm und am Bein angehoben. Mit der anderen Hand klammerte sie sich an die Finger der Frau, die neben dem Bett auf dem Stuhl schlief. Jayden Harris – ihr großer, schlanker Körper streckte sich auf dem Stuhl mit der hohen Rückenlehne aus, ein Mantel lag um ihre Schultern und eine Hand lag auf dem Bett.

»Wenn Sie gekommen sind, um sie aufzuwecken und ihr noch eine verdammte Schlaftablette zu geben, schwöre ich bei Gott, dass ich sie Ihnen in den Arsch schiebe.« Ihre Stimme war nur ein leises, bedrohliches Flüstern.

Rhian lachte leise. »Ich komme mit Geschenken, nicht mit Waffen«, sagte sie ebenso leise, aber ohne den bedrohlichen Ton. Ein blaues Auge öffnete sich und sah sie misstrauisch an, ehe es sich auf die Kaffeetasse in ihrer ausgestreckten Hand konzentrierte. »Er ist schwarz, aber ich hab Kaffeeweißer und Zuckerpäckchen in meiner Tasche.«

Jayden öffnete vollständig die Augen und warf einen Blick auf Fen, bevor sie ihre Hand langsam aus dem Griff ihrer Schwester befreite. »Im Moment ist mir das egal.« Sie streckte die Arme über den Kopf und Rhian hörte, wie die Wirbel leise knackend an ihren Platz rutschten. Sie trat weiter ins Zimmer hinein und reichte ihr die Tasse. »Sie klingen für mich nicht griechisch.« Jayden nahm ihr den Pappbecher aus der Hand und trank einen Schluck.

Rhian runzelte die Stirn. »Bin ich auch nicht. Warum … oh, die Geschenke-Sache. Trojanisches Pferd und so. Richtig. Tut mir leid.«

Jayden zuckte mit den Schultern, als sie sich wieder auf den Stuhl setzte. »Also, wer sind Sie dann, wenn Sie keine Griechin sind?«

»Ich bin Rhian Phillips. Ich habe mit Fen und M–«

»Ich weiß, was Sie mit ihnen gemacht haben. Warum sind Sie hier? Sicher sehen Sie, dass sie Ihnen nicht mehr helfen kann.«

Rhian nickte. »Nein, sie kann nicht mehr die Bergführerin sein. Ich wollte sie sehen und mit ihr sprechen. Aber ich bin auch hier, um mit Ihnen zu sprechen.«

»Mit mir? Warum? Ich hab nichts damit zu tun und ich will nichts mit einer dämlichen, verdammten Fernsehserie zu tun haben.«

»Wow, okay.« Beschwichtigend hob Rhian die Hände. »Ich weiß nicht, welche Laus Ihnen über die Leber gelaufen ist, aber ich wollte nur mit Ihnen reden.«

»Das Einzige, worüber Sie möglicherweise mit mir reden könnten, ist, dass ich da weitermache, wo Fen aufgehört hat. Richtig?«

»Na ja, das ist eine ziemliche Mutmaßung …«

»Wir kennen uns nicht und haben uns nie getroffen. Dieses lächerliche Projekt ist der einzige Grund, warum Sie mit mir reden wollen würden. Also sagen Sie mir, dass ich falsch liege?«

»Nein.«

»Dann verschwinden Sie.«

»Darf ich es zumindest erklären?«

»Ich bin nicht interessiert. Ich will nichts damit zu tun haben. Ich will nichts mit Klettern zu tun haben.« Sie zeigte auf Fen in ihrem Bett. »Es verletzt Menschen. Manchmal tötet es Menschen. Und ich will nichts davon.«

Die Art, wie Jayden es formulierte, ließ die Alarmglocken in Rhians Kopf schrillen. *Manchmal tötet es Menschen. Aber Fen geht es gut. Sie lebt und wird sich erholen. Also wer …?* Rhian schüttelte den Kopf. Sie hatte keine Zeit, sich von Fragen über Worte ablenken zu lassen, die genauso gut einfach so dahingesagt sein konnten. Jeder wusste, dass Klettern ein gefährlicher Sport war. Natürlich tötete es manchmal Menschen. Sie musste sich konzentrieren. Sie musste dieses Projekt wieder in die Spur bringen und die Firma beschützen – Rachel beschützen.

»Ich verstehe, dass Sie im Moment emotional sind. Und es tut mir wirklich leid, dass ich zu diesem Zeitpunkt herkommen musste, um mit Ihnen zu sprechen. Ich wünschte, es könnte warten. Aber das kann es wirklich nicht.« Sie zog den Vertrag aus ihrer Tasche. »Das ist der Vertrag, den Fen im Namen der Firma unterschrieben hat.« Sie blätterte durch die Seiten und deutete auf die Stelle, die sie markiert hatte. »Ihrer Firma. Nicht nur sie persönlich. Das bedeutet, dass Sie als zweite Teilhaberin der Firma dafür verantwortlich sind, diesen Vertrag einzuhalten.«

Jayden erhob sich aus dem Stuhl wie eine Flutwelle, die in sich selbst zusammenbrach, bevor sie ans Ufer krachte. Rhian war nicht sicher, ob sie der Sand war, der von der Strömung weggespült wurde, oder die Mauer, die ihr Vordringen aufhalten würde.

»Dann verklagen Sie mich.«

»Jayden, hör auf.« Fens Stimme schnitt durch die aufgeladene Luft und löste die Spannung, die zwischen ihnen Funken geschlagen hatte. »Wir können es uns nicht leisten, dass sie uns verklagen, also versuch nicht, sie dazu herauszufordern. Rhian will das nicht tun, nicht wahr?«

Rhian schüttelte den Kopf. »Nein. Gott, nein. Ich wünschte wirklich, dass ich heute nur herkommen könnte, um dich zu sehen und mich zu vergewissern, dass es dir gut geht. Ich schwöre es, Fen.«

Fen schwieg einen Moment, während sie Rhian aufmerksam musterte. »Ich glaube dir. Wir sind während der letzten Monate Freunde geworden. Also setzt euch, alle beide, und unterhaltet euch wie zivilisierte Menschen.« Fen tippte mit einer Hand auf das Bett. »Rhian, komm und setz dich hierher. Lass das Ungeheuer da drüben schmoren.« Sie grinste und verzog das Gesicht, als es sich in ein Gähnen verwandelte.

»Wie fühlst du dich?«, fragte Rhian, als sie sich neben Fen auf das Bett setzte. »Du siehst besser aus als Mark, als ich ihn vorhin gesehen habe.«

»Ich glaube, ich habe ungefähr zwanzig Minuten mehr Schlaf bekommen als er.« Sie hob den Kopf vom Kissen. »Wo ist der große Trampel überhaupt?«

»Ich hab ihn weggeschickt, damit er schlafen kann.«

»Gut.«

»Und duschen.«

»Noch besser.«

»In meinem Hotelzimmer.«

Fen lachte leise. »Tja, da du hier bist, sehe ich darin kein Problem. Danke. Manchmal braucht er einen Tritt in den Hintern.« Sie umfasste Rhians Hand. »Also, erzähl mir, was das Problem ist.«

Rhian atmete langsam aus und brachte sie schnell auf den neuesten Stand, was das Problem anging, das Rachel ihr erklärt hatte.

»Du sagst mir also, dass, wenn Jayden mein Projekt nicht übernimmt, das Projekt, dem ich zugestimmt habe –«

»Im Namen der Firma«, unterbrach Rhian sie.

Fen starrte sie schweigend an und Rhian schloss geräuschvoll den Mund.

»Was ich sagen wollte: Wenn sie mein Projekt nicht übernimmt, wird diese Rachel Bankrott gehen, weil die großen Firmen sie verklagen werden. Und sie ist die Art Mensch, die gern das ganze Schiff mit sich nimmt. Wenn sie untergeht, gehen wir alle mit ihr. Ist das richtig?«

»Im Prinzip … ja.«

»Miststück«, sagte Jayden.

Fen brachte sie mit einem weiteren Blick zum Schweigen. »Und was ist mit dir?«

»Was soll mit mir sein?«

»Was würdest du tun, wenn Jayden nicht involviert wäre?«

»Ich würde die Unhöfliche fragen, ob sie übernehmen will.«

»Die Unhöfliche?«

»Oh, tut mir leid. Sarah. Die Bergführerin, mit der ich zuerst gesprochen habe. Sie war so unverschämt, dass ich ihr gar nicht gesagt hatte, was ich wollte. Aber ich denke zumindest, dass sie entschlossen genug gewesen wäre, die nötigen Entscheidungen zu treffen – im Gegensatz zu Miss Ich-Muss-Darüber-Nachdenken.«

Fen drückte Rhians Hand. »Warum machst du dann, was sie will? Ist dir dein Job so wichtig?«

War er das? Ja, ihr Job war ihr wichtig, oder zumindest dieses Projekt. Aber war es so wichtig, dass die das tun würde, nur um es am Laufen zu halten? Nein. Für sie war Rachel am wichtigsten. Und wenn Rachel dieses Projekt verlor, verlor sie ihre Firma. Und die Firma bedeutete Rachel alles. Beinahe so viel, wie es Rhian bedeutete, Rachels Anerkennung zu verdienen. Die drei Worte, die sie ihr zum Abschied zugeflüstert hatte, hallten noch immer in ihrem Kopf: *Mach mich stolz.* Sie musste etwas liefern.

Rhian schüttelte den Kopf. »Rachel ist meine Mum.«

Fen hob die Brauen. »Jetzt bin ich froh, dass ich nicht ausgesprochen habe, was ich über sie denke.«

»Ist in Ordnung. Sie kann ein Biest sein. Und ich weiß, dass es wirklich ein schlechter Zeitpunkt ist, der schlechtmöglichste Zeitpunkt, und ich bitte um verdammt viel …«

»Mehr, als du wahrscheinlich ahnst.«

Rhian runzelte die Stirn und folgte Fens Blick zu Jayden. Deren Hände zitterten, als sie die Ellbogen auf die Knie stützte und den Kopf nach vorn senkte. Ihr Haar floss über ihre Schultern und verdeckte ihr Gesicht.

»Kannst du uns bitte ein paar Minuten allein lassen, Rhian?« Es war eine Frage, aber sie brauchte keine Antwort darauf, denn diese Bitte ließ sich nicht abschlagen. Rhian erhob sich und schloss die Tür hinter sich. Jayden bewegte sich nicht, aber trotzdem schien sie in sich zusammenzufallen, als Rhian sie durch das kleine Fenster beobachtete. Nur einen Augenblick lang. Dann fühlte es sich zu intim an, zu privat, und sie wandte sich ab.

»Bitte mich nicht, es zu tun.« Jaydens Stimme war nur ein Flüstern.

»Hör mir zu«, sagte Fen sanft. »Die Routen sind ausgekundschaftet und die Aufgaben verteilt. Mark und ich haben eng mit Miguel und Santiago zusammengearbeitet. Sie können das Klettern übernehmen, um die Wege für die Kameramänner zu setzen. Der Rest der Crew kann den Hauptteil erledigen. Du musst nur das Gesicht dieser Sache sein. Du führst sie in den ersten Tagen auf die Wanderungen, sprichst vor der Kamera und schickst die schwächsten Kandidaten nach Hause. Du passt auf, dass nichts Riskantes passiert. Es ist ganz einfach. Ernsthaft, die schwierigen Sachen sind erledigt.«

»Das ist Schwachsinn und das weißt du auch.« Jayden fuhr sich mit ihren zitternden Fingern durch die Haare und ballte dann die Faust, damit das Blut wieder in ihren kalten Fingern zirkulierte. »Da draußen kann alles passieren. Alles. Sieh dich an!«

Fen nickte. Sie streckte ihre unverletzte Hand nach Jayden aus. Jayden konnte sie nur anstarren. Fen wackelte mit den Fingern und Jayden sah, dass sie ihre Hand hielt, ohne dass sie die Geste bemerkt hatte.

»Ich weiß. Und ich weiß, dass das deine Ängste nur zusätzlich schürt, Süße. Was dir und Rebecca passiert ist, ist mehr, als ich mir vorstellen kann. Es ist der schlimmste Albtraum eines jeden Bergsteigers und die ultimative Erinnerung daran, wer da draußen das Sagen hat – eine Erinnerung, dass wir nicht allwissend oder allmächtig sind und dass wir auch jedes Mal ein wenig Glück haben müssen, wenn wir da draußen einen Schritt machen, egal, wie fähig wir sind.«

»Sie ist gestorben, Fen. So viele von ihnen sind gestorben.« Jayden legte den Kopf auf die Decke neben Fens Arm und versuchte, die Tränen zu unterdrücken, während Fen ihren Kopf streichelte.

»So gefühllos es auch klingt, Liebes, Menschen sterben jeden Tag. Menschen sterben in ihren Betten, wenn sie die Straße überqueren, während sie im Restaurant sitzen und Salat essen. Es passiert.«

»Ich kann es nicht riskieren. Ich kann sie es nicht riskieren lassen. Ich hätte sie es nicht riskieren lassen dürfen. Ich hätte mit Pete rausgehen sollen, nicht sie. Es war meine Expedition. Ich war die Leiterin. Ich hätte es sein müssen. Nicht sie.«

»Rebecca wusste, was sie tat, Jay. Sie hat getan, was sie geliebt hat.«

»Sie ist da rausgegangen und gestorben.«

»Ja. Sie ist gestorben, während sie tat, was sie liebte. Was ist mir dir?«

»Wovon redest du?«

»Rebecca ist gestorben, während sie tat, was sie liebte. Ich wurde verletzt, während ich tat, was ich liebe.«

»Genau das meine ich. Es ist zu gefährlich.«

»Pfft. Also ich persönlich würde lieber jung bei etwas sterben, dass ich liebe und jeden Tag meines Leben voll ausgekostet habe, als hundertjährig und als zahnlose Hexe im Bett zu liegen und niemals etwas gesehen oder getan zu haben.«

»Ich bin nicht du.«

»Nein, bist du nicht. Aber wenn du nicht wieder da raus gehst, wirst du trotzdem jeden Tag ein Stückchen sterben. Du spürst den Ruf sogar noch mehr als ich. Es zieht dich an, nicht wahr? Selbst wenn es dir eine Heidenangst macht, zieht es dich noch immer an.«

Jayden runzelte die Stirn, lehnte sich auf dem Stuhl zurück und starrte auf den Boden. Sie wollte nicht zugeben, dass sie der Versuchung beinahe nachgegeben hätte, nur um etwas anderes als den Schmerz und die Leere in ihrer Brust zu spüren.

»Die Freiheit. Die Ruhe.« Fen griff nach Jaydens Hand. »Der Frieden, der deine Seele erfüllt, wenn du auf dem Gipfel eines Berges sitzt und nach unten siehst. Wie konntest du ohne all das bei Verstand bleiben?«

»Wer sagt, dass ich bei Verstand geblieben bin?«, flüsterte sie.

»Gutes Argument.«

Jayden konnte noch immer nicht den Kopf heben. Die weiße Fliese zu ihren Füßen hatte einen Riss am Rand, der sich in einer perfekten Wölbung um die Ecke zog. »Ich kann nicht.«

»Ich weiß, wie viel Nepal dir genommen hat. Ich weiß, wie sehr es dich zerrissen hat, Rebecca zu verlieren. Aber es wird Zeit, dass du aufhörst, dich vor der Welt zu verstecken.«

Jayden schnaubte verbittert. »Ich hab mich nicht versteckt. In den letzten achtzehn Monaten war ich mehr Teil der realen Welt als in meinem gesamten Erwachsenenleben …«

»Aber du *lebst* nicht in der realen Welt. Du existierst nur darin. Du *lebst* in unserer Welt. Der Welt aus Eis und Gestein. Davor hast du dich versteckt. Davor versteckst du dich noch immer.«

»Du warst nicht da, Fen. Du hast nicht gesehen … Du weißt nicht, wie es ist.«

Fen schwieg eine Weile. So lange, dass Jayden den Blick hob und erwartete, dass Fen eingeschlafen war.

»Nein, war ich nicht. Und ich hoffe, dass ich nie sehen muss, was du gesehen hast. Aber ich würde gern glauben, dass es mich nicht verändern würde. Dass es mich nicht von den Menschen, die ich liebe oder den Orten, die meine Seele speisen, fernhalten würde. Dass es mich nicht langsam umbringen würde, einen Tag nach dem anderen.« Fen hielt Jaydens Blick gefangen, als sie fortfuhr. »Ich könnte dir sagen, dass wir untergehen werden, wenn du das nicht tust, und Mum in einer staatlichen Pflegeeinrichtung landet. Wir beide wissen, wie die sind. Wenn du das nicht tust, werde ich niemals für meine medizinischen Ausgaben aufkommen können. Ganz zu schweigen davon, was ich tun werde, wenn die Firma verschwunden ist, die wir fünfzehn Jahre lang aufgebaut haben und ich kein Einkommen mehr habe. Wenn du das nicht tust, ist Mark genauso am Arsch. Und er hat genauso hart gearbeitet wie wir.«

»Ich muss mir diese Schuldgefühl-Scheiße nicht anhören.« Jayden wollte aufstehen.

»Setz dich hin!«, rief Fen. »Ich bin noch nicht fertig.«

Ihr Tonfall war so bestimmt, wie Jayden es noch nie gehört hatte. Sie spürte ihn in ihren wackligen Beinen. Schwerfällig ließ sie sich wieder auf den Stuhl fallen.

»Ich könnte dir all das sagen und jedes Wort davon wäre wahr – das wissen wir beide.« Der Ausdruck in Fens Augen wurde sanfter und ihre Stimme weicher. »Aber das ist es nicht, warum du es tun musst. Deshalb *brauchen* wir dich in dieser Sache. Willst du wissen, warum ich *will*, dass du es tust?«

Jayden schüttelte den Kopf.

»Weil ich meine Schwester vermisse.«

Jaydens Augen brannten von den Tränen, die sich in ihr anbahnten und dann über ihre Wangen liefen.

»Ich will meine beste Freundin wiederhaben.«

Erneut ließ Jayden den Kopf hängen und versuchte, die Gefühle zurückzudrängen, die sie in sich verschlossen hatte, seit das Eis den Berg herunter gerast war und ihre Seele eingefroren hatte.

»Sie war so stark und fähig und talentiert. Sie war meine Heldin. Sie war vielleicht meine kleine Schwester, aber sie war auch die Person, zu der ich am meisten aufgesehen habe.« Fens Stimme brach. »Sie war mein Fels. Die einzige Person auf der Welt, von der ich wusste, dass sie immer hinter mir stehen würde – egal, was passiert.«

Jayden drehte den Kopf und versuchte, die Worte nicht an ihre Ohren dringen zu lassen. Aber jedes einzelne traf sie und packte sie fest, wie alpines Heidekraut, das sich an den Granit klammerte, in den die Lawine sie verwandelt hatte. Jedes Wort grub sich in die Spalten und verankerte seine Wurzeln.

»Ich brauche sie jetzt wirklich. Sie muss meine Kraft sein. Mein Herz. Sie muss wieder meine Heldin sein.«

»Du weißt nicht, worum du mich bittest.«

Fen nickte. »Doch, das weiß ich. Ich bitte dich, all das für mich zu sein, was ich auch für dich sein würde. Das ich bereits für dich bin.«

Jayden konnte es nicht mehr zurückhalten. Sie ließ der Trauer und den Tränen freien Lauf.

Fen zog an ihrem Handgelenk, bis Jayden sich neben sie auf das Bett legte. Dann fuhr Fen mit den Fingern durch Jaydens Haare. Das beruhigte sie langsam, während sich die Trauer etwas legte.

»Du willst mich wirklich zwingen, mit diesem arroganten Miststück da draußen zusammenzuarbeiten?«

Fen lachte leise. »Rhian ist nichts dergleichen.«

»Sie ist hier reingeplatzt und hat gedroht, uns zu verklagen, Fen.« Jayden sprach mit müder Stimme. Die Leidenschaft und das Feuer waren mit den Tränen aus ihr gewichen. »Sie weiß, was mit dir passiert ist und trotzdem hat sie –«

»Du verallgemeinerst die Sache und reißt die Dinge aus dem Zusammenhang. Rhian ist während der letzten sechs Monate unserer Zusammenarbeit eine Freundin geworden. Wirklich. Dass sie uns heute alles erzählt hat, war vor allem ein gut gemeintes Anhalten zur Vorsicht.« Fen fuhr fort und strich mit den Fingern durch ihre Haare. »Sie will nicht, dass irgendjemandem etwas Schlimmes widerfährt. Sie ist ein guter Mensch.« Sie zupfte an einer von Jaydens Locken. »Gib ihr eine Chance. Ich glaube, sie wird dich überraschen.«

»Pfft«, sagte sie und drehte den Kopf, um Fen anzusehen. »Es tut mir leid, dass ich so scheiße war.«

»Du musst dich nicht entschuldigen. Du musstest dich mit beschissenen Dingen auseinandersetzen. Aber es ist an der Zeit, sich nicht länger zu vergraben und wieder nach Hause zu kommen.«

»Ich weiß, dass du recht hast. Ich weiß es.« Jayden schloss die Augen und versuchte, nicht die Angst und Panik zu empfinden, die sie seit dem Moment in den Klauen hielt, als Rebeccas Augen zu ihr hinauf gestarrt hatten. Tote, leblose Augen. »Ich weiß nur nicht, wie ich das machen soll.«

»Genauso, wie du deine erste Felswand erklommen hast, Berzie.«

Jayden sah zu ihr auf.

»Einen Schritt nach dem anderen.«

Kapitel 10

Jayden öffnete die Tür und trat hindurch. Sie begegnete Rhians Blick und bedeutete ihr mit einem Nicken, ihr zu folgen. Sie wollte Kaffee. Nein. Sie brauchte Kaffee. Schweigend ging Rhian neben ihr her, als sie durch die langen Flure gingen, die voller Menschen und Lärm und dem Geruch von Desinfektionsmitteln und Schweiß waren. Das Brummen der Lampen über ihnen fühlte sich wie ein Jucken auf ihrer Haut an und die rotierende Luft trocknete ihre Lippen aus. Sie leckte sich darüber und spürte einen Riss in ihrer Unterlippe. Sie machte sich die gedankliche Notiz, so schnell wie möglich Salbe zu kaufen.

In der Krankenhauscafeteria angekommen bestellte sie einen Cappuccino.

»Zwei, bitte«, sagte Rhian und zog etwas Kleingeld aus ihrer Tasche.

Jayden schwieg noch immer, als sie Rhian mit den Getränken in der Hand an einen Tisch in der hintersten Ecke des Raums führte. Sie sah zu, wie Rhian ihren Cappuccino umrührte, bevor sie einen Schluck trank. Jayden fühlte sich ausgelaugt, ihre Augen brannten und sie wollte sich einfach nur in einer Ecke zusammenrollen und das Leben ohne sie weitergehen lassen. Aber das war keine Option. Fen würde sie nicht nur dafür umbringen, da war auch etwas Nagendes, Forderndes in ihr, das … *etwas* von ihr verlangte. Etwas, für dessen Entschlüsselung sie im Moment weder Zeit noch Lust hatte. Sie musste sich mit Rhian Phillips auseinandersetzen. Sie nippte an ihrem Kaffee. *Dann fangen wir mal an.*

»Würdest du uns wirklich verklagen?«

Rhian wirkte, als würde sie sich unwohl fühlen. »Nein, würde ich nicht. Aber es ist nicht meine Firma und ich glaube, dass Rachel das Gefühl hätte, keine andere Wahl zu haben.«

»Warum nennst du deine Mutter beim Vornamen?«

Rhian seufzte. »Es ist eine lange Geschichte, aber sie ist meine Stiefmutter. Sie hat meinen Dad geheiratet, als ich drei war. Meine Eltern haben sich das Sorgerecht geteilt, aber meine Mum ist gestorben, als ich fünf war. Also hab ich danach bei Dad und Rachel gelebt. Ich nenne sie Rachel, weil ich sie immer so genannt habe.

Aber eigentlich ist sie die Mutter, die mich großgezogen hat. Und die Mutter, die ich liebe.«

»Und trotzdem bezeichnest du sie als Biest.«

Rhian grinste. »Hin und wieder. Und normalerweise ist sie mit dieser Bezeichnung ziemlich zufrieden.«

»Seltsame Frau.«

»Ehrgeizige Frau.« Rhian nahm einen weiteren Schluck und drehte ihre Tasse auf dem Unterteller. »Sie hat ihre Firma aus dem Nichts aufgebaut und ist seit fast dreißig Jahren in einem mörderischen Geschäft erfolgreich. Sie würde behaupten, dass es bedeutet, sie macht ihren Job richtig, wenn man sie ein Biest nennt.«

»Sie macht ihren Job richtig, wenn sie Menschen abstößt?«

Rhian schüttelte den Kopf. »Das ist weder ihr Ziel, noch genießt sie es. Aber sie zögert nicht, jederzeit die beste Situation für ihre Kunden und sich selbst zu schaffen. Sie ist sehr ehrlich, was das angeht. Sie hat keine versteckten Absichten. Sie stellt sie offen zur Schau. Und dadurch kann man auf vielfältige Weise sehr leicht mit ihr arbeiten.«

»Du weißt immer, aus welcher Richtung das Messer kommt?«

Rhian lachte humorlos auf. »Ja, wahrscheinlich kann man es so sehen.« Erneut rührte sie ihren Kaffee um, klopfte den Löffel am Rand der Tasse ab und legte ihn dann wieder auf den Unterteller. »Wirst du mit mir arbeiten?«

Jayden sah sie lange an. Sie beobachtete, wie sie sich ihre blonden, schulterlangen Haare hinter die Ohren strich und wie ihre grauen Augen im weichen Licht der Cafeteria dunkler wirkten. Wie ihre Finger mit der Serviette oder dem Löffel spielten oder wie sie ihre Kaffeetasse drehte. Sie hielt niemals still. Ihr Bein wippte und ließ ihren gesamten Körper sanft vibrieren. Nervös? Hyperaktiv?

»Wenn ich dir sage, dass etwas zu gefährlich ist, drohst du dann, mich zu verklagen, um es in die Show zu bekommen?«

Rhian schüttelte den Kopf. »Nein, ich will nicht, dass jemand verletzt wird. Die Sache muss so sicher sein wie möglich.« Sie hielt Jaydens Blick stand. »Klettern ist von sich aus gefährlich. Das weiß ich und alle, die hierherkommen, wissen das auch. Aber ich will nicht, dass irgendjemand ein unnötiges Risiko eingeht. Ich brauche hier jemanden, der diese Risiken sieht und verhindert, bevor sie passieren. Das ist das Richtige, menschlich gesehen. Ich bin nicht als Produzentin oder Regisseurin zu dieser Sache gekommen. Ich bin im Marketing. Für mich sind sterbende und verletzte Menschen nicht so leicht zu vermarkten und der Öffentlichkeit zu verkaufen. Egal, was die Produzenten und der Regisseur für die Einschaltquoten tun wollen.«

Jayden nickte. »Na schön. Sobald du gegen diese Regel verstößt, ist unser Vertrag null und nichtig und du kannst mich vor jedes Gericht zerren. Klar?«

»Kristallklar.«

Jayden griff nach der Tasse und trank die Hälfte in einem Zug. »Ich brauche hier noch ein paar Tage, bevor ich nach El Chaltén fahren und wir anfangen können.«

»Kein Problem. Was soll ich in der Zwischenzeit tun?«

»Was auch immer Marketing-Angestellte tun.«

Rhian runzelte die Stirn. »Ich sollte mit Fen die Routen und Aufgaben besprechen. Alles andere ist bereits soweit erledigt, wie es im Moment möglich ist.«

»Musst du keine E-Mails verschicken oder Leute am Telefon nerven?«

Rhian lachte leise. »Ich bin sehr effizient. Ich habe bereits alle genervt, die genervt werden müssen, und das Internet mit Berichten überflutet. Also, wie kann ich helfen?«

»Himmel«, murmelte Jayden und leerte ihre Tasse. »Ich gehe hier nicht weg. Ich nehme an, du könntest zum Büro fahren und die Papiere holen, die Fen schon ausgearbeitet hat. Wir können sie uns hier ansehen und ihr Fragen stellen, wenn wir schon dabei sind. Das wäre wahrscheinlich eine große Hilfe.«

»Ich kann sogar noch etwas Besseres tun.« Sie zog ihr Handy aus der Tasche und tippte auf den Bildschirm. »Carlos, hi. Bist du heute beschäftigt? Bist du? Wann? Fantastisch. Hör zu, du musst mir einen Gefallen tun. Hast du einen Stift?«

Jayden lachte leise. Wahrhaftig effizient. Die Papiere würden in einem Drittel der Zeit hier sein und eine ganze Tankfüllung sparen. Sie musste die Sparsamkeit und die effektive Herangehensweise anerkennen. Einen Moment lang schloss sie die Augen und ließ alles erst einmal sacken. Sie versuchte, sich zusammenzureißen und nicht daran zu denken, was das alles bedeuten würde. Wozu sie gerade zugestimmt hatte.

»Also, Carlos muss in ein paar Stunden zum Flughafen, um eine Ladung an Ausrüstung abzuholen, die heute ankommt«, sagte Rhian. Jayden richtete ihre Aufmerksamkeit wieder auf die Gegenwart. »Er fährt vorher beim Büro vorbei und holt die Akten, die Fen zusammengestellt hat. Er weiß, wo alles ist, weil er ihr wohl geholfen hat, ein paar neue Regale oder so was zu bauen, damit alles Platz hat.

Außerdem hab ich ihn gebeten, ein paar Dinge für Fen und Mark mitzubringen. Ein paar Klamotten und Kleinigkeiten. Ich hoffe, das ist in Ordnung?«

Jayden nickte und war von der unerwarteten Geste berührt. »Das ist sehr aufmerksam von dir.«

Rhian zog den Kopf ein und eine zarte Röte breitete sich auf ihren Wangen aus. »Ich dachte mir, dass du wahrscheinlich direkt vom Flughafen aus hergekommen bist und alles bei dir hast, was du brauchst. Aber wenn du etwas Schlaf brauchst, kannst du gern mein Hotelzimmer nutzen. Wie du weißt, ist Mark gerade dort, aber wenn du willst, kannst du anschließend rübergehen, oder ich sehe nach, ob sie noch ein Zimmer haben. Wenn du eine Weile hier sein wirst, kannst du genauso gut in einem Bett schlafen statt auf dem Stuhl.«

Jayden hob die Hand, um ihren Redefluss zu unterbrechen. Rhian schloss den Mund mit einem hörbaren Klacken. »Redest du immer so viel?«

Rhian errötete erneut. »Nur, wenn ich nervös bin.«

Jayden zog eine Braue bis zum Haaransatz. »Ich mache dich nervös?«

Rhian seufzte. »Unglaublich. Ich meine, du warst in der verdammten Antarktis! Du hast die Achttausender und die Seven Summits geschafft.« Sie legte sich eine Hand auf den Mund. »Tut mir leid, ich höre jetzt auf.«

Jayden lachte leise. »Das Angebot mit deinem Hotelzimmer ist eine weitere freundliche Geste. Bist du sicher, dass es dir nichts ausmacht?«

Rhian schüttelte den Kopf und die Hand lag noch immer auf ihrem Mund. Sie schien entschlossen zu sein, nichts zu sagen … zumindest für ein paar Minuten.

»Na dann, Dankeschön. Wenn Mark zurückkommt, nehme ich das Angebot gern an. Es ist nicht nötig, zusätzlich Geld auszugeben. Wir werden sowieso den Großteil der Zeit hier verbringen, also sollte es in Ordnung sein, wenn wir ab und zu zum Schlafen ins Hotel gehen. Im Moment könnte ich allerdings was zu Essen und noch eine Tasse Kaffee gebrauchen.«

»Das kann ich besorgen. Was möchtest du?«

»Ich bin selbst in der Lage, etwas –«

»Ich weiß. Aber ich lade dich ein. Weil du mir die Haut gerettet hast.«

Jayden knirschte mit den Zähnen und entspannte ihren Kiefer dann wieder. »Na schön. Ich bin nicht wählerisch – einfach was zu Essen, vorzugsweise warm und viel.«

Rhian grinste. »Das kann ich organisieren.«

Kapitel 11

Der Schnee war endlich von den Straßen in El Chaltén verschwunden. Sie hatten immer noch eine Woche voller Vorbereitungen vor sich, bevor die Kandidaten anreisten. Rhian musste sich nun ihre Unterbringungen ansehen, um sicherzustellen, dass alles bereit war. Die gesamte Ausrüstung war geliefert und auf die Zimmer verteilt worden. Die Kandidaten durften für die Dauer der Dreharbeiten nur eine kleine Menge an persönlichen Dingen mitbringen.

Die Crew hatte angefangen, es die Konklave zu nennen – wie die Enklave der Papst-Kandidaten. Obwohl die Crew bereits dort wohnte, war der Name hängen geblieben. Das Hotel El Chaltén, das sie für die Saison vollständig übernahmen, unterschied sich deutlich von den umliegenden Hotels. Die Außenfassade bestand aus dem normalem, dunklen Holz im alpenländischen Stil der angrenzenden Gebäude, aber im Erdgeschoss bestanden die Wände aus Glas, wodurch man von überall aus einen Blick auf die umliegenden Berge hatte. Das Gebäude hatte ein schräges Dach statt einem spitzen, sodass die Vorderseite des Hotels vier Stockwerke und die Rückseite drei Stockwerke hatte.

Im Erdgeschoss gab es eine riesige Bar und ein Speisezimmer, das geräumt worden war, um es in einen gemütlichen Aufenthaltsraum für die Kandidaten zu verwandeln. Ein paar Tische waren in die Ecke gestellt worden, um Arbeits- und Speisemöglichkeiten zu bieten. Um einen riesigen Holzofen in der Mitte des Raums waren gemütliche Sofas platziert und das Ofenrohr verschwand vier Stockwerke über ihnen im Dach. Die Bar selbst war noch da und war mit den grundlegenden Dingen ausgestattet – Bier, Wein und Whiskey. Die Hotelmitarbeiter würden die Küche im Hintergrund betreiben und die Mahlzeiten für die Crew und die Kandidaten zubereiten.

Rhian wusste, dass diese Bereiche fertig waren. Sie hatte sie bereits dreimal überprüft und sich vergewissert, dass alles da war, was sie brauchten, und dass der Nahrungsbedarf der Kandidaten gedeckt war.

In ihrer Gruppe aus sechszehn Teilnehmern gab es zwei Vegetarier, einen Zöliakier und einen Diabetiker. Acht Männer und acht Frauen, die um den Preis und den Titel *The Amazing Climb*-Champion kämpften. Keiner von ihnen wusste, was der Preis sein würde und sie freute sich darauf, es ihnen zu erklären, wenn sie eintrafen. Oder vielleicht erst, wenn die Dreharbeiten begannen. Darüber diskutierte sie noch mit Rachel.

Rhian rieb sich wie ein aufgeregtes Kind die Hände und ging das Treppenhaus der Konklave nach oben. Im zweiten und dritten Stock gab es jeweils sechszehn Zimmer. Die Crew befand sich im dritten Stock, die Kandidaten im zweiten. Die vier Zimmer im vierten Stock waren für die Regisseurin, Angela Parrot, den Regieassistenten, Simon Gert, Rhians Assistentin Mellissa und Rhian selbst. Sie würde morgen von ihrem winzigen Hotelzimmer hierher umziehen. Sie konnte es kaum erwarten.

In ihrem neuen Zimmer hatte sie einen direkten Blick auf den Cerro Fitzroy.

Sie schüttelte den Kopf, um sich aus ihren Tagträumen zu reißen. Es gab viel zu tun und sie hatte nur noch eine Stunde, bevor sie sich mit Jayden treffen musste, um die Routenpläne weiter zu besprechen. Heute Nachmittag würde Jayden sie so weit wie möglich zum Massiv fahren und dann würden sie ein paar Stunden wandern, um die besten Herangehensweisen an die kleineren Gipfel des Gebirgszugs zu erkunden. Den Guillaumet würden sie sich als Erstes ansehen müssen, weil die Kandidaten ihn zuerst besteigen würden.

Jayden hatte vorgeschlagen, ein paar der Kletterstücke, die zur Überquerung der letzten Prüfung gehörten, in die Übungsherausforderungen aufzunehmen. Fen und Rhian hatten es für eine brillante Idee gehalten und sie begierig aufgegriffen, auch wenn das bedeutete, dass sie einige der Aufgaben noch einmal überarbeiten mussten, an denen sie bereits so lange und hart gearbeitet hatten. Aber ihre Begründung war einfach. Wenn sie nicht einen einzigen Aufstieg schafften, hatten sie keine Chance, die Überquerung abzuschließen.

Rhian öffnete das erste Zimmer und ging die Ausstattung durch, die sauber gefaltet und gestapelt auf dem Bett lag. Das Zimmer war kühl. Die Fenster waren von einem langen Netzvorhang bedeckt und ein Schrank aus dunklem Holz stand in einer Ecke. Das angrenzende Badezimmer war links davon. Neben der Tür befanden sich ein Stuhl, ein kleiner Tisch und die einzige Steckdose des Zimmers. Es gab keinen Fernseher und kein Telefon, nur einen Radiowecker auf dem Nachttisch neben der Lampe.

Wenn sie einen Laptop benutzen wollten – und viele von ihnen würden sich die Wetterberichte ansehen und die Kletterpartien recherchieren wollen – mussten sie es im Gemeinschaftsraum tun. Die Zimmer sollten funktional sein, nicht luxuriös.

Immerhin konnten sie auf dem Berg auch auf Gletschern und Eisdecken schlafen, wie viel Komfort konnten sie also schon brauchen?

Schnell überprüfte sie die Ausstattung in jedem Zimmer und ging weiter. Sie wurde fünf Minuten früher als geplant fertig und joggte die fünfhundert Meter von der Konklave zum *Adventure Trekkers*-Hauptquartier. Jayden belud den Jeep bereits mit Rucksäcken und einer Kühltasche.

»Bereit?«, fragte Jayden.

»Jap. Soll ich noch was holen?«

Jayden schüttelte den Kopf. »Ich hab alles. Auch ein paar Snacks.« Sie tippte auf die Kühltasche. »Carlos hat mir erzählt, dass du ein Fan von Isabellas berühmten Empanadas bist.«

Rhian grinste. »Schuldig im Sinne der Anklage. Apropos, du solltest mich besser da raus bringen, damit ich sie abarbeiten kann.«

Jayden schüttelte den Kopf. »Du müsstest mehr essen, als ich in dieser Kühltasche habe, um dir darüber Gedanken zu machen.« Sie zog die Schlüssel aus ihrer Tasche. »Komm schon. Verschwenden wir keine Zeit.«

Rhian stieg ein und band ihre Haare mit einem Gummi zusammen, das sie an ihrem Handgelenk getragen hatte. Der Wind und ihre dünnen Haare waren keine gute Kombination. Sie hatte es satt, jeden Abend die Knoten herauszuziehen. Jayden hatte ihre eigenen Haare unter ein Haarband gesteckt und trug eine Kappe darüber. Ihre Sonnenbrille bedeckte ihre Augen und sie trug ein dunkelblaues Tanktop und Cargo-Shorts, die sich an ihre Oberschenkel schmiegten. Rhian zog sich ihre Sonnenbrille vom Kopf und setzte sie auf.

»Also, welche Route nehmen wir heute?«

»Wir gehen zum Paso Guillaumet. Wir müssen einen Teil des Piedras Blancas Gletscher überqueren und wir werden auch etwas Klettern müssen, aber Fen sagte mir, dass du das schaffst.«

Rhian nickte. »Ich nehme an, dass du Ausrüstung dabei hast? Ich hab keine Lust, den Gletscher in kurzer Hose zu überqueren.« Sie deutete auf ihre nackten Beine.

»Jap. Hab alles dabei, was du brauchst. Ich dachte mir, dass wir die neuen Klamotten mal ausprobieren.«

»Wie weit ist der Marsch?«

»Ungefähr dreißig Kilometer. Wir sollten hin und zurück etwa neun Stunden brauchen. Du wirst ein paar tolle Ausblicke haben, aber was noch besser ist: Wir werden einen anständigen Blick auf den Guillaumet bekommen.«

»Und nach was genau suchst du da?«, fragte Rhian.

»Nach jeglichen Veränderungen im Gestein nach dem Winter. Ich will sehen, wie die Eisdecke aussieht und die Lawinengefahr einschätzen. Vielleicht sind ein paar Klippen abgerissen. Wenn es irgendwelche erheblichen Veränderungen gibt, muss ich vielleicht hochklettern und nachsehen, ob wir die Bolzen erneuern müssen. Sie müssen für das Kamerateam sicher sein. Deine Regisseurin will nicht alles mit Körper- oder Helmkameras machen. Sie scheint zu glauben, dass dem Publikum dabei schwindlig wird.«

Rhian lachte leise und entschied sich, zu ignorieren, wie weiß Jaydens Knöchel am Lenkrad waren und wie ihre Stimme beim Sprechen gebrochen war. »Ja. Hast du dir mal die Bilder von diesen Dingern angesehen? Da werde ich seekrank.«

»Vielleicht hat sie dann recht.«

»Also dreißig Kilometer, ein Gletscher und ein bisschen Klettern heute. Sonst noch was?«

»Hm, ein kristallklarer Fluss, ein See, der vom Gletscher gespeist wird und Sonnenschein. Was könntest du sonst noch wollen?«

»Na ja, wenn du es so formulierst, nichts. Überhaupt nichts.«

Jayden schenkte ihr ein angespanntes, unbehagliches Lächeln und wechselte den Gang, als sie vor dem El Pillar Hotel vorfuhr. »Das gehört einem Freund von Fen. Er lässt uns den Jeep für heute hier abstellen, damit wir das alles an einem Tag schaffen.«

Rhian nickte und stieg aus dem Auto. Die Bekleidung, die Jayden für sie eingepackt hatte, war perfekt. Dünne Funktionsunterwäsche, eine leichte Hose, ein Kapuzenpullover und eine leichte Softshell-Jacke.

»Du hast in deinem Rucksack auch noch eine Daunenjacke und den Rest der Ausrüstung, die wir für den Kletterabschnitt brauchen werden. Heute könnten die Temperaturen am Gletscher auf zwei Grad Celsius sinken. Steigeisen und Axt sind außen dran, das Notfall-Paket unten.« Sie klopfte auf ihren eigenen Rucksack. »Ich hab ein Satellitentelefon in meinem Rucksack, nur für den Fall.« Sie zerrte ein langes Seil aus dem hinteren Teil des Jeeps und wickelte es sich wie einen Patronengurt um den Körper. »Wir werden uns über den Gletscher abseilen.«

Rhian nickte. *Bist du nervös wegen des Gletschers?*, wollte sie fragen, wagte es aber nicht. In den letzten drei Wochen war Jaydens Haltung ihr gegenüber nicht mehr so hart gewesen, aber sie würde es immer noch nicht als *wohlig warm* bezeichnen. Manchmal war sie nicht sicher, wie viele Fragen sie überhaupt zu den professionellen Angelegenheiten stellen sollte. Und die persönlichen Dinge … Nun ja, sie war sich sicher, dass diese Dinge nicht zur Debatte standen.

Es war seltsam. Sie hatte Jayden mit der Crew, den anderen Bergführern und den Menschen in der Stadt beobachtet – sie machte immer Witze und hatte für alle ein offenes, freundliches Ohr. Aber bei Rhian verhielt sie sich nicht so. Sie schien ihr noch immer die Schuld dafür zu geben, dass sie alle in dieser Situation waren und der Meinung zu sein, dass sie sich Jayden aufgezwungen hatte.

Rhian zog die Hose und den Pullover an, rollte die Ärmel über ihre Ellbogen und stopfte den Rest der Kleidung in die leicht erreichbaren Seitentaschen des Rucksacks. Sie würde die langen Sachen erst am Gletscher brauchen. Vielleicht hatte Jayden auch gar nicht das Gefühl, dass ihr Rhian aufgezwungen worden war. Vielleicht war es die Situation. Sie schüttelte den Kopf und hob den schweren Rucksack auf ihre Schultern.

»Nach dir.« Sie deutete vor sich und folgte Jayden über den Schotterweg und dem Schild zur Laguna de los Tres nach. Die zwölf Zentimeter Größenunterschied zwischen ihnen zeigten sich deutlich, als Rhian versuchte, mit Jaydens großen Schritten und ihrem mühelos lässigen Stil mitzuhalten. Sie versuchte, nicht daran zu denken, dass Jayden sie vielleicht – nur vielleicht – so sehr forderte, um sie für ihre *Verbrechen* zu bestrafen. Rhian keuchte, verlangsamte ihr Tempo aber nicht. Wenn das Jaydens Ziel sein sollte, würde sie enttäuscht werden.

Doch dann wurde Jayden langsamer und ließ sich neben Rhian zurückfallen. »Entschuldige«, sagte sie. »Ich bin seit einer Weile nicht mehr mit jemandem zusammen gewandert. Ich muss mich daran gewöhnen, mich dem Tempo von anderen anzupassen.«

Rhian runzelte die Stirn. *So viel zu meiner Bestrafungs-Theorie*. Erneut schüttelte sie den Kopf und stellte sich darauf ein, an diesem Tag ihre Fragen und Mutmaßungen für sich zu behalten. *Du wirst sie niemals einschätzen können, also lass es einfach gut sein. Nicht jeder wird dich lieben. Das ist nicht überraschend, oder? Du bist ein großes Mädchen und es ist nicht neu für dich, die kalte Schulter von jemandem gezeigt zu bekommen.* Sie schob die Gedanken an ihren Dad und ihr letztes Treffen zur Seite. Das würde nicht helfen. Es war an der Zeit, dass Rhian lernte, mit Zurückweisungen zu leben.

Jeder Gedanke an Abweisung von Personen in ihrem Leben verblasste, als sie den Waldweg verließen und einen ersten Blick auf die Laguna de los Tres und den Piedras Blancas-Gletscher werfen konnten, hinter dem der Cerro Fitz Roy und der

Guillaumet aufragten. Das unberührte Weiß des Gletschers bildete einen perfekten Kontrast zum dunklen Sandstein des Berges und dem eisblauen Wasser des Sees.

»Heilige Scheiße.«

»Umwerfend, nicht wahr?«

Rhian nickte schweigend, während sie still dastand und die Schönheit der Natur bewunderte.

»Einerseits ist es schade, dass nur so wenige Menschen die Welt so sehen können«, fuhr Jayden fort. »Aber andererseits würden sie es wahrscheinlich ruinieren, wenn sie es könnten.«

Rhian schnaubte amüsiert und konnte ihre Augen noch immer nicht von dem Anblick losreißen. »So zynisch, Ms. Harris.«

Jayden zuckte mit den Schultern. »Ich sehe mich selbst gern als Realistin.«

»Hm. Ich würde trotzdem zynisch sagen.«

»Tja, du bist der Boss. Ich nehme an, du kannst sagen, was immer du willst.«

Rhian drehte sich um und bemerkte das schiefe Lächeln auf Jaydens Lippen. *Neckst du mich nur oder zeigst du, was dein Problem mit mir ist? Oder beides?* Sie entschied, darauf einzugehen, um hoffentlich die feindliche Stimmung zu zerstreuen, die ihr noch immer entgegengebracht wurde. »Schön wär's. Ich war nie der Boss und das weißt du. Erst war es Fen und jetzt bist du es. Und zu Hause gibt Rachel den Ton an. Ich bin eine bessere Sekretärin und Erbsenzählerin.« Sie lachte. Es war ihr gerade egal, was genau ihr Job war. Sie war an einem der unglaublichsten Orte, den sie je gesehen hatte – und wurde dafür bezahlt, hier zu sein, zu wandern, zu klettern und einen Gletscher zu überqueren. Das Leben konnte einfach nicht besser werden.

»Oh, du bist mehr als das, Miss Phillips. Und ich bin mir ziemlich sicher, dass du dir dessen bewusst bist.« Jayden ging den leichten Abhang zum See hinunter. »Na komm, wir haben keine Zeit dafür, einfach rumzustehen und nichts zu tun.«

Rhian lachte. »Siehst du? Ich hab's dir gesagt: Du bist der Boss.«

Der Hügel war nicht groß und schon bald kletterten sie eine achthundert Meter-Steigung zum See hinauf. Ungefähr zehn Kilometer ihrer Wanderung hatten sie hinter sich. Rhian nahm den Rucksack ab, zog eine Wasserflasche heraus, die sie sofort austrank, und füllte sie mit dem Seewasser. Eine Handvoll trank sie direkt aus dem See und freute sich über den frischen, klaren Geschmack und die eiskalten Temperaturen, als das Wasser ihre Kehle hinunterlief. Sie zog ihren Pullover an, da die steigende Höhe eine gewisse Kälte mit sich brachte. Obwohl sie jetzt schwitzte, wusste sie, dass sie in der Brise schnell frieren würde. Es war viel einfacher, sich warm zu halten, als sich wieder aufzuwärmen, wenn man einmal fror.

Jayden deutete über den See und zu der Eisfläche, die sich vor ihnen ausbreitete. »Wir machen eine kurze Snack-Pause und ziehen unsere Eis-Ausrüstung an, sobald wir das Ufer umrundet haben.« Sie warf einen Blick auf ihre Uhr. »Wir liegen ziemlich gut in der Zeit, also können wir ruhig ein paar Minuten rasten.«

Rhian nickte, setzte ihren Rucksack wieder auf und folgte Jayden. Der Ausblick war nicht weniger spektakulär, als sie den Gletscher erreichten, aber er war erheblich einschüchternder. Was wie eine flache Eisfläche ausgesehen hatte, über die sie laufen mussten, war nun offensichtlich ein Eisgebirge, das sie überklettern mussten. Obwohl es nicht übermäßig steil war, würde dieses Wegstück anstrengend werden.

Sie umrundeten das felsige Ende des Sees an der Südseite und kamen dabei schnell voran. Als Jayden den Beginn des Eisfeldes erreichte, nahm sie das Seil von ihrer Schulter und ließ ihren Rucksack auf den Steinboden fallen. Sie hatte ihre Steigeisen bereits angelegt und festgezurrt, während Rhian noch immer dabei war, ihre eigenen von ihrem Rucksack zu lösen.

»Brauchst du Hilfe?«

Rhian biss sich auf die Lippe, während sie sich konzentrierte. »Ich schaff das, danke.« Schließlich gelang es ihr, die letzte Schnalle zu lösen, und zog die Eisen über ihre Schuhe. Sie zog ihre Jacke und den Klettergurt an. Als Jayden ihr das Ende des Seils reichte, hakte sie es ein. Jayden hatte das andere Ende bereits an ihrem eigenen Gurt befestigt.

»Bereit.« Jayden schloss den Riemen von Rhians Helm unter dem Kinn für sie und klopfte ihr auf den Kopf. »Glücksbringer«, sagte sie, als Rhian sie fragend ansah.

Rhian lachte leise und sah zu der Eiskante nach oben. »Packen wir es an.«

Der Aufstieg war lang und Rhians Waden brannten vom Weg über den Gletscher, als sie den Paso Guillaumet erreichten. Aber dann stand sie dort und betrachtete die Entfernung, die sie zurückgelegt hatten … Und sie hätte es um nichts auf der Welt verpassen wollen. Jayden hob eine Hand, um ihre Augen zu beschatten, während sie das Gestein des Guillaumet betrachtete.

»Wie sieht's aus?«, fragte Rhian.

»Ziemlich gut, würde ich sagen. Den Bildern nach zu urteilen, die Fen vor dem Winter gemacht hat, würde ich sagen, dass es keine erheblichen Veränderungen gibt. Die Routen und Zeitpläne sollten also in Ordnung sein.« Sie deutete auf eine große Schnee- und Eisplatte, die sich an die Felswand klammerte. »Wenn überhaupt sieht die da kleiner aus als auf den Bildern. Anscheinend hat es schon Lawinenaktivität gegeben, was das zukünftige Risiko minimiert.«

»Gut.« Rhian zog einen Proteinriegel aus ihrer Tasche und öffnete die Verpackung. »Ich hab noch einen, wenn du willst.«

Jayden schüttelte den Kopf. »Nein, danke.« Sie trat auf das höher gelegene Eis neben ihnen, um einen besseren Blick auf die Schluchten werfen zu können. Ein Stirnrunzeln verdunkelte ihr wunderschönes Gesicht.

Wunderschön? Seit wann finde ich sie denn wunderschön? Na gut, seit du sie schlafend im Krankenhaus gesehen hast ... bevor sie angefangen hat, dich anzuschreien. Schon vergessen, Dummkopf?

»Gibt's ein Problem?«, fragte sie, größtenteils, um sich abzulenken.

»Nein. Der Steilhang ist in Ordnung. Ich bin nur vorsichtig.«

»Deshalb bist du hier, richtig? Um unser Sicherheitsaufpasser zu sein, wenn wir alle wagemutig und furchtlos sein wollen.« Rhian lächelte.

»Ja.« Jaydens Kiefer wirkte angespannt und sie hatte die Hände an den Seiten zu Fäusten geballt.

Rhian spürte nahezu, wie die Wut von ihr ausging. »Hab ich was Falsches gesagt?«

Jayden schüttelte den Kopf und schien sich wieder zu sammeln. Rhian stellte sich vor, wie Jayden behutsam die Bausteine ihrer Selbstkontrolle neu arrangierte, die diese verdammte Mauer bildeten, die sie ständig umgab.

»Was auch immer ich gesagt habe, es tut mir leid.«

Jayden ignorierte sie und ging zur anderen Seite der Felswand. Sie starrte die dort angebrachten Fingerhalterungen an, die winzig aussahen – weil sie es waren – und die Fußhalterungen, die in der Luft zu schweben schienen.

»Alles klar dann«, sagte Rhian seufzend und aß ihren Riegel auf, ehe sie den zweiten aus ihrer Tasche zog. Sie verzog ein wenig das Gesicht. Erdnuss. Sie mochte Schokolade lieber, aber es war trotzdem genießbar. Sie wollte irgendeine Antwort verlangen – ein Zugeständnis, dass die andere Person eine Entschuldigung angeboten hatte, weil sie möglicherweise etwas falsch gemacht hatte. Aber nein. Miss Ich-Reiche-Nicht-Mal-Den-Kleinen-Finger konnte nicht mal das tun. Sie wollte verlangen, dass Jayden ihr sagte, was ihr Problem war. Rhian wollte eine Erklärung dafür haben, warum sie für den Rest der Welt die beste Freundin spielte, aber kaum ein Wort mit ihr wechselte, wenn es nicht ums Geschäft ging.

Aber sie wusste es doch bereits. Jayden würde ihr niemals vergeben, dass sie sie gezwungen hatte, diesen Job zu übernehmen. Offensichtlich hatte sie das nicht gewollt. Offensichtlich hatte sie ihre Gründe dafür, dass sie eine Weile vom Radar verschwunden war. Offensichtlich war es Rhians Schuld, dass sie jetzt hier war und sich den Dämonen stellen musste, die sie verfolgten. Offensichtlich.

Es war egal, dass es nicht Rhians Schuld war, dass Fen in die Gletscherspalte gefallen war. Es war egal, dass es nicht Rhians Idee gewesen war, diese dämliche Sendung überhaupt zu produzieren. Und auch, dass sie die potenziellen Bergführer nicht einmal selbst ausgesucht hatte – das war die Entscheidung des verdammten Kunden gewesen. Aber Rhian war das Gesicht, auf das Jayden ihre ganze Wut richten konnte. Rhian wusste das. Und Jayden würde ihr niemals vergeben.

»Willst du den essen oder ihn nur zerfetzen?« Jayden deutete auf den zerrupften Riegel in Rhians Hand.

»Was interessiert es dich?«, fauchte sie zurück.

Jayden hob beschwichtigend die Hände. »Es tut mir leid. Ich bin ein Arschloch, okay? Ich hätte dich nicht ignorieren sollen. Das war unhöflich.« Sie tippte mit dem Stiefel gegen einen Stein und klopfte sich damit etwas Eis und Schnee von der Sohle. »Normalerweise bin ich ziemlich nett.«

»Zu mir aber nicht«, sagte Rhian leise.

Jayden nickte. »Ich weiß. Es gibt nur einige … Dinge, die ich verarbeiten muss. Das braucht seine Zeit. Sonst nichts. Ich hätte es aber nicht an dir auslassen dürfen. Bitte nimm meine Entschuldigung an.«

»Werde ich, unter einer Bedingung.«

Jayden hob eine Braue und wartete.

»Du wirst von jetzt an versuchen, netter zu mir zu sein. Ich bin nämlich auch ziemlich nett, weißt du?«

Jaydens Lippen verzogen sich zu einem Lächeln. »Das ist mir sogar aufgefallen.« Sie drehte sich schnell um und Rhian spürte, wie ihre eigenen Wangen heiß wurden. »Nun gut, wir haben nur noch etwa fünf Stunden Tageslicht. Was hältst du davon, wenn wir uns über das Eis abseilen? Das würde unseren Weg verkürzen.«

»Okay. Sicher.«

Kapitel 12

Rhian starrte ins Nichts, während sie den Ablauf des kommenden Nachmittags durchging. Noch einmal. Carlos würde sie um siebzehn Uhr am Parkplatz treffen und sie würden zum Flughafen fahren, um die Kandidaten abzuholen. Hoffentlich war das Flugzeug pünktlich. Die Mitarbeiter der Hotelgastronomie hatten für alle Snacks und Wasser eingepackt und sie würden gegen zehn wieder in El Chaltén sein. Morgen ging es dann richtig los, wenn sich alle zum Frühstück trafen und ihre Egos erst richtig anfingen zu –

»Bin ich so langweilig?«, fragte Fen aus dem Bett neben ihr.

»Entschuldige, was?«

Fen lachte. »Ich sagte, bin ich so langweilig? Offenbar ja schon.«

Rhian schüttelte den Kopf. »Tut mir leid. Mir gehen nur so viele Dinge durch den Kopf.« Sie rieb sich mit einer Hand übers Gesicht. »Alles klar, fang noch mal an. Wie geht's dir? Ich hab dich seit einer Woche nicht gesehen.«

»Mir geht's gut. Sie haben gestern ein klares Bild von meiner Wirbelsäule bekommen.«

Rhian beobachtete Fen. Sie schien über die Ergebnisse weder erfreut noch traurig zu sein. »Du hast ein steinhartes Pokerface. Spuck's aus.«

Fen lachte erneut. »Das Rückenmark sieht intakt aus.«

»Das sind tolle Neuigkeiten.«

»Ja, definitiv. Und was noch besser ist, in ein oder zwei Tagen darf ich versuchen, mich aufzusetzen.«

»Oh mein Gott«, sagte Rhian, schlug sich mit der Hand gegen die Stirn und riss die Augen übertrieben weit auf. »Dann sollten wir, also, auf jeden Fall eine Party oder so schmeißen – also, oh ja.«

»Sarkastisches Miststück.« Fen stimmte in ihr Lachen ein. »Ich schwöre dir, ich hätte nie gedacht, dass ich mich mal so darüber freuen würde, ein paar Stunden auf meinem Hintern zu sitzen.«

Rhian umfasste Fens Arm. »Ernsthaft, Fen, ich freue mich so für dich. Ich nehme also an, dass sie guter Hoffnung sind, dass du wieder in Ordnung kommst?«

»Ja. Hoffentlich.«

»Ah. Sie wollen immer noch auf Nummer sicher gehen?«

»Ja. Heutzutage hat jeder Angst, verklagt zu werden.« Sie kicherte.

»Ach, um Himmels Willen. Wie oft muss ich mich dafür noch entschuldigen?«

Fen lachte laut. Es tat gut, sie so glücklich zu sehen. Sie war so dynamisch und voller Leben. Sie in diesem Bett liegen zu sehen hatte sich angefühlt, als ob sie einer gepflückten Blume langsam beim Verwelken zusah.

»Ich mach nur Spaß. Also, es ist der erste Oktober. Bist du bereit für ihre Ankunft?«

Rhian verzog das Gesicht, als hätte sie etwas Schlechtes gerochen. »Schätze schon.«

»Du schätzt? Rhi, du arbeitest seit sieben, fast acht Monaten an dieser Sache. Du *schätzt schon*?«

»Okay, okay. Wir sind so bereit, wie wir sein können.«

»Du siehst nervös aus.«

Sie lachte. »Bin ich auch.«

»Warum? Das ist so aufregend. Es ist der Punkt, an dem alles so richtig in Gang kommt.«

»Ganz genau.« Rhian verschränkte die Arme schutzsuchend vor ihrer Brust. »All diese Menschen verlassen sich auf mich. Ich muss dafür sorgen, dass es funktioniert. Sie alle erwarten, dass ich weiß, was ich hier tue – aber so ist es nicht. Ich hab so was noch nie zuvor gemacht. Wie soll ich das durchziehen? Was weiß ich denn schon über Fernsehsendungen? Oder darüber, den Kandidaten da oben ihre Sicherheit zu garantieren?«

»Das ist Jaydens Job, nicht deiner. Du musst nur ihrem Beispiel folgen und sie wird auf alle aufpassen. Du kannst also aufhören, dir um diesen Punkt Sorgen zu machen.«

Nein, kann ich nicht, weil es da etwas gibt, das sie beschäftigt, über das sie aber nicht spricht.

»Zweitens hast du genug Reality-TV-Shows gesehen –«

»Ich hab eigentlich nur *The Amazing Race* gesehen.«

Fen sah sie bei der Unterbrechung finster an. »Du hast genug Reality-TV-Shows gesehen, um zu wissen, wie diese Dinge funktionieren – was die Leute sehen wollen, was deine Kunden mit dieser Sache erreichen wollen und was du aus deinen Kandidaten herausholen kannst. Du hast eine gute Crew, die sich um die technischen Aspekte kümmerte, Süße. Lass sie ihren Job machen und alles wird sich richten.«

»Das kannst du nicht wissen.«

»Doch.«

»Wie? Woher willst du das wissen?«

»Ich habe Vertrauen in dich.«

»Du kennst mich nicht.«

Fen schüttelte den Kopf. »Doch, das tue ich.« Sie griff nach Rhians Hand. »Ich weiß mehr, als du denkst. Und wahrscheinlich auch mehr, als du weißt.«

»Definitiv.«

»Ganz genau.«

Rhian kicherte und stieß dann ein herzhaftes Lachen aus. Fen stimmte mit ein und langsam kehrte ihr Selbstbewusstsein wieder zurück.

»Du schaffst das, Süße. Ich hätte dieser Sache gar nicht erst zugestimmt, wenn ich nicht an dich geglaubt hätte.«

»Wir haben uns nicht länger als fünf Minuten unterhalten.«

»Ich weiß es, wenn ich es weiß.« Fen zuckte mit den Schultern. »So einfach ist das.«

»Und du stellst das nie infrage?«

»Doch, natürlich. Aber wenn man das tut, geht immer etwas schief. Wenn ich auf mein Bauchgefühl höre, funktioniert es in neun von zehn Fällen. Wenn ich es nicht tue, bin ich in neun von zehn Fällen am Arsch.«

»Achso. Nun, in diesem Sinne, ich sollte jetzt langsam los.«

Fen lachte erneut auf. »Ist die Vertrauens-Krise vorbei?«

Rhian zuckte mit den Schultern. »Vielleicht. Aber ich muss jetzt wirklich gehen.« Sie deutete auf die Uhr. »Ich hab Carlos gesagt, dass ich ihn um fünf treffe. Es ist jetzt viertel vor und dieser Ort ist ein Labyrinth.« Sie beugte sich nach unten und drückte Fen einen Kuss auf die Wange. »Danke für die aufmunternden Worte.«

»Hey, dafür bin ich hier.«

»Wir sehen uns in ein paar Tagen.«

Fen schüttelte den Kopf. »Nein, es wird zu chaotisch für dich werden. Für dich und Jayden. Komm vorbei, wenn du Zeit hast, aber mach dich deshalb nicht kaputt. Mark ist hier und Carlos hat gesagt, dass er Isabella für Besuche vorbeibringt, wenn sie zum Einkaufen in die Stadt kommt. Also mach dir keinen Kopf. Ich komme schon klar.«

»Aber du bist meine Freundin. Ich möchte es.«

»Ich weiß. Aber eure Abwesenheit wird mir noch mehr Anreiz geben, meinen Arsch in Bewegung zu setzen und von hier zu verschwinden.«

»Hm. Ich weiß ja nicht.«

»Tu, was ich dir sage. Und jetzt geh. Lass den Mann nicht warten.«

Rhian schüttelte den Kopf. »Ja, Boss.«

Carlos konnte nicht an seiner üblichen Stelle parken. Stattdessen wartete er mit dem Bus am anderen Ende des Parkplatzes. Rhian rannte zu ihm und hüpfte dabei die Stufen nach oben. Er reichte ihr breit grinsend ein Klemmbrett und eine Kappe mit dem Firmenlogo.

»Steht Ihnen«, sagte er leise lachend.

»Vorsicht, oder ich sage deiner Frau, dass du mit mir flirtest.«

Er lachte. »Das würden Sie nicht tun.«

»Oh doch. Und wir beide wissen, dass sie Ohrringe aus gewissen Körperteilen von dir macht, wenn ich es tue.« Rhian grinste, als sie ihn unbehaglich auf seinem Sitz herumrutschen sah. »Ich mach nur Spaß. Du weißt, dass ich Isabella zu sehr mag, um sie dem Risiko einer Gefängnisstrafe auszusetzen.« Rhian kicherte über den empörten Ausdruck auf seinem Gesicht, ehe er in ihr Lachen einfiel.

»Sind Sie bereit, sie abzuholen?«, fragte er.

»Ja, passen wir auf, dass wir auch alle zusammengetrommelt bekommen.«

»Glauben Sie, dass jemand nicht auftaucht?«

Sie zuckte mit den Schultern. Das war eine der Sorgen, die ihr durch den Kopf gingen. Aber ehrlich gesagt wäre sie mehr als schockiert, wenn es tatsächlich eintraf. Diese Menschen hatten mit Klauen und Zähnen darum gekämpft, für die Show ausgewählt zu werden. Der Preis war großartig – eine kostenlose Reise zum Mount Vinson in der Antarktis. Wahrscheinlich der am schwersten zu erreichende und teuerste Berg der Seven Summits. Und ohne zynisch sein zu wollen: Für jeden Amateur-Bergsteiger, der Profi werden oder seine Leidenschaft zum Beruf machen wollte, war dies eine Plattform, die sich nur Idioten entgehen lassen würden.

»Ich hoffe nicht, aber es ist in Ordnung. Wir haben immer noch männlichen und weiblichen Ersatz, falls jemand nicht auftaucht.«

»Ah, Miss Rhians Notfall-Planung schlägt wieder zu.« Er lachte leise und fuhr vom Parkplatz. »So viel Organisation.«

»Tja, Carlos, Rachel würde meine Innereien als Strumpfhalter verwenden, wenn ich nicht jedes kleine Problem vorhersehe und dadurch dieses Projekt versaue.«

Die Anzahl an Ausweichmöglichkeiten, die sie für hoffentlich jede mögliche Eventualität aufgestellt hatte, war zu einem regelmäßigem Scherz zwischen ihnen geworden. Abgesehen von einer Großkatastrophe sollten alle Fronten abgedeckt sein. Und wenn sie ganz ehrlich war, kamen ihre Notfall-Pläne auch mit ein paar großen Katastrophen klar.

»Das ist gut. Leute fühlen sich dadurch sicher. Sie vertrauen Ihnen.«

Rhian lächelte breit. »Danke.« Sie setzte sich direkt hinter Carlos und legte ihm eine Hand auf die Schulter. »Mach mit den Komplimenten weiter und ich werde deiner Frau doch nicht sagen, wie gerne du mit mir flirtest.« Sie lächelte ihn unschuldig an, als er sie durch den Rückspiegel ansah. »Holen wir sie ab.«

Zwanzig Minuten später öffnete sie die Türen des Flughafens und entdeckte sofort Mellissa, mit einem Klemmbrett in der Hand. Sie stand auf Zehenspitzen und versuchte, über die Menge hinweg auf das Ankunfts-Gate zu sehen. Ihre blonden Haare waren zu einem festen Knoten gebunden und ihr rotes, ausgeblichenes T-Shirt und die kurzen Jeans waren fein säuberlich gebügelt. *Wer bügelt Hosen und ein T-Shirt?* Rhian schob den Gedanken schnell beiseite und warf einen Blick auf die Ankunftstafel. Das Flugzeug aus Heathrow war pünktlich gelandet – ein kleines Wunder – also erwarteten sie jede Sekunde die ersten Gesichter.

»Perfektes Timing, Boss«, sagte Mellissa, als sie neben sie trat. »Ich bin ziemlich sicher, dass das da der Erste ist.« Sie deutete auf einen großen, drahtig aussehenden Mann, dessen Dreadlocks unter seinem roten Totenkopf-und-Knochen-Bandana hervorlugten. Ein weites, kanariengelbes Tank-Top hing an seinem Oberkörper hinab und die Basketball-Shorts reichten ihm bis über die Knie.

»Ah. Luiji Mantessori«, sagte Rhian. »Zweiundzwanzig Jahre alt, Italiener, ein Meter neunundachtzig groß. Ich hab gesehen, wie er sich mit einem einzelnen Finger die Halterung an einer Indoor-Kletterwand hochgezogen hat. In Valle di Fassa geboren und aufgewachsen.«

»Bei den Dolomiten?«, fragte Mellissa.

Rhian nickte und winkte dem großen Mann zu. Ein Lächeln breitete sich auf seinem Gesicht aus. »Jap, der nordöstliche Teil des Trentino.«

»Warst du schon da?«

»Vor langer Zeit, ja. Toll zu Klettern.«

»Also ist er gut?«

Rhian nickte und streckte die Hand aus. »Luiji, freut mich, dich wiederzusehen.«

Luiji stellte seine Taschen ab und schlang seine langen Arme um Rhians Schultern. Er küsste sie auf beide Wangen und drückte sie so fest, dass sie beinahe von den Füßen gehoben wurde. »Es ist so großartig, hier zu sein, Rhian. Wunderbar, dich wiederzusehen.«

Sie klopfte ihm gegen die Seite und wand sich in seiner Umarmung. »Okay, okay. Du kannst mich jetzt runterlassen.«

Er lachte leise und ließ sie los, ehe er Mellissa die Hand reichte. »Du musst Mellissa sein.« Er nahm ihre Hand, verbeugte sich theatralisch und küsste ihren Handrücken. »Ich bin dir zu Diensten.«

Mellissa kicherte. Rhian verdrehte die Augen, biss sich jedoch auf die Zunge, weil in diesem Augenblick eine weitere Bergsteigerin eintraf. Taylor Blackshaw; ein Meter einundsechzig groß, Kanadierin, mit einem Talent für Off-Width-Klettern, das sie zu einer Legende auf ihrem Gebiet gemacht hatte. Sie kletterte an Rissen in einer Felswand hinauf, die so breit waren, dass sie ihren gesamten Körper als Keil einsetzen musste, und war dabei so schnell, dass sie einen Rekord aufgestellt hatte. Das war etwas, was die großen, muskulösen Typen, die normalerweise in der Extrem-Kletterer-Nische zu finden waren, leidenschaftlich hassten. Rhian liebte es – und die ruhige Art, mit der Taylor einen Raum füllte, ohne überhaupt etwas sagen zu müssen.

Langsam sammelten sich alle. Mellissa hakte die Namen auf ihrem Klemmbrett ab und Rhian unterhielt sich mit allen über den Flug und das entsetzliche Essen, dass ihnen serviert worden war. Sie machte sich kaum die Mühe, die Ausgelassenheit einzudämmen, die sich generell ausbreitete, wenn eine Gruppe Adrenalinjunkies zusammenkam. Sie warteten noch darauf, dass die letzte Bergsteigerin von der Gepäckausgabe zurückkam, als in der Ankunftshalle ein Huckepack-Rennen ausbrach. Rhian schüttelte einfach nur den Kopf, als Luiji und sein *Packstück* Killian O'Leary ihren ersten Sieg feierten.

Mellissa winkte ihr von Sicherheitsschalter aus zu. Schnell schickte Rhian alle nach draußen zum Bus und wies sie an, ihr Gepäck einzuladen.

»Was ist los?«, fragte Rhian, als sie neben Mellissa trat.

»Es ist niemand mehr im Flieger.«

»Scheiße. Wer fehlt?«

»Karen.«

Rhian schüttelte den Kopf. Karen hatte während der Probeläufe ziemlich befangen gewirkt, aber bis vor zwei Tagen hatten sie in E-Mail-Kontakt gestanden und Karen hatte begeistert gewirkt. »Okay, ich schreibe ihr und finde heraus, was passiert ist, aber kannst du die Ersatzfrau anrufen und sie so schnell wie möglich herbringen? Ich will nicht, dass irgendjemand das Training verpasst, wenn ich es verhindern kann.«

»Wer ist die Ersatzfrau?«

»Brooke Shields.«

Mellissa hob die Brauen und ein träges Grinsen breitete sich auf ihren Lippen aus. »Das hättest du wohl gern.«

Rhian lachte leise. »Oh Gott, ja! Aber ernsthaft, sie heißt wirklich Brooke Shields. Sie ist nur nicht *die* Brooke Shields.«

»Manche Eltern sind grausam.«

»Könnte schlimmer sein. Zumindest ist es ein hübscher Name und eine umwerfende Frau, nach der sie benannt wurde.«

»Stimmt. Woher kommt sie? Ich muss nach Flügen für Miss Shields suchen.«

»Südafrika.«

»Richtig, okay. Ich habe den Jeep hier. Es ist einfacher für mich, die Dinge hier mit besserem Internet zu organisieren, als es unterwegs zu tun. Ich stoße in der Konklave wieder zu euch und sage dir Bescheid, was los ist.«

»Guter Plan.«

Mellissa nickte und ging auf den Informationsschalter zu. Rhian ging zum Bus. Sie hob dabei einen Finger in die Luft. Unerwartete Umstände, null. Notfall-Pläne, eins.

Selbst zehn Meter entfernt konnte sie bereits die schlüpfrigen Kommentare und das brüllende Gelächter hören, das aus dem Bus drang.

Hab ich daran gedacht, die Mitarbeiter zu bitten, Schlaftabletten ins Wasser zu geben?

Kapitel 13

Der Geruch von Eiern, Speck, Toast und Kaffee schlug Jayden entgegen, als sie den Gemeinschaftsraum der Konklave betrat. Es war gerade einmal halb sieben Uhr morgens, aber es gab viel zu tun und es musste sich um viel gekümmert werden. Ein Monat reichte bei Weitem nicht aus, um alles zu erledigen. Zumindest nicht, wenn es nach ihr ging.

Ungefähr dreißig Leute saßen an den langen Tischen. Ihre Unterhaltungen und das Klappern des Bestecks auf den Tellern war so laut, dass Jayden sich umdrehen und sofort wieder gehen wollte. Sie tat es nicht. Sie hatte Fen versprochen, es durchzuziehen. Sie hatte sich dem Projekt verpflichtet. Das hatten alle hier. Jetzt war es zu spät, um noch auszusteigen. Egal, wie sehr sie es wollte.

Rhian saß allein an einem der Tische und hielt eine Kaffeetasse in der einen und einen Stapel Papiere in der anderen Hand. Ihre Aufmerksamkeit galt ausschließlich dem Tablet auf dem Tisch vor sich. Sie runzelte die Stirn und biss sich auf die Unterlippe.

Jayden durchquerte den Raum und zog den Stuhl neben ihr zurück. Als Rhian nicht reagierte, zuckte Jayden mit den Schultern, setzte sich und wartete. Und wartete.

Rhian hatte sich die blonden Haare wie immer hinter die Ohren geschoben und sie strichen im Nacken über den Kragen ihres T-Shirts. Kleine, runde Ohrringe fingen das Licht ein und Jayden war fasziniert davon, wie es auf ihrer Oberfläche reflektiert wurde. Ein dezentes Muster war in das Metall eingelassen worden, um den Effekt zu verstärken, sodass sie winzige Lichtmuster auf die weiche, glatte Haut an ihrem Kiefer warfen.

Jayden beobachtete, wie sich die Schatten bewegten, wenn Rhians Kiefer arbeitete. Die Muskeln spannten sich an und lockerten sich unter ihrer Haut, während Rhian durch das, was auch immer sie gerade las, scheinbar immer wütender wurde. Jayden wollte sich gerade fragen, woher sie wusste, dass Rhian sauer war – aber bevor sich der Gedanke formen konnte, kannte sie bereits die Antwort: Sie wusste inzwischen viel über Rhian.

Sie wusste, dass in dem Kaffee in ihrer Tasse Milch, aber kein Zucker war. Und Milch, keine Sahne. Sie wusste, dass sie Medialunas zum Frühstück gegessen hatte und sie wahrscheinlich gerade die dritte Tasse Kaffee trank. Außerdem wusste sie aufgrund der Schatten unter ihren Augen, dass Rhian nicht geschlafen hatte.

Ihr sollten all diese Dinge nicht auffallen. Rhian war eine Arbeitskollegin, keine Freundin. Sie seufzte schwer und räusperte sich, um Rhians Aufmerksamkeit zu erregen. »Guten Morgen«, sagte sie. »Was vereinnahmt dich denn so?«

Rhian hob den Blick und sah sie mit großen Augen an. »Hallo. Ich hab dich nicht kommen sehen.«

»Ich weiß.« Jayden lächelte. »Ich sitze schon seit fünf Minuten hier und warte darauf, dass du mich bemerkst.«

»Wirklich?« Rhian legte ihre Papiere auf den Tisch. »Tut mir leid. Ich hab nur versucht, etwas zu verstehen.« Sie nahm einen Schluck von ihrem Kaffee und stellte die leere Tasse dann wieder auf den Tisch.

»Irgendwas, wobei ich helfen kann?«

»Nein.« Rhian drehte den Kopf von links nach rechts, bis die Wirbel mit einem Knacken wieder an ihren Platz rutschten. »Es ist nur so, dass eine der Kletterinnen nicht ins Flugzeug gestiegen ist. Jetzt müssen wir die Ersatzfrau einfliegen lassen. Es stellt sich als schwierig heraus, eine konkrete Antwort zu bekommen, warum Karen nicht zu etwas kommen wollte, wofür sie so hart gekämpft hat.«

»Ah, ich verstehe.« Jayden wackelte mit dem Finger und deutete auf Rhians Gesicht. »Das ist dein Was-sich-der-Idiot-dabei-gedacht-Gesicht.« Sie verengte die Augen. »Es ist ein brauchbarer Ausdruck, aber pass auf die Falten auf, die dadurch zurückbleiben.«

»Witzig.«

»Ich gebe mein Bestes. Wann wird die Ersatzfrau ankommen?«

»Übermorgen.«

»Ah, verstehe. Da sollten wir alle schon im Basislager am Gletscher sein und du bist nicht sicher, ob wir den Aufbruch verschieben sollen, um auf sie zu warten, oder ob sie hingebracht werden soll, sobald sie ankommt.«

Rhian lachte. »Seit wann bin ich so durchschaubar?« Sie drehte Jayden das Tablet zu und deutete auf den Bildschirm. »Ich glaube nicht, dass wir uns das Warten leisten können.« Sie strich mit dem Finger über den Bildschirm und rief die Grafik des Gebiets und einen Wetterbericht auf. Der Sturm sollte voraussichtlich in dieser Woche eintreffen und würde sie wahrscheinlich für eine weitere Woche hier festsitzen lassen. Das Training im Freien würde auf Wanderungen in tieferliegenden Gebieten beschränkt werden müssen, weil die Vorhersagen für den Wind zu riskant waren, um in den Bergen zu sein. Sie würden sich mit Langstrecken-Arbeit und dem Indoor-Trainingsparcours begnügen müssen, den sie in der Kletterhalle aufgebaut hatten.

»Ich hab die Wettervoraussicht gesehen, bevor ich heute Morgen aufgebrochen bin. Du hast recht. Wir können nicht warten. Sobald der Sturm losbricht, verlieren wir eine weitere Woche Vorbereitung in den Bergen. Darüber wollte ich auch mit dir sprechen. Wenn es möglich ist, würde ich gern versuchen, die Leute lieber heute als morgen hier rauszubringen.«

»So kurzfristig?«

Jayden zuckte mit den Schultern. »Auf dem Berg muss man anpassungsfähig sein. Das gibt uns einen Eindruck, wer dieser Herausforderung gewachsen ist und wer nicht.«

Rhian sah erneut auf den Bildschirm und nickte. »Gutes Argument. Und es ist ja nicht so, als hättest du vor, sie schon mit auf einen der Berge zu nehmen.«

»Nein, ich will nur sehen, wie sie ein Basislager auf dem Gletscher einrichten und dann Paare bilden, um eine Nacht an höher gelegener Stelle zu zelten. Ich muss wissen, dass sie mit diesen Bedingungen umgehen können und welche Fähigkeiten sie da draußen haben. Wir müssen beide sicher sein, dass sie genug Kenntnisse haben, um auf sich aufzupassen.«

»Okay. Wirst du sie oft in Paare einteilen?«

»Ja. Gleich von der ersten Herausforderung an. Sie kennen sich noch nicht gut und sollten herausfinden, ob sie zusammenarbeiten und lernen können, einander auch zu vertrauen. Außerdem kann ich dann auch sehen, wie sie den schnellen Aufbruch und die Wanderung verkraften. Und wir bekommen ein Gefühl für ihre Einstellungen im Basislager, bevor ich sie rausschicke. Wenn es richtig losgeht weiß ich dann, wer am besten mit wem zusammenarbeitet. Aber ich will die Paare zwischendurch mischen. Das hilft ihnen, sich zurechtzufinden, wenn sich die Paare nach der Rauswahl verändern.«

Rhian nickte. »Dann sammle deine Truppen, General Harris.« Sie salutierte gespielt und fröhlich.

»Du kommst nicht mit? Ich dachte, du wärst bei dieser Expedition dabei?«

Sie schüttelte den Kopf. »Ich glaube, wir müssen den Plan anpassen.« Sie grinste Jayden schief an. »Ich bringe Brooke raus und treffe euch dann, wenn sie ankommt.«

Jayden schüttelte den Kopf. Sie fühlte sich unwohl bei dem Gedanken, dass Rhian ohne sie aufs Eis ging. »Nein, du kannst mit mir und dem Rest der Gruppe rausgehen. Ich sage Miguel oder Santiago, dass sie hierbleiben und – Brooke, richtig? – zu uns bringen sollen.« Sie wartete auf Rhians bestätigendes Nicken, ehe sie fortfuhr. »Wie auch immer, einer der beiden kann sie rausbringen, wenn sie ankommt.« Jayden legte den Kopf schräg, überzeugt von ihrem neuen Plan. Es war bloß eine Sicherheitsmaßnahme, Rhian nicht alleine rausgehen zu lassen. Es würde das Projekt schützen und all sowas.

»Dadurch hättest du da draußen einen Guide weniger, Jayden. Ich bin eine anständige Kletterin, aber ich bin nicht Miguel oder Santiago. Das weißt du. Du brauchst sie und ihre Sachkenntnis vom ersten Tag an. Außerdem sind sie stärker und können mehr tragen als ich.« Rhian schüttelte den Kopf. »Nein, mein Plan ist sinnvoller. Ich bin bei dieser Expedition die am wenigsten nützliche Person für dich. Deshalb sollte ich zurückbleiben und sie rausbringen, wenn sie eintrifft.«

»Du bist nicht nutzlos«, widersprach Jayden.

»Das hab ich nicht gesagt. Ich sagte, ich wäre einfach am wenigsten nützlich. Das ist etwas anderes.«

In diesem Punkt musste Jayden ihr recht geben. »Dann sollte sie von einem anderen Teammitglied rausgebracht werden.«

Rhian runzelte die Stirn. »Ich bin sehr gut dazu in der Lage, mit ihr nachzukommen. Je mehr Teammitglieder du am Anfang mit draußen hast, desto mehr Training kannst du absolvieren, bevor der Sturm kommt. Weder das Wetter noch die Zeit sind gerade auf unserer Seite. Wir brechen sofort am Morgen nach ihrer Ankunft auf. Ich werde sie auf den Ablauf vorbereiten können, wenn sie vom Flughafen kommt. Du weißt, dass dieser Plan am sinnvollsten ist.«

Das war er und Jayden wusste es. Aber sie erinnerte sich auch sehr genau an das letzte Mal, als sie so einer Bitte nachgegeben hatte. Die Bitte, dem Urteilsvermögen einer anderen Person und ihren Fähigkeiten zu vertrauen. *Rhian ist nicht Rebecca und das hier ist nicht der Everest. Das hier ist kein Erdbebengebiet und die Route hat sie größtenteils schon mit dir kennen gelernt.* Sie wusste, dass sie erklären musste, warum sie das Rhian nicht tun lassen wollte, wenn sie den Plan ablehnte. Und das konnte sie nicht tun, ohne Rhian weitaus mehr zu erzählen, als sie ihr über sich preisgeben wollte.

Sie ist ein großes Mädchen, Jay. Sie ist auch dein Boss. Also atme tief ein und lass sie die Anweisungen geben. Bei ihrem Plan gibt es kein erhöhtes Risiko, das nach einem Sicherheitseingriff verlangt.

»Du hast recht. Es ist ein guter Plan. Und danke.«

»Gern geschehen. Siehst du? Meine Notfall-Pläne zahlen sich bereits aus.«

Jayden lachte leise, als sie das Unbehagen abschüttelte, aufstand und in die Hände klatschte, um die Aufmerksamkeit der Anwesenden auf sich zu lenken. »Ich bin Jayden Harris und die leitende Bergführerin hier.«

»Soll das heißen, dass du da oben unsere Hand hältst?« Der schwere irische Akzent von Killian O'Lacey schnitt durch die Menge.

»Das soll heißen, dass Gesundheit und Sicherheit meine obersten Prioritäten sind. Wenn ich Ihnen sage, dass Sie etwas nicht besteigen werden, dann tun Sie es nicht. Wenn ich Ihnen sage, dass Sie zurück ins Lager gehen sollen, dann tun Sie es. Wenn ich Ihnen sage, dass Sie mit jemandem ein Team bilden sollen, dann tun Sie es. Und wenn ich Ihnen sagen, dass Sie sich von meinem Berg verpissen sollen, gehen Sie mir aus den Augen.« Der Raum war still geworden. »Haben wir uns verstanden, Mr. O'Lacey?« Er antwortete mit einem Murmeln. »Ich habe Ihnen eine Frage gestellt. Haben wir uns verstanden, Mr. O'Lacey?«

»Ja«, sagte er lauter. »Woher zur Hölle wusste sie, wer ich bin?«, flüsterte er seinem Nebenmann – Luiji Mantessori – laut genug zu, um gehört zu werden. Jayden entschied sich, es zu ignorieren. Sie fuhr fort.

»Jeder von Ihnen hat Erfahrung in den Bergen. Jeder von Ihnen hat mindestens einen der Seven Summits oder der Achttausender bestiegen, vielen von Ihnen mehr als nur einen. Aber hier müssen Sie mir erst noch beweisen, dass Sie dieser Herausforderung gewachsen sind. Wir haben einen Monat Zeit zum Trainieren, bevor die Dreharbeiten beginnen. Ein Monat, um sich so gut es geht auf die Herausforderung vorzubereiten, die vor Ihnen liegt. Und wir werden keine einzige Minute davon verschwenden. Es ist sechs Uhr dreißig. Um sieben Uhr dreißig wird der Bus alle zum Büro von *Adventure Trekkers* bringen, um Sie auszustatten. Wir werden sechs Nächte auf dem Gletscher verbringen. Unser Ziel ist es, ein Basislager zu errichten, Zweier-Teams zu bilden und mindestens eine Nacht in einem höher gelegenen Camp zu verbringen.«

Leises Flüstern und Gemurmel flatterte durch den Raum. Stühle wurden kratzend zurückgeschoben und ein paar Leute standen auf. Da Jayden nicht sicher war, ob sie packen oder widersprechen wollten, fuhr sie fort.

»Packen Sie alle persönlichen Dinge ein, die Sie für die nächsten sechs Tage brauchen. Technische Ausrüstung gibt es im Büro. Ich werde im Bus alle darüber in Kenntnis setzen, was wir in unserem Basislager brauchen. Das ist eine verpflichtende Trainingseinheit. Verstanden?« Sie sah sich im Raum um und alle nickten. »Carlos wird um punkt sieben Uhr dreißig die Türen des Busses schließen. Wenn Sie bis dahin nicht drin sind, kommen Sie nicht mit.« Die Teilnehmer reagierten mit geweiteten Augen und verblüfften Gesichtsausdrücken auf ihre Ankündigung. »Verstanden?«

Noch mehr Nicken.

»Ich sagte, *haben Sie verstanden*?«

Ein Chor von *Ja, Ma'am* erfüllte den Raum.

»Worauf zur Hölle warten Sie dann noch?«

Fünfzehn kleinlaute Männer und Frauen rannten förmlich aus dem Raum, um ihre Ausrüstung zu packen. Jayden konnte sehen, wie sie gedanklich Listen anlegten, als sie aus den Türen stürmten, um von ihr wegzukommen. Sie setzte sich wieder und warf Rhian einen fragenden Blick zu, die hinter ihrer leeren Kaffeetasse kicherte.

»Was?«

»Ich weiß, dass ich dich General genannt habe, aber mir war nicht klar, dass du gleich den Drill-Ausbilder raushängen lassen würdest.«

Jayden zuckte mit den Schultern. »Ich hätte das auch nicht getan, wenn Killian nicht so angefangen hätte. Diese Gruppe ist zu groß und besteht aus zu vielen Egos, um ihn mit so was durchkommen zu lassen und trotzdem die Kontrolle über die Gruppe zu behalten.«

»Ergibt Sinn. Glaubst du, dass du das die ganze Zeit so aufrecht erhalten kannst?«

»Muss ich nicht. Wenn wir wieder zurückkommen, wird diese Gruppe ein Gemeinschaftsgefühl aufgebaut haben. Entweder haben sie dann auch gelernt, mich und meine Fähigkeiten zu respektieren, oder eben nicht. Wenn sie es nicht getan haben, ist es egal, wie streng ich mit ihnen umgehe, sie werden niemals auf mich hören. Wenn sie es tun, muss ich nicht länger hart mit ihnen umgehen.«

»Eine clevere Taktik.«

Jayden grinste. »Ich hab darin viel Erfahrung.«

»Darauf wette ich«, sagte Rhian. Jayden hob eine Braue und Rhian schien zu begreifen, was sie gerade gesagt hatte. Ihr Gesicht wurde feuerrot und ihr Mund stand offen. »Ich … ähm … Ich hab es nicht so gemeint, wie es sich angehört hat«, stammelte sie. »Ich meine deine Erfahrung beim Klettern. Das ist alles. Ich wollte nicht … Ich hab nicht … Ich meine … Ach, verdammte Scheiße.«

Seufzend rieb sie sich mit beiden Händen übers Gesicht. »Ist auch egal. Bring mich einfach um.«

Jayden lachte. »Warum? Dann könnte ich doch nicht mehr zusehen, wie du dich windest, Miss Phillips.«

Gefahr! Gefahr! Zieh dich sofort zurück! Jayden räusperte sich. In Rhians Gegenwart schien das eine Gewohnheit zu werden. »Wie auch immer, ich sollte mit der Crew sprechen. Sie müssen ihre Basis auf dem Eis erst in der Woche vor Beginn der Dreharbeiten einrichten.«

Jayden stand auf und ging. Zuvor hatte sie allerdings noch das Grinsen bemerkt, dass sich zu Rhians Röte gesellt hatte. »Ach, was soll's. Das ist einfach nur freundschaftliches Geplänkel«, flüsterte sie zu sich selbst. »Sie ist ein großes Mädchen.«

Ihr Gespräch mit Angela Parrott und Simon Grant dauerte weniger als fünf Minuten und sie entschied, im Bus auf die Bergsteiger zu warten. Es interessierte sie, wer als Erster kam, welche Cliquen sich bereits geformt hatten und wer im Bus neben wem saß. Und, was noch interessanter war, wer am weitesten von wem entfernt saß.

Während der nächsten halben Stunde plante sie die Übungen, die sie in dieser Woche mit jedem absolvieren musste. Selbstrettungs-Fähigkeiten. Seil-Fähigkeiten. Risikoeinschätzungs-Fähigkeiten. Navigations-Fähigkeiten. All das musste sie testen, bevor sie einschätzen konnte, was jeder von ihnen individuell benötigte, um die Sicherheit aller zu garantieren.

Die erste Teilnehmerin im Bus war Kimi Shizuma, die einundzwanzigjährige Freeclimberin aus Hida in den japanischen Alpen. Eine einen Meter achtundfünfzig kleine, geballte Ladung aus Muskeln und Kraft. Rhian hatte ihr Videoaufnahmen von den Probeläufen gezeigt. Kimis Bewegungen über die Kletterwände waren großartig gewesen. Da ihr die Spannweite der größeren Kletterer fehlte, verließ sie sich auf Dynamik, um die Wände nach oben zu rasen. Sie sprang von einer Halterung zur nächsten, ohne die Wand überhaupt zu berühren, und sicherte ihren Halt in der neuen Position mit einer Eleganz und Leichtigkeit, die Jayden seit Langem nicht mehr gesehen hatte. Kimi nickte, als sie an Jayden vorbeiging, ließ sich am Fenster nieder und legte ihren Rucksack neben sich ab. Offensichtlich hatte sie keine Lust auf Gesellschaft.

Jayden speicherte die Information ab und erinnerte sich daran, ihre Teamfähigkeit aufmerksam zu beobachten. Einsame Wölfe waren nicht unbedingt gut, wenn man paarweise kletterte.

Anscheinend war sie nicht die einzige einsame Wölfin des Rudels. Drei weitere stiegen allein in den Bus und setzten sich ans Fenster, wobei sie ihre Rucksäcke nutzen, um jeden abzuweisen, der sich möglicherweise neben sie setzen wollte. Hunter Jones und Lonnie Brown waren die Ersten, die die Konklave gemeinsam verließen und in den Bus stiegen. Sie sahen sich an, als sie bemerkten, wie die anderen saßen, zuckten mit den Schultern und verstauten ihre Rucksäcke auf der Ablage. Die beiden setzten sich nebeneinander und schlugen die Fäuste kameradschaftlich gegeneinander.

Um sieben Uhr achtundzwanzig warteten sie nur noch auf zwei Leute – Luiji und Killian. Ein Teil von Jayden hoffte, dass sie es nicht rechtzeitig schafften. Sie würde liebend gern den Ausdruck auf ihren Gesichtern sehen, wenn sie Carlos sagte, dass er losfahren sollte, während sie durch die Türen rannten. Aber dieses Glück hatte sie nicht. Um sieben Uhr dreißig waren sie nicht im Bus – aber sie waren auch nirgendwo zu sehen, als Carlos vom Parkplatz fuhr. Die restlichen Passagiere schwiegen. *Zeit für ein wenig Schadensbegrenzung.*

Sie erhob sich von ihrem Sitz, um die Gruppe zu adressieren. »Ich bin ein gewaltiges Miststück, richtig? Ich werde eure Ärsche so lange drangsalieren, bis ihr an eure Grenzen kommt, und schubse euch dann runter, richtig?« Sie sah jedem im Bus in die Augen. »Vielleicht. Aber alles, was ich tue, hat ein einziges Ziel. Wagt jemand eine Vermutung, was das sein könnte?«

Sie wartete und das Stöhnen des alten Dieselmotors war kurz das einzige Geräusch, bis sich eine leise Stimme erhob. »Unsere Sicherheit zu gewährleisten.«

Sie lächelte Kendal Richards an, die große, langgliedrige Blonde aus Neuseeland. *Ein bisschen schüchtern, aber zumindest hat sie ihre Meinung gesagt.* »Ganz genau. Ihr seid alle erfahrene Kletterer. Ihr alle habt euch großen und schwierigen Bergen gestellt und sie erobert. Ihr wärt nicht hier, wenn es nicht so wäre. Aber erfahrene Kletterer sterben jeden Tag auf den Bergen. Kletterer, die mehr Erfahrung haben als ihr alle zusammen, sterben in den Bergen, weil sie selbstgefällig werden. Sie werden überheblich. Arrogant. Ihre Fähigkeiten rosten ein – ihre Grundlagen. In der ersten Woche geht es darum, sicherzustellen, dass ihr nicht eingerostet und arrogant seid. Und dass ihr euch nicht umbringt, weil ihr etwas Dummes macht. Um das zu tun, brauche ich Disziplin. Und ich will, dass ihr auf Genauigkeit achtet. Wenn ihr mir das gebt, werdet ihr als noch bessere Kletterer nach Hause gehen. Was auch immer aus diesem Wettstreit hervorgeht, das muss doch etwas wert sein, oder?«

Alle nickten und entspannten sich auf ihren Sitzen.

»Lässt du sie mit auf die Expedition?«, fragte Kimi.

Jayden lächelte. »Das kommt darauf an, was sie zu ihrer Verteidigung zu sagen haben.« Und wie sie es sagten. Sie war sauer, dass ihr Handy noch nicht geklingelt hatte. Es war jetzt sieben Uhr vierzig und sie fuhren vor dem Büro vor. »Alles klar, alle raus aus dem Bus. Im Anbau an der Seite gibt es die Ausrüstung. Im Moment ist es ein hübscher, aufgeräumter Raum. Ich weiß das, weil ich ihn eingeräumt habe. Ich will, dass er die ganze Zeit über so bleibt. Ihr werdet euch Drei-Mann-Zelte teilen, also organisiert euch. Teilt die Last der schweren Ausrüstung unter euch auf. Ihr werdet jeweils eine vollständige Kletterausrüstung und ein ganzes Seil brauchen. Packt genug Wasser für heute und Verpflegung für eine Woche ein. Irgendwelche Fragen?«

Kendal hob die Hand.

»Schieß los.«

»Wie lang ist die Wanderung zum Gletscher heute?«

»Fünfzehn Kilometer – dann müsst ihr den Gletscher überqueren, um einen geeigneten Platz für das Lager zu finden.« Sie wartete auf weitere Fragen. Als sich niemand meldete, klatschte Jayden in die Hände. »Alles klar dann, Kinder. Ihr habt eine Stunde Zeit. Fangen wir an.«

Es war nach acht, als ihr Handy klingelte. Rhians Nummer. Sie strich mit dem Daumen über den Bildschirm. »Ich hab sie gewarnt«, sagte sie lächelnd in den Hörer.

»Ich weiß. Sie scheinen der Ansicht gewesen zu sein, dass du es nicht ernst meinst.«

»Das dachte ich mir. Und jetzt?«

»Sie sehen aus wie unartige kleine Schuljungen, die vor dem Büro des Schuldirektors auf den Rohrstock oder so was warten.«

»Was ist ihre Entschuldigung?«

»Ich hab nicht gefragt. Dachte nicht, dass es wichtig ist. Alle anderen haben deine Deadline eingehalten und hatten sogar noch Zeit übrig. Es gibt keinen Grund, warum sie es nicht hätten schaffen sollen.«

Jayden nickte. Ganz genau. »Wann sind sie runtergekommen?«

»Zehn vor acht.«

Zwanzig Minuten zu spät. »Haben sie dich gesehen?«

»Nein.«

»Alles klar, danke. Gib mir mal Luiji, bitte.« Sie wartete, während Rhian das Handy weitergab. »Also?«, bellte sie ihn an.

»Ich musste das Badezimmer benutzen. Ich war nur eine Minute zu spät, aber ihr wart schon weg.«

»Schwachsinn. Du bist zehn vor acht nach unten gekommen. Zwanzig Minuten nach der vereinbarten Zeit. Willst du es noch mal versuchen?«

Schweigen.

»Gib Rhian das Telefon wieder.«

»Hallo?«, sagte Rhian.

»Er scheint es für eine gute Idee zu halten, mich anzulügen.«

»Hab ich gehört. Willst du Killian eine Chance geben?«

»Zwecklos. Ich glaube, sie können ein paar Tage in ihrem eigenen Saft schmoren. Kannst du sie mit Brooke rausbringen, wenn du kommst?«

»Sicher. Aber machst du dir keine Sorgen, dass sie in der Zwischenzeit etwas verpassen.«

Jayden lachte leise. »Wenn ich diese Jungs richtig einschätze, werden sie ihr Allerbestes geben, wenn sie wieder hier sind. Sie haben dann etwas zu beweisen.«

»Ist das nicht das Problem? Ihre Komplexe werden so groß sein wie der verdammte Berg, den sie besteigen sollen.«

»Nein. Sie werden *mir* etwas beweisen müssen. Sie werden wissen, dass ich sie für die Schwächsten im Rudel halte und dadurch werden sie doppelt so hart arbeiten. Sie werden das Fähigkeitstraining mit Brooke absolvieren. Ich hätte die Einheiten sowieso getrennt. Ich verbringe etwas Zeit mit ihnen allein, um sicherzugehen, dass sie alle auf einen Stand kommen. Sie werden einfach das gleiche aufholen müssen wie Brooke.«

»Bist du sicher?«

»Ja.«

»Was soll ich dann während der nächsten Tage mit ihnen machen?«

»Nichts.«

»Nichts?«

»Du bist nicht ihr Babysitter, Rhian. Das sind große Jungs. Entweder suchen sie sich eine konstruktive Beschäftigung, oder sie handeln sich noch mehr Ärger ein. Es liegt an ihnen.«

»Du bist der Boss.«

Jayden lachte. »Wenn es nur so wäre.« Sie legte auf und ging hinein, um ihren Rucksack zu überprüfen und die eigene Ausrüstung mit Miguel und Santiago abzusprechen.

Kapitel 14

»Ich kann nicht glauben, dass uns das verdammte Miststück einfach hiergelassen hat!« Killian ragte über Rhian auf, die an einem der Tische saß.

»Warum nicht? Sie hat euch gesagt, dass sie es tun würde«, sagte Rhian und hielt seinem Blick stand. Sie weigerte sich, auch nur ein kleines Stück nachzugeben. Jayden hatte recht. Diese beiden mussten ein wenig Respekt lernen, bevor sie sich selbst oder jemand anderen umbrachten.

Disziplin war ein grundlegendes Werkzeug zum Überleben, wenn man in extremen Bedingungen unterwegs war. Wenn man davon nicht mal genug hatte, um pünktlich zu einem vereinbarten Zeitpunkt einzutreffen, hatte man auch nicht genug, um Teil eines Teams zu sein. Da es am Ende zwei Gewinner geben würde, mussten sie als Team zusammenarbeiten, sonst hatten sie keine Chance.

»Aber sie hat hier nicht das Sagen, Schätzchen.« Je wütender er wurde, desto schwerer und deutlicher wurde sein irischer Akzent. »Du bist der Boss. Ruf sie zurück und sag ihr, dass sie uns abholen soll. Jetzt.«

Langsam erhob sich Rhian von ihrem Stuhl. Killian war kein großer Mann – gerade mal einen Meter siebenundsechzig, wenn überhaupt. Sie überragte ihn um gut drei Zentimeter und hatte keine Skrupel, das zu ihrem Vorteil zu nutzen. »Nein.«

»Was?« Er legte den Kopf zurück, um ihr in die Augen zu sehen – und es störte ihn ganz offensichtlich, dass er zu ihr aufsehen musste. »Das kannst du nicht machen. Ich hab mich für diese verfickte Herausforderung angemeldet. Ich hab jeden verdammten Zettel unterschrieben, den du und diese stinkenden Anwälte mir vorgelegt haben. Ich bin hier, um diese Sache zu gewinnen. Und du versuchst, mich zu benachteiligen. Du weißt, dass ich hier der beste Kletterer bin. Du weißt, dass ich den Rest dieser Arschlöcher in den Schatten stelle, also versuchst du, ihnen eine bessere Chance zu geben.« Etwas Speichel sammelte sich in seinem Mundwinkel.

Dafür schuldest du mir was, Jayden. Aber, verdammt, er war unausstehlich. Und zu ihrer eigenen Überraschung fühlte es sich gut an, ihm die Stirn zu bieten.

Er war noch nicht fertig. »Ich werde dich verdammt noch mal verklagen, wenn diese Sache vorbei ist und ich gewonnen habe. Ich werde dich und dieses riesen Miststück verklagen.«

Rhian wartete lediglich ab, bis er zu reden aufhörte – oder na ja, zu brüllen. Als er endlich fertig war, sagte sie: »Da du jeden Zettel unterschrieben hast, kannst du gern versuchen, uns zu verklagen. Aber du wirst in diesen Dokumenten eine Zustimmung zu einem gewissen Verhaltenskodex finden, den entweder ich oder die leitende Bergführerin Jayden Harris aufstellen.«

»Das Miststück hatte es von Anfang an auf mich abgesehen. Das konnten alle sehen.« Er ballte die Hände zu Fäusten. »Ich weiß nicht, was ihr Problem ist, aber sie hat mich auf dem Kieker.« Er grinste höhnisch. »Vielleicht hat sie Angst vor ein wenig Konkurrenz.« Er streckte die Arme aus, um in einer vulgären Zurschaustellung männlicher Unsicherheit auf die Art Konkurrenz hinzuweisen, die er glaubte darzustellen.

Rhian runzelte die Stirn. »Killian, du kannst mir glauben, wenn ich dir sage, dass Jayden niemals Angst vor dir hätte. Egal auf welche Art.«

Er knurrte leise und seine Arme bewegten sich so schnell, dass sie keine Zeit hatte, zu reagieren. Eine Hand legte sich um ihre Kehle, während er mit der anderen zum Schlag ausholte.

Das Brennen seiner Hand auf ihrer Wange trieb Rhian Tränen in die Augen und unterdrückte Erinnerungen drängten sich in ihren Gedanken nach vorne. Es war nicht länger Killian, der ihre Kehle packte. Augen, die vom Alter leichte Falten aufwiesen und sie einst voller Zuneigung angesehen hatten, blitzten sie nun mit grausamer Absicht an. Boshafte Worte voller Hass sprudelten über seine Lippen und die Zurückweisung in seinem Schlag verletzte sie viel tiefer als ihre pochende Haut.

»Wer hat jetzt Angst, Miststück?«

Killians starker Akzent riss ihre Aufmerksamkeit schmerzhaft zurück in die Gegenwart. Das war nicht ihr Vater. Killian hielt sie mit einer Hand an der Kehle, während die andere zur Faust geballt und bereit war. Sie kniff die Augen zusammen und hob die Hände im Versuch, die Finger zu packen, die sich in ihre Haut bohrten, während sie auf den nächsten Schlag wartete.

Ein Brüllen ertönte, gefolgt von ruckartigen Bewegungen. Kurz darauf löste sich der Druck von ihrem Hals und Rhian verlor das Gleichgewicht. Sie fiel auf den Boden des Esszimmers. Ein stämmiger Sicherheitsmitarbeiter stand neben ihr, während ein weiterer einen von Killians Armen nach hinten drehte und Luiji den zweiten Arm festhielt, mit dem er Rhian hatte schlagen wollen.

Killian brüllte erneut los und versuchte verzweifelt, sich aus dem Griff der anderen Männer zu befreien. Rhian starrte ihn an. Ihr Herz schlug wild und ihre Brust hob und senkte sich mit tiefen Atemzügen, um verzweifelt Luft in ihre Lungen zu bekommen. Sie schluckte schwer und schmeckte Blut auf ihrer Zunge.

Mit dem Handrücken wischte Rhian sich über den Mund und betrachtete einen Augenblick lang den roten Streifen auf ihrer Haut. Mit aller Willenskraft, die sie aufbringen konnte, schluckte sie das Schluchzen herunter, das sich aus ihrer schmerzenden Kehle zu lösen drohte. Rhian würde ihm diese Genugtuung nicht geben. Sie war diejenige, die hier die Kontrolle hatte. Nicht diese erbärmliche Erscheinung von Mann.

Je mehr er sich gegen den Griff des Sicherheitsmannes wehrte, desto klarer wurden ihre Gedanken. Langsam aber sicher bekam sie ihre Gefühle und ihre Atmung wieder unter Kontrolle und bedachte ihn mit einem finsteren Blick, auf den Rachel sicher stolz gewesen wäre.

»Pack deinen Scheiß«, sagte Rhian und ballte die Hände zu Fäusten. Sie war entschlossen, Killian nicht zu zeigen, wie sehr sie zitterten. »Ein Fahrer wird dich zum Flughafen bringen. Heute.«

»Das kannst du verdammt noch mal nicht machen!«, wütete Killian und wehrte sich gegen die beiden Männer, die ihn festhielten.

»Du wirst schon sehen, dass sie das kann, mein wütender, kleiner Freund«, sagte Luiji.

Rhian deutete auf die Überwachungskamera über ihnen. »Jede Sekunde ist aufgezeichnet worden, Killian.« Sie zeigte auf die Treppe. »Entweder steigst du in ein Flugzeug, oder du lernst die argentinische Polizei kennen. Deine Entscheidung.«

»Ma'am, ich glaube, wir sollten trotzdem die Polizei rufen und den Vorfall melden«, sagte der Sicherheitsbeamte.

Sie wusste, dass er recht hatte. Sie sollte Killian den Behörden melden. Aber sie war sich auch sicher, dass sie nach dieser Sache schon genug um die Ohren haben würde – ganz zu schweigen von der Zeit, die sie mit der Polizei verschwenden würde. Außerdem würde Rachel sowieso fuchsteufelswild sein. Wenn man dann auch noch die schlechte Publicity eines Polizeieinsatzes am Set hinzukam … Es wäre auch so schon demütigend genug, erklären zu müssen, die Situation unter ihrer Leitung so außer Kontrolle geraten konnte. Ihr Versagen von der Öffentlichkeit fern zu halten war definitiv der beste Weg. Das bedeutete, dass es die schnellste und sauberste Lösung für das Killian-Problem war, ihn aus dem Land zu schaffen.

Sie schüttelte den Kopf. »Das würde ich lieber nicht tun.«

»Aber er hat Sie angegriffen, Ms. Phillips.«

Sie nickte.

»Ich muss in solchen Fällen die Polizei einschalten.«

Rhian schenkte ihm ein mattes Lächeln. Zweifellos machte sich der Mann Sorgen um seinen Job. *Ich werde dafür sorgen müssen, dass Rachel weiß, dass es nicht seine Schuld war*. In ihr zog sich etwas zusammen und sie hoffte, dass sie dabei nicht auch das Gesicht verzog. *Immerhin war es meine Schuld. Ich werde einfach daran denken müssen, in Zukunft keine wütenden, kleinen Männer zu beleidigen.* »Das verstehe ich. Aber ich bin eine viel beschäftigte Frau und ich glaube, Mr. O'Leary wird daraus lernen, dass seine Handlungen Konsequenzen haben – auch ohne die Beteiligung der Polizei. Er hat seine Chance in dieser Show verloren und damit jegliche Hoffnung, diese Möglichkeit zu nutzen, um seine Karriere voranzutreiben.«

Luiji zog Killian aus Rhians Nähe weg und drückte ihn grob auf einen Stuhl. Killian wollte aufstehen, aber Luiji hielt ihn auf, indem er ihm von hinten die Hände auf die Schultern legte. »Sieh ein, wenn du verloren hast, Mann. Glaubst du, sie macht Witze? Hast du nichts gelernt? Du gehst leicht in die Luft. Also bleib sitzen, oder es wird nicht der Flughafen sein, zu dem du fährst.«

»Für wen zum Teufel hältst du dich, Rasta-Mann? Verfickter Arschkriecher. Du wolltest dieser zerzausten Schlampe genauso eine Lektion erteilen wie ich.«

Luiji nickte. »Ja, das wollte ich. Aber jetzt bin ich es, der eine Lektion von ihr bekommt. Es ist schade, dass du diese Lektion nicht mit mir verstehst, aber ich fürchte, das übersteigt deinen Horizont, richtig?«

»Verpiss dich.«

»Tatsächlich.« Er schüttelte den Kopf und sah Rhian an. »Geht's dir gut?«, fragte er sie leise.

Sie nickte, antwortete aber nicht. Das Adrenalin ließ nach und der Schock traf sie wie ein Schlag. Schweiß rann ihr über den Rücken, obwohl sie sich innerlich kalt fühlte.

Luiji legte den Kopf schräg. Ganz offensichtlich glaubte er ihr nicht, aber statt sie darauf anzusprechen, krallte er seine Finger in Killians T-Shirt und zog ihn auf die Füße. »Komm. Du musst dich auf einen Flug vorbereiten.« Er zerrte den um sich tretenden Killian zur Tür. »Könnte ich später einige Dinge mit dir besprechen, Rhian?«

Rhian nickte. Nur einmal. Dann beobachtete sie, wie die beiden durch die Türen und die Treppe hinauf verschwanden. Erneut schüttelte sie den Kopf in dem Versuch, ihn freizubekommen, und weigerte sich, zusammenzubrechen. Das Verlangen, sich auf einen Stuhl zu setzen, während sich die Welt um sie herum weiterdrehte, war stark. Aber auf keinen Fall würde sie einem Wichser wie Killian O'Leary zeigen, wie sehr er ihr zugesetzt hatte.

Entschlossen schob sie ihre Wut und den Hauch von Angst gedanklich in eine Schachtel mit der Aufschrift *Womit ich mich später beschäftige*. Nachdem sie an der Rezeption um einen Fahrer gebeten hatte, der Killian sofort zum Flughafen bringen und bei ihm bleiben würde, bis er eingecheckt und die Sicherheitskontrollen durchlaufen hatte, rief sie Mellissa an.

»Du musst noch ein paar Vorkehrungen treffen. Wir brauchen so schnell wie möglich den männlichen Ersatz und einen Flug nach Dublin für Killian O'Leary.«

»Heilige Scheiße. Was ist passiert?«

Schnell gab Rhian ihr die Einzelheiten durch. Wenige Einzelheiten. Keine Hände-an-Kehle-Einzelheiten.

»Er hat dich geschlagen?«

Jap, das ließ sich nicht leugnen. »Es war nur eine Ohrfeige, Mel.« Mellissa musste nicht wissen, dass es kurz davor gewesen war, mehr als das zu sein. Es würde sie nur beunruhigen. Rhians Assistentin hatte schon seit Langem die Rolle der großen Schwester-Schrägstrich-Tante in ihrem Leben eingenommen. Sie zweifelte nicht daran, dass sich Killian inmitten eines ausgeklügelten Rache-Plans wiederfinden würde, wenn Mel der Meinung war, dass Rhian in echter Gefahr gewesen war. Sie brauchten nicht noch mehr Ärger. Na ja, Rhian nicht. Es war besser, die Sache runterzuspielen und abzutun.

Mellissa kicherte leise. »Ich bin froh, dass Luiji eingeschritten ist.«

»Ich auch. Hört sich an, als würden sie zurückkommen. Kümmer dich um den Flug. Es ist mir egal, wie viele Zwischenlandungen er haben wird. Ich will ihn einfach nur heute noch aus Argentinien rausschaffen.«

»Kein Problem. Ich glaube, es gibt eine Strecke, die über Nairobi führt. Ich kann dafür sorgen, dass er beim Umsteigen sehr viel Zeit haben wird.«

»Himmel«, sagte Rhian. »Erinner mich daran, dich niemals wütend zu machen.«

»Wo wäre da der Spaß, wenn ich dich daran erinnern würde?«

Rhian lachte leise. »Gutes Argument. Wir sprechen uns später.« Sie legte auf und beobachtete, wie Luiji mit Killians Rucksack auf dem Rücken den nun mürrischen Killian grob aus dem Hotel und in das wartende Auto schob. Er reichte dem Fahrer den Rucksack und schüttelte ihm die Hand. Rhian konnte die Unterhaltung der beiden nicht hören und wollte auch gar nicht wissen, was Luiji über den Mitfahrer zu sagen hatte, den sie nun beide durch das Autofenster betrachteten. Sie machte sich die gedankliche Notiz, dem Fahrer ein Trinkgeld für seinen Job zu geben. Ein großes Trinkgeld.

Als das Auto verschwunden war, straffte Luiji die Schultern und kam zurück in die Konklave. »Ist es für dich in Ordnung, wenn wir jetzt reden, oder würde es dir später besser passen?«, fragte er höflich.

»Jetzt ist in Ordnung, Luiji.« Rhian deutete mit der Hand auf den leeren Gemeinschaftsraum und den Tisch, an dem sie vorhin gesessen hatte. Sie setzte sich und ignorierte das Pulsieren in ihrer Wange. An seinem Blick konnte sie ablesen, dass die Wange knallrot sein musste, und fragte sich, ob sich tatsächlich ein Handabdruck abzeichnete.

Luiji setzte sich ihr gegenüber, stützte die Ellbogen auf der Buchenholzoberfläche ab und verschränkte die Hände. »Zuallererst: geht es dir wirklich gut?« Er sah ihr durchdringend und direkt in die Augen.

Sie konnte seinem Blick nicht standhalten. Nicht, wenn sie sich davon abhalten wollte, vor ihm zu weinen. »Mir geht's gut. Danke für das, was du getan hast. Ich weiß es zu schätzen. Sehr. Ich weiß, dass du dich mit ihm angefreundet hattest, also war es sicher nicht leicht –«

»Er war nicht mein Freund. Ich schäme mich, dass ich mit diesem erbärmlichen Exemplar von Mann auch nur in Verbindung gebracht werde.« Luiji lehnte sich vor und schien ihre Hände ergreifen zu wollen, hielt sich dann jedoch zurück. Stattdessen verschränkte er die Finger auf der Tischplatte. »Ich bin ein Mann mit vier Schwestern und zwei jungen Töchtern. Und ich bin ein Mann, der von jedem anderen Mann erwartet, ohne zu fragen oder darüber nachzudenken so zu handeln, wie ich es an diesem Nachmittag getan habe. Nicht für den Dank oder eine Belohnung oder Anerkennung, sondern weil es das Richtige ist.«

»Das ist eine wundervolle Ansicht und ein Ideal, das jede anständige Person teilt. Aber wir beide wissen, dass die Welt nicht immer so funktioniert. Und selbst wenn, würde ich dir trotzdem für dein Einschreiten danken wollen. Weil anständige Menschen so etwas auch tun.«

Luiji grinste. »Das ist sehr wahr.« Er schlug sich mit den Händen auf die Oberschenkel. »Gut, diese Angelegenheit ist geklärt. Als Nächstes muss ich mich entschuldigen. Für mich selbst, denn mein Verhalten war nichts als arrogant. Ich war überspannt und habe zugelassen, dass mein Machismos, meine – wie sagt man – Prahlerei?«

»Ja, Prahlerei. Ego.«

»Ja, das ist das Wort. Ich habe mein Ego für mich sprechen lassen. Stattdessen hätte ich mein Klettern für mich sprechen lassen müssen.«

»Ich bin sehr froh, dass du das einsiehst, Luiji.«

Er nickte und sein Gesichtsausdruck war noch immer ernst und nachdenklich. »Ich muss noch viel lernen und würde es gern von Jayden Harris lernen. Ich habe auf *Google* und *YouTube* nach ihr gesucht.« Er atmete tief ein. »Es gibt so viel, das ich von einer Bergsteigerin wie ihr lernen kann. Ich war zu begierig darauf, ihr zu zeigen, dass ich ihres Respekts würdig bin, um zu erkennen, dass ich ihn mir erst verdienen muss. Ist es möglich, dass ich mich der Gruppe wieder anschließe? Bitte.«

»Nicht heute.«

Er starrte auf seine Hände und nickte. »Ich verstehe. Ich werde versuchen, es bei ihr wiedergutzumachen, wenn sie mit der Gruppe zurückkommt.« Er fing an, seinen Stuhl zurückzuschieben.

»Wir werden sie und die Gruppe übermorgen auf dem Gletscher treffen. Zwei Ersatzkandidaten werden uns begleiten. Wir werden zusätzliche Vorräte mitnehmen, um das Team zu versorgen, das bereits draußen ist, da wir keine weitere technische Ausrüstung mitnehmen müssen. Sie haben bereits ausreichend Zelte und Kochutensilien und so weiter.« Rhian hielt inne und hoffte, dass er ihren Hintergedanken erriet und die Chance ergriff, die ihm geboten wurde.

»Wenn du mir zeigst, wo die Läden sind, oder mir eine Anleitung gibst, sorge ich dafür, dass für die Wanderung alles bereit ist. Ich kann auch die Ausrüstung für jeden Rucksack vorbereiten.«

»Gut. Das würde mehr sehr helfen.«

Zum ersten Mal, seit er die Konklave verlassen und den leeren Parkplatz gesehen hatte, lächelte Luiji. »Gibt es noch etwas, wobei ich helfen kann?«

Sie schüttelte den Kopf. »Ich brauche erst einmal keine Hilfe. Aber du könntest nachsehen, ob das Kamera-Team etwas braucht. Sie scheinen immer schwere Ausrüstung dabei zu haben, die herumgetragen werden muss.«

»Natürlich.« Er stand auf und griff dieses Mal nach ihrer Hand. Anstatt sie jedoch zu küssen, wie er es zuvor getan hatte, schüttelte er sie. »Ich werde mich reinwaschen. Du wirst sehen.«

Rhian beobachtete, wie er ging. Seine Schritte waren wieder beschwingt, hatten aber die Nuance von überheblichem Stolzieren verloren. »Jayden«, sagte sie zu dem leeren Raum, »du hast diese Situation wirklich richtig eingeschätzt.« Sie hielt inne. »Wenn ich so darüber nachdenke, Rhi, hast du diesen Haufen Scheiße auch ziemlich gut gehandhabt.« Sie streckte die rechte Hand über ihre linke Schulter und kicherte leise, während sie sich selbst auf den Rücken klopfte.

Kapitel 15

Die dreizehn aufgeregten Kletterer hatten ganze fünf Minuten vor Ablauf ihrer Deadline die vollen Rucksäcken im Bauch des Busses verstaut und warteten darauf, dass Jayden in den Bus stieg und sie loslegen konnten. Jayden war zufrieden damit, wie alle zusammengearbeitet hatten. Sie waren effizient und praktisch vorgegangen. Sie trugen nichts bei sich, das sie nicht brauchten – obwohl sie das Gefühl hatte, dass sie in Zukunft eine oder zwei Kleinigkeiten mehr mitnehmen würden, sobald sie ihnen gezeigt hatte, wie diese winzigen Dinge ihr Leben retten konnten.

Carlos parkte am El Pillar Hotel und sie führte die Teilnehmer über den Pfad, den sie ein paar Wochen zuvor mit Rhian abgelaufen war. Zu der Zeit war es kühler gewesen, aber die Temperaturen würden auf dem Gletscher schnell fallen und sie würden die komplette Ausrüstung brauchen, auf die sie bestanden hatte. Sie liefen schnell. Den See erreichten sie eine Stunde früher als sie es bei ihrem ersten Ausflug mit Rhian geschafft hatte, obwohl sie da definitiv nicht getrödelt hatten. Nachdem die Wasserflaschen gefüllt waren und alle am Ende des Sees die Kleidung für die niedrigeren Temperaturen angezogen hatten, fingen sie an, den Gletscher zu besteigen.

Als sie das Plateau erreichten, führte Jayden die Gruppe nach Osten, weg von der Route, die sie mit Rhian eingeschlagen hatte und stattdessen auf den Gletscher. Vor ihnen lag die Hufeisenform des Fitz Roy-Massivs. Sie sammelte alle um sich und deutete auf jeden einzelnen Gipfel.

»Meine Damen und Herren, das ist euer Ziel: Ihr fangt mit der Besteigung des Guillaumet an. Vom Gipfel werdet ihr den Kamm überqueren und euch von jedem Berg abseilen und ihn wieder hochklettern, bis ihr eine Woche später vom Aguja de l'S absteigt.« Sie vollführte eine ausladende Geste mit dem Arm. »Wählt einen Platz für das Basislager aus. Denkt daran, dass wir zwar in dieser Woche keinen dieser Berge besteigen, es aber bald tun werden.«

»Hast du nicht gesagt, dass wir in höheren Lagen ein Camp errichten?«, fragte Taylor.

»Werdet ihr, aber ihr müsst keinen Gipfel besteigen, um in höheren Lagen zu zelten. Einfach vom Gletscher zum Passo Guillaumet zu klettern wird ausreichen, um die Ziele dieser Woche zu erreichen.« Sie deutete auf den tiefsten Punkt des Gebirgskamms, der noch immer mehrere hundert Meter über ihrer derzeitigen Position aufragte. »Also wie ich schon sagte, wählt euer Basislager mit Bedacht, damit es zu euren Bedürfnissen und den Wetterverhältnissen passt, die hier vorherrschen.«

Sie zog sich zurück und beobachtete, wie die Gruppe über die Vor- und Nachteile der möglichen Plätze diskutierte. Schließlich entschieden sie sich für eine Stelle, die mittig zwischen dem Guillaumet und Aguja de l'S lag.

»Sicher, das ist eine gute Stelle«, sagte Hunter Joney. »Aber dieser Ort ist den Winden ausgesetzt, die über den Gletscher wehen. Das könnten kalte und schwierige Verhältnisse werden.«

Zustimmendes Gemurmel wurde laut.

»Stimmt«, sagte Felix Romero. »Aber wir könnten eine Mauer aus Eisblöcken um den Rand ziehen, um das Lager vor den schlimmsten Wetterbedingungen zu schützen.«

»Das ist viel Arbeit.« Sky deutete auf die Umgebung. »Es ist nicht viel frischer Schnee gefallen. Wir müssten die Blöcke schneiden.«

Felix zuckte mit den Schultern. »Ich glaube, das könnte sich lohnen. Wir werden dieses Camp sehr lange nutzen. Wenn wir jetzt viel Aufwand betreiben, könnte uns das später Arbeit ersparen, wenn wir nicht mehr so fit sind.«

»Das ist ein gutes Argument«, stimmte Hunter zu. »Ich glaube, es ergibt Sinn.« Er sah Sky in die Augen und grinste. »Es muss ja nicht die Große Mauer von China sein oder so was.«

Sky lachte. »Witzig. Sollen wir dann da rübergehen, Leute, und mal sehen, was für Schnee wir für unsere Mauer finden können?«

Jayden war beeindruckt. Sie nahmen die Aufgabe ernst und bauten ein anständiges Basislager auf. Es war nicht bloß eine provisorische *Wird-schon-reichen*-Konstruktion.

»Lasst uns die Schlitten zusammenzurren, damit wir ihnen helfen können, die Schnee- und Eisblöcke zu transportieren, die sie für ihre Mauer machen wollen«, sagte sie zu Santiago und Miguel. »Da sie uns damit warm halten und vor dem Wind schützen, kann es nicht schaden, ihnen ein wenig unter die Arme zu greifen.«

»*Sí*«, stimmte Santiago zu.

»Aber nicht beim Aufbau, Jungs. Das machen sie alleine.«

»Und wenn die Mauer nicht hält?«, fragte Miguel.

»Sorgt dafür, dass unsere Zelte außerhalb der Gefahrenzone stehen.« Sie grinste. »Es wäre nicht das erste Mal, dass wir bei Wind auf dem Gletscher geschlafen haben.«

»Stimmt. Aber es wäre nett, etwas Schutz zu haben.« Santiago seufzte. »Lasst uns sehen, was sie sich ausdenken.« Er senkte den Kopf und folgte der Gruppe. Schnell schlossen sie zu der Gruppe auf und boten ihre Hilfe beim Abtransport an.

Sie arbeiteten effizient. Nach vier Stunden hatten sie die Zelte aufgebaut und einen ein Meter zwanzig hohen Bogen aus Eisblöcken an der westlichen Seite des Camps errichtet, der sie vor dem herrischen Wind schützen sollte. Jayden wusste, dass er nicht hoch genug oder mit seinen neun Metern lang genug sein würde, aber das würden sie in der Nacht schon merken. Sie grinste in sich hinein. Morgen würden sie dann noch daran anbauen können, falls sie die Energie dazu hatten. Heute Abend mussten sie das Wasser für den morgigen Tag vorbereiten, etwas essen und ausreichend schlafen. Nichts davon war leicht auf dem Eis.

Jayden begutachtete ihre zusammengewürfelte Truppe aus müden Kletterern, als sie sich mit Kaffeetassen und Schüsseln mit Eiern und Bohnen zusammendrängten. Der Wind hatte die ganze Nacht geheult und der klare, blaue Himmel von gestern hatte grauen Wolken Platz gemacht, die über ihnen hingen und sich an die Berge um sie herum klammerten. Das Gletschertal sah wie ein furchterregender und wenig einladender Ort aus.

»Perfekt«, flüsterte sie zu sich selbst, als sie an ihrem Kaffee nippte.

Es waren bereits Unterhaltungen darüber entstanden, die Höhe der Mauer anzuheben und die Länge zu verdoppeln. Sie hatte vor, ihnen bis zum Mittag dafür Zeit zu geben. Dadurch würde sie genug Zeit haben, einen Platz auszukundschaften, an dem sie das heutige Training absolvieren konnten. Aber das bedeutete nicht, dass sie die Zeit verschwenden musste, die sie jetzt hatten.

»Wer kann mir etwas über die sechs Prinzipien der Selbstrettung erzählen?« Stille breitete sich aus und Jayden musste das Lachen unterdrücken, das in ihrer Kehle aufstieg. Es fühlte sich wirklich an, als wäre sie eine Lehrerin in der Schule. »Kommt schon. Was ist der erste Schritt, euch selbst zu retten, wenn die Kacke am Dampfen ist?« Sie sah sich um. »Felix?«

»*Merde*«, murmelte er leise vor sich hin. »Den Ort begutachten. Weitere Verletzungen für sich selbst oder mögliche Retter vermeiden, in dem man potenzielle umgebende Faktoren identifiziert.«

»Lehrbuchantwort. Gut. Zweiter Schritt?« Niemand sagte etwas. »Wenn sich keiner freiwillig meldet, suche ich wieder jemanden aus. Das solltet ihr alle wissen.«

»Den Bedarf nach Erste-Hilfe feststellen«, sagte Hunter.

»Gut. Drittens?«

»Die Vorgehensweise planen«, antwortete Sky.

»Hervorragend. Viertens?«

»Eine Konstruktion für den Abtransport bauen«, fügte Kimi hinzu.

»Ganz genau. Fünftens?«

»Die Konstruktion gegenprüfen«, sagte Tomasi, die Kletterin aus Fidschi, die in Colorado lebte.

»Genau. Es hat keinen Sinn, etwas zu benutzen, was die Situation schlimmer macht. Und schließlich Nummer sechs?«

»Den Plan ausführen. Erste Hilfe leisten, sich selbst retten und oder Hilfe finden«, antwortete Taylor.

Jayden grinste. »Seht ihr? Ihr wusstet das.« Sie warf einen Blick auf ihre Uhr. »Es ist jetzt kurz nach sechs. Mittagessen ist um zwölf. Bis dahin habt ihr Zeit, euch um eure Mauer zu kümmern. Nach dem Mittag werden wir ein paar Szenarien für die Selbstrettung durchgehen. Außerdem werden wir verschiedene Techniken und Fähigkeiten üben, die wir brauchen werden, um unsere Haut zu retten, falls ein Unfall passiert.«

Gemurmelte Zustimmung drang ihr entgegen und sie trank schnell ihren Kaffee aus und setzte sich den Rucksack auf. Sie und Miguel überquerten gemeinsam angeseilt den Gletscher und suchten die verschiedenen Steilhänge und Aufschlüsse aus, die ihrem Zweck dienen würden. Am Fuß des Aguja Mermoz, dem Gipfel zwischen dem Guillaumet und dem Fitz Roy, gab es viele davon. Sie wählte eine Route an der westlichen Seite des Gipfels, der Hypermermoz genannt wurde. Ein dreihundertfünfzig Meter hoher 6c-Anstieg, der auf die berühmte argentinische Route zur Gipfelbesteigung traf.

Sie musste nicht so hoch klettern. Nach nur etwa zwanzig Metern konnte sie ihre Anker setzen und das Seil befestigen, das sie brauchte. Miguel war ein fähiger Kletterer und sie vertraute ihm die Sicherung an, während sie die zwanzig Meter zurücklegte und Klemmkeile, Klötze und Nocken anbrachte. Sie fixierte ihre

Expressschlinge und schlang das Seil hindurch, um so viel Sicherheit wie möglich zu gewährleisten.

Nachdem sie fast drei Meter geklettert war, ohne eine gute Stelle zu finden, an der sie einen Klemmkeil in den Stein rammen konnte, fand sie einen Riss mit guter Größe, benutzte an der schmalsten Stelle eine Nocke und platzierte den Steinkeil an der breitestes Stelle des Risses. Sie wickelte gerade den Gurt in einer Schlaufe um den passend geformten Stein, als sie ein Geräusch hörte, dass sie schon seit einer Weile nicht mehr vernommen hatte – Summen. Ein melodisches Lied, das von den Steinen zurückgeworfen wurde und in ihren Ohren widerhallte. Es war ihre eigene Stimme. War es wirklich mehr als achtzehn Monate her, seit sie das hier getan hatte? Seit sie die Musik in sich gespürt hatte?

Jayden lehnte ihre Stirn an die Felswand und atmete den Geruch von Stein und Kalk und Schnee ein. Sie war Teil des Gesteins. Es lag in ihr. Und sie war nie zufrieden, wenn sie diesen Durst in ihrem Inneren nicht stillen konnte. Es war egal, ob sie nur zwanzig Meter weit kletterte. Es war egal, dass sie nicht den gewagten Versuch einer Besteigung anführte oder nach einem Rekord strebte. Nein. Sie musste einfach nur den Stein unter ihren Fingerspitzen spüren und die Erde in der Luft riechen und schon war sie zu Hause. Das hatte Fen versucht, ihr zu sagen. Nicht nur im Krankenhaus, als sie sie dazu gebracht hatte, dem Job zuzustimmen, sondern jeden Tag, seit sie aus Nepal zurückgekommen war.

»Alles in Ordnung, Jay?«, rief Miguel zu ihr herauf.

»Ja, alles klar. Ich rieche nur einen Moment den Stein.« Sie konnte sich vorstellen, wie er über die verrückte Engländerin die Stirn runzelte, die an Steinen roch, aber das war in Ordnung. Sie war ein wenig verrückt. Sie war es immer gewesen. Es war ein Teil dessen, was sie dazu antrieb, die Dinge zu tun, die sie tat. »Ich glaube, wir sind hier hoch genug für unsere Zwecke. Ich seile mich jetzt ab. Hast du mich?«

»*Sí*. Ich hab dein Gewicht. Los.«

Jayden lehnte sich in ihrem Geschirr zurück und lief die Wand hinunter, während sie langsam das Seil abzog. Während des Abstiegs sah sie sich um. Die Wolken verdeckten noch immer die Sonne und machten den Tag grau und trüb. Innerlich fühlte sie sich aber leichter und freier als sie es getan hatte seit Rebecca … seit Rebecca gestorben war. Sie schloss die Augen. Wollte sich nicht schon wieder Rebeccas tote Augen vorstellen. Sie konnte es nicht ertragen, sie zu sehen. Nicht hier. Nicht, wenn sie gerade wieder zu sich selbst fand. Das wäre einfach zu grausam.

Ein Mittagessen aus getrockneten Würstchen, Reis und rehydriertem Gemüse wartete auf Jayden, als sie ins Lager zurückkam. Die Mauer war nun etwas mehr als einen Meter fünfzig hoch und ungefähr doppelt so lang wie vorher. Die Arbeitsbienen waren fleißig gewesen und wirkten alle übertrieben zufrieden mit sich selbst. Sie saßen in T-Shirts und Hosen im Lager. Die Anstrengung hatte sie alle gut aufgewärmt und die Windpause half sicher dabei, ihr kleines Lager etwas wärmer zu halten. Jayden nahm sich einen Teller und eine Tasse Kaffee und steuerte auf eine Bank zu, die vollkommen aus Eisblöcken gebaut war. Im Lager standen einige davon herum. Sie waren wirklich sehr eifrig gewesen.

Sie legte den Kopf zurück, drehte sich in die Richtung, in der die Sonne hinten Wolken eigentlich liegen sollte, und lächelte. Heute war ein guter Tag.

Kapitel 16

Rhian strich mit der Spitze ihres Kugelschreibers über das Blatt. Das Bild, das unter ihren Fingern entstand, nahm sie gar nicht wahr, da sie so auf seine Kreation konzentriert war. Eine dicke Linie hier, ein Schatten da und ein Lichtstrahl, der im Vordergrund unbemalt blieb.

»Langweilen wir dich, Rhi?« Rachels Stimme schnitt durch das Rauschen der *Skype*-Unterhaltung und ihre Tagträumereien. Sie wurde in die Realität des Konferenztreffens zurückgerissen, dem sie ihre Aufmerksamkeit schenken sollte. Angela und Simon – die Regisseurin und ihr Assistent – saßen links und rechts neben Rachel und beobachteten Rhian mit einem Grinsen auf dem Gesicht. Die Gesichter von den Anrufern aus der ganzen Welt in den sechs kleinen Fenstern fixierten sich ebenfalls auf sie. Na ja, so fixiert sie eben sein konnten, wenn sie auf das winzige Quadrat auf ihrem Bildschirm blickten.

»Tut mir leid, nein. Ich hab mir nur ein paar Notizen gemacht. Ein paar Dinge, die ich noch organisieren muss, bevor die Ersatzteilnehmer eintreffen.«

Rachel bedachte sie mit einem Blick, der Rhian wissen ließ, dass sie ihren Schwachsinn durchschaute. Aber Rachel hakte nicht weiter nach. »Da wir gerade davon sprechen … Wir haben einen unglücklichen Anruf von Killian O'Leary bekommen.«

»Und?«, fragte Rhian.

»Er könnte uns das Leben schwer machen und unangenehmes Medieninteresse schüren«, warf Angela ein.

»Er kann es versuchen. Aber nachdem, was er getan hat, hat er keine Chance.«

»Er behauptet, dass er provoziert wurde«, sagte Rachel.

»Leck mich.«

Rachels Augenbrauen schossen nach oben. »Wie bitte?«

Rhian funkelte sie an und bewegte ihre Maus zur Seite. Sie öffnete eine Datei und drückte auf den *Play*-Knopf. Die Bilder der Überwachungskameras von Killians Angriff und seine deutliche Absicht, noch einmal zuzuschlagen, bevor Luiji ihn aufgehalten hatte, spielten sich auf den Bildschirmen aller Teilnehmenden ab. Als das Video zu Ende war, folgte eine Reihe aus unbehaglichem Grunzen und Herumrutschen der Anrufer. Aber wie Rhian es erwartet hatte, reagierte Rachel zuerst.

»Dieser kleine Scheißer!«

»Das ist die ganze Szene. Wie hab ich ihn provoziert?«

Rachel schüttelte den Kopf und vollzog die meisterhafte Leistung, professionell zu bleiben, obwohl sie sauer war. Wirklich sauer. Rhian zuckte zusammen. Sie freute sich nicht auf den Riesen-Anschiss, den sie später bekommen würde.

»Nicht du«, antwortete Rachel dann. »Er behauptet, Jayden hätte ihn provoziert, indem sie ihn zurückgelassen und seiner Chancengleichheit großen Schaden zugefügt hat. Außerdem soll sie ihm gegenüber aggressiv gewesen sein und ihn davor mit ihrer Art schikaniert haben.«

Rhian lachte wütend. »Das einzige Mal, als er ihr gegenübergestanden hat, war an dem Morgen. Er hat versucht, sie vorzuführen und sie hat ihn deshalb zur Rede gestellt. Wenn du willst, kann ich dir auch diese Aufzeichnungen besorgen.«

»Das wäre gut. Damit wir auf der sicheren Seite sind.«

»Du machst Witze, oder?«

Rachel legte den Kopf schräg und sagte langsam: »Würde ich über etwas Witze machen, das in einem gerichtlichen Vorgehen gegen meine Firma enden könnte?«

Scheiße. Rhian schluckte. »Nein. Aber das ist lächerlich. Jayden hat nichts falsch gemacht. Er ist bloß angepisst, dass er aus der Show geflogen ist, weil er ein Wichser ist. Entschuldige meine Wortwahl. Aber das war er. Du hast gesehen, was mit mir passiert ist. Das ist nicht nur Übermut oder ein bisschen Angeberei. Er hat mich geschlagen. Er hat mich körperlich angegriffen. Und selbst wenn ihn jemand anderes provoziert hätte – was sie nicht getan hat – würde das sein Verhalten noch immer nicht akzeptabel oder vertretbar machen. Er wäre trotzdem nach Hause geflogen, auch wenn sie ihn provoziert hätte.«

Rachel zog eine Braue nach oben. »Ganz genau, Kleines. Du hast recht – du triffst es genau auf den Punkt. Dank des Videomaterials haben wir ihn genau da, wo wir ihn haben wollen. Und wir haben nichts zu verbergen. Warum sollten wir also nicht vollkommen offen sein und das zeigen?« Rachels Lächeln wurde breiter.

Rhian würde gern glauben, dass Rachel aus Stolz auf sie lächelte und vielleicht sogar beeindruckt davon war, wie sie mit dem Vorfall und dem Shitstorm umgegangen war, den sie gerade aushalten mussten. Aber wahrscheinlich lag es eher daran, dass Rachel wusste, dass sie diesen Kampf nicht verlieren würde. Killian konnte sich genauso gut von seinen Kniescheiben verabschieden.

»Aus unserer Perspektive sieht es für die Show und unsere Firma gut aus, wenn er versucht, viel Aufheben um die Sache zu machen und wir dieses Bildmaterial öffentlich machen müssen. Das stellt unsere Kunden in die erste Reihe der Beschützer von Frauenrechten und der Bestrafung derer, die Gewalt an Frauen üben.«

Rhian drückte sich mit Daumen und Zeigefinger auf die Augen, um sich einen Moment Zeit zu geben. Man konnte sich auf Rachel verlassen, dass sie diesen Vorfall zu ihren Gunsten nutzen würde. Sie schüttelte den Kopf. »Schön«, sagte sie und ließ ihre Hand wieder auf den Tisch sinken. »Ich besorge das Videomaterial von der Auseinandersetzung mit Jayden und schicke es euch allen.«

»Toll. Ich vermute, dass sich Mr. O'Leary und sein Anwalt sofort wieder in ihr Loch verkriechen, wenn sie das sehen.«

»Er hat schon einen Anwalt?« Rhian warf einen Blick auf ihre Uhr. »Er dürfte noch nicht mal in Irland sein.«

»Ob er es ist oder nicht, ist egal. Wir haben zwei Anrufe von ihm selbst und von einem Dermot O'Leary erhalten. Der Mann behauptet, sein gesetzlicher Vertreter bei der Klage zu sein, die er gegen uns, *Patagonia* und die argentinische Tourismusbehörde anbringt, wenn er seinen Platz in der Show nicht augenblicklich wieder erhält.«

»Mit welcher Begründung?«

»Schikane, Geschlechterdiskriminierung und sexuelle Belästigung.«

Rhian starrte sie an. »Willst du mich verarschen?«

»Nein.«

»Wer soll ihn denn belästigt und diskriminiert haben?«

»Die Schikane interessiert dich nicht?«

Rhian winkte ab. »Damit meint er ganz offensichtlich Jayden.«

»Ja. Der Rest geht gegen dich. Er sagt, du wärst sauer und hättest ihn rausgeschmissen, weil du ihn angemacht hast und er nicht mit dir schlafen wollte.«

Rhian lachte. Ein lautes, bellendes Lachen.

Rachel lächelte sie schief an. »Ich weiß, ich weiß. Aber es wäre trotzdem schrecklich, wenn du das vor Gericht verteidigen müsstest.«

Angela runzelte die Stirn. »Haben wir was verpasst?«

Rhian wandte den Blick vom Bildschirm ab und sah ihrer Kollegin direkt in die Augen. »Ich bin lesbisch. Ich bin seit fast sechs Jahren geoutet. Wie du siehst, weiß Rachel darüber Bescheid, also können wir diese Behauptung entkräftigen.«

»Ja, aber das könnte die Behauptung der Geschlechterdiskriminierung bestärken.«

Rhian legte den Kopf schräg.

»Immerhin bist du eine Männer hassende Lesbe, richtig?«, sagte Rachel mit einem spöttischen Lachen, das wahrscheinlich die Beleidigung abmildern sollte, die Killian ihr entgegen schleudern würde.

»Perfekt. Einfach perfekt.«

»So ist das Leben, Kleines«, sagte Rachel mitfühlend.

Rhian hielt inne und versuchte, sich eine Lösung einfallen zu lassen. Sie hatte Notfall-Pläne für den Fall, dass ihre Notfall-Pläne schief gingen. Aber hierfür hatte sie keinen Plan. Sie wusste nicht, welche Entscheidung die beste war oder wie die Anschuldigungen das Projekt und ihre Kunden beeinträchtigen würden. Allerdings war sie sich einer Sache sicher.

»Ich lasse ihn nicht wieder zurück ans Set. Was auch immer seiner Meinung nach sonst passiert sein soll, ich habe unumstößliche Beweise seines Angriffs und wie er zurückgehalten werden musste, um mich nicht weiter zu schlagen. Das katapultiert jeden in ein Flugzeug nach Hause.«

Rachel nickte. »Dein Projekt, deine Entscheidung. Schick mir die Video-Dateien und wir übernehmen ab jetzt.«

Rhian wusste nicht, ob das in Sachen PR die richtige Entscheidung war. Und genauso wenig wusste sie, ob Rachel ihrer Entscheidung wirklich zustimmte. Vielleicht unterstützte Rachel sie öffentlich, um sie als Projektleiterin vor ihren Mitarbeitern nicht zu untergraben, und Rhian würde später privat den Anschiss bekommen. Ihre Unsicherheit in dieser ganzen Angelegenheit ließ auch alle ihre Selbstzweifel wieder aufleben. *Vielleicht sollte ich einfach meinen Stolz hinunterschlucken und zustimmen, ihn zurückzuholen. Will Rachel, dass ich das tue? Aber dann wäre der eingebildete Scheißer unerträglich und würde die Show für alle zu einem lebendigen Albtraum machen. Ganz zu schweigen von mir. Es sei denn, er wird schnell rausgewählt. Aber wenn man bedenkt, wie sich das hier entwickelt, würde der kleine Bastard das auch irgendwie zu seinem Vorteil drehen.*

Die weitere Unterhaltung konzentrierte sich auf die logistischen Maßnahmen, das Kamera-Team samt Ausrüstung zum Gletscher zu bringen. Sie entschieden sich für den Transport zu Pferd, bevor die Ausrüstung anschließend mit Schlitten über das Eis gebracht wurde. Es würde ein mühsamer, kräftezehrender und langwieriger Prozess werden. Aber bei dieser schweren Ausrüstung schien es die einzig realistische Möglichkeit zu sein.

Ihre Gedanken drifteten von der Unterhaltung über Logistik und Planung ab. Sie und Angela hatten das schon unzählige Male besprochen. Sie widmete sich wieder ihrer Zeichnung und fügte einer gebogenen Linie einen Schatten hinzu.

Rachels Stimme zog sie erneut in die reale Welt.

»Ich glaube, das ist erst mal alles, Leute«, sagte Rachel. »Rhian, würdest du bitte noch ein paar Minuten mit mir in der Leitung bleiben?«

Rhian schluckte, nickte aber und verabschiedete sich von den restlichen Anrufern. *Richtig. Einmal Anschiss, kommt sofort.* Als hätten sie gespürt, was gleich passieren würde, gingen auch Angela und Simon, um ihnen etwas Raum zu geben.

»Danke«, setzte Rachel an. »Da ich weiß, dass du die Wanderung für morgen organisieren und die beiden Ersatzteilnehmer abholen musst, werde ich dich nicht lange aufhalten.«

»Okay.«

Rachels Blick klebte förmlich an ihrer Wange und die Wut, die sie zurückgehalten hatte, war deutlich in ihrem angespannten Kiefer und der Röte auf ihren Wangen zu erkennen.

»Es tut mir leid, Rachel. Ich weiß, ich hab Mist gebaut …«

»Geht's dir gut?« Rachels Stimme war leise und belegt und im Licht des Computerbildschirms konnte Rhian Tränen in ihren Augen schimmern sehen.

Tränen? Himmel, es muss schlimmer sein, als ich gedacht habe. »Ja. Es war nichts –«

»Nichts? Nichts?« Rachels Augen wurden groß und ihr Mund stand leicht offen. »Das war nicht *nichts*. Ich kann den blauen Fleck von hier sehen und ich bin verfickt noch mal in England! Gott.«

»Es tut mir leid. Ich weiß nicht, wie die Dinge so schnell eskalieren konnten. Ich hab es einfach nicht kommen sehen.«

»Wie solltest du auch?« Sie stieß laut den Atem aus und versuchte offensichtlich, ihre Wut zu zügeln. »Warum hast du nicht die Polizei gerufen und ihnen die Situation überlassen?«

»Ich wollte keine negative Publicity.« Rhian lachte verächtlich. »Anscheinend ist das noch etwas, worin ich Mist gebaut habe.«

»Hör auf.«

Rhian sah auf den Bildschirm.

»Du hast keinen Mist gebaut. Ich wäre auch nicht zur Polizei gegangen, wenn ich an deiner Stelle gewesen wäre. Aus demselben Grund. Es gab keinen Grund zu der Annahme, dass dieser kleine Arsch versuchen würde, sich nachdem, was er getan hat, mit Erpressung wieder zurückzubringen. Als Geschäftsführerin verstehe ich also deinen Instinkt und danke dir dafür. Du hast genau das Richtige getan.«

Rhian starrte sie an. »Hab ich das?«

Rachel nickte. »Ja. Ich selbst hätte es nicht besser machen können, Kleines.«

»Danke.«

»Bedank dich nicht. Als deine … als deine Mutter will ich ihm seine verdammten Eier abreißen.«

Rhian lachte leise. Der Zorn in Rachels Stimme war *für* sie. Sie verteidigte sie. Und wann hatte Rachel sie das letzte Mal mit solcher Sicherheit gelobt? *Rachel muss ziemlich großes Mitleid mit mir haben, weil ich einen Schlag ins Gesicht bekommen habe, wenn sie mich so unterstützt.*

Rachel beruhigte sich sichtlich und nahm wieder ihre professionelle Rolle an.

»Hör auf, mich so anzusehen. Ich muss jetzt wieder ein Miststück sein.«

»Entschuldige.«

»Verdammtes Kind.« Mit einer Hand strich sie sich über die Haare. »Genau, geh wieder an die Arbeit. Schick mir diese Video-Dateien so schnell wie möglich und ich kümmere mich von hier aus darum.«

»Okay.« Rhian klickte mit der Maus, um den Anruf zu beenden. *Tja, das lief besser als erwartet.*

Simon und Angela kamen zum Tisch, als sie ihren Laptop zuklappte.

»Geht's dir gut?« Angela reichte ihr einen nassen Waschlappen.

Rhian nickte und nahm ihn an. Er fühlte sich gut an ihrer Wange an.

»Bastard«, sagte Simon. »Ich kann nicht glauben, was für ein Wichser er ist.«

Rhian zuckte mit den Schultern. »Dagegen können wir im Moment nichts machen.« Sie versuchte, die Schuldgefühle dafür zu ignorieren, dass sie allen so viele Umstände machte. Immerhin hatte sie ihn als Kandidaten ausgewählt. Sie hatten ein wenig Konflikt in der Show gewollt. Für die Einschaltquoten und so weiter. Allerdings hatte sie nicht erwartet, dass das so nach hinten losgehen würde.

»Wir lassen dich in Ruhe, Liebes. Wir wollten nur sichergehen, dass es dir nach dieser ganzen Scheiße gut geht.« Angela beugte sich nach vorn und tippte auf Rhians Notizblock. »Hübsche Zeichnung übrigens.« Sie drehte leicht den Kopf und betrachtete das Blatt. »Du hast den Ausdruck in ihren Augen perfekt eingefangen.«

Rhian runzelte die Stirn und lehnte sich auf ihrem Stuhl zurück. Zum ersten Mal, seit sie mit dem Zeichnen angefangen hatte, sah sie ihr Werk bewusst an. »Scheiße«, flüsterte sie leise, während Simon und Angel den Raum verließen und die Tür hinter ihnen ins Schloss fiel. »Das ist nicht gut.«

Jaydens Gesicht starrte sie von dem Papier aus an.

Kapitel 17

Jayden musterte die aufgeregten Gesichter der Teilnehmer, die in einem kleinen Halbkreis um sie herumstanden. Drei Zweier-Teams warteten auf Erklärung des Szenarios, durch das sie sich kämpfen mussten. Drei Seile hingen von der Felswand in ihrer Nähe.

»Okay, Szenario eins: Unser führender Kletterer ist bewusstlos und hängt mit einer Gliedmaße in einer Spalte fest, aber sein Gewicht hängt noch immer an eurer Sicherung. Ihr müsst der Sicherung entkommen und eine Rettung einleiten. Lasst den Verletzten nicht fallen. Er würde sich die Gliedmaße brechen und aller Wahrscheinlichkeit nach sterben, weil er sich den Kopf an der Felswand einschlägt, oder zu Tode stürzt, sobald er gelöst wird. Aber ich bin sicher, dass ich das nicht noch einmal wiederholen muss, oder?«

Sechs nickende Köpfe stimmten schweigend zu.

»Okay, Sky, Jake, Felix, ihr seid unsere Verletzten. Hunter, Liv und Lonnie, lasst mal sehen, was ihr könnt.«

Die drei Verletzten kletterten schnell die zwanzig Meter nach oben, damit sie Gewicht in die Seile legen und eine passende Spalte finden konnten, um sich festzuhalten. Keine tatsächlich feststeckenden Gliedmaßen … sicherheitshalber. Aber es reichte, um die Simulation effektiv zu machen.

Hunter setzte sich schnell in Bewegung, sobald sich Felix nicht mehr bewegte. Er knüpfte einen Bergrettungsknoten, um die Hände frei zu haben und trotzdem Felix‘ Gewicht an dem losen Seil zu halten. Er nutzte die lose Leine an seinem Seil, um ihn mit einem doppelten Achterknoten an seinem Ankerpunkt zu befestigen, ehe er die Schnur über seine Schulter legte und sie mit Klemheist-Knoten am Lastenseil über seinem Bergrettungsknoten verband. Um sich selbst von der Sicherung zu lösen, verband er schließlich den Karabiner in seinem Klemheist-Knoten mit dem übrigen Seil, das in dem Anker hinter ihm befestigt war.

Jayden warf einen Blick auf ihre Uhr. Weniger als zwei Minuten. »Gut. Was machst du als Nächstes?«

»Ich nutzte das Seil, um aufzusteigen und die Situation einzuschätzen.«

»Wie?«

»Eine prusikische Fußschlaufe, um mir beim Klettern über das Seil zu helfen, das an beiden Enden sicher verankert ist. Ich benutze einen Karabiner, um mich mit dem Seil zu verbinden. Ein weiteres Seil verbinde ich mit ein paar Prusikknoten an beiden Seiten an meinem Geschirr, um das Seil hinaufzugleiten.«

»Tu das.«

Offensichtlich wusste er, was er tat. Schnell. Sie konnte ihn getrost Santiago überlassen, der seinen Fortschritt beobachtete, während sie ihre Aufmerksamkeit Lonnie zuwandte, der noch immer mit seinem Bergrettungsknoten kämpfte, um das Gewicht von seinen Händen zu nehmen. Ihre Steigeisen gruben sich in das Eis, als sie zu ihm ging und leise mit ihm sprach. Schritt für Schritt führte sie ihn durch die Bewegungen, bis er es schließlich schaffte, den Knoten zu sichern, den er brauchte, und anfangen konnte, seinen Anker zu sichern. Sie ignorierte die Röte, die ihm vor Frustration in die Wangen stieg. Wenn es ums Überleben ging, gab es keinen Platz für Stolz oder Ego.

Liv fing an, nach oben zu Sky zu klettern, und lag nur etwa eine Minute hinter Hunter. Eine weitere beeindruckende Zurschaustellung der schüchternen Kletterin. In den letzten Tagen hatte sie auf dem Eis wenig gesagt und sich im Lager trotzdem als zuverlässig erwiesen – genauso souverän wie mit ihren Fähigkeiten am Seil und an der Felswand.

Im Großen und Ganzen hatten sie alle eine solide Leistung gezeigt. Lonnie hatte am meisten mit der Übung zu kämpfen gehabt, aber er hatte sie gemeistert. Jeder von ihnen hatte es erfolgreich geschafft, seinen angeschlagenen Bergführer zu retten. Zumindest bis jetzt. Und die meisten von ihnen hatten es mit einer erfahrenen Leichtigkeit geschafft, die von häufigem Üben zeugte. Lonnies Knotenarbeit war einfach etwas eingerostet. Das war für einen Freeclimber nicht unüblich, der allein unterwegs war und nicht die meiste Zeit einen Kumpel an seinem Seil hängen hatte. Jayden vermutete, dass er heute Abend nach dem Essen mit seinem Übungsseil im Camp sitzen und die Knoten solange knüpfen und lösen würde, bis er es konnte, ohne hinsehen zu müssen. Genau, wie sie es gewollt hatte. Das war die Zeit für Spielereien. Die Möglichkeit, herauszufinden, wo sie noch Übung brauchten, solange sie auch noch Zeit für die nötige Übung zu haben.

Sobald jeder von ihnen den Kletterer befreit und sicher auf den Boden gebracht hatte, tauschten sie die Rollen. Sie absolvierten die Aufgaben schnell. Keiner von ihnen wollte lange herumstehen oder an einem Seil hängen. Der Wind frischte auf und die Kälte knabberte an ihren Nasen und Wangen.

Insgesamt durchliefen sie vier Szenarien und schlossen jedes erfolgreich und ohne gespielte Todesfälle ab.

Jayden fand, dass dies ein weiterer guter Tag auf dem Berg war. Sie hatte diesen Teil ihres Jobs und ihres alten Lebens vermisst. Sie liebte es, Menschen die Fähigkeiten beizubringen, die sie da draußen zum Überleben brauchten. Sie hatte diese Fähigkeiten. Sie hatte das Wissen. Menschen wurden von den Bergen und dem Eis angezogen, vom Nervenkitzel der Herausforderung. Es war etwas Ursprüngliches und Instinktives, das nach dem Abenteurer in einem rief. Das würde es immer tun.

Neue Menschen würden sich immer neuen Herausforderungen stellen; das war die menschliche Natur. Und die Berge würden ihren Teil an Seelen als Bezahlung einfordern. Nicht jeder, der den Gipfeln nachjagte, würde sicher wieder hinunterkommen. Aber sie hatte die Fähigkeiten, um diejenigen, die es versuchten, eine bessere Chance zu geben, ihr Ziel zu erreichen. Sie konnte den meisten von ihnen dabei helfen, am Ende des Tages sicher nach Hause zu kommen. Sie konnte es. In ihrem Kopf wusste sie es. Lonnies Triumph zu sehen, nachdem er erfolgreich die letzten drei Übungen abgeschlossen hatte, machte ihr das ganz deutlich. Das Bild von Rebeccas toten Augen würde sie immer verfolgen. Aber davor wegzulaufen würde die Bürde der Schuld, die sie mit sich herumtrug, nicht leichter machen. Nur, wenn sie es nutzte, um ihr Verlangen anzufeuern, so viele Menschen wie möglich sicher nach Hause zu bringen, würde ihr das gelingen. So viele Menschen wie möglich davor zu bewahren, mit den Albträumen zu leben, die sie nachts noch immer aus dem Schlaf rissen, war das einzig Gute, was sie nach dieser Katastrophe erreichen konnte.

Dieser Ort, dieser Job … das war es, wofür sie geboren worden war. Sie musste nur ihr Herz dazu bringen, es zu glauben.

Kapitel 18

Oh. Mein. Gott. Dein Bild von Brooke Shields an der Kletterwand wird ihr nicht gerecht.

Rhian las die Nachricht von Mellissa ein zweites Mal, während sie ihre Ausrüstung und ihr Geschirr im Anbau von Jaydens Büro sortierte. Luiji war auf der anderen Seite des Raums und verstaute weitere Vorräte in seinem bereits schweren Rucksack. Anscheinend war er fest entschlossen, sein arrogantes Verhalten durch Einsatz von roher Kraft wiedergutzumachen. Schnell antwortete sie auf die Nachricht.

???

Mellissa reagierte sofort.

Warum hast du mir nicht gesagt, dass sie die Tochter der echten Brooke Shields oder so was sein könnte? Sie ist umwerfend!

Rhian zuckte mit den Schultern.

Ich kann mich nicht erinnern, so etwas gedacht zu haben, als ich sie getroffen habe.

Bist du blind? Und du nennst dich selbst eine Lesbe. Ich bin hetero und verheiratet und ich würde mit ihr schlafen.

Rhian lachte und versuchte sich vorzustellen, wie die prüde Mellissa eine Frau anmachte. Es ging nicht. Sie antwortete erneut.

Tu das nicht. Wir haben so schon genug Schwierigkeiten. Bring sie einfach hierher, damit wir uns auf die Wanderung morgen vorbereiten können.

**seufz* Na schön.*

Rhian legte ihr Handy auf den Tresen und fing an, Expressschlingen, Nocken und Klemmkeile an einem Riemen zu befestigen, damit sie leichter zu transportieren waren. Sie bezweifelte, dass sie klettern würde, aber Jayden bestand darauf, dass alle vorbereitet waren, die ins Basislager kamen. Das Letzte, was Rhian tun würde, war, eine von Jaydens Regeln zu brechen und damit ihre Autorität zu untergraben. Ihre Gedanken wurden wieder von der Zeichnung angezogen, die sie angefertigt hatte, als sie eigentlich Rachels Meeting hatte zuhören sollen. Was hatte sie dazu getrieben, so etwas zu zeichnen – Jayden zu zeichnen? Die Frage summte in ihrem Kopf und die Antwort lag auf der Hand. Aber sie würde sich das ganz sicher nicht eingestehen, egal, wie oft sie sich dieselbe dämliche Frage stellte.

Es ist einfach zu lange her, dass ich flachgelegt wurde. Rhian fuhr sich mit den Fingern durch die Haare und schnappte sich eine weitere Handvoll Ausrüstung. Während sie die Utensilien sicherte, versuchte Rhian, sich daran zu erinnern, wie lange genau es her gewesen war. Drei Jahre. Während eines Urlaubs in Spanien. Sie war mit einer Kletterin aus Amerika unterwegs gewesen. Es war eine Urlaubsromanze gewesen, heiß und von kurzer Dauer. *Heilige Scheiße. Kein Wunder, dass mich jedes hübsche Gesicht zum Sabbern bringt.*

Zufrieden packte sie ihre Ausrüstung fertig zusammen und rief Luiji zu: »Abendessen?«

»Auf jeden Fall.« Er hob den Kopf von dem Rucksack, über den er gebeugt war. »Ich muss hier nur noch das Seil aufwickeln, dann bin ich fertig.«

»Brauchst du Hilfe?«

Er schüttelte den Kopf. »Ich schaff das schon.« Er war bereits zur Hälfte fertig, als sie den Raum durchschritt. Er hatte sich wirklich dem hohen Ziel verschrieben, Wiedergutmachung zu leisten. Sie hoffte einfach nur, dass Jayden das zu schätzen wusste, wenn sie morgen zum Gletscher kamen. Sie freute sich nicht darauf, ihr zu erzählen, was alles mit Kilian passiert war, seit sie gegangen war, aber es führte kein Weg daran vorbei. Jayden musste es wissen. Und außerdem würde sie sofort merken, dass etwas nicht stimmte, wenn sie sah, dass Kilian nicht zu Rhians kleinem Gefolge gehörte.

In angenehmem Schweigen gingen sie zurück zur Konklave und während des Abendessens unterhielten sie sich sporadisch über die Wanderung am nächsten Tag. Es war … gesellig. Rhian genoss Luijis Gesellschaft tatsächlich. Das hatte sie nicht erwartet, als sie sich das erste Mal getroffen hatten. Wie Kilian hatte sie ihn nicht nur wegen seiner Kletterfähigkeiten – die beeindruckend waren – in die Show aufgenommen, sondern weil seine Persönlichkeit polarisierte. Entweder man liebte ihn – was die vielen weiblichen Zuschauer aufgrund seiner langen Dreadlocks, der gemeißelten Kieferpartie, den Bauchmuskeln und seinem perfekten Welpenblick sicher tun würden. Oder man hasste ihn – was viele der etwas älteren, männlichen Zuschauer aus genau denselben Gründen tun würden. Er würde sich abheben und das würde ein wenig Aufregung generieren. Unwillkürlich fragte sie sich, ob er das ebenfalls vermutete.

Die Tür zum Gemeinschaftsraum öffnete sich und Mellissa kam mit einem finsteren Blick auf dem Gesicht und zwei lächelnden Neuankömmlingen im Schlepptau herein.

»Ich frage mich, was es mit diesem Blick auf sich hat«, murmelte Rhian leise zu sich selbst, sodass Luiji sie nicht hören konnte.

»Unsere neuen Teammitglieder«, rief Luiji aus, sprang von seinem Stuhl auf und eilte durch den Raum, um sie zu begrüßen. Er schlang die Arme um Brooke – die ihrer berühmten Namensvetterin erstaunlich ähnlich sah – und drückte ihr einen Kuss auf beide Wangen. »Es ist eine Freude, eine so wunderschöne Dame kennenzulernen.«

Rhian kicherte unterdrückt. »Und das ist exakt der Grund, warum man ihn entweder liebt oder hasst«, sagte sie erneut zu sich selbst.

Brooke zog sich ihrerseits schnell, aber diskret aus seiner Umarmung zurück, nahm seine Hand und schüttelte sie. Rhian war beeindruckt, wie sie mit dem jungen Schürzenjäger umging und ihren persönlichen Freiraum wieder sicherte. Luiji lachte einfach nur und schüttelte energisch Brookes Hand.

Sie hatten es vom Flughafen aus schnell hierher geschafft und Rhian begrüßte sie alle lächelnd. Sie streckte die Hand zu Brooke aus und wurde ein wenig aus dem Konzept gebracht, als die junge Frau sie in eine feste Umarmung zog. Luiji hob die Brauen und ein wissendes Grinsen breitete sich auf seinem Gesicht aus. Unauffällig streckte er beide Daumen nach oben. *Toll. Einfach toll. Jetzt erinnere ich mich, warum ich sie nicht ins Hauptteam geholt habe.*

Während der Probeläufe war Brooke ihr gegenüber freundlich – wenn nicht sogar überfreundlich – gewesen. Anfangs hatte sich Rhian mehr als nur ein wenig geschmeichelt gefühlt. Immerhin war sie umwerfend. Und Brooke Shields – die echte – war ihr erster Schwarm gewesen. Sie hatte *Die blaue Lagune* so oft angesehen, dass die verdammte Videokassette kaputt gegangen war. Aber es war schnell deutlich geworden, dass Brooke keiner natürlichen Anziehung nachging. Ihre Handlungen und Worte passten nicht wirklich zusammen. Der Ausdruck in ihren Augen war einfach ein wenig … falsch. Wenn sie ihren Blick eigentlich nicht von Rhian hätte losreißen können sollen, hatte sie abgelenkt gewirkt. Rhian war schnell zu der Schlussfolgerung gekommen, dass es eine Masche war, ein Versuch, sich bei ihr einzuschmeicheln, um Brooke einen Platz in der Show zu sichern. Stattdessen hatte es den gegenteiligen Effekt gehabt: Rhian hatte Brookes Versuch gehasst, sie so ungeniert manipulieren zu wollen. Doch Brooke schien zu glauben, dass die Taktik sich ausgezahlt hatte, denn schließlich war sie jetzt hier.

Rhian zog sich schnell zurück und ging in die Küche, um die Mitarbeiter zu bitten, den Dreien eine Mahlzeit zuzubereiten. Nach zehn Minuten setzten sie sich vor eine Portion Spaghetti Bolognese, frischem Knoblauchbrot und eine Tasse Kaffee.

»Was? Kein Wein?« Brooke riss sich ein Stück vom Brot ab und biss herzhaft hinein.

Rhian runzelte die Stirn und schüttelte den Kopf. Mellissa hätte ihnen eigentlich den Ablaufplan für morgen erklären sollen. »Nicht, wenn wir so früh aufbrechen. Es geht um Punkt sieben Uhr los, also müssen wir vorher gefrühstückt haben.«

Brooke winkte ab. »Ja, ja.« Sie schnippte mit den Fingern und sah zur Küchentür. »Der Service hier ist nicht das, was ich erwartet habe.«

»Das ist kein Fünf-Sterne-Hotel.« Mellissas abgehackter Tonfall überraschte Rhian.

»Was du nicht sagst«, erwiderte Brooke.

»Die Mitarbeiter und die Crew sind nicht hier, um dich zu bedienen. Wenn du etwas willst, benutz deine Beine. Geh und hol es dir selbst.« Mellissa hatte die Hände zu Fäusten geballt, die Lippen zu einer schmalen Linie zusammengepresst und in ihren Augen lag ein so harter und wütender Ausdruck, wie Rhian ihn noch nie zuvor gesehen hatte.

Was zur Hölle ist zwischen den beiden passiert?

Brooke schob ihren Stuhl zurück und marschierte in die Küche. Nur wenige Augenblicke später hörten sie laute Stimmen und dann ein schmeichelndes Lachen. Schließlich schwangen die Türen wieder auf und Brooke kam mit einer Flasche Wein unter dem Arm und vier Gläsern in der Hand zurück. *Vier?*

Brooke stellte vor jedem ein Glas ab, außer vor Mellissa, und schenkte ein. Rhian hielt die Hand über ihr eigenes Glas und konnte sich gerade so davon abhalten, sie zur Rede zu stellen, als sie sah, wie Mellissa den Kopf schüttelte und *Nicht* mit den Lippen formte. Brooke zuckte mit den Schultern und goss den Wein in die restlichen drei Gläser. Sie erzählte Geschichten von ihrem Flug, wie sie selbst Fliegen gelernt hatte und dass sie eine viel bessere Landung hinbekommen hätte als der Pilot. Oskar, der andere Ersatzkandidat, war so ruhig wie Brooke dreist und nervig war. Das war der andere Grund, warum Rhian sie anfangs nicht ausgewählt hatte. Während Brooke allen am Tisch Grund Nummer zwei deutlich klarmachte, war sie schwer damit beschäftigt, unter dem Tisch Grund Nummer eins zu verstärken, indem sie Rhians Knie drückte.

Rhian seufzte und zog ihr Bein weg. Dann überschlug sie die Beine so weit wie möglich von Brooke weg, ohne eine Szene zu machen oder aufzustehen. Als die Unterhaltung ins Stocken geriet, schob Rhian ihren Stuhl zurück und gähnte gespielt.

»Nun, meine Damen und Herren, ich fürchte, dass es Zeit für mich wird, ins Bett zu gehen. Wie ich schon sagte, wir fangen morgen früh an und haben eine lange Wanderung vor uns.«

Mellissa, Luiji und Oskar folgten ihrem Beispiel. Luiji nahm Rhians und Mellissas Teller. »Ich bringe die für euch in die Küche und kümmere mich um den Abwasch«, sagte er. »Wir sehen uns morgen früh.«

Rhian lächelte dankbar. »Danke, Luiji.«

»Ich helfe dir«, sagte Oskar und griff nach den Gläsern und seinem eigenen Teller.

»Guter Plan.« Luiji drückte die Tür mit dem Fuß auf und hielt sie für Oskar auf, damit er zuerst hineingehen konnte.

»Gute Nacht, alle miteinander.« Rhian durchquerte den Raum und ging mit Mellissa an ihrer Seite die Treppe nach oben.

»Ich komme mit euch, Ladys«, rief Brooke ihnen nach, ehe sie das halbe Weinglas in einem Zug leerte und praktisch zum Fuß der Treppe rannte, um mit ihnen nach oben zu gehen.

Mellissa runzelte die Stirn. »Du musst dich noch um dein Geschirr kümmern.«

Brooke zog eine finstere Miene. »Die Jungs haben angeboten, den Abwasch zu machen.«

»Ich kann mich nicht erinnern, dass das Angebot auch dir galt«, sagte Mellissa mit einem Knurren in der Stimme.

Rhian zwang sich, keine Regung auf ihrem Gesicht zu zeigen, aber Mellissas Verhalten war wirklich seltsam. Mellissa war seit vier Jahren ihre Assistentin. Sie war gut fünfzehn Jahre älter als Rhian, seit mehr als zwanzig Jahren verheiratet und die Verkörperung einer kompetenten, fähigen und bemühten Assistentin. Sie hatten bei zahllosen Projekten zusammengearbeitet, waren viel gemeinsam verreist und in dieser Zeit Freunde geworden. Und heute erlebte sie Mellissa zum ersten Mal jemand anderem gegenüber so feindselig. Sie war immer gelassen, freundlich, überzeugend und locker. Dieses … extrem abwehrende Verhalten zu sehen, fühlte sich an, als müsste Rhian mit ansehen, wie ihrem Kindheits-Teddybären Fangzähne wuchsen.

»Außerdem kann Luiji dir zeigen, wo dein Zimmer ist. Du bist mit ihm auf einer Etage. Wir sind es nicht.« Sie hakte sich bei Rhian unter und zog sie von Brooke weg, die Stufen hinauf.

Aus dem Augenwinkel sah Rhian, wie Brooke ihnen finster hinterher sah. Sobald sie den vierten Stock erreicht hatten, folgte Rhian Mellissa in ihr Zimmer und wartete ab, während sich Mellissa auf das Bett fallen ließ und mit der Faust gegen das Kissen schlug.

»Was ist passiert?«, fragte Rhian schließlich.

»Ist egal. Lass dich nur nicht von ihr einwickeln.«

Rhian setzte sich auf die Bettkante. »Hältst du mich wirklich für so verzweifelt, dass ich mich von jemandem ausnutzen lasse?«

Mellissa drehte sich um und starrte sie an. »Du wusstest es?«

Rhian nickte. »Die Frage ist, wie konntest du es wissen, bevor du sie hierher gebracht und ihr Verhalten mir gegenüber gesehen hast?«

»Ganz einfach. Sie hat uns auf dem Weg hierher ihre Strategie erklärt, wie sie die Show gewinnen will.«

Rhian runzelte die Stirn und biss sich auf die Lippe. Die Show würde durch eine Kombination aus dem erfolgreichen Abschluss der Aufgaben und den Abstimmungen der Zuschauer gewonnen werden. Und natürlich, indem man als erstes Team die Ziellinie der letzten Überquerung erreicht. Die Kandidatenauswahl war das einzige gewesen, bei dem Rhian irgendeinen direkten Einfluss auf die Show hatte. Von jetzt an lag es an den Kletterern, sich zu beweisen, an Beliebtheit zu gewinnen und dann alles zu geben, um als Sieger hervorzugehen. »Ich verstehe nicht, wie sie darauf kommt, dass es ihr den Sieg sichert, wenn sie mich verführt.«

»Sie glaubt, dass du sie aus den öffentlichen Abstimmungen raushältst, wenn sie mit dir schläft und du sie so lange wie möglich hierbehalten willst.«

Rhian schüttelte den Kopf. »Darauf habe ich keinen Einfluss.«

»Ich weiß das und du weißt das auch. Anscheinend weiß es die kleine Miss Ich-halte-sehr-viel-von-mir nicht.«

»Und das hat dich so wütend gemacht?«

»Natürlich.«

Rhian starrte Mellissa an.

»Ich hasse solche Frauen. Sie glaubt, dass sie nur ihre Titten zeigen oder an … woran auch immer lutschen muss, um alles zu bekommen, was sie will. Das Miststück gibt uns allen einen schlechten Ruf. Und der Gedanke daran, dass sie wirklich glaubt, du würdest auf diesen Mist reinfallen … Gott, sie macht mich so wütend.« Mellissa runzelte die Stirn. »Was? Warum starrst du mich so an?«

Rhian schüttelte den Kopf. »Nichts. Tut mir leid. Ich hab dich nur noch nie so aufgebracht gesehen.«

»Tja, du musstest ihr im Jeep ja auch nicht zuhören. Sie hat ununterbrochen davon erzählt, wie sie … Na ja, egal. Ich bin sicher, dass du dir den Teil denken kannst.«

»Sie war anschaulich, hm?« Rhian wackelte mit den Brauen, um die Stimmung aufzulockern.

»Tja, sagen wir einfach, wenn ich es aufgenommen hätte, hätte ich es Todd gegeben. Es wäre ein Geschenk für mich selbst gewesen.«

Rhian brach in schallendes Gelächter aus. »So gut?«

Mellissa nickte, während sie selbst heftig kicherte.

»Vielleicht sollte ich Oskar dazu überreden, es mir zu sagen.«

»Wag es bloß nicht. Ich bin beeindruckt, dass der Junge dir in die Augen sehen konnte, nachdem er gehört hat, was sie alles mit dir anstellen will.«

»Oh, komm schon. Du willst es mir wirklich nicht sagen?«

»Nein.«

»Ich hatte seit drei Jahren keinen Sex mehr, Mel. Du musst mir etwas geben.«

»Drei Jahre?«

Rhian nickte nachdrücklich.

»Dann kann ich es dir erst recht nicht sagen. Das würde dich umbringen.« Lachend ließ sie sich wieder aufs Bett fallen, legte sich einen Arm um die Taille und deutete auf Rhians enttäuschten Gesichtsausdruck. Zumindest hatte sie jetzt bessere Laune.

»Miststück.«

Mellissa lachte noch ein paar Sekunden, bevor sie eine Hand auf Rhians Arm legte. »Aber mal im Ernst, das, was sie gesagt und wie sie es gesagt hat, macht mich krank. Du bist eine gute Freundin, Rhian. Ich will für dich etwas Besseres als das.«

»Mach dir keine Sorgen, Mel. So wie es sich anhört, will ich selbst etwas Besseres für mich.« Sie umfasste Mellissas Arm und zog sie in eine sanfte Umarmung. »Danke, dass du dich für mich eingesetzt und meine Ehre verteidigt hast.«

»Gehört alles zum Kodex der Assistenten.« Rhian drückte sie fest, ehe sie sich zurückzog und zur Tür ging. »Das ist der beste Weg, sich Bonuszahlungen zu sichern.«

»Miststück!«, rief Rhian in Richtung der sich schnell schließenden Tür. Mellissas Lachen drang mühelos durch das dicke Holz.

Kapitel 19

Jayden begleitete zwei Kletterer durch eine Gletscherspalten-Übung, als sie sah, wie Rhian mit ihren drei Kandidaten den Gletscher überquerte. Sie waren paarweise mit Seilen verbunden und hatten sich aus Sicherheitsgründen über das Eis verteilt, genau, wie sie Rhian angewiesen hatte. Sie hatten noch immer eine gute Strecke vor sich, bevor sie das Basislager erreichen würden. Genug Zeit für Jayden, das Training zu beenden und frischen Kaffee zu kochen, bevor sie eintrafen.

Als sie schließlich im Lager ankamen, zog Rhian ihre Kapuze runter und das Tuch von ihrem Mund und grinste. »Verdammt, es ist angenehm, ein wenig aus dem Wind zu kommen. Ich liebe die Eiswand.«

Jayden half ihr, den Rucksack abzusetzen, und stellte ihn auf den Boden, während ihr die anderen folgten und einen kleinen Halbkreis um sie bildeten.

Luiji schüttelte Hunter und Lonnie die Hand und zog sie in die obligatorische Männer-Umarmung, bevor er seine Brust gegen Tomasis stieß und dem Rest des Teams zunickte. Jayden speicherte die Information für später ab, wie sie es mit jeder Einzelheit tat, die sie über das Team erfuhr. Sie richtete ihren Blick auf den Rand der Gruppe, wo Killian stehen müsste, stellte jedoch fest, dass es nicht Killian war. Ein neues Gesicht lächelte ihr entgegen. Daneben stand eine Frau, die sie noch nicht kennengelernt hatte. Sie ging zu ihnen.

»Hi, ich bin Jayden. Du musst Brooke sein.« Sie schüttelte zuerst Brookes Hand, bevor sie sie dem neuen Typ reichte.

»Oskar Nowak.«

»Nun, freut mich, dich kennenzulernen, Oskar.« Sie machte eine ausladende Geste mit dem Arm. »Willkommen im Basislager. Wir haben gerade Kaffee aufgesetzt, also bedient euch. Das Abendessen sollte in ein paar Minuten fertig sein, richtig, Felix?«

»Ja, Ma'am«, rief dieser von der Lagerküche aus. Er lächelte breit und genoss es offensichtlich, zum Camp-Koch avanciert zu sein, als er die Inhalte einer Pfanne herumwirbelte und in einer anderen herumrührte. Es roch köstlich und Jayden konnte es nicht erwarten, eine Schüssel davon zu bekommen – was auch immer es war.

»Wie lange?«

»Zwanzig Minuten«, rief Felix zurück.

»Genügend Zeit. Hunter, Lonnie, hier rüber.« Jayden wartete kurz, bis die beiden kamen. »Jungs, das ist Oskar. Er wird bei euch beiden schlafen.« Mit einem Lächeln wandte sie sich wieder an Oskar. »Sie waren heute Nachmittag schwer damit beschäftigt, ihr Zelt aufzuräumen, damit Platz für dich ist. Wir dachten, dass es für Killian sein würde, aber nun ist der Platz für dich. Du solltest zumindest deinen Schlafsack unterbringen können.« Alle lachten und die Männer schlenderten mit Hunter an der Spitze davon. »Komm mit«, sagte sie zu Brooke.

»Du bist der große Boss hier?«, fragte Brooke.

»Nein, das ist Rhian. Ich bin nur die Bergführerin.« Sie blieb vor einer Gruppe Frauen stehen, die sich mit Rhian unterhielten. »Sky, Kimi, das ist Brooke. Sie wird bei euch Ladys schlafen.«

»Ich schlafe nicht bei Rhian?«, fragte Brooke stirnrunzelnd.

Jayden schüttelte überrascht und ein wenig beunruhigt von dieser Frage den Kopf. »Nein, du wirst bei Sky und Kimi schlafen.« *Rhian wird bei mir schlafen. Jetzt bin ich an der Reihe, ein wenig Zeit mit ihr zu verbringen ... Moment, was zur Hölle? Wo kam das denn her?* Sie schob die aufdringlichen Gedanken beiseite und konzentrierte sich auf die höhnisch grinsende Frau vor sich. »Du wirst beim Training morgen mit Kimi ein Team bilden. Es wird euch guttun, euch ein wenig kennenzulernen. Luiji!«, rief sie und drehte sich um, sodass sie Brooke und ihre nervige Unzufriedenheit einfach ausblenden konnte. Ihr besitzergreifendes Verhalten Rhian gegenüber weckte in Jayden das Verlangen, sie in die Schranken zu weisen und das Ganze auch noch zu genießen.

Luiji rannte schneller über das Eis zu ihr, als sie für klug hielt, aber sie sagte nichts. Sie wollte sehen, was er tun würde. Er bremste sein Tempo zu einem abgehackten Joggen, ehe er schlitternd vor ihr zum Stehen kam und die Hände nach oben hielt.

»Darf ich sprechen?«, fragte er höflich. Jayden nickte und wartete darauf, dass er fortfuhr, wobei sie sich sofort darüber bewusst wurde, das Rhian an ihre Seite trat. »Ich möchte mich für mein Verhalten entschuldigen. Ich gebe dir nicht die Schuld dafür, dass du uns vom Ausflug ausgeschlossen hast. In deiner Position hätte ich dasselbe getan. Aber ich hatte viel Zeit, über mein Auftreten nachzudenken und gebe dir mein Wort, dass ich dir zeigen werde, die Lektion gelernt zu haben, die du mir erteilen wolltest.«

»Und welche Lektion wäre das?«

»Dass es mehr als Können erfordert, um hier draußen zu überleben. Ich muss stark sein, nicht nur körperlich, sondern auch in meinem Kopf, meinem Willen und meinem Herzen.« Er tippte sich auf die Brust. »Ich muss Disziplin und Kontrolle besitzen. Und vor allen Dingen muss ich Respekt haben – Respekt vor dir, vor mir selbst und wichtiger noch, vor dem Berg.«

Jayden lächelte. »Ich freue mich sehr, dass du noch bei uns bist, Lui. Hast du was dagegen, wenn ich dich Lui nenne?« Sie reichte ihm die Hand.

»Ich glaube, mir gefällt Lui.« Ein strahlendes Lächeln breitete sich auf seinem Gesicht aus. »Danke, Jay«, sagte er betont.

Sie warf den Kopf zurück und lachte. »Okay, du wirst bei Miguel und Santiago schlafen müssen.«

»Kein Problem. Ich habe zusätzlichen Proviant in meinem Rucksack. Ich pack den erst aus und bereite dann meinen Schlafplatz vor. Welches Zelt ist es?«

Sie deutete auf das gelb-schwarze Kuppelzelt am anderen Ende des Lagers. »Sie kundschaften gerade ein paar Plätze für mich aus, aber sie werden bald zurück sein. So wie ich diese Jungs kenne, wird das Zelt aussehen wie aus dem Ei gepellt. Du solltest keine Probleme haben.«

Luiji nickte und huschte davon.

»Er war in den letzten Tagen wie ein anderer Mensch«, sagte Rhian.

»Gut. Will ich wissen, warum Killian nicht hier ist?«

»Wahrscheinlich nicht, aber du solltest es.«

Jayden sah sie an und nickte. »Tja, da mein Zelt das Einzige ist, in dem noch Platz ist, kannst du es mir später erzählen.«

»Danke. Dann spare ich mir die blutigen Details für dich auf.« Rhian legte den Kopf schräg.

Jayden runzelte die Stirn, als die Lichtveränderung den blassen Umriss einer Prellung auf Rhians Wange sichtbar machte. Sie legte einen Finger unter Rhians Kinn und drehte ihren Kopf noch ein Stück, um besser sehen zu können.

»Wie ist das passiert?«

Rhian zog ihren Kopf zurück. »Ich bring dich später auf den neuesten Stand. Wie läuft das Training?«

Jayden gefiel nicht, wie sich das anhörte, ließ sie aber das Thema wechseln. Später würden sie ausreichend Zeit zum Reden haben. Unter vier Augen. »Sehr gut. Alle arbeiten sehr hart und sie verbessern sich schnell. Du hast gute Kletterer ausgewählt. Einige von ihnen brauchen ein wenig Auffrischung, aber nur wenige lernen hier noch Neues. Du hast mir die Arbeit sehr erleichtert. Danke.«

Rhians Gesicht lief unter dem Lob rot an und sie wandte sich ab, während ihr Blick von einem Kandidaten zum nächsten huschte.

Jayden hatte Mitleid mit ihrem Unbehagen. »Also, erzähl mir alles, was ich über unsere Neulinge wissen muss.«

»Okay, Oskar ist ein zwanzigjähriger Alpin-Spezialist –«

»Mit zwanzig? Niemand ist mit zwanzig Spezialist in irgendetwas.«

Rhian setzte einen gespielt finsteren Blick auf. »Willst du, dass ich es dir erzähle, oder nicht?«

Jayden seufzte, verzog die Lippen jedoch zu einem Grinsen. »Mach weiter.« Sie deutete eine kreisende Bewegung mit der Hand an.

»Er lebt in Chamonix, seit seine Eltern mit ihm dorthin gezogen sind, als er zwölf war. Fährt Ski wie ein Dämon und hat dieses Jahr den Eiger, das Matterhorn und den Mont Blanc bestiegen.«

»Woher kommt er ursprünglich?«

»Polen.«

Jayden nickte. »Das erklärt den seltsamen Akzent. Polnisch-französischer Mix.«

Rhian lachte leise. »Aber zumindest spricht er unsere Sprache.«

»Stimmt.«

»Und dann haben wir …« Rhian seufzte schwer. »Brooke Shields«, sagte sie und hielt inne.

»Du veralberst mich, oder?«

»Das fragen mich alle. Und nein, tue ich nicht. Ich hab ihr den Namen nicht gegeben«, erwiderte Rhian gereizt.

Jayden hob die Hände und riss die Augen auf. »Tut mir leid.«

Rhian seufzte erneut und tat ihre Verärgerung mit einem Schulterzucken ab. »Nein, mir tut es leid. Sie ist nur … ist egal. Wie auch immer, sie kommt aus Südafrika – Kapstadt. Dreiundzwanzig. Größtenteils ist sie Sportkletterin, hat aber auch Erfahrung im klassischen Stil.«

»Und?«

»Und was?«

»Warum macht sie dich so wütend? Schlechte Einstellung?«

»Nein, nicht schlecht. Nur …« Rhian seufzte erneut. »Gib ihr eine Stunde. Dann siehst du es selbst.« Sie lachte schnaubend und verbittert auf. »Wenn es überhaupt so lange dauert.« Rhian deutete mit einem Nicken auf die Zelte. »Also, wo wohne ich?«

»In dem schwarz-roten.«

»Alles klar, danke.« Rhian nahm ihren Rucksack und ging zu dem kleinen Kuppelzelt am äußeren Rand des Lagers, das nah an Miguels und Santiagos lag. Jayden runzelte noch weiter die Stirn. Das hörte sich nicht gut an. Die Frau war ihr schon auf die Nerven gegangen, als sie infrage gestellt hatte, wo und mit wem sie schlafen würde.

Und dann fiel der Groschen. *Scheiße*. Offensichtlich machte Brooke Rhian an. Und genauso offensichtlich fühlte sich Rhian dabei unwohl.

Sie schob die Hände in die Taschen und ging hinüber zur Camp-Küche.

Fünf Wochen lang hatten sie zusammengearbeitet. Sie hatten tolle Wanderungen erlebt, waren ein paarmal geklettert und hatten öfter gemeinsam zu Abend gegessen, als sie zählen konnte. Sie hatten über viele Dinge gesprochen. Sie waren … Freunde geworden. Obwohl keine von ihnen viel über ihre Vergangenheit gesprochen hatte, hatte Jayden den Eindruck bekommen, dass Rhian lesbisch war – es waren kleine Kommentare und spontane Anmerkungen gewesen, die sie zu dieser Schlussfolgerung gebracht hatten. Und normalerweise lag Jayden bei diesen Dingen nicht daneben.

Trotz des holprigen Anfangs und Jaydens – zugegebenermaßen unbegründeten – Härte Rhian gegenüber, musste sie zugegeben, dass sie mit ihrer anfänglichen Einschätzung falsch gelegen hatte. Rhian war kein Geier. Sie hatte bewiesen, dass sie freundlich, rücksichtsvoll und intelligent war. Und ihr Sinn für Humor überraschte Jayden immer wieder. Sie genoss es, in ihrer Nähe zu sein, mit ihr zu arbeiten und sich mit ihr zu unterhalten. Und die Vorstellung, dass sich Rhian aus welchen Gründen auch immer unwohl fühlte, nun, das machte sie wirklich wütend.

Felix reichte ihr eine große Schüssel mit Pasta, klein geschnittener Chorizo, Paprika und einer scharfen Tomatensoße. »Auf dem Brett da drüben liegt Knoblauchbrot.« Er deutete auf das Ende des provisorischen Tischs und bereitete dann die nächste Portion zu.

Jayden saß auf einer der Eisbänke und kaute nachdenklich, als Rhian neben ihr auftauchte.

»Darf ich mich zu dir setzen?«

Jayden nickte und schluckte. »Natürlich. Unter einer Bedingung.«

»Was ist das nur mit dir und den Bedingungen?« Rhian lachte leise. »Spuck's aus. Was ist die Bedingung?«

»Du erzählst mir, was dich an Brooke stört.«

Rhian verdrehte die Augen, nickte und setzte sich, gerade, als die besagte Dame mit ihrer eigenen Schüssel und einem eingebildeten Grinsen an ihnen vorbei ging. Sie ließ sich neben Rhian nieder und Jayden bemerkte augenblicklich, wie sich Rhians Kiefer anspannte, als Brooke ihre Hand auf Rhians Knie legte und es erst tätschelte, dann streichelte. Die Handlung einer Liebhaberin, intim. Zu intim für die Situation. Es sei denn … Hatten Rhian und Brooke eine Affäre? Oder einen One-Night-Stand gehabt? Ein wenig Spaß, weil sie dachte, dass sie Brooke nie wiedersehen würde? Sah Rhian deshalb so unbehaglich aus?

Ein Bild von Rhian, die in Brookes Armen lag, erschien plötzlich in Jaydens Kopf und wollte nicht mehr verschwinden. Sie stellte sich Rhian vor, mit geschlossenen Augen und bereitwillig geöffneten Lippen, während Brooke sie leidenschaftlich küsste. Brookes Hand, die sich in Rhians blonde Haare schob und ihren Kopf nach hinten zog, um sich Zugang zu ihrem empfindlichen Hals zu verschaffen. Rhian, die sich an Brookes Schultern klammerte, während sie ihre Hüften an den anderen Körper drückte.

Jaydens Herz schlug wie eine aus dem Rhythmus geratene Basstrommel gegen ihre Rippen – leise und tief und bedrohlich, als würde es jeden Moment aus ihrem Brustkorb springen. Mit diesem Gefühl der Eifersucht war sie nicht vertraut und sie mochte den Geschmack auf ihrer Zunge im Moment auch nicht.

Der sanfte Druck von Rhians Körper, als sie näher heranrutschte, riss sie aus diesem quälenden Tagtraum. Aber Jayden war sich nicht mal sicher, ob sich Rhian ihrer Bewegung bewusst war. Jayden starrte geradeaus und krallte die Finger fest um die Gabel.

Was auch immer der Grund war, Rhian fühlte sich unwohl und das konnte Jayden nicht ignorieren. Sie konnte nicht zulassen, dass Rhian wie ein Stein neben ihr saß, während Brooke mit den Händen besitzergreifend über ihren Körper strich. Sie konnte es einfach nicht. Es war nicht richtig. Jayden stellte ihre Schüssel auf ihren Oberschenkeln ab, nahm die Gabel in die eine Hand und legte die andere um Rhians Schultern. *Mitgehangen, mitgefangen, wie Mum immer gesagt hat.* Sie beugte sich zu ihr und küsste ihre Wange.

»Es ist wirklich schön, dich wiederzusehen, Babe«, sagte sie so laut, dass auch Brooke es hören konnte.

Zwei Dinge passierten gleichzeitig: Brookes Hand hörte auf, Rhians Bein zu streicheln, und Rhians Kopf wirbelte so schnell herum, um sie anzusehen, dass sich ihre Lippen berührten. Jayden nutzte den Schwung, um ihre Wange an Rhians zu schmiegen und ihr ins Ohr zu flüstern: »Spiel mit, wenn du willst, dass sie dich in Ruhe lässt. Schlag mich, wenn du es nicht willst.« Sie spürte, wie Rhians Kehle arbeitete, als sie schluckte.

»Ich hab dich auch vermisst«, sagte sie leise.

Jayden lächelte und blieb noch einen Augenblick in dieser Position. »Darüber können wir auch später reden. In Ordnung?«

Rhian nickte und löste sich langsam aus der Umarmung. Brookes Hand war von ihrem Knie verschwunden und sie war über die Eisbank zur Seite gerutscht, sodass sie Rhian nicht mehr berührte. Jayden lächelte und entschied, mit dem Spiel, das sie begonnen hatten, ein wenig Spaß zu haben. Sie streckte die Hand aus und schob Rhian eine Haarsträhne hinter die Ohren. Ihr entging nicht, wie Rhian langsam die Augen schloss, oder dass sie ihr Gesicht an Jaydens Handfläche schmiegte, bevor sie sich zurückzog und mit dem Essen begann. Ihr Körper entspannte sich, als sich die Gruppe versammelte.

Rhian entspannte sich sogar noch mehr, als sich Oskar neben sie setzte und damit einen weiteren Körper zwischen ihr und Brooke platzierte. Jayden sah ihn über Rhians Kopf hinweg an und nickte ihm zu. Er zwinkerte ihr zu und stürzte sich begeistert auf sein Essen.

»Also, erzähl mir von deinem kleinen Fan, Miss Phillips«, sagte Jayden, als sie nebeneinander in ihren Schlafsäcken lagen.

Rhian stöhnte und zog sich den Stoff übers Gesicht. »Warum muss ich das? Du hast gesehen, was sie gemacht hat.«

»Ja, habe ich. Ich glaube, ich frage mich einfach, warum.«

»Weißt du, davon könnte sich ein Mädchen beleidigt fühlen.«

»Was?« Jayden runzelte die Stirn. »Was meinst du?«

»Du hast die Frage gestellt, als wäre es überhaupt nicht im Bereich des Möglichen, dass mich eine Frau attraktiv finden und mich anmachen könnte, oder so was.«

Jayden lachte, ehe ihr klar wurde, dass Rhian ganz ernst war und mehr als nur ein wenig beleidigt aussah. Sie sah bestürzt aus. »Das ist doch nicht dein Ernst, oder? Rhian, du bist umwerfend. Jede Frau wäre dumm, wenn sie nicht – du verarschst mich, nicht wahr?«

Rhian grinste. »Ein kleines Bisschen.«

»Kleinkind.«

»Hey, ich bin nicht diejenige, die die Nummer mit der vorgetäuschten Freundin abgezogen hat.«

»Nein. Du schienst dir ihr Verhalten einfach gefallen zu lassen. Was sollte das?«

»Ich wollte sie schlagen und hab darüber nachgedacht, wie viel Ärger ich mir damit einhandeln würde.«

»Siehst du? Mein Plan hat viel besser funktioniert. Überhaupt keinen Ärger.«

»Hm. Da wäre ich mir nicht so sicher.« Rhian seufzte schwer. »Wenn alle denken, dass wir miteinander schlafen, könnte das unser anderes Problem verschlimmern.«

»Welches andere Problem?«

»Killian.«

»Ah, der verschwundene Killian. Er ist nicht hier, wieso ist er dann also noch ein Problem?«

»Er droht, uns wegen Schikane, sexueller Belästigung und Geschlechterdiskriminierung zu verklagen.«

Jayden setzte sich in ihrem Schlafsack auf und drehte sich leicht, um Rhian ansehen zu können. »Willst du mich verarschen?«

Rhian schüttelte den Kopf. »Ich wünschte, es wäre so.«

»Schikane? Ich habe alle gleichbehandelt. Alle hatten dieselbe Deadline. Das ist doch Schwachsinn. Und was die Diskriminierung angeht, er ist ein weißer Mann. Er muss nur ein hohes Alter erreichen und schon hat er den Jackpot geknackt. Wie kommt er auf Diskriminierung? Oh … du meinst, ich diskriminiere ihn, weil ich eine männerhassende Lesbe bin?«

Rhian lachte leise.

»Ich dachte, das ist nicht lustig.«

»Ist es auch nicht. Es ist nur so, dass Rachel genau dasselbe gesagt hat. Und er behauptet nicht, dass du ihn diskriminiert hast. Er behauptet, ich hätte es getan. Nachdem er meine sexuellen Annäherungsversuche abgelehnt hat.«

»Hört, hört, Miss Phillips, du kommst auf dieser Reise wirklich rum. Moment, deine Mutter hat dich eine männerhassende Lesbe genannt?«

Rhian kicherte. »Hab dir doch gesagt, dass sie ein Miststück ist.«

»Ja, hast du. Ich kann mich nicht erinnern, anderer Meinung gewesen zu sein. Hat sie recht?«

»Was? Nein. Ich hasse Männer nicht. Na ja, manche schon, aber ich hasse auch ein paar Frauen. In dieser Hinsicht diskriminiere ich also nicht.«

»Zumindest wissen wir jetzt, wo wir stehen. Ich bin eine Tyrannin.«

»Und ich eine Sexualstraftäterin.«

»Tja, da wird Brooke aber enttäuscht sein, wenn sie das herausfindet.« Ein unangenehmer Gedanke schlängelte sich in ihren Kopf. »Moment, weiß sie das schon? Ist sie deshalb so versessen darauf, mit dir in einem Zelt zu schlafen?« Jayden versuchte, ihren Tonfall gelassen klingen zu lassen und einen Witz daraus zu machen. Aber es verblüffte sie, wie dringend sie die Antwort hören musste.

»Wovon redest du?«, fragte Rhian stirnrunzelnd.

»Du weißt schon … Du und Brooke … ihr habt euch schon bei den Probeläufen getroffen, richtig?« *Bitte lass es nicht wahr sein. Ich werde das Bild nie aus meinem Kopf bekommen, wenn sie bestätigt, dass sie mit dieser Kuh geschlafen hat.*

Rhian nickte, antwortete aber immer noch nicht.

»Na ja … gibt es eine Vorgeschichte?« Jayden hoffte, dass sie die sehr reale Angst verbarg, die sie umklammert hielt, aber sie konnte das Zittern in ihrer eigenen Stimme hören.

»Vorgeschichte? Machst du Witze? Das Einzige, was sie von mir will, ist ein Ticket in die Endrunde. Und sie glaubt, dass sie es bekommt, indem sie mit mir schläft.«

Oh, Gott sei Dank! »Ah. Und wegen der Situation mit Killian sitzt du fest und kannst ihr nur bis zu einem gewissen Grad deutlich machen, dass sie sich verpissen soll.«

»Und wegen der Tatsache, dass ich keine Ersatzkandidaten mehr habe. Wenn sie aufhört, sind wir irgendwie am Arsch.«

»Und jetzt habe ich uns beide in diese Beziehungssache reingeritten.« Sie schlug sich mit der Hand gegen die Stirn. »Das tut mir leid.«

»Muss es nicht. Wie du vorhin gesagt hast, ich hätte dir eine verpassen können.«

»Aber das hast du nicht.«

»Nein. Mir gefiel ihre Reaktion.«

»Und wie glaubst du, wird sie nun reagieren?«

»Weiß ich nicht. Hier draußen hat sie nicht viele Möglichkeiten, aber sobald wir zurück nach El Chaltén kommen, könnte sie sich entscheiden, zu gehen. Vielleicht muss ich versuchen, Mellissa dazu zu überreden, unsere Reserve-Alternative zu sein.«

»Wir könnten es wieder richten, indem sie die erste Aufgabe verliert und zuerst rausgeschmissen wird.«

»Ja«, sagte Rhian und gähnte. »Ich glaube trotzdem, dass sie mich bis dahin umbringt.«

»Was willst du also machen? Wir könnten so tun, als hätten wir uns gestritten und wären nicht länger, ähm …« Sie deutete mit der Hand zwischen ihnen hin und her.

»Ein Paar?«, schlug Rhian vor.

»Ja. Ein Paar. Und dann wird sie denken, dass du wieder verfügbar bist und …«

»Dann muss ich sie solange sie noch im Wettbewerb ist von mir fern halten. Nein danke. Du hast damit angefangen und jetzt hast du mich an der Backe, Liebling.« Rhian klopfte auf ihre Isomatte. »Also leg dich wieder hin und gib etwas von deiner Körperwärme ab. Meine Zehen erfrieren.« Sie drehte sich auf die Seite und wandte Jayden den Rücken zu.

»Oh, du bist also die herrische Art von Freundin«, sagte Jayden, legte sich hin und betrachtete Rhians Rücken.

»Das verrate ich dir nicht.« Rhian rutschte nach hinten, bis sich ihre Schlafsäcke berührten.

Einen Moment lang genoss Jayden, wie sich ihre Körper so mühelos aneinanderschmiegten, ehe sie fragte: »Was passiert jetzt mit dieser Killian-Sache? Müssen wir Aussagen machen oder so was?«

Rhian schüttelte den Kopf. »Nein, ich hab Rachel die Aufnahmen der Überwachungskameras gegeben. Davon, wie du die Gruppe kennengelernt und ihnen vom Plan und der Deadline erzählt hast und auch, als er mich geschlagen –«

»Er hat dich geschlagen?« Jayden setzte sich auf und drehte Rhian auf den Rücken. Sie wünschte, sie könnte sie sehen, aber es war zu dunkel. Sie wollte sich den Bluterguss noch einmal ansehen. »Wann? Was ist passiert?« Jaydens Herz quoll über vor Wut und dem seltsam befriedigenden Bild eines auf dem Eis zerstückelten Killians. Sie griff über ihren Kopf und schaltete die kleine Lampe an, die in der Mitte des Zelts hing. Als das Licht anging, kniff sie ein wenig die Augen zusammen und drehte sich dann wieder zurück, um Rhians Gesicht zu mustern. Der Bluterguss war in dem schwachen Licht kaum zu erkennen, aber er *war* zu erkennen. Jayden kochte.

Rhian wandte den Blick ab und lehnte den Kopf zur Seite. »Ähm, hab ich diesen Teil vorhin nicht erwähnt?« Tränen glänzten in ihren Wimpern und sie versuchte verzweifelt, sie wegzublinzeln.

Jayden umfasste ihre Wange und hielt sie davon ab, sich wegzudrehen, während sie ihre Wut mühsam unterdrückte. »Ähm, nein, hast du nicht. Ich würde mich daran erinnern, wenn du mir gesagt hättest, dass dich dieser kleine Arsch geschlagen hat.« Was auch immer passiert war, Rhian war hier, es ging ihr gut und sie konnte es nicht gebrauchen, wenn Jayden deshalb an die Decke ging. Offensichtlich hatte sie sich bereits darum gekümmert. Selbst, wenn der kleine Scheißer einen Bluterguss hinterlassen hatte. Und ein paar Tränen.

Rhian kicherte. »Du bist also die beschützerische Art von Freundin.«

Jayden hielt inne und musste dann selbst lachen. »Tut mir leid, es ist nur … Ich meine, ich wusste, dass er gereizt war, aber ich dachte nicht, dass er so weit gehen würde. Es tut mir so leid.«

»Es ist nicht deine Schuld. Du warst nicht mal da.«

»Aber ich wünschte, ich wäre es gewesen.« Jayden lächelte vor sich hin und dachte an all die Wege, auf die sie diesen kleinen Wichser leiden lassen würde, weil er es gewagt hatte –«

»Du knurrst. Woran denkst du?«

Sie lachte leise. »Ich hege Fantasien darüber, ihn zu einem Eunuchen zu machen.«

»Rachel sagt, dass sie ihm das Gleiche antun will.«

»Hm. Vielleicht lag ich ja doch falsch damit, dass deine Mum ein Miststück ist.«

Rhian umfasste ihre Hand und Jayden bemerkte, dass sie die ganze Zeit Rhians Wange gestreichelt hatte. »Nein, du hattest recht. Sie ist nur einfach ein Miststück, das du auf deiner Seite haben willst.«

»Ich behalte das im Hinterkopf.« Sie drückte Rhians Hand und sagte leise: »Erzähl mir, was passiert ist.«

Rhian seufzte schwer und schob die Hände zurück in ihren Schlafsack, als wollte sie sich verstecken. Dann erst begann sie zu sprechen. Langsam erzählte sie Jayden, was passiert war, und Jayden kämpfte erneut gegen ein Verlangen nach Mord an.

»Ich bin froh, dass der kleine Mistkerl jetzt weg ist«, sagte Rhian, nachdem sie ihre Geschichte beendet hatte.

»Darauf wette ich. Es tut mir leid, dass du dich mit diesem Durcheinander rumschlagen musstest, das ich verursacht habe.«

»Dafür bezahlen sie mich so gut. Anscheinend.«

»Hat Rachel das gesagt?«

»Nein. Rachel sagt mir, dass ich es mache, weil ich es liebe. Nicht wegen des Geldes.«

»Hat sie recht?«

Rhian zuckte mit den Schultern. »Manchmal.« Sie gähnte und schloss die Augen, ehe sie sich tiefer in ihren Schlafsack kuschelte. »Du bist hier draußen anders.«

»Was meinst du?«

»Du hast dich verändert. Du wirkst glücklicher und unbefangener. Ich meine, hättest du vor einem Monat darüber nachgedacht, diese Falsche-Freundin-Nummer mit mir abzuziehen?«

»Nein.«

»Ganz genau. Selbst vor ein paar Wochen hast du mich noch wie den Feind behandelt. Du hast dich verändert.«

»Das bin ich«, sagte sie nach ein paar Minuten leise. »Glücklicher, meine ich. Aber ich glaube nicht, dass ich mich verändert habe. Es ist eher so, dass ich langsam wieder ich selbst werde.«

»Warum?«

Jayden wollte die Vergangenheit nicht aufleben lassen. Sie wollte es genießen, sich wieder mit sich selbst verbunden zu fühlen. Deshalb dachte sie darüber nach, wie viel sie sagen sollte. »Ich habe mit dem Klettern aufgehört. Hab in einem Callcenter gearbeitet.«

Rhian kicherte. »Ich kann mir dich nicht in einem Büro vorstellen.«

»Das konnten auch alle anderen nicht, aber genau da war ich. *Hallo,* Northwest Electrical, *wie kann ich Ihnen helfen?*«, sagte sie mit nasaler Stimme. »Es war schrecklich.«

»Warum warst du dann da?«

Jayden zuckte mit den Schultern. »Ich musste einfach eine Weile dort sein.«

»Aber jetzt bist du zurück in den Bergen und fühlst dich glücklich.«

»Ja. Ich fühlte mich lebendiger und gleichzeitig im Reinen. Ich weiß, dass das ein Widerspruch ist, aber …«

»Ist in Ordnung. Ich verstehe es.«

»Das ist gut. Ich hab schon befürchtet, ich würde anfangen, wie eine vollkommen Verrückte zu klingen.«

»Anfangen?«

»Hey, sei nett. Ich bin deine Freundin und du hast mich seit Tagen nicht gesehen, schon vergessen?«

»Oh, ja. Richtig. Entschuldige.«

»Das will ich auch hoffen.« Jayden schaltete die Lampe aus und kuschelte sich tiefer in ihren eigenen Schlafsack.

»Es gefällt mir«, sagte Rhian leise.

»Was gefällt dir?«

»Dein neues Ich.«

Jayden dachte unwillkürlich daran, wie sehr es ihr auch gefiel.

Kapitel 20

Rhian beobachtete, wie Brooke Jayden weiterhin mit finsterem Blick betrachtete, während diese zu der Gruppe sprach, die täglichen Aufgaben verteilte und die ersten beiden Teams zu den Übernachtungscamps in den höheren Lagen schickte. Jayden erklärte die Benutzung der Notfall-Satellitentelefone und übergab sie an Lonnie und Hunter, Liv und Sky. Nachdem sie den einzelnen Teilnehmern weitere Aufgaben vom Küchendienst bis hin zum Gletscherspalten-Training zugewiesen hatte, machte sich die Gruppe schnell an die Arbeit. Jayden kam herüber und hockte sich vor Rhian, wobei sie sanft eine Hand auf Rhians Knie legte.

»Ist das in Ordnung?«, fragte sie leise, damit niemand sie hören konnte.

Rhian nickte und war entzückt, dass Jayden noch immer das Bedürfnis hatte, die Grenzen ihrer neuen *Beziehung* zu erfragen, obwohl Rhian ihr letzte Nacht grünes Licht gegeben hatte. Immerhin tat sie das alles für Rhian und erntete dafür im Gegenzug finstere Blicke von einer bestimmten Person. »Es tut mir leid, dass sie so schwierig ist.«

Jayden lachte leise. »Warte nur, bis sie eigenständig aus einer Gletscherspalte rausklettern muss. Sie wird keine Energie mehr haben, mich auch nur anzublinzeln, geschweige denn, mir fiese Blicke zuzuwerfen.« Sie kicherte. »Da wir gerade vom Gletscher-Training sprechen: ich möchte, dass du mitmachst. Ich habe vor, dass alle Crew-Mitglieder, die auf dem Eis sein werden, dieses Training ebenfalls absolvieren. Nach Lawinen sind die Spalten die gefährlichsten Dinge auf dem Gletscher. Jeder hier draußen ist gefährdet, vor allem, da das Wetter wärmer wird und das Eis anfängt zu schmelzen. Diese Gletschermühlen –«

»Was ist eine Gletschermühle?«

»Das Schmelzwasser rauscht durch einen Tunnel oder eine Spalte durch den Gletscher. Manchmal finden sie ihren Weg zu den Seen oder ins Meer und manchmal scheinen sie nirgendwohin zu führen. Sie müssen irgendwo in den Gletscher fließen und dort wieder gefrieren oder einen anderen Ausgang finden. Niemand weiß es wirklich, weil noch nie jemand reingegangen und wieder rausgekommen ist – zumindest nicht lebend.«

»Liebling, du musst an deiner Taktik arbeiten, schlechte Neuigkeiten sanft zu überbringen.«

Jayden lachte und strich mit der Hand über Rhians Oberschenkel. »Ist das so, Babe?« Sanft drückte sie ihr Bein, dann stand sie auf. Rhians Blick folgte ihr und sie schirmte sich mit einer Hand die Augen vor der Sonne ab, die einen Heiligenschein um Jaydens blonde Lockenmähne bildete. »Wir brechen in zwanzig Minuten auf und du wirst deine Ausrüstung zusammenpacken müssen. Luiji ist auch in der Gruppe, also lass uns nicht warten.«

»Ja, Boss«, sagte sie scherzhaft. »Sonst noch was, Boss?«

»Im Moment nicht.« Jayden reichte Rhian die Hand und zog sie auf die Füße. »Ich bin sicher, dass mir später noch etwas einfällt.«

»Um Himmels willen, nehmt euch ein Zimmer.« Brookes Stimme erschreckte Rhian. Ihr war nicht bewusst gewesen, dass sie in der Nähe war, aber Jayden schien es offensichtlich gemerkt zu haben und hatte ihre kleine List voll und ganz ausgespielt.

Rhian schluckte die Enttäuschung darüber hinunter, dass Jaydens Verhalten nur für die Zuschauer und nicht für sie selbst gewesen war. Sie wünschte sich einfach nur, dass es nicht so wäre. Sie wünschte sich so sehr, dass es kein Spiel wäre. Dass sie nur eine Minute vergaß, dass Jayden nicht wirklich ihr gehörte. Der Wunsch war so stark, dass sie nicht einmal Zeit hatte, den Impuls zu unterdrücken, sich auf die Zehenspitzen zu stellen und ihre Lippen auf Jaydens zu drücken.

Sie hatte nicht erwartet, dass Jayden auf ihren zögerlichen Kuss reagierte. Aber sie tat es, indem sie die Arme fest um Rhians Mitte schlang und den Mund öffnete. Rhian seufzte, schob ihre Hand in Jaydens Haare und öffnete ihre Lippen unter dem sanften Druck von Jaydens Mund. Die streichelnden Hände an ihrem Rücken fühlten sich an, als würden sie sich durch ihre Kleidungsschichten brennen. Dann zog sich Jayden zurück, strich mit einem Finger über Rhians Wange und schenkte ihr ein Lächeln, das Rhian noch nie zuvor an ihr gesehen hatte.

Sie schluckte und versuchte, zu Atem zu kommen. »Ich sollte mich vorbereiten.«

Jayden nickte nur und ließ sie los. »Fünfzehn Minuten.«

»Du hast zwanzig gesagt.«

»Das war vor fünf Minuten. Hopp, hopp, du verschwendest Zeit.« Sie joggte davon und ließ Rhian leicht schwindlig zurück.

»Du hast mich an der Nase herumgeführt.«

Der barsche, kehlige Ton der Worte fühlte sich an wie Eis, das ihren Rücken hinabrann. »Wie bitte?« Rhian drehte sich um und stellte fest, dass Brooke sie noch immer anstarrte.

»Du hast mich schon gehört.«

»Das habe ich und auf die Gefahr hin, dass ich mich wiederhole: Wie bitte? Ich habe nichts getan, um deine offen gesagt unangenehmen Anspielungen und stalkerartigen Annäherungsversuche zu provozieren, Brooke. Ich würde sogar so weit gehen und behaupten, dass du entschieden hast, was du versuchen willst, bevor du mich überhaupt getroffen hast. Ich habe versucht, dezent zu sein. Aber du hast den Hinweis nicht verstanden. Ich bin nicht interessiert und bin nicht für dich verfügbar. Wie deutlich muss ich denn noch werden?«

»Du warst nicht so deutlich, als dein Mädchen nicht in der Nähe war.«

»Doch, das war ich. Wie schon gesagt, du hast die Hinweise nicht verstanden.« Eine Diskussion würde niemandem etwas bringen. Das zog nur eine Menge Zuschauer an, also drehte Rhian sich um und machte sich auf den Weg zu ihrem Rucksack. Hinter sich konnte sie immer noch hören, wie Brooke jedem willigen Ohr zuschrie, dass Rhian sie angemacht und an der Nase herumgeführt hatte.

»Das ist Schwachsinn.« Oskar hatte anscheinend endlich entschieden, seine Meinung zu sagen. »Sie hat dir nichts vorgemacht. Sie hat an dem ersten Abend in der Konklave versucht, von dir wegzukommen, aber du warst zu betrunken, um es zu merken. Gestern Abend war es ihr sichtlich unangenehm, als du dich neben sie gesetzt und vor den Augen ihrer Freundin befummelt hast. Das ist echt schäbig.«

»Du hast sie ja nicht gesehen, als du wie ein kleiner Diener Geschirr abgewaschen hast.«

»Nein, hab ich nicht. Aber ich hab gehört, wie Mellissa dir gesagt hast, dass du dein Geschirr selbst abwaschen sollst, und dich dann in dein eigenes Zimmer geschickt hat. Wie die Lady schon sagte, du scheinst die Botschaft einfach nicht zu verstehen.«

Seine Stimme wurde leiser, als Rhian ins Zelt schlüpfte, um ihren Rucksack zu holen, aber sie war immer noch laut genug, dass sie und alle anderen im Camp Oskar hören konnten.

»Du vergisst, Brooke, dass ich mit dir im Auto war, als wir vom Flughafen nach El Chaltén gefahren sind. Ich habe jede Einzelheit deines kleinen Plans gehört, sie zu verführen, um dir ein Ticket in die Endrunde zu sichern.«

Rhian kroch gerade rechtzeitig aus dem Zelt, um zu sehen, wie er Brooke von oben bis unten musterte.

»Und ich dachte, nur Männer könnten sexuelle Peiniger sein. Ich habe drei Schwestern. Wenn ich hören würde, wie ein Mann so über sie spricht, wie du es bei Rhian getan hast, würde er noch immer seine Zähne vom Boden aufsammeln.« Er wirbelte herum und sein Blick traf auf Rhian. *Danke*, formte sie mit den Lippen. Er nickte und verschwand in seinem eigenen Zelt.

Die Gruppe löste sich auf, bis nur noch Brooke in der Mitte des Lagers stand. Ihr Gesicht war vor Wut oder Scham tiefrot. Rhian konnte nicht einschätzen, was davon. Und um ehrlich zu sein interessierte es sie auch nicht. Stattdessen versuchte sie herauszufinden, wie sie eine andere Bergsteigerin finden sollte, um Brookes Platz einzunehmen. Rhian konnte für sie nur zwei Möglichkeiten sehen: aufgeben oder trotzig weitermachen.

»Sie wird nicht aufgeben«, sagte Jayden, die unbemerkt am Zelt aufgetaucht war.

»Woher weißt du das?«

»Sie will zu sehr gewinnen.«

»Gott, kannst du dir vorstellen, ihr den Preis übergeben zu müssen?«

»Das wird nicht passieren.«

»Ich wiederhole: Woher weißt du das?«

»Die Zuschauer werden sie hassen. Sobald sie in der Auswahl für eine Herausforderung steht, wird sie verschwinden.«

»Meinst du nicht, dass die jungen Kerle für ihren Verbleib in der Show stimmen werden, weil sie umwerfend ist?«

»Selbst ein hübsches Gesicht ist hässlich, wenn man die Warzen auf der Seele sieht.«

Rhian riss ihren Blick von Brooke los, die noch immer in der Mitte des Camps stand, und sah zu Jayden. »Sehr poetisch, Liebling.«

»Und sehr wahr.« Sie ging in die Hocke und flüsterte leise: »Du musst mich nicht Liebling nennen, wenn niemand in der Nähe ist.«

Rhian konnte nicht aufhören, Jaydens Lippen anzustarren. Diese weichen, wunderschönen Lippen. Nachdem Jayden sich bereits entfernt hatte, flüsterte sie: »Aber ich möchte es.«

Rhian schloss die Augen und das Bild ihrer Zeichnung tauchte hinter ihren geschlossenen Lidern auf, ehe das Bild von Jaydens Lächeln nach ihrem Kuss abgelöst wurde.

»Ich bin am Arsch. Ich bin so was von am Arsch.«

Kapitel 21

Rhian atmete tief ein, machte ihren Eispickel bereit und zielte auf das Eis direkt über ihrer Schulter. Sie legte so viel Schwung und Kraft in den Schlag, wie sie aufbringen konnte, aber die Spitze des Geräts glitt von der steinharten Eisfläche ab und grub sich nicht hinein. Der unsichere Halt ihrer Klettereisen an der glatten Oberfläche wackelte und löste sich bei der Bewegung ihres Körpers, sodass sie erneut am Ende eines Seils baumelte. Schmelzwasser regnete zu allem Überfluss auf ihren Kopf herab und das Dröhnen des Wassers, das durch die Eishöhlen unter ihr rauschte, versetzte sie in noch größere Furcht.

Jaydens Bericht über die Kletterer, die gestorben waren, nachdem sie Bekanntschaft mit diesen Mühlen gemacht hatten, war nicht gerade hilfreich gewesen. Die Vorstellung, von dem rauschenden Wasser mitgerissen zu werden und in den eisigen Kammern im Herzen des Gletschers zu ertrinken, ließ ihre Handflächen schwitzen und brachte ihre Finger zum Zittern. Es war egal, dass oben zwei Leute ihr Seil verankerten. Und es war auch egal, dass das hier eine Übung war. Sie blickte nach unten in das Loch, in das blaue und dann schwarze Herz des Eises und ihr Mund wurde trocken.

Bleibt ruhig, hatte Jayden bei in der Einführung gesagt. *Eure größte Waffe ist euer Gehirn, nicht eure Muskeln.*

»Ein Gehirn ist keine große Hilfe, wenn man es nicht benutzt.« Rhian schloss die Augen, schlang ihre Finger um das Seil und kam wieder zu Atem. Als sie schließlich die Augen öffnete, berührte sie die undurchdringliche Oberfläche des Eises und beobachtete, wie ein Wassertropfen hinab rann – die Schwerkraft und die glatte Oberfläche des Eises machten die ganze Arbeit. Dann traf es sie: Schwerkraft. Sie musste einen besseren Weg finden, gegen die Schwerkraft anzukämpfen, als an etwas Halt zu suchen, das einfach nicht nachgeben wollte.

Sie sah an dem Seil hinauf – die Rettungsleine zur Welt – und erkannte, dass es ihre beste Chance aus dieser wässrigen Kluft hinaus war. Sie musste nur einen Weg finden, daran hinaufzuklettern.

Jayden hatte ihnen bei dieser Übung nur Ausrüstung gestattet, die sie auch bei einer normalen Wanderung über das Eis bei sich tragen würden. Sie hatte ihnen gesagt, dass es toll war, sich mit der richtigen Ausrüstung selbst retten zu können – aber was tat man, wenn man gefangen war und nicht die bestmögliche Ausrüstung zur Hand hatte?

»Wahrscheinlich sterben«, sagte Rhian, als sie den Eispickel an der Schlaufe an ihrem Handgelenk baumeln ließ und in ihren Taschen kramte. Ihren Rucksack erreichen zu wollen, war bloß der letzte Ausweg. Dadurch würde sie das Gleichgewicht verlieren und die Chance, den Rucksack und ihre Ausrüstung an die Gletschermühle zu verlieren, war zu hoch. Außerdem war es wahrscheinlich schwieriger, den Rucksack ab- und wieder aufzusetzen, während sie am Ende eines Seils baumelte, als sich einfach langsam daran nach oben zu hangeln.

Sie hatte eine Idee. Aber dafür benötigte sie ein Stück Seil, aus dem sie eine Schlaufe knüpfen konnte und sie hatte nichts dergleichen in ihren Taschen. Ihr Stiefel sah jedoch vielversprechend aus. Sie schwang ihr Bein nach oben und stemmte es gegen das Eis. Mit einer Hand hielt sie sich am Seil fest, um in einer sitzenden Position zu bleiben, anstatt sich praktisch hinzulegen. Die rechte Hand nutzte sie, um das Klettereisen und schließlich einen der Schnürsenkel zu lösen. Schnell zog sie das lange Band durch die Ösen und schloss die Schnalle ihres Klettereisens wieder. Das würde den Schuh an ihrem Fuß halten. Hoffentlich.

Sie nahm den Schnürsenkel doppelt und band einen flachen Überhandknoten, um die beiden Enden aneinander zu befestigen. Ihr Kopf war eiskalt. Sie konnte ihre Zähne klappern hören, auch wenn sie nicht länger spürte, wie sich ihr Kiefer bewegte. Ihre Finger fühlten sich ungeschickt und schwer an, wie kleine Würstchen am Ende ihrer Handfläche und nicht wie die geschickten Glieder, an die sie gewöhnt war. Sie spannte sie an, öffnete und schloss die Fäuste in schneller Abfolge, um den Blutfluss anzuregen und ihnen wieder mehr Beweglichkeit zu geben. Den Schnürsenkel klemmte sie sich zwischen die Zähne und rieb die Hände aneinander, in der Hoffnung, ein wenig Reibungshitze zu erzeugen. Es war nicht viel, aber es war gerade genug.

Sie nutzte den Schnürsenkel, um einen Prusikknoten zu knüpfen, und wickelte ihn mehrmals um das Seil, ehe sie eine Schlaufe formte und somit einen gleitenden Knoten bildete, den sie am Seil nach oben schieben konnte, ohne dass er von selbst nach unten rutschte. Vorsichtig schob sie ihren Fuß durch die Schlaufe, wobei sie darauf achtete, mit den scharfen Kanten ihrer Klettereisen das dünne Material ihrer

Schnürsenkel nicht zu berühren. Ihn in zwei Hälften zu schneiden würde, nun ja … Das wäre schlecht. Als Rhians Fuß in Position war, verlagerte sie ihr Gewicht und nutzte die Schlaufe, als wäre sie eine Stufe auf einer Leiter, und streckte sich so weit sie konnte nach oben. Mit dem Seil und der linken Hand hielt sie ihr Körpergewicht, ehe sie die Schlaufe bis über ihr Knie schob und sich erneut aufrichtete.

Der Rand der Gletscherspalte schien schon so viel näher zu sein. Die Anstrengung brachte ihr Blut in Wallung und sie spürte, wie ihr wärmer wurde. Sie lächelte. Sie würde diesem gefrorenen Höllenloch entkommen. Es dauerte nicht lange, bis sie am Seil nach oben geklettert war und mit den Händen über den Rand des Eises ragte, aber sie hielt sich noch immer am Seil fest. Ein letztes Mal hob sie den Prusikknoten, um ihre Schultern und den Oberkörper über den Rand zu heben, sodass sie einen besseren Hebel hatte, um sich aus dem Loch zu stemmen.

Sie fiel aufs Eis und rollte sich auf den Rücken. Keuchend und ausgestreckt wie ein Schneeengel lag sie da. Leise lachend griff sie nach der Hand, die nach ihr ausgestreckt wurde.

Jayden grinste und deutete auf ihren Stiefel. »Schnürsenkel-Prusik?«

Rhian nickte und rieb sich schnell mit den Händen über die Haare, um einen Teil des Eiswassers loszuwerden. »Ich konnte nichts anderes finden, um eine Schlaufe zu machen, ohne an meinen Rucksack zu gehen.«

»Es ist eine tolle Idee. Leicht zu erreichen, weniger Chance, die Ausrüstung zu verlieren und ein Schnürsenkel ist ein genauso gutes Mittel wie alles andere. Vor allem, wenn deine Schnürsenkel aus fünf Millimeter dickem Paracord bestehen. Gut gemacht«, sagte Jayden und führte Rhian zu der Kochplatte, auf der Miguel gerade Kaffee zubereitete. Die Tasse, die ihr in die Hand gedrückt wurde, war angenehm warm. Ebenso wie das Handtuch, das ihr Jayden auf den Kopf legte.

»Gut gemacht?« Brooke grinste höhnisch. »Sie hat fünfzehn Minuten gebraucht, um sich da rauszuziehen. Wenn das eine echte Überlebenssituation wäre, gäbe es kein Handtuch oder ein heißes Getränk. Sie wäre tot.«

»Das reicht, Brooke«, sagte Jayden. Ihrer Stimme haftete ein kalter Unterton an und ihre Augen verloren den Ausdruck der warmen Begeisterung über Rhians Erfolg und nahmen das eisige Blau der Gletschermühle an, der sie gerade entkommen war. »Rhian hat getan, was ich von ihr verlangt habe.« Jaydens Blick löste sich die ganze Zeit nicht von ihrem Gesicht und Rhian fragte sich, wonach sie darin suchte. Anzeichen, dass es ihr nicht gut ging? »Sie hat ihren Kopf eingeschaltet, um aus dieser Situation rauszukommen. Wenn sie das nicht getan hätte, hätten wir sie rausgezogen und die Techniken besprochen, die sie anwenden könnte, um sich selbst zu helfen. Das hat sie aber nicht gebraucht. Ein paar Leute hätten es schneller geschafft, andere langsamer. Wenn es eine echte Situation gewesen wäre, wäre Rhian noch immer in der Lage, zu funktionieren und sich um sich selbst zu kümmern.« Sie lächelte Rhian an. »Nicht wahr?«

Rhian nickte und nippte an ihrem Kaffee. Die Wärme kroch in ihren Körper zurück. Und auch in Jaydens Blick.

»Das sagst du nur, weil du sie fickst. Uns hättest du nicht so leicht davonkommen lassen.«

Brooke sprach so leise, dass Rhian sie kaum verstehen konnte. Anscheinend war Jaydens Gehör jedoch besser als ihres. Sie wirbelte herum und trat näher an Brooke heran.

»Ich hab schon ein Arschloch wegen seiner Einstellung nach Hause geschickt. Suchst du auch nach einem schnellen Ausweg?« Brooke hatte die Augen weit aufgerissen und schüttelte den Kopf. Jayden trat einen Schritt zurück und gab Santiago ein Zeichen. »Sehen wir doch mal, wie dir die Gletschermühle gefällt. Und da du es für ein Rennen hältst, stoppen wir deine Zeit, hm? Miguel?«

»*Sí*?«

»Mach deine Uhr bereit. Wenn Brooke in fünfzehn Minuten nicht über dem Rand ist, muss sie ihren Kaffee selbst machen.«

»*Sí*.« Miguel wandte sich von ihnen in dem Versuch ab, sein Grinsen zu unterdrücken. Rhian war sich ziemlich sicher, dass alle anderen es auch bemerkt hatten. Aber zumindest hatte er es versucht.

»Dann lasst uns gehen«, sagte Jayden. »Oskar, Luiji, ich möchte, dass ihr dieses Mal das Seil verankert.« Die Jungs nickten und verbanden sich mit der Sicherungsausrüstung, dem MBV – der manuellen Bremsvorrichtung – und den Bolzen und Eisschrauben, die angebracht worden waren, um diese Übung so sicher wie möglich zu machen. Aber sie war noch immer sehr gefährlich. Eine Schwachstelle im Seil oder ein falscher Schlag mit dem Eispickel und niemand würde dem Kletterer mehr helfen konnte, der fünfzehn Meter unter ihnen hing.

Während alle beschäftigt waren, legte Rhian eine Hand auf Jaydens Arm und zog sie sanft zur Seite. »Du hättest das nicht tun müssen.«

Jayden runzelte die Stirn. »Was?«

»Dich so für mich einsetzen. Sie hatte recht.«

Jayden lachte leise. »Nein, hatte sie nicht. Du warst noch immer in der Lage –«

»Ich meinte den anderen Teil. Dass du dich wegen unserer vermeintlichen Beziehung für mich eingesetzt hast. Hältst du es wirklich für eine gute Idee, sie gegen dich aufzubringen? Ihre Aufgabe so aufzubauen? Sie vor allen vorzuführen und –«

»Sie führt sich selbst vor.«

Rhian nickte. »Ich weiß das, du weißt das und alle anderen im Camp wissen es. Außer Brooke. Im Moment glaubt sie, dass wir allein dafür verantwortlich sind, dass sie dumm dasteht.«

»Ich verstehe dein Argument, aber wenn ich mich nicht für dich eingesetzt hätte, würde sie unsere vermeintliche Beziehung nicht glauben. Willst du sie dir wieder vom Leib halten müssen?«

Rhian schüttelte den Kopf.

»Dachte ich mir. Zweitens, wenn ich das, nach allem, was mit Killian passiert ist, hätte durchgehen lassen, verstärkt es wieder den Diskriminierungs-Fall, weil ich einer Frau die Art von Verhalten vor Zeugen durchgehen lasse, das ich bei ihm angeprangert habe.«

»Killian wurde rausgeschmissen, weil er mich angegriffen hat.«

»Ja, aber ich habe ihn trotzdem wegen seines vorlauten Auftretens zur Rede gestellt. Genau, wie ich es mit Brooke tue. Sie kann behaupten, dass es deinetwegen ist, aber der Rest des Teams muss sehen, dass ich mich allen gegenüber gleich verhalte. Ich bin also nicht bloß die überfürsorgliche Freundin, sondern konsequent.«

Rhian rubbelte sich mit dem Handtuch über den Kopf. »Himmel, das wird alles so kompliziert.«

Jayden lachte leise. »Sind das Beziehungen nicht immer? Kompliziert.«

»Bedeutet das also, dass du nicht der romantische Typ bist?« Rhian lächelte zu ihr auf.

»Du wirst abwarten und es herausfinden müssen.« Jayden beugte sich nach vorn und küsste ihre Wange. »Also, ich sehe jetzt besser nach den Kindern und sorge dafür, dass sie sich nicht umbringen oder so.«

»Okay«, flüsterte Rhian leise und legte sich eine Hand an die Wange, während Jayden fort ging. Brooke beobachtete sie über das Eisfeld hinweg und ein höhnisches Grinsen zog ihre Mundwinkel nach oben. Wie hatte diese Situation nur so außer Kontrolle geraten können? Und wie viel schlimmer würde sie noch werden?

Kapitel 22

Die Wolken wurden dichter, während sie die letzten zwei Kilometer nach El Pilar zurücklegten, wo der Bus auf sie wartete. Jayden begutachtete die bunt gemischte Truppe, mit der sie zurückkam. Sie war stolz auf sie. Mit nur einer Ausnahme hatten sie während der letzten sieben Tage auf dem Eis ein eng verbundenes Team gebildet. Sie arbeiteten zusammen, um gegenseitig ihre Fähigkeit zu maximieren und ihre Schwächen zu minimieren. Es würde vielleicht nicht gut fürs Fernsehen sein, aber definitiv für eine sichere Show sorgen. Das war ihre oberste Priorität.

Sie ließ sich zurückfallen, um mit Rhian zu sprechen, während Luiji, Oskar, Hunter und Lonnie die Taschen bereits im Bus verstauten. Taylor und Sky verteilten Wasser und Sandwiches aus der Kiste, die Carlos mitgebracht hatte, und langsam stieg einer nach dem anderen in den Bus. Alle außer Brooke. Sie stand fünfzehn Meter vom Bus entfernt, hatte die Arme vor der Brust verschränkt und lehnte an einer Mauer. Sie hatte Hunter ihre Tasche vor die Füße geworfen und war wortlos verschwunden.

»Irgendeine Idee, was wir mit unserem Problemkind machen?«, fragte Rhian.

»Viele. Aber ich glaube nicht, dass du mich eine davon umsetzen lässt«, sagte Jayden grinsend.

Vier Tage. Vier Tage lang hatten sie vorgegeben, ein Paar zu sein, hatten im selben Zelt geschlafen, einander berührt und sich hin und wieder einen Kuss auf die Wange gedrückt. Und natürlich der Kuss. Jayden leckte sich über die Lippen. Sie konnte Rhian noch immer darauf schmecken. Es würde schwer werden, wieder zur Normalität zurückzukehren.

»Isst du heute Abend mit mir?«, fragte sie. »Ich könnte uns bei Fen zu Hause etwas kochen. Und wir könnten uns abseits der Gruppe besprechen.«

Rhian lächelte traurig. »Liebend gern, aber wir haben das *Skype*-Meeting mit Rachel und den Investoren, erinnerst du dich?«

Sie hatte das vollkommen vergessen. »Muss ich wirklich dabei sein?«

»Ja.«

Jayden kräuselte die Nase. »Aber ich hasse solche Dinge und hab so viel zu tun. Ich muss dafür sorgen, dass die Ausrüstung gesäubert und ordentlich verstaut wird –«

»Und die Jungs wissen schon, was sie zu tun haben. Sie kümmern sich darum, während wir das Meeting haben. Du kannst danach nach ihnen sehen. Außerdem, glaubst du wirklich, dass Miguel und Santiago sie damit durchkommen lassen, wenn sie deine Ausrüstung falsch behandeln?«

Das würden sie nicht.

»Ich will auch nicht wirklich an diesem Meeting teilnehmen, aber die Investoren wollen dich treffen.«

»Warum? Ich bin nur das Sicherheits-Mädchen.«

Rhian lachte. »Du bist so viel mehr als das und das weißt du auch. Also hör auf zu jammern und steig in den Bus.«

»Na schön. Wie wäre es dann nach dem Meeting?«

Rhian legte den Kopf schräg.

»Abendessen. Nach dem Meeting?«

Rhian lächelte schüchtern und Jayden fragte sich, ob sie jemand beobachtete. »Liebend gern.« Schnell sah sie zu Boden und nahm den Rucksack von ihren Schultern. »Ich glaube, die warten alle auf uns.«

Jayden streckte die Hand aus. »Ich pack den für dich weg. Du sorgst dafür, dass alle zur Abfahrt bereit sind.«

»Danke.« Rhian gab ihr den Rucksack und schlenderte zum Bus. Jayden beobachtete den Schwung ihrer Hüften, während sie ging. Die Art, wie sie sich den Fleecepullover über den Kopf zog und um ihre Hüften band, machte Jayden sehr froh darüber, dass Rhian ihrer spontanen Einladung zum Abendessen zugestimmt hatte. Als Jayden schließlich mit Carlos, Luiji und Oskar in den Bus stieg, setzte sie sich nach vorn neben Rhian.

»Ich dachte, du würdest vielleicht ein Sandwich wollen.« Rhian reichte ihr ein in Frischhaltefolie eingewickeltes Sandwich und eine Wasserflasche.

»Wahrscheinlich eine gute Idee.« Jayden wickelte eine Ecke auf und biss hinein. »Das wird mich davon abhalten, während des Meetings ohnmächtig zu werden, weil mein Blutzuckerspiegel im Keller ist.«

Rhian lachte leise. »Genau das dachte ich auch.«

Jayden stieß gegen ihre Schulter und schluckte den Bissen herunter. »Danke«, sagte sie leise.

»Gern geschehen«, sagte Rhian ebenso leise.

»Bist du bereit?«, fragte Rhian, als Jayden sich zu ihr an den Tisch setzte. Sie waren erst seit knapp einer Stunde wieder im Hotel und das angesetzte Meeting würde erst später stattfinden. Aber anscheinend wollte Rachel alleine mit ihnen beiden sprechen. Am besten gestern schon.

»Nein, aber wir können es ebenso gut einfach hinter uns bringen.«

»Das ist die richtige Einstellung.« Rhian drückte auf das Touchpad an ihrem Laptop und ein Bild erschien. Rachel saß an ihrem Schreibtisch und trug eine rote Bluse und einen finsteren Blick.

»Wurde auch Zeit, dass ihr auftaucht«, begann Rachel, ohne den Blick von dem Tablet in ihrer Hand abzuwenden. »Wir haben Probleme.«

Rhian verdrehte die Augen. »Freut mich auch, dich zu sehen, Rach. Das ist Jayden Harris. Jayden, Rachel Webster.«

»Freut mich, Sie kennenzulernen, Mrs. Webster.« Jayden tippte sich mit zwei Fingern an die Stirn und salutierte mit ihnen. Rachel sah das natürlich nicht, weil sie noch immer auf ihr Tablet starrte, aber Rhian fand es süß.

»Ja, ebenfalls. Und Rachel reicht vollkommen, Jayden. Also, Killian O'Leary hat eine Klage gegen die Firma, die Show und euch beide persönlich eingereicht.«

»Wichser«, spuckte Jayden aus.

Zum ersten Mal hob Rachel den Blick und ein Lächeln breitete sich auf ihrem Gesicht aus. »Ziemlich. Das wird wohl ein langwieriger Kampf mit dem kleinen Arschloch sein. Ich habe die Videos und unser Anwalt hat sie ebenfalls. Er ist überzeugt, dass jeder Fall dadurch zu unseren Gunsten ausgeht, also will er keine außergerichtliche Einigung. Wenn wir es tun, würde es nur den Anschein erwecken, dass wir etwas zu verbergen haben.«

»Aber wenn wir es nicht tun, wird es trotzdem negative Auswirkungen haben, nicht wahr?«, fragte Rhian.

Rachel nickte. »Ich habe einen Plan, aber zuerst müssen wir etwas anderes angehen, das dem ganzen heute Nachmittag noch weiteres Öl ins Feuer gegossen hat.« Sie drehte das Tablet herum, sodass sie das Foto auf dem Bildschirm sehen konnten.

Rhian starrte es an. Wie zur Hölle … Brooke!

»Es ist nicht, wonach es aussieht«, sagte Jayden.

»Es sieht aus, als würdest du meine Tochter küssen und sie begrapschen.« Rachel nahm das Tablet zur Seite und starrte sie beide über die vielen Kilometer hinweg finster an. »Liege ich falsch?«

»Sie hat mich nicht begrapscht!«, rief Rhian.

»Ich meine, es gibt einen guten Grund für –«, setzte Jayden an.

Rachel hob eine Hand. »Rhi, du bist ein großes Mädchen. Wenn du mit jemandem schlafen willst, werde ich dir deswegen keinen Vortrag halten. Aber dieses Foto wurde von einer Kandidatin gemacht und besagte Kandidatin verbreitet es nun in den Sozialen Medien. Das sieht in Verbindung mit der Killian O'Leary-Klage nicht gut für uns aus. Es stärkt seinen Fall. Und du wusstest bereits davon, bevor das Bild gemacht wurde. Was hast du dir dabei gedacht?«

»Rach, ich …«

»Es war meine Schuld.« Jayden fuhr sich mit den Fingern durch die Haare. »Ich habe sie geküsst, bevor ich von der Situation mit Killian O'Leary erfahren habe und ich hab es getan, um Rhian zu helfen.«

Der Teil mit dem Kuss entspricht nicht hundertprozentig der Wahrheit, aber sie hat die Sache in Gang gebracht, bevor sie alle Fakten über Killian kannte. Kommt aber letztlich wahrscheinlich auf das Gleiche hinaus.

Rachel verengte die Augen. »Ihr helfen? Wovon redest du?«

Rhian atmete tief ein. »Brooke Shields hat sich an mich rangeschmissen, seit sie hier angekommen ist. Eigentlich schon seit dem Probetraining. Das ist einer der Gründe, oder eigentlich der Hauptgrund, warum sie nicht meine erste Wahl war.«

»Also hast du entschieden, ihr zuvorzukommen?«, sagte Rachel zu Jayden.

Jayden schüttelte den Kopf. »Nein, so war es nicht. Brooke war wirklich … unverschämt. Vollkommen übertrieben. Rhian hat sich dadurch ganz klar unwohl gefühlt und sie schien nicht zu wissen, wie sie damit umgehen soll. Ich dachte, wenn wir so tun, als wären wir ein Paar, würde sie Rhian in Ruhe lassen. Erst danach hab ich von Killian erfahren und dass Brooke sehr deutlich gemacht hat, dass sie Rhian verführen will – nicht aus aufrichtigen Gründen, sondern weil sie dachte, dass sie sich dadurch ein Ticket in die Endrunde sichern könnte.«

»Stimmt das, Rhian?«

»Ja.«

»Also du und diese Brooke … ihr habt keine Vorgeschichte?«

»Außer, dass ich versuche, sie mir vom Hals zu halten, nein.«

»Warum hast du sie nicht abgewiesen? Du hast doch sonst immer Nein gesagt, wenn du kein Interesse hattest.«

»Um ganz ehrlich zu sein habe ich versucht, den besten Weg zu finden, um negative Auswirkungen für das Projekt so gut es geht zu vermeiden. Wir haben schon mit Killian genug zu tun, der für Ärger sorgt. Ich wollte bei dieser Sache nicht länger im Zentrum stehen.«

Rachel legte den Kopf schräg und ihre Lippen verzogen sich kurz zu einem Lächeln. Rhian kannte dieses Lächeln. Es bedeutete, dass Rachel den Gedanken zu schätzen wusste, weil sie nicht selbst daran gedacht hatte. Rhian unterdrückte das Grinsen, das sich auf ihren Lippen ausbreiten wollte. Jetzt war nicht der richtige Zeitpunkt. Diesen kleinen Sieg konnte sie später feiern.

»Du hast sie also nicht flachgelegt, bevor ihr ins Eiscamp gekommen seid?«

Rhian verengte die Augen. *Und dann muss sie es wieder versauen.* »Ich hab schon gesagt, dass ich das nicht getan habe.«

»Und du vögelst auch nicht Jayden?«

Rhian schnaubte. »Musst du so vulgär sein?«

»Beantworte die Frage.«

»Nein. Zwischen uns läuft nichts. Warum ist das überhaupt wichtig?«

»Weil Miss Shields das Bild mit folgender Unterschrift versehen hat: *Wenn die Frau, mit der du letzte Nacht eine Nummer geschoben hast, ihre Freundin wiedersieht und dich abserviert, um ihren eigenen Arsch zu retten.* Dann hat sie alles verlinkt, was mit der Show zu tun hat, unsere Sponsoren und so ziemlich alles, was man sich sonst noch so einfallen lassen kann.«

Rhian war sprachlos. Warum lief alles so schief?

»Das ist Schwachsinn«, sagte Jayden neben ihr. »Da spricht nur die Eifersucht. Alle, und damit meine ich alle hier, wissen, dass Rhian versucht hat, sich von ihr fernzuhalten. Oskar, der andere Ersatzkandidat, hat alles erzählt, was Brooke ihm und Mel auf der Fahrt vom Flughafen mitgeteilt hat. Anscheinend hat sie in klaren Einzelheiten aufgezählt, wie sie vorhat, sich einen Platz in der Endrunde zu sichern – und es hatte nichts mit ihrem Können am Berg zu tun.«

Rachels Kiefer arbeitete. Dieser zuckende Muskel bedeutete, dass Rachel mehr als nur ein wenig sauer war. Sie erreichte Wutstufe zwei und Rhian konnte praktisch hören, wie die Zahnräder in ihrem Kopf arbeiteten.

»Schön, ich brauche ein paar Leute in dieser Gruppe, denen ihr zu einhundert Prozent vertraut, und ich hoffe, dass es Luiji und dieser neue Typ Oskar sein werden.« Rachel machte sich Notizen auf dem Block vor sich.

»Ich vertraue Luiji«, sagte Rhian.

»Und ich vertraue Oskar«, fügte Jayden hinzu. »Er hat seinen Standpunkt Brooke gegenüber sehr deutlich gemacht und hat sich mehrmals zwischen die beiden gestellt.«

Rachel nickte. »Okay. Jayden, kannst du sie herbringen? Wir müssen das so schnell wie möglich in Gang bringen.«

Jayden nickte und verließ das Zimmer. Rhian wusste, dass sie zu *Adventure Trekkers* rennen und mit den Jungs zurückkommen würde. Sie lächelte bei dem Gedanken, dass Jayden nicht gezögert hatte, erneut für sie einzutreten.

»Ist Mel in der Nähe?«, fragte Rachel.

»Ich glaube, sie ist in ihrem Zimmer.«

»Kannst du sie runterholen? Ich werde hierbei ihre Hilfe brauchen.«

Rhian nickte und schrieb Mellissa eine Nachricht.

Brauche dich bei Konf mit Rachel. Kannst du jetzt kommen?

Sie musste nicht lange auf eine Antwort warten.

Bin auf dem Weg.

»Sie kommt runter.« Rhian legte ihr Handy wieder auf den Tisch.

»Geht's dir gut, Kleines?«, fragte Rachel und ihre Kiefermuskeln waren noch immer angespannt. In ihren Augen lag jedoch ein Ausdruck, den nur Rhian zu Gesicht bekam: freundlich, einfühlsam, fürsorglich. Ihre Mum.

Rhian schüttelte den Kopf. »Es ist so beschissen, Rach. Ich weiß nicht, was ich getan habe, um all das zu verdienen. Und ich weiß nicht, wie ich das alles wieder geradebiegen soll.«

»Überlass mir das Geradebiegen. Und du hast nichts falsch gemacht. Du weißt, dass es Arschlöcher auf der Welt gibt. Du hast auf dieser Reise einfach ein paar von ihnen getroffen. Das ist alles.«

»Ja.«

»Hört sich aber an, als hättest du weitaus mehr gute Menschen getroffen.«

Rhian runzelte leicht die Stirn.

»Zuerst bietet Luiji diesem Killian die Stirn. Dann steht Jayden an deiner Seite, um dich zu beschützen, genau wie dieser Oskar-Kerl. Hört sich an, als wären die guten Menschen in der Überzahl.«

Rhian lächelte. »Das stimmt.«

»Also reiß dich zusammen, Herzchen. Außerdem, trotz der Beweise, die das Gegenteil anzeigen, glaube ich, dass du einen hervorragenden Job machst, Kleines. Und wenn wir das hier richtig ausspielen, könnte es sein, dass diese kleinen Mistkerle uns damit einen Gefallen getan haben.«

»Was meinst du? Was hast du vor, Rach?«

Rachel grinste verschlagen. »Sieh zu und lerne von der Meisterin.«

Rhian stöhnte. »Bitte tu nichts, das mich für den Rest meines Lebens erniedrigen wird.«

»Tss. Du kennst mich besser. Ich würde nichts tun, das die Firma gefährden könnte.«

»Wow, danke.«

Mellissa kam eilig durch die Tür. »Was ist der Notfall?«

Gemeinsam brachten sie Mellissa schnell auf den neuesten Stand und Rhian war völlig fassungslos darüber, wie Mellissa darauf reagierte.

»Diese verfickte, kleine Schlampe. Ich hab ihr gesagt, dass sie sich verdammt noch mal von dir fernhalten soll, andernfalls würde ich sie von hier aus mit einem Arschtritt zurück nach Südafrika befördern.«

Rachel hob ergeben die Hände. »Ganz ruhig, Seemann, wo ist die sanftmütige Mel geblieben und was hast du mit ihr gemacht?«

Mel starrte Rachel über den Bildschirm an. »Du hast nicht gehört, was sie gesagt hat.«

Rhian seufzte schwer. »Genauso wenig wie ich. Du wolltest es mir nicht sagen. Oskar wollte es mir nicht sagen. Was zur Hölle kann so schlimm gewesen sein, dass ihr alle so reagiert, mir aber nicht mal verraten könnt, was sie gesagt hat?« Rhians Stimme wurde immer lauter. Sie hatte es satt, dass die Leute sie beschützten, als wäre sie ein Kind.

Mel schloss die Augen und atmete tief ein. »Es tut mir leid, Rhian. Ich kann mich nicht dazu bringen, diese Dinge zu sagen … Ich will es nicht. Und ich sehe nicht ein, was du davon hättest, wenn ich es tue. Vor allem, weil du immer noch mit ihr arbeiten musst.«

»Ich muss nicht mit ihr arbeiten«, sagte Rachel. »Und ich *muss* es verdammt noch mal wissen.«

Mel ballte die Hände zu Fäusten. »Ich habe den Großteil der Unterhaltung aufgenommen. Als sie unterwegs angefangen hat, war sie … Na ja, ich weiß nicht. Ich wusste einfach, dass mit dem Mädchen etwas nicht stimmt.«

»Ich brauche diese Aufnahme«, sagte Rachel.

»Ich schicke sie dir.«

»Gut. Nun, in der Zwischenzeit musst du folgende Dinge für mich organisieren, Mel …«

Rachels Anweisungen an Mel waren deutlich und sehr präzise, bevor sie die Assistentin ihren Aufgaben überließ. Es wurde Rhian klar, was Rachel vorhatte. Sie brauchte nur zwei Menschen, die berechtigterweise die Einzelheiten haben könnten, die sie in den Sozialen Medien durchsickern lassen konnten, um Killian und Brooke ein Bein zu stellen.

»Kann das funktionieren, Rachel? Ich meine, wir alle wissen, dass die Sozialen Medien ein großartiges Marketing-Werkzeug sind, aber können sie wirklich den Schaden wieder beheben, den die beiden angerichtet haben?«

»Kleines, das Internet hat der Welt gerade Donald Trump als Präsidenten gegeben. Ich glaube, an dieser Stelle können wir mit Sicherheit sagen, dass *Twitter* verdammt noch mal alles kann.«

Rhian verdrehte die Augen. »Na schön.«

»Die wichtigere Frage ist, ob deine neuen Freunde bereit sind, das zu tun, was wir von ihnen verlangen.«

»Sie haben gezeigt, dass sie viel Integrität besitzen, Rach. Versuch nicht, auf etwas anderes anzuspielen, sonst glauben sie, dass du nicht besser bist als Killian oder Brooke.«

»Der rechte Weg, alles klar.«

»Und versuch nicht, sie zu zwingen. Wenn sie nicht bereit sind, mir zu helfen … uns zu helfen … dann soll es so sein. In Ordnung?«

Rachel nickte, sagte aber nichts.

»Ich meine es ernst.«

»Schön. Aber du und Jayden müsst weiter ein Paar spielen.«

»Das wissen wir. Zumindest solange, bis Brooke aus der Show raus ist.«

»Nein, ich meine so lange, wie die Show läuft. Ihr seid beim Finale immer noch zusammen, hast du mich verstanden?

»Was? Warum?«

»Wenn die Leute glauben, dass Brooke euch aus ihren eigenen, schändlichen Gründen auseinanderbringen wollte, werden sie sie hassen, solange ihr beiden verliebt sein. Sobald es vorbei ist, werden ihre Kommentare zurückkommen und euch in den Hintern beißen und dann bist du die Fremdgehende, die Jaydens Herz gebrochen hat.«

»Um Himmels willen. Es ist wie eine Seifenoper und nichts davon ist wahr.«

»Es muss nicht wahr sein und das weißt du auch. Es zieht Leser an, sorgt für Klicks und regt generell den Nervenkitzel an. Das ist alles.«

Rachel legte den Kopf schräg und drehte das Tablet wieder in ihre Richtung. »Für mich sieht es ziemlich überzeugend aus. Und ich kenne dich.«

Rhian runzelte die Stirn. »Und?«

»Ich hab gesehen, wie du Jayden angesehen hast, als sie dich verteidigt hat. Und ich habe diesen Ausdruck noch nie zuvor auf deinem Gesicht gesehen.«

Rhian drehte den Kopf, um dem eindringlichen Blick ihrer Mutter zu entgehen. »Tu das nicht.«

»Was?«

»Fang nicht an, Dinge zu sehen, die nicht da sind.«

Rachel nickte, als Rhian schließlich wieder zum Bildschirm sah. »Und wenn du diejenige bist, die nicht sieht, was los ist?«

»Dann ist das mein Problem.«

Rachel seufzte. »Rhian, ich frage nicht als dein Boss.«

»Dann ist es trotzdem mein Problem.«

»Du bist so stur wie dein verdammter Vater.«

Rhian musste unwillkürlich lächeln. »Das ist doch sicher keine Überraschung für dich?«

Rachel lachte. »Nein, ist es nicht. Aber versprichst du mir etwas?«

»Was?«

»Du nimmst das Telefon in die Hand und redest mit mir, wenn du bereit bist zu erkennen, was sich vor dir befindet.«

»Da gibt es nichts zu sehen. Sie hat versucht, mir einen Gefallen zu tun, das ist alles. Können wir jetzt bitte das Thema wechseln? Sie kommen zurück.«

Rachel nickte. »Sag Jayden einfach nur, dass sie so weitermachen soll, in Ordnung?«

Rhian nickte ebenfalls und lächelte, als die drei hereingelaufen ankamen und Jayden ihr zuwinkte.

»Meine Herren«, sagte Rachel, als alle saßen und Rhian sie einander vorgestellt hatte. »Wie gefällt Ihnen Patagonien bis jetzt?«

»*Fantastico*!«, sagte Luiji begeistert.

»Das freut mich sehr. Ich möchte mich bei Ihnen beiden für die Hilfe in der letzten Woche bedanken.«

Die beiden runzelten die Stirn, aber Luiji war anscheinend der Sprecher des Duos. »Wir haben nichts Besonderes getan.«

»Für mich schon. Wissen Sie, Rhian ist meine Tochter. Und ich habe gehört, dass Sie gute Männer waren und ihr ein paarmal geholfen haben.«

»Ah, ich verstehe.« Luiji zuckte mit den Schultern. »Das hätten wir auch für jeden anderen getan.«

»Nun, ich wollte mich trotzdem bedanken. Und mich entschuldigen.«

»Entschuldigen? Wofür?«

»Weil ich Sie all dem aussetze. Es sieht so aus, als würde die Show wegen diesem Paar gestrichen werden.«

»Wie bitte?« Luiji beugte sich auf seinem Stuhl nach vorn.

»Killian verklagt uns wegen Diskriminierung und Belästigung.«

»Dieser Bastard hat Ihre Tochter geschlagen!«

»Ich weiß. Ich habe die Videoaufnahmen gesehen. Daher weiß ich auch, dass ich Ihnen dafür danken muss, dass ihr hübsches Gesicht noch so wunderschön ist wie immer.«

»Sie wissen also, dass er keine Chance hat, einen Fall zu gewinnen.«

»Das wissen wir, aber das Problem ist, dass er auf den Sozialen Medien Lärm macht. Und dank ihm und Brooke wird die Publicity wahrscheinlich dafür sorgen, dass wir gestrichen werden, bevor wir überhaupt mit den Aufnahmen beginnen.«

»Aber Sie haben das Band?«, fragte Luiji.

»Was hat Brooke damit zu tun?«, setzte Oskar hinterher.

Rachel hob die Hände, um die beiden zu unterbrechen. »Entschuldigt, Jungs, ich kann immer nur mit einem sprechen. Was Killian angeht: Unsere Anwälte haben das Band, also kann ich es nicht veröffentlichen. Niemand, der für meine Firma arbeitet, kann das.«

»Wegen der Anwälte?«, stellte Luiji klar.

»Ja. Und was Brooke angeht: Sie hat ein Bild auf *Facebook* gepostet, auf dem sich Rhian und Jayden küssen und sie behauptet, Rhian hätte Jayden letzte Nacht mit ihr betrogen und dass der Kuss ein Versuch wäre, ihren eigenen Arsch zu retten.«

»Verfickte Schlampe«, sagte Oskar. »Du hast nicht mit ihr geschlafen.« Er wandte sich an Rhian. »Sie hat noch immer hier unten getrunken, als Luiji und ich ins Bett gegangen sind. Brooke war allein und hat Mel drei Mal zum Teufel gewünscht, weil sie dich von ihr und der ersten Stufe ihres Plans weggenommen hat. Dieses Miststück. Sie wird dieses Schiff zum Sinken bringen, weil sie keinen fairen Wettbewerb austragen kann und ihr Plan nicht funktioniert.« Er verschränkte die Arme vor der Brust und sah wieder zu Rachel. »Ich nehme an, Sie haben einen Plan und brauchen uns, damit er funktioniert?«

Rachel lächelte. »Sie sind klug. Ich mag Sie.«

Er legte den Kopf schräg. »Was müssen wir tun?«

Rachel umriss schnell ihren Plan. »Werden Sie es tun?«, fragte sie dann in die Stille, die folgte.

Luiji und Oskar tauschten einen Blick aus und langsam breitete sich ein Lächeln auf ihren Gesichtern aus. »Oh ja«, sagte Oskar.

»Mit Vergnügen«, fügte Luiji hinzu. »Aber wie sollen wir an dieses Material herangekommen sein? Es wird vielleicht infrage gestellt und ich will eine passende Antwort parat haben.«

»Sie werden die Bilder mit dem Handy von der Kamera abfilmen.«

»Ich verstehe nicht.«

»Offiziell dürfen wir Ihnen dieses Material nicht geben. Sie müssen es *stehlen.*« Sie malte Anführungszeichen in die Luft. »Dann, wenn Sie gefragt werden, wie Sie rangekommen sind, können Sie sagen, dass Sie es gestohlen haben, weil Sie nicht wollten, dass ein Mistkerl wie Killian O'Leary Ihnen die Chance vermasselt, die Show zu gewinnen. Wir werden eine Meldung herausgeben, dass diese Angelegenheit intern untersucht wird. Und dann wird es einfach unter den Tisch fallen. Und wenn es darum geht, woher Sie überhaupt wussten, dass es ein Problem ist, können Sie sagen, dass Sie ein cleverer Kerl sind und Killians Posts gesehen haben, als Sie vom Trip zum Gletscher zurückgekommen sind.«

Luiji nickte. »Das kann ich machen.«

»Gut. Oskar, Sie werden nur das Wissen brauchen, das Sie bereits haben. Sie haben alles gehört, was Brooke im Jeep mit Mellissa gesagt hat, richtig?«

Oskar nickte und warf schnell einen Blick auf Rhian. »Ich werde nicht ins Detail gehen müssen, oder?«

»Nur so weit, dass sie sich nicht mehr aus der Sache herauswinden kann. Aber bleiben Sie exakt und denken Sie sich nichts aus.«

»Vertrauen Sie mir, ich könnte mir diesen Scheiß nicht ausdenken, wenn man mich dafür bezahlen würde.«

»Außerdem sind Sie in die Dinge eingeweiht, die im Hotel und draußen auf dem Eis passiert sind.«

»Verstanden. Keine Sorge, ich habe mehr als genug gehört. Sind sie sicher, dass das helfen wird?«

»Ja.«

»Und es wird nicht nach hinten losgehen?«, fragte er.

»Wie meinen Sie das?«

»Es wird keinen negativen Einfluss auf uns haben, durch den man uns dann aus der Show wählt?«

Rachel schüttelte den Kopf. »Ich sehe keinen Grund dazu. Sie setzten sich für Frauenrechte ein und bieten Menschen die Stirn, die mobben und Rufmord betreiben. Das sind in der breiten Öffentlichkeit alles Bonus-Punkte für euch Jungs, vor allem bei den Frauen. Und Sie wissen, dass bei diesen Sendungen Frauen drei Mal so oft abstimmen wie Männer, richtig?«

Luiji schüttelte den Kopf. »Ich wusste das nicht.«

»Deshalb ist es für eine Frau so schwer, solche Dinge zu gewinnen. Frauen stimmen nicht für andere Frauen ab. Traurige Tatsache, aber eine, die sich immer wieder durchsetzt.«

»Also könnte das unsere Chancen steigern?«, fragte Luiji.

»Bei den Zuschauern, ja. Ihr müsst trotzdem gute Kletterer sein, um zu gewinnen. Hier geht es genauso um Fähigkeiten wie um Beliebtheit«, sagte Jayden. »Niemand kann durch die Abstimmungen allein gewinnen.«

Rachel lächelte. »Ganz genau.«

Luiji und Oskar nickten. »Verstanden. Also, wann sollen wir anfangen?«, fragte Oskar.

»Jetzt«, sagte Rachel. »Je früher desto besser. Wir müssen dieser Sache zuvorkommen und anfangen, selbst Aufsehen zu erregen, sonst gibt es keinen Wettbewerb.«

Sie stimmten schnell zu und verabschiedeten sich.

»Jayden, Rhian, ich habe viel zu tun und ihr beiden seht aus, als könntet ihr etwas Schlaf gebrauchen. Wir sprechen uns später.« Rachel legte auf, ohne auf eine Antwort zu warten.

Jayden lachte leise und hob eine Augenbraue, als sie Rhian ansah. »Ein ziemliches Stück Arbeit, deine Mutter.«

»Du hast ja keine Ahnung.«

»Da bin ich mir sicher. Jetzt verstehe ich auch, warum du im Krankenhaus damals keine andere Wahl hattest, als mich dazu zu bringen, hier mitzumachen.«

»Das Ganze tut mir immer noch leid.«

Jayden wischte die Entschuldigung beiseite. »Muss es nicht. Nachdem ich nun meine Schwiegermutter kennengelernt habe, kann ich das wirklich nachvollziehen.« Sie lachte.

»Ah, ja. Was das angeht.«

Jayden legte den Kopf schräg. »Was ist damit?«

»Na ja … lass uns das Abendessen angehen, das wir abgemacht hatten und mehr darüber reden.«

»Mir gefällt nicht, wie sich das anhört.« Sie folgte Rhian nach draußen. »Warum gefällt mir nicht, wie sich das anhört?«

»Weil du klug bist.«

»Das wird mir nicht gefallen, oder?«

Rhian ließ die Schultern hängen. »Wahrscheinlich nicht. Und es tut mir leid.«

»Vielleicht solltest du es mir einfach jetzt sagen.«

»Abendessen. Bitte.« Rhian war nicht sicher, wie Jayden darauf reagieren würde, dass sie weiter ihre Freundin spielen sollte. Aber Jayden hasste es, zu etwas gezwungen zu werden, was sie nicht tun wollte. Rhian vermutete also, dass sie die wachsende Freundschaft verlieren würde, die sich zwischen ihnen entwickelt hatte. Und sie wollte sich wirklich so lange sie konnte daran festhalten. Selbst, wenn es nur weitere zehn Minuten waren.

Kapitel 23

Jayden bewegte sich mühelos in der kleinen Küche und war froh, dass Mark den Gefrierschrank mit Pizza ausgestattet hatte. Sie öffnete eine davon und warf sie schnell in den Ofen. Auf dem Schrank stand eine Flasche Wein, die sie fragend nach oben hielt.

Rhian nickte. »Warum nicht?«

»Ja, warum nicht.« Jayden nahm zwei Gläser und schenkte ihnen großzügig ein. Sie setzte sich neben Rhian, drehte ihren Stuhl, sodass sie ihr zugewandt war, und zog ein Bein auf die Sitzfläche. »Also, was wird mir nicht gefallen?«

Rhian atmete tief ein. Dann trank sie einen großen Schluck von dem Wein. Sie stellte das Glas auf den Tisch, verschränkte ihre Finger ineinander und schob die Hände schließlich doch zwischen ihre Knie.

»Feuert sie mich oder so was?«

Rhian sah schnell zu ihr auf. »Was? Wer?«

»Rachel. Feuert sie mich? Geht es darum?«

Rhian schüttelte den Kopf. »Nein. Nichts in der Art. Aber vielleicht kündigst du, wenn du es hörst, ich weiß nicht. Es ist, ich meine, ich würde dir keinen Vorwurf machen, wenn du es tust. Kündigen, meine ich. Es ist nur so, dass … Ich hoffe, dass du es nicht tust.«

Jayden griff über die Couch und berührte Rhians Hand. »Erzähl mir einfach, was los ist. Dann sehen wir weiter.«

Rhians Gesicht wurde noch blasser und Jayden spürte, wie ihre Hände zitterten. »Sie – Rachel – will, dass wir bis zum Ende des Projekts ein Paar sind.«

»Okay«, sagte Jayden langsam. Jayden hatte das Ganze selbst in Gang gesetzt. Warum war Rhian wegen dieser Bitte so nervös? Hatte sie sich die ganze Zeit unter Jaydens Aufmerksamkeit unwohl gefühlt? Tolerierte sie es nur, weil sie im Vergleich zu Brooke das geringere Übel war? Jayden hatte geglaubt, dass Rhian vielleicht genoss, was sie taten. Dass sie darin vielleicht mehr als nur eine Farce sah. Oder war das Wunschdenken? Hatte sie sich die schüchternen Blicke nur eingebildet? Gedanklich ging sie den Kuss noch einmal durch, wie sie es schon wiederholt getan hatte. Sie liebte es, wie Rhian in ihrer Umarmung gebebt hatte. Hatte sie es falsch verstanden? Hatte sie so gravierend danebengelegen? »Ich dachte mir, dass das der Fall sein würde, zumindest bis Brooke nicht länger dabei ist.«

»Wirklich?«

Jayden legte eine gespielt gelassene Haltung an den Tag. »Natürlich. Du nicht?«

Rhian schüttelte den Kopf. »Ich glaube, ich habe in dieser Sache nicht wirklich vorausgedacht.«

»Ah.« Jayden verspürte einen enttäuschten Stich. »Dann tut es mir leid, dass du jetzt in meiner Lüge gefangen bist und dich deshalb unwohl fühlst.«

»Es ist nicht deine Schuld. Du hast versucht, mir zu helfen.«

»Aber ich habe die Dinge nur schlimmer gemacht.« Jayden stellte ihr eigenes Glas ab und nahm Rhians Hand. Tja, egal, was Rhian von ihr hielt, sie steckten nun wohl oder übel in dieser Sache. »Hör mal, wir sind Freunde, richtig?«

Rhian nickte und ihr Blick konzentrierte sich auf ihre verbundenen Hände. Sie wirkte verunsichert. Jayden musste das wieder geradebiegen.

»Und als Freunde können wir Zeit miteinander verbringen, ohne dass es unbehaglich sein muss, richtig?«

Rhian nickte erneut und ihr Blick war noch immer nach unten gerichtet.

»Viel mehr gibt es bei einer Beziehung für andere Leute doch auch nicht zu sehen, oder? Ich meine, ich habe nicht die Angewohnheit, fremde Menschen in mein Schlafzimmer einzuladen, damit sie mich und meine Freundin beobachten können. Du etwa?«

»Nein«, sagte Rhian mit einem schwachen Lächeln.

»Also, wir halten da draußen einfach ein bisschen Händchen und hier und da gibt es vielleicht einen Kuss auf die Wange. Aber wir sind einfach weiter Freunde. Kein wirklich allzu großer Unterschied.«

»Und das geht für dich in Ordnung – diese vorgetäuschte Beziehung – während der Aufnahmen?«

»Die ganze Zeit?«

Rhian nickte erneut. »Die ganze Zeit«, sagte sie und konnte Jayden endlich in die Augen sehen. »Du wirst die nächsten viereinhalb Monate so tun zu müssen, als würdest du etwas für mich empfinden.«

Jayden sah sie an. Sie sah sie wirklich an. Rhians grauen Augen, deren Farbe sich mit ihrer Stimmung veränderte und die tosende Leidenschaft und … Nervosität… widerspiegelten. Diese pinken Lippen, die so süß geschmeckt hatten, waren leicht geöffnet, feucht und einladend. Ihre blonden Haare hatte sie sich hinter die Ohren geschoben und der kurze Pony rutschte über eines ihrer Augen, wenn sie sich bewegte. Und dann traf sie die Wahrheit: Sie würde die nächsten viereinhalb Monate nicht so tun müssen, als würde sie etwas für Rhian empfinden. Sie empfand etwas für sie. Die wirkliche Frage war nun, ob sie die nächsten viereinhalb Monate damit verbringen konnte, nur so *zu tun*, als würde sie etwas für sie empfinden.

Sicher würde Rhian nach Großbritannien zurückkehren, wenn die Show vorbei war. Und Jayden würde hier sein – allein – und sich um die Firma kümmern, während Fen wieder auf die Beine kam … oder auch nicht, wenn das der Fall war. Rhian würde zu ihrem Leben zurückkehren, zu ihrer Mutter, ihrer Firma, ihren Freunden und vielleicht sogar einer Freundin.

Sie durchbrach die Stille, die sich plötzlich zwischen ihnen ausgebreitet hatte. »Hast du zu Hause eine Freundin?«

»Wie bitte?«

»Ich habe vorher nicht daran gedacht, zu fragen. Das tut mir leid. Willst du es deshalb nicht machen? Du willst niemanden in England verletzen, der dir etwas bedeutet?«

»Nein.« Rhians Stimme war leise. »Keine Freundin.«

»Okay, dann bin ich also einfach nur abstoßend«, sagte sie grinsend.

Rhian lachte leise. »Ja, du verwandelst Frauen in Stein, wohin auch immer du gehst.«

»Hey, das ist mein Markenzeichen.«

»Dann solltest du wirklich daran arbeiten, Jay.«

»Muss ich jetzt nicht mehr.« Sie streckte die Hand aus und zupfte leicht an Rhians Haaren. Das war bei ihrer offiziell-genehmigten falschen Freundin erlaubt, richtig? »Ich hab mir schon eine Schnitte klargemacht.«

Rhian stöhnte. »Igitt. *Eine Schnitte klargemacht*. Das ist eine furchtbare Formulierung.«

»Okay, da hast du recht. Aber –« Der Wecker von Jaydens Handy klingelte. »… Scheiße. Warte kurz. Ich muss die Pizza aus dem Ofen holen. Geh nicht weg.«

»Werde ich nicht.«

Jayden brauchte zwei Minuten, um die Pizza auf einen Teller zu werfen, sie zu schneiden, Küchentücher abzureißen und mit dem Abendessen zurück zum Sofa zu kommen. Sie hielt Rhian den Teller unter die Nase. Dann schnappte sie sich ein Stück und biss davon ab.

»Okay, wo war ich?«, fragte Jayden.

Rhian schluckte ihren eigenen Bissen und sagte: »Schnitten klarmachen.«

Jayden lachte leise. Die Dinge schienen wieder entspannter zwischen ihnen zu werden. »Richtig. Also, abgesehen von dieser schrecklichen Formulierung, warum scheinst du so gegen diese Idee zu sein?«

Rhian zuckte mit den Schultern.

»Nein, tu das nicht.«

»Was?«

»Versuchen, die Frage zu meiden. Du hast ganz sicher einen Grund. Also sei ehrlich zu mir.«

»Ich will nichts sagen, dass vielleicht … Ich weiß auch nicht … Falsch verstanden wird oder so.«

»Du machst dir Sorgen, mich zu beleidigen?«

»Na ja, ja.«

Jayden lachte und nahm einen großen Bissen ihres Pizzastücks. Sie kaute ausgiebig und sagte dann: »Wirst du nicht. Erzähl mir einfach, was los ist.«

»Ich bin nicht sicher, ob ich das kann.« Rhian legte ihr Stück Pizza zurück auf den Teller und wischte sich die Hände an der Serviette ab.

»Du kannst nicht so tun, als würdest du dich von mir angezogen fühlen?«

Rhian nickte und wischte sich noch immer das Fett von den Fingern.

Jayden lachte leise und versuchte, den bitteren Schmerz hinunterzuschlucken, der den Geschmack der Pizza überlagerte. »Na ja, ich weiß, dass ich nicht gerade eine Wucht bin, aber daran kann ich nicht viel ändern. Damit müssen wir arbeiten …«

»Nein. Das ist nicht, was … So hab ich das nicht gemeint.«

»Wie hast du es dann gemeint?«

»Deshalb wollte ich nichts sagen.« Rhian schüttelte den Kopf. »Wir müssen zusammen arbeiten und wir müssen so tun, als wären wir ein Paar. Ich will die Sache nicht noch seltsamer machen, als sie ohnehin schon ist.« Sie legte das Gesicht in ihre Hände.

»Rhian, ich bin ein großes Mädchen. Ich erwarte nicht, dass mich jede Lesbe, die ich treffe, attraktiv findet.« Sie zuckte mit den Schultern und nahm einen winzigen Bissen. »Wir tun nur so, schon vergessen? Freunde, die tun, was sie für die Arbeit tun müssen.«

Rhian legte den Kopf schräg und sah Jayden in die Augen. Jayden hatte das Gefühl, als würde sie direkt in ihre Seele blicken, als sie fragte: »Ist es das, was du willst?«

Jayden räusperte sich und zuckte mit den Schultern. »Es ist, was wir haben. Und du musst dich nicht schlecht fühlen, weil du nicht auf mich stehst. Du bist auch nicht mein Fall. Also ist alles in Ordnung.« Ihre Stimme hörte sich fremd an. Sie war tiefer und schien aus der Ferne zu kommen. Sie warf ihr eigenes Pizzastück auf den Teller und trank ihr Weinglas aus, bevor sie sich noch einmal nachschenkte. Sie versuchte zu verstehen, was sich in der letzten halben Stunde verändert hatte. Sie hatte das Haus mit ihrer Freundin und vorgetäuschten Partnerin betreten, die, zugegebenermaßen, heiß war. Sie war nicht blind. Aber nun saß sie mit derselben Freundin und vorgetäuschten Partnerin auf dem Sofa und alles *fühlte* sich anders an. Alles fühlte sich plötzlich sehr falsch an. Sie hatte das Gefühl, als hätte sich gerade eine Gletscherspalte unter ihr aufgetan und zwischen ihr und dem Eis darunter lag nur Luft.

»Nicht dein Fall?«, flüsterte Rhian. Ihr Blick war weiterhin nach unten gerichtet, die Hände steckten erneut zwischen ihren Knien und ihre Haare waren nach vorn gefallen, sodass sie ihr Gesicht vor Jayden abschirmten.

»Entschuldige, was?«

Rhian schielte hinter dem Vorhang aus Haaren hervor. In ihren grauen Augen wirbelten die Emotionen und zurückgehaltene Energie. Wie ein Sturm, der vom Horizont heranbrauste. »Du fühlst dich nicht von mir angezogen?«

»Nein«, sagte Jayden schnell. Die Verleugnung erbrach sich von ihren Lippen und wurde von der bitteren Energie der Zurückweisung angetrieben. Sie hasste es, zu lügen, aber was sollte sie sonst tun? Sie hatte ihren Stolz. »Natürlich nicht«, fügte sie etwas sanfter hinzu.

»Das ist gut.« Rhians Lächeln wirkte verzerrt, als würde sie ihre Haut zwingen, sich zu bewegen, obwohl sich ihre Muskeln weigerten.

»Ja.« Ein Teil von ihr wunderte sich über dieses Lächeln. Pflegte sie ebenfalls ihren angeschlagenen Stolz?

»Dann ist es in Ordnung.« Rhians Stimme klang eine Oktave höher als gewöhnlich. Warum verhielt sie sich nicht erleichtert? Sie hatte bekommen, was sie wollte. Jayden hatte nicht gekündigt und sie machte bei der Scharade mit – sie hatte es sogar aussehen lassen, als wäre es keine große Sache. »Ja.«

Rhian seufzte. »Ich sollte jetzt lieber gehen. Da alles in Ordnung ist und wir wissen, was los ist.«

»Das ist wahrscheinlich eine gute Idee.«

»Wir sehen uns dann morgen.«

»Wahrscheinlich.«

Rhian stand auf und legte ihre Serviette zusammen mit dem Teller und der übrigen Pizza auf den Tisch. »Okay. Also dann, gute Nacht, Jayden.«

Jayden sah von ihrem Sitzplatz auf. Sie schien ihre Beine nicht zur Mitarbeit überreden zu können. Sie wusste, dass sie aufstehen und Rhian nach draußen begleiten sollte. Sie vielleicht sogar nach Hause bringen. Aber sie konnte sich nicht dazu bringen. »Nacht«, sagte sie.

Sie lauschte, wie sich die Tür schloss und Stille den Raum erfüllte. Es war keine Lüge gewesen, als sie Rhian gesagt hatte, dass sie nicht erwartete, von anderen Frauen als attraktiv angesehen zu werden. Aber sie hatte gehofft, dass Rhian es tun würde, selbst, wenn es nur ein bisschen war. Ihre Gefühle für Rhian gingen tiefer, als ihr klar gewesen war. Und das tat weh. Sie schloss die Augen und legte sich schnell eine Hand auf den Mund, während sie zum Badezimmer rannte.

Rebeccas Augen brannten vor ihrem inneren Auge, als Jayden die Pizza erbrach, die sie eben gegessen hatte. Schuldgefühle drehten ihr den Magen um, bis nichts mehr darin war.

»Ich hab nicht einmal an dich gedacht. Die ganze Zeit über nicht.« Sie wischte sich den Mund mit einem Taschentuch ab und drehte das Wasser auf. »Es tut mir so leid, Becks, dass ich es vergessen habe. Wie konnte ich es vergessen?« Sie lehnte sich an die Wand, zog die Knie an die Brust, schlang die Arme darum und ließ sich von den Erinnerungen überfluten.

Sie spulte Rebeccas letztes Lächeln im Speisezelt noch einmal ab. Das freche, sexy Grinsen und das Versprechen, vorsichtig zu sein. Sie erinnerte sich an den kalten Schauer an ihrem Rücken und wie sich die Härchen an ihrem Nacken aufgerichtet hatten. Eine Spur von Furcht war über ihre Seele gekrochen und hatte sie gewarnt. Jede Minute von da an bis zu dem Moment, als die Lawine losgegangen war, erlebte sie erneut, während sie auf den kalten Fliesen saß. Jede Sekunde peitschte sie aus, bis sie erneut Rebeccas leblose Leiche anstarrte, die so kalt und steif war wie das Eis und das Gestein, das sie umschloss.

»Wie konnte ich vergessen?«

Sie nahm das Telefon und wählte Fens Handynummer.

»Hey, Berzie«, sagte Fen nach dem zweiten Klingeln. »Was gibt's?«

Jayden schniefte und versuchte, ihre Emotionen so weit unter Kontrolle zu bringen, dass sie sprechen konnte. Es gelang ihr nicht.

»Es ist okay, Süße. Ich bin hier.«

Fen flüsterte leise Worte, während Trauer und Schuldgefühle aus Jayden herausflossen. Ihre Schwester fragte nie nach einer Erklärung und bat nicht um mehr, als Jayden ihr geben konnte. Sie war einfach da. Und Jayden spürte ihre Anwesenheit so deutlich, als würde sie sie umarmen. In diesen wenigen Minuten war das genug.

Kapitel 24

»Drück!«, forderte Jayden. »Komm schon.«

»Ich drücke doch, verdammt noch mal«, erwiderte Fen mit zusammengebissenen Zähnen, während sie ihren Gipsarm so fest wie möglich gegen Jaydens Hand drückte. Es gelang ihr, ihn einen Zentimeter zu bewegen, bevor sie schwer atmend aufgab.

Jayden grinste. »Das ist ein Fortschritt. Wann entlassen sie dich aus diesem Drecksloch?«

»Weiß ich noch nicht.« Mit dem unverletzten Arm zog sich Fen an der Stange, die von der Decke hing, in eine sitzende Position. »Der Unfall ist erst fünf Wochen her. Ich glaube, sie wollen mich erst wieder auf die Welt loslassen, wenn der Gips an meinem Arm und Bein ab ist.«

Jayden zog die Nase kraus. »Das klingt vernünftig. Aber du machst Fortschritte, richtig?«

Fen nickte. »Das Rückenmark scheint in Ordnung zu sein, deswegen hoffen sie, dass es nur eine Frage der Zeit ist, bis ich wieder Gefühl in den Beinen habe.«

»Haben sie irgendeine Andeutung gemacht, wie lange das dauern wird?«

»Nein. In der Hinsicht können sie keine Versprechen geben. Aber wir haben Hoffnung, Jay. Es ist nur eine Frage der Zeit und dann laufe ich wieder herum.«

»Und kletterst wieder?«

Fens Lächeln verblasste ein wenig. »Ein Schritt nach dem anderen.«

»Das ist der einzige Weg, um auf den Berg zu kommen.«

»So sagt man.«

»So sagst du es. Das hast du mir immer gesagt, Schwesterherz.« Jayden war dankbar, dass Fen keine Fragen über den spätabendlichen Anruf und ihren emotionalen Zusammenbruch gestellt hatte. Sie wusste, dass diese Konfrontation noch kommen würde. Das war immer so. Sie war nur nicht sicher, wie sie es erklären sollte. Sie war nicht sicher, ob sie es konnte.

»Erzähl mir von der Trainingswoche«, sage Fen. »Ich bin schrecklich gespannt, wie es gelaufen ist.«

Jayden gab ihr einen kurzen Abriss über jeden Teilnehmer – Stärken, Schwächen, Abschneiden bei den Tests, die sie bereits durchgeführt hatten, und Erwartungen für die, die noch kommen würden. Fen kannte jeden Kletterer. Sie hatte ihre Namen und Lebensläufe schon vor langer Zeit von Rhian bekommen. Als Fen nach Killian fragte, verzog Jayden das Gesicht, erzählte ihr aber die ganze Geschichte.

Rote Flecken bildeten sich auf Fens Gesicht, als sie die Videoaufnahmen sah, in denen Killian Rhian angriff. Und Jayden hielt sich davon ab, ihr von dem Loch in Fens Küche zu erzählen, das entstanden war, nachdem sie das Video zum ersten Mal gesehen hatte – und das sie noch immer reparieren musste. Die Verletzungen an ihrer Hand von Gips und Holz konnte sie auch auf eine Gesteinswand schieben, falls Fen fragen sollte.

Die Nachrichten zwischen Killian und Luiji hatten die Sozialen Medien explodieren lassen, seit Luiji das Video vom Angriff und seine Nachricht an Killian gepostet hatte.

Das nennst du Diskriminierung gegen dich, Mann? Denn hier in der realen Welt nennen wir das einen Angriff auf eine Frau.

Es hatte drei Stunden gedauert, bis Killian geantwortet und behauptet hatte, dass die Aufnahmen vom Studio gefälscht worden seien, damit sie ihn dazu bringen konnten, die Klage fallenzulassen. Luiji hatte ein Bild von sich mit folgender Unterschrift gepostet:

Das kann man nicht fälschen, Alter. Und ich bin sehr gern bereit, das der Welt und dem Gericht zu sagen, weil ich alles gesehen habe, was du getan hast. Und ich habe alles gehört, was du gesagt hast. Vor und hinter der Kamera. Möchtest du, dass ich auch diese Worte teile?

Warum tust du mir das an? Das Miststück hat dich auch wie Scheiße behandelt.

Stundenlang war es so hin und hergegangen und Killians Antworten hatten sich allmählich in eine Reihe aus Beleidigungen und machtlosen Drohungen verwandelt, während Luiji eine spitze Bemerkung nach der anderen abgefeuert hatte. Er hatte Killian gesagt, dass seine Behauptung der sexuellen Belästigung erlogen war, weil keine Lesbe versuchen würde, seinen Hintern zu belästigen.

Fen pfiff leise, als sie das Ende der Nachrichten erreichte. »Himmel, ihr macht keine halben Sachen.«

»Anscheinend nicht.«

»Und das läuft so wie die Boss-Lady es will?«

Jayden nickte. »Sieht so aus. Rachel hat heute Morgen in einer E-Mail geschrieben, dass sie Anfragen für Interviews bekommen hat, um über den Standpunkt der Firma in Sachen Frauenrechte, Gewalt gegen Frauen und LGBTQ-Rechte zu sprechen. Sieht so aus, als würde der Kunde die gewünschte Aufmerksamkeit nun doch auf eine sehr positive Art bekommen.«

»Wow. Nun, immerhin hat es etwas Gutes. Wie kommt Rhian mit all dem klar? Das muss ihr auch persönlich eine Menge Aufmerksamkeit einbringen. Führt das zu weiteren Problemen in der Gruppe?«

Jayden seufzte. »Das nicht, aber es gibt trotzdem ein weiteres Problem.«

Fen wartete und ihr Gesichtsausdruck stellte die Frage, die sie nicht laut aussprechen musste.

»Es ist die andere Ersatzkandidatin, Brooke.«

»Was ist mit ihr?«

Jayden stammelte, als sie Fen von Brookes Verhalten gegenüber Rhian erzählte. Von ihrer impulsiven Entscheidung, Rhian auf diese besondere Art zu schützen. Und wie es mit Brookes Post in den Sozialen Medien nach hinten losgegangen war.

»Bis jetzt hat Oskar nur einen Kommentar unter das Bild gesetzt.«

»Welchen?«

»Lies es selbst.« Jayden öffnete das Facebook-Foto auf ihrem Handy und zeigte es Fen.

»*Wenn die Frau, mit der du letzte Nacht eine Nummer geschoben hast, ihre Freundin wiedersieht und dich abserviert, um ihren eigenen Arsch zu retten.*« Fen las die Unterschrift laut vor. »Eine sehr stilvolle Frau.«

»Du hast ja keine Ahnung.«

»*Wenn die Frau mit einer Freundin deinen hässlichen, fremdgängerischen Arsch abweist und du es nicht ertragen kannst. Hashtag Neid der Besitzlosen, Hashtag muss lernen, ein Nein zu akzeptieren, Hashtag nicht nur Männer sind sexuelle Nötiger.*« Fen pfiff erneut. »Autsch, er hat sich direkt auf ihre Kehle gestürzt.«

»Ja.«

»Und sie hat noch nicht geantwortet.«

»Nein. Nichts.«

»Pass auf dich auf, Schwesterherz. Okay?«

Jayden nickte. »Mach dir keine Sorgen um mich.«

»Natürlich mache ich mir Sorgen um dich. Immerhin siehst du beschissen aus«, sagte Fen grinsend.

»Um Himmels willen.« Jayden warf die Hände in die Luft. »Nicht du auch noch. Ich hab in letzter Zeit genug von Frauen, die mir sagen, dass ich wie Scheiße aussehe.«

»Hey, hey, hey, ich hab dich nur auf den Arm genommen. Entspann dich.«

Jayden sah den verwirrt zerknirschten Ausdruck auf Fens Gesicht und rieb sich mit den Händen über ihr eigenes. »Tut mir leid. Ich hab überreagiert. Du hast recht. Entschuldige.«

»Ist in Ordnung. Es sieht dir nicht ähnlich, so in die Luft zu gehen. Was ist los?«

Jayden schüttelte den Kopf. »Nichts. Es liegt an mir. Es war einfach eine lange Woche, in der viel passiert ist.«

Fen nickte und musterte sie. »Schwachsinn.«

Jayden lachte schnaubend auf.

»Komm schon, du vergisst, dass ich deine große Schwester bin. Ich hab dir das Lügen beigebracht und dir dabei schlechte Tipps gegeben, also weiß ich immer, wenn du unehrlich bist. Außerdem erinnere ich mich noch an den Anruf letzte Nacht. Ich war zwar von den Schlaftabletten, die sie mir gegeben haben, ziemlich fertig, aber ich weiß, dass ich nicht halluziniert habe. Also, spuck's aus, bevor ich meinen Gips benutzen muss, um es aus dir herauszuprügeln.«

Jayden lachte. »Na dann mach doch, ich könnte etwas zum Lachen gebrauchen.«

Mit einer Hand rollte Fen ihre Zeitschrift an ihrem Bein zusammen und schlug Jayden damit auf den Kopf. »Du solltest dich nicht über Menschen mit Behinderung lustig machen.«

»Au. Das bist du aber nicht. Du bist nur … genesend.«

»Erzähl's mir.«

»Da ist nichts. Ehrlich.«

»Erzähl's mir, oder ich bringe eine der Krankenschwestern dazu, Abführmittel in deinen Kaffee zu mischen.«

Jayden starrte sie an und ein völlig entsetzter Ausdruck zeichnete sich auf ihrem Gesicht ab. »Das ist einfach nur grausam.«

Fen grinste verschlagen. »Ich weiß. Ich musste kreativ werden, weil keiner von euch meine Drohungen mehr ernst nimmt.«

Jayden musterte ihre Tasse misstrauisch, bevor sie sie lehrte.

»Also, wer sagt dir, dass du potthässlich bist?«

»Rhian.«

»Rhian ist zu nett, um dir zu sagen, dass du potthässlich bist.«

Jayden sagte nichts.

»Auf keinen Fall. Sie ist deine vorgespielte Freundin. Sie würde das nicht sagen.«

»Du hast recht, das hat sie nicht. Sie hat nur gesagt, dass sie sich von mir nicht angezogen fühlt. Sie glaubt nicht, dass wir es rüberbringen können.«

Fen senkte den Blick auf ihr Handy. Auf dem Display war noch immer das Bild ihres Kusses zu sehen. »Sieht für mich ziemlich überzeugend aus.«

Jayden zuckte mit den Schultern und lehnte sich auf ihrem Stuhl zurück. »Wie auch immer, wir sind Freunde, also werden wir allen zeigen, dass wir Freunde sind, die manchmal Händchen halten, um die Leute glauben zu lassen, wir wären ein Paar.«

Fen legte den Kopf schräg und musterte sie. »Und welcher Teil stört dich am meisten?«

»Was meinst du?«

»Welcher Teil stört dich am meisten? Dass du vorgeben musst, mit einer Frau zusammenzusein, die sich nicht von dir angezogen fühlt? Oder dass du vorgeben musst, in eine Frau verliebt zu sein, in die du wirklich verliebt bist?«

»Ich bin nicht in sie verliebt. Ich kenne sie kaum. Sie ist nur eine Freundin.«

Fen ließ den Finger vor Jaydens Gesicht kreisen. »So siehst du nicht aus, wenn dir *nur eine Freundin* sagt, dass sie nicht auf dich steht. Du würdest vielleicht erleichtert aussehen. Du würdest sie damit aufziehen. Aber du siehst stattdessen aus, als hättest du gerade deinen Welpen verloren.«

»Ich bin nicht in sie verliebt.« Jayden verschränkte die Arme vor der Brust. Sie spürte, wie sie einen Schmollmund zog und wusste, dass sie sich lächerlich verhielt.

»Schön. Du bist nicht in sie verliebt. Aber du magst sie.«

Jayden öffnete den Mund, um es zu leugnen.

»Und wage es nicht, mich anzulügen, denn ich werde es durchschauen und deinen Kaffee mit etwas versetzen.«

Jayden verengte die Augen. »Weißt du, vielleicht sollte ich mich doch dazu entscheiden, dich zu diskriminieren.«

»Ja, ja, spuck's aus.« Sie bewegte den Finger in einer herausfordernden Geste, um ein Geständnis aus Jayden einzufordern.

»Schön, ja. Ich mag sie.«

»Sehr.«

Jayden knirschte mit den Zähnen.

»Die Wahrheit, jetzt.«

»Ja.«

»Hervorragend. Ich mag Rhian auch.«

Jayden verdrehte die Augen. »Hurra. Wir alle lieben Rhian, Jippie. Lass uns eine Party schmeißen.«

Fen grinste. »Du hast gerade gesagt, dass du sie liebst.«

»Das war eine Redewendung!«

»Ja, ja.«

»Oh, um Gottes Willen. Warum ist das überhaupt wichtig? Sie steht nicht mal auf mich, also ist es irrelevant.«

Fen kratzte sich einen Augenblick am Kopf. »Erinnerst du dich daran, wie du Mark und mich das erste Mal einander vorgestellt hast?«

Jayden runzelte die Stirn. »Ja. Was hat das –«

»Erinnerst du dich daran, was ich über ihn gesagt habe?«

»Ja, du hast gesagt, dass er ein arrogantes Arschloch ist und dass du mir den Arm abreißt und mich damit zu Tode prügelst, wenn ich ihn noch mal ins Haus lasse. Du hattest schon immer einen Hang zur Gewalt.«

Fen ignorierte die spitze Bemerkung. »Und was hast du getan?«

»Ich habe ihn in der darauffolgenden Woche zum Abendessen eingeladen.«

»Warum?«

»Weil ich wusste, dass er kein arrogantes Arschloch ist und dass du ihn mögen würdest, wenn du ihn besser kennengelernt hast.«

»Und erinnerst du dich, was ich nach dem zweiten Treffen gesagt habe?«

»Ich glaube so etwas wie, dass er in Ordnung ist, aber nicht dein Typ.«

»Ganz genau. Warum denkst du, habe ich das gesagt?«

»Du weißt schon, dass wir diese Unterhaltung bereits hatten, oder?«

»Beantworte die Frage.«

Erneut verdrehte Jayden die Augen. »Du dachtest, er wäre an mir interessiert und deshalb für dich nicht verfügbar.«

»Was hab ich also versucht?«

»Du wolltest dich selbst davor schützen, verletzt zu werden, oh weise und wunderbare Schwester.«

»Klugscheißer. Und erinnerst du dich, dass ich gesagt habe, dass ich mich nicht mal von ihm angezogen fühlen würde?«

»Jap.«

»Und dass er einfach nur ein Freund sein würde?«

»Jap. Das ist nicht dasselbe.«

»Woher willst du das wissen?«

»Nun, sie hat keine Freundin. Ich habe sie gefragt. Und sie weiß, dass ich keine habe. Darüber haben wir vorher gesprochen. Siehst du? Gar nicht dasselbe.«

Fen schüttelte den Kopf. »Hast du es ihr erzählt?«

Jayden drehte den Saum ihres Pullovers zwischen den Fingern. »Ihr was erzählt?«

»Tu das nicht. Du weißt, was ich meine. Hast du ihr von Rebecca erzählt?«

Jayden antwortete nicht.

»Jay, Süße, du weißt, dass du mit deinem Verhalten deutlich machst, dass du etwas verbirgst? Dass etwas in dir begraben ist, das wahnsinnig wehtut.« Sie griff nach Jaydens Hand. »Das weißt du, oder?«

Jayden schüttelte den Kopf und kniff sich in den Nasenrücken. »Nicht bei Rhian, nein.«

»Sicher. Du machst es die ganze Zeit. Du lässt diesen Schmerz nie los und, Süße, das ist vollkommen verständlich. Warst du deshalb letzte Nacht so aufgewühlt?«

»Nein, ich mache das mit ihr wirklich nicht.«

Fen wackelte mit der Hand. »Du trauerst noch immer, Jay.«

»Du verstehst das nicht. Letzte Nacht war ich so drauf, weil ich es *nicht* getan habe. Ich habe sie vergessen, Fen. Ich hab da gesessen, mit Rhian Pizza gegessen, mir angehört, wie sie gesagt hat, dass sie nicht sicher ist, ob sie vorgeben kann, meine Freundin zu sein, weil sie nicht auf mich steht … und ich habe nicht gedacht: *Oh, super, da bin ich bei meiner toten Freundin fein raus.*« Sie beugte sich auf ihrem Stuhl nach vorn. »Ich habe überhaupt nicht an Becks gedacht.« Sie schluckte schwer. »Ich habe nur gedacht: *Scheiße, endlich hab ich jemanden gefunden, in den ich mich verlieben könnte und sie will mich nicht mal.*« Sie entzog Fen ihre Hand und rieb sich mit beiden Händen übers Gesicht. »Hört sich das für dich nach einem trauernden Menschen an? Hört es sich nach jemandem an, der seine Partnerin vor weniger als zwei Jahren verloren hat? Hört sich das für dich normal an?« Sie stand auf und fing an, im Zimmer auf und ab zu gehen. Die ruhelose Energie in ihr war zu groß, um auf ihrem Stuhl sitzen zu bleiben. Mit den Fingern fuhr sie sich durch die Haare und fluchte, als sie an einem Knoten hängenblieb.

»Bist du fertig?«, fragte Fen leise.

»Hmpf. Ich glaube, ich habe meinen Standpunkt deutlich gemacht, oder nicht?«

»Ja, ich glaube, ich sehe die Dinge ziemlich klar.«

»Und, teilst du es mir mit oder soll ich verdammt noch mal von hier verschwinden?«

»Du hast Angst.«

Jayden lachte. »Ach was. Ich bin froh, dass du nicht entschieden hast, Psychiaterin zu werden, Dr. Freud.« Sie legte eine Hand auf die Türklinke und drückte sie langsam nach unten.

»Du hast Angst, weil du zum ersten Mal seit zwei Jahren ein anderes Gefühl als Schmerz zulässt. Du hast Angst, weil du zum ersten Mal in deinem Leben so tiefe Gefühle empfindest, wie du sie für Rhian hegst.«

Jayden drehte sich wieder zu Fen um. »Ich habe Becks geliebt!«, rief sie.

»Ja, das hast du. Aber es war einfach für dich, Becks zu lieben. Sie war alles, was du dir immer als Partnerin vorgestellt hast. Und oberflächlich betrachtet wart ihr perfekt füreinander.«

»Ganz genau. Ich habe sie geliebt.«

»Aber das war nur an der Oberfläche.«

»Leck mich.«

»Nein, du wirst dir das jetzt anhören. Du hast die bequeme Beziehung mit ihr geliebt, aber Becks, so sehr ich sie auch geliebt habe, wäre nie genug für dich gewesen. Nicht auf lange Sicht. Es gab keinen Funken mit Becks, der euch zusammengehalten hätte. Ich würde sogar so weit gehen und wetten, dass du schon vor ihrem Tod gewusst hast, dass etwas in der Beziehung nicht stimmt. Das sie scheitern würde. Nicht wahr?«

Jayden spulte dieses letzte Argument von damals in ihrem Kopf noch einmal ab. Diese letzten Worte. Aber sie konnte sie nicht aussprechen. Zuzugeben, dass Fen recht hatte, wäre sicher ein größerer Verrat. »Ich habe sie geliebt«, wiederholte Jayden. Aber das Feuer in ihrer Aussage war verschwunden.

»Ich weiß, dass du es getan hast. Aber du weißt auch, dass ich dir die Wahrheit sage.«

Jayden ließ die Worte in sich eindringen. Ließ sie sacken.

»Und dadurch fühlst du dich sogar noch schuldiger, dass sie nicht mehr da ist. Dass du dieses schreckliche, verfickte Chaos überlebt hast und sie nicht.«

Jaydens Knie knickten ein und es gelang ihr gerade so, zum Stuhl neben dem Tisch zu stolpern.

»Ich habe sie vergessen.«

»Nein, Liebling. Du wirst sie nie vergessen. Nicht wirklich. Aber du wirst weitermachen. Du kannst es.«

»Es ist zu früh.«

»Nur, wenn du auf der Stelle stehen bleibst.« Erneut griff Fen nach ihrer Hand. »Du kannst dasitzen und dich darin suhlen – oder du entscheidest dich, nach vorn zu sehen und dem zu folgen, was vor dir legt. Was, oder eher *wer*, wie wir beide wissen, richtig für dich ist.«

Jayden schüttelte den Kopf. »Selbst wenn du recht hast – und ich sage nicht, dass es so ist – hat sie deutlich gemacht, dass sie mich nicht will.«

»Also hast du ihr gesagt, dass du sie nicht willst, um dein zerbrechliches Ego zu schützen und dir einen Ausweg zu schaffen. Richtig?«

Jayden saß schweigend da.

»Es gibt nur ein Problem, Berzie. Dafür ist es bereits zu spät, nicht wahr?«

»Was?«

»Du hast dich ihr gegenüber bereits geöffnet, als du dem Plan zugestimmt hast, für die nächsten viereinhalb Monate ihre Freundin zu spielen. Glaubst du wirklich, dass du diese Zeitspanne mit ihr so verbringen kannst? Vortäuschen, dass du etwas für sie empfindest, während du wirklich etwas für sie empfindest und gleichzeitig dein Herz beschützen?«

Jayden wischte sich über die Augen. »Ich hab jetzt nicht wirklich eine Chance, nicht wahr?« Sie schloss die Augen und versuchte, sich Rebeccas freches, sexy Grinsen vorzustellen. Sie versuchte, sich daran zu erinnern, wie sich ihre Lippen das letzte Mal auf ihrer Haut angefühlt hatten. Aber sie konnte es nicht. Alles, was sie sah, war Rhians schüchternes Lächeln, das Gefühl ihrer Finger an ihrer Wange und wie sich ihre Lippen auf dem Gletscher auf ihren Mund gedrückt hatten. Dieser Moment purer Perfektion hatte sie beide vollkommen unvorbereitet getroffen und überrumpelt.

Sie sah nach unten auf ihre Hände. Starrte die Finger an, die über den Bluterguss auf Rhians Wange gestrichen hatten. Die Hände, die Rebecca berührt hatten, aber nun nur noch die Wärme von Rhians Haut spüren konnten. Sie wartete darauf, dass die Schuldgefühle ihre Brust zerdrückten und ihren Magen verkrampfen ließen. Sie wartete auf den heftigen Schmerz. Aber als all das kam, war es bereits weniger intensiv als in der letzten Nacht.

Sie schloss die Augen und versuchte, sich Rebeccas Gesicht und ihre Augen vorzustellen, aber das Bild verblasste an den Rändern. Und der schmerzhafte Stich, der sie durchfuhr, hatte bereits an Kraft verloren.

Jayden stöhnte, ehe sie ihre Finger mit Fens verschränkte und seufzte. »Ich bin am Arsch, nicht wahr?«

Fen lachte leise. »Kannst du laut sagen.«

»Taktvoll. Wirklich taktvoll«

Fen schwieg einen Moment, während Jayden die Gefühle in sich verarbeitete. Die Tiefe der Emotionen, die über sie hineinbrachen, wenn sie daran dachte, wie richtig es sich angefühlt hatte, einfach nur Rhians Hand zu halten, jagte ihr eine Heidenangst ein. Aber sie sehnte sich nach mehr. Die nächsten viereinhalb Monate würden die Hölle werden. Sie wusste, dass sie am Ende hoffnungslos in Rhian verliebt sein würde und dass die Frau zurück nach England fliegen und Jaydens Herz mit sich nehmen würde. Ohne überhaupt zu wissen, was sie tat. Sie seufzte erneut.

»Du könntest jederzeit etwas dagegen tun, weißt du.«

»Was hast du denn jetzt im Sinn?« Jayden schloss die Augen.

»Na, so wie ich das sehe, hast du die perfekte Gelegenheit um … na ja, um sie dazu zu bringen, sich auch in dich zu verlieben.«

Jayden schnaubte bitter. »Sie steht nicht mal auf mich, Dummkopf. Hast du diesen Teil der Unterhaltung nicht mitbekommen? Außerdem kann man jemanden nicht dazu bringen, sich in einen zu verlieben.«

»Ich sage nicht, dass du es kannst. Wir praktizieren weder Voodoo noch Hexerei. Ich meine damit, dass du ganz viele Möglichkeiten haben wirst, ihr zu zeigen, was für eine fantastische Person du bist, damit sie dann das Richtige tut.«

»Und das wäre …?«

»Natürlich sich in dich zu verlieben.«

»Natürlich. Wie dumm von mir, nicht daran zu denken, da ich meinen Zauberstab in Hogwarts vergessen habe.«

Fen lachte leise. »Das war lustig. Du kannst witzig sein. Das ist attraktiv.«

»Wow, danke.«

»Ich bin noch nicht fertig. Was ist das Attraktivste an einem Menschen?«

Jayden starrte sie an.

»Die Persönlichkeit. Der Sinn für Humor. Intelligenz. Der Sinn nach Abenteuer.«

Erneut verdrehte Jayden die Augen. »Das sagt man immer über hässliche Menschen.«

»Vielleicht, aber denk mal drüber nach. Das Aussehen zieht einen Partner vielleicht an, oder auch nicht, aber es ist der Mensch darunter, der die Chemie entweder zusammenhält oder auseinanderreißt. Richtig?«

»Ja, ich denke schon.«

»Du magst sie. Ich meine, du magst sie wirklich.«

»Das reicht nicht immer, Fen.«

»Jay, ich weiß, wie schwer es für dich war. Das Basiscamp. Rebecca zu verlieren. Scheiße, es hat dich verdammt noch mal beinahe umgebracht. Aber seit du wieder hier bist, seit du dieses Projekt angenommen hast, sehe ich *dich* wieder. Genau, wie ich es wollte. Genau so, wie du es gebraucht hast.«

»Aber du willst immer noch mehr von mir.«

»Nein.« Fen schüttelte den Kopf. »Ich will mehr *für* dich.«

»Haarspalterei.«

»Überhaupt nicht. Ich will, dass du glücklich bist. Wirklich glücklich. Und ich glaube, dass du es mit Rhian sein könntest. Sie hat dir geholfen, zurück in die Berge –«

»Das war Erpressung.«

»Sie bringt dich zum Lachen.«

Jayden verschränkte die Arme vor der Brust, widersprach diesem Punkt jedoch nicht.

»Sie bietet dir die Stirn, wenn du unvernünftig bist.«

Jayden sah sie finster an und wünschte sich, Fen nie anvertraut zu haben, wie geschockt und überrascht sie gewesen war, als Rhian eisern darauf bestanden hatte, im Hotel zu bleiben und die Nachzügler mitzubringen. Oder wie sehr es ihr geholfen hatte.

»Und du lächelst mehr als nach deiner ersten Besteigung des Everest.«

Jayden knirschte mit den Zähnen und war entschlossen, nicht daran zu denken, wie Rhian ihr so oft ein Lächeln auf die Lippen zauberte.

»Also, wenn du sie magst – und ich meine, wirklich magst – dann umwirb sie. Zeig ihr, wie wunderbar du bist. Gib ihr die Chance, sich in dich zu verlieben.«

»Das kann ich nicht. Selbst, wenn ich es wollte.«

»Du willst es. Und du kannst. Du musst so tun, als wärst du ihre Freundin, richtig?« Fen wartete, bis Jayden zustimmend nickte. »Dann tu all die Dinge, die du für deine Freundin tun würdest. Zeig ihr, was für eine ausgezeichnete Freundin du für sie sein könntest. Tu nicht so, als wärst du ihre Freundin, Jay. Sei ihre Freundin. Spiel keine Spielchen. Sei einfach natürlich und schau, wohin es euch beide führt – wie in jeder Beziehung.«

Jayden schloss die Augen und versuchte sich vorzustellen, wie es sein würde. Würde es Rhian auffallen, wenn Jayden kein Spiel mit ihr spielte? Würde sie das Ganze beenden? Nein, Rhian konnte das nicht machen. Sie musste es durchziehen. Die Firma ihrer Mutter stand auf dem Spiel. Jayden stellte sich vor, wie sie Rhian Blumen reichte und ihren Handrücken küsste. Sie stellte sich vor, ihnen etwas zum Abendessen zu kochen und ihr Wein einzuschenken, während sie all die kleinen Dinge kennenlernte, die Rhian zum Lachen brachten. Wie sie sie anschließend nach Hause brachte. Würde sie es wagen, sie an der Tür zu küssen, wenn sie nicht beobachtet wurden?

In den vergangenen sechs Wochen waren sie Freunde geworden. Und während der letzten vier Tage hatten sie jeden Tag vierundzwanzig Stunden miteinander auf dem Eis verbracht, zusammen gegessen, gearbeitet und die ganze Zeit nebeneinander im Zelt geschlafen. Und sie wollte mehr.

Konnte sie wirklich die Rolle ihrer Freundin spielen? Nein, Fen hatte recht. Wenn sie es tun würde, würde sie vollen Einsatz zeigen. Keine halben Sachen, keine Spiele, keine Show. *Ich werde Rhians Freundin sein.* Sie testete den Gedanken aus. Sie hätte überrascht sein müssen, wie angenehm er sich anfühlte, aber das war sie nicht. Nicht wirklich. Es sollte ihr Angst machen, wie angenehm es sich anfühlte.

Aber das tat es nicht.

»Was hast du zu verlieren, Schwesterherz?«

Was hatte sie zu verlieren? Sie war eine Frau, die tiefe Gefühle für jemanden hegte, der diese nicht erwiderte. Sie hatte die Chance, die Frau ihrer Zuneigung jeden Tag zu sehen und ihr zu zeigen, dass etwas zwischen ihnen war. Und wenn sie Rhian davon nicht überzeugen konnte, war sie immer noch eine Frau mit tiefen Gefühlen für eine Frau, die nicht das Gleiche empfand. Was würde sich verändern? Nichts. Aber wenn sie Rhian überzeugen konnte, das Risiko mit ihr einzugehen … dann würde sich alles verändern.

Was hatte sie zu verlieren? Jayden blinzelte und ein Lächeln zupfte an ihren Mundwinkeln.

»Überhaupt nichts.«

Kapitel 25

Rhian rieb sich über die Augen und versuchte, sich auf den Wetterbericht auf ihrem Tablet zu konzentrieren. Der Sturm, der sie alle während der letzten drei Tage ans Hotel gefesselt hatte, tobte noch immer und sollte auch noch weitere drei Tage anhalten. Sie hatte es nicht geschafft, Jayden am Tag zuvor zu sehen, gestand sich jedoch ein, dass es besser so war. Seit dem Pizza-Essen hatte sie kaum geschlafen und die Vorstellung, Jayden vor allen anderen wiederzusehen und ihnen etwas vortäuschen zu müssen, drehte ihr den Magen um. Sie hob ihre Kaffeetasse, stellte jedoch fest, dass sie bereits leer war. Sie verzog das Gesicht und holte sich eine neue Tasse. Hoffentlich würde diese erfolgreicher darin sein, das Sandpapier von ihren Augenlidern verschwinden zu lassen.

Oskar zog sich einen Stuhl neben sie und grinste sie breit an. Rhian stützte den Ellbogen auf die Tischkante und lehnte ihre Wange auf ihre Handfläche, während sie ihn betrachtete und abwartete.

»Du sahst so einsam hier drüben aus, Chefin. Hast du Lust, mit ein paar von uns die Kletterwand unsicher zu machen?«

Rhian lächelte kläglich. Die Indoor-Kletterwand war das beste Angebot, das sie an diesem Tag bekommen hatte. »Ich wünschte, ich könnte. Aber ich fürchte, dass ich mich um langweilige Arbeit kümmern muss. Anstatt mein Arbeitspensum zu verringern, setzt das Wetter dem noch eins oben drauf.«

Er nickte. »Schade. Du siehst aus, als könntest du eine Pause gebrauchen.«

»Willst du sagen, dass ich beschissen aussehe?«

Er lachte leise. »Das würde ich nicht wagen.« Er schlug einen kleinen Trommelwirbel auf dem Tisch und stand schließlich auf. »Dann sehen wir uns später.«

»Bis dann.« Sie winkte ihm hinterher, wandte sich wieder ihrem Tablet zu und öffnete ihr E-Mail-Programm. Sie überflog den Inhalt eines Berichts von Rachel, in dem sie Luiji und Oskar als *die Bombe* bezeichnete, und schüttelte dann leise lachend den Kopf. Sie konnte sich Rachel bildlich in ihrem schwarzen Anzug und ihrer roten Bluse vorstellen, die Haare hochgesteckt und mit einer Brille auf der

Nase, während sie die Worte in ihrem Büro leise vor sich hinsagte, um sie vorher auszuprobieren.

Rhian schickte ihr schnell eine Antwort und fragte, ob sie gezählt hatte, wie oft sie das *Die-Bombe*-Sagen geübt hatte.

In ihrem Postfach befand sich noch eine weitere E-Mail. Eine, die sie nicht erwartet hatte. Sie hielt den Atem an, als sie drauf klickte und sie las.

Meine geliebte Tochter Rhian,

»Als würde ich diesen Mist glauben.«

Ich weiß, dass die Dinge zwischen uns schwierig sind und ich akzeptiere, dass es meine Schuld ist. Vollkommen. Ich mache dir keinen Vorwurf, dass du meine Anrufe nicht annimmst. Ich kann es nicht. Nicht mehr. Nicht jetzt, nachdem ich gesehen habe, was ich dir angetan habe.

Rachel hat mir das Video gezeigt.

»Rachel, ich werde dich verdammt noch mal umbringen.« Sie wollte die E-Mail einfach löschen, genauso, wie sie es mit den wenigen Nachrichten auf ihrem Anrufbeantworter getan hatte, die er hinterlassen und in denen er sie um Rückruf gebeten hatte. Nicht gebeten. Angewiesen. Ihre Hand schwebte über dem roten Kreuz, aber sie konnte sich einfach nicht dazu durchringen. Der Grundton war so anders als in den fordernden Nachrichten zuvor. So versöhnlich, so entschuldigend, so … überhaupt nicht ihr Vater, dass sie einfach weiterlesen musste.

Es gab eine Zeit, als du ein kleines Mädchen warst, in der ich mich über das gestellt habe, was das Beste für dich ist. Ich habe dich und meine Pflichten als Vater verraten, als ich dir den Rücken gekehrt habe und gegangen bin, um mein Leben mit Rachel zu verbringen. Ich kann nicht ehrlich sagen, dass ich das ändern würde, wenn ich es könnte, aber ich bereue, was ich dir angetan habe – was ich uns angetan habe. Aber du warst ein herzensgutes Kind und du hast mir vergeben. Ein Wunder, für das ich immer dankbar war. Und als du zu uns gezogen bist, nachdem deine Mutter gestorben war, habe ich geschworen, dich nie wieder im Stich zu lassen.

Und dann habe ich dich wieder im Stich gelassen.

Ich kann dir ganz ehrlich nicht sagen, womit ich ein so großes Problem hatte. Aber wenn du mich anhörst, werde ich versuchen, es so gut wie möglich zu erklären.

Ich habe homosexuelle Freunde. Ich habe während der Jahre mit vielen weiteren gearbeitet. Und es hat mich nie beeinträchtigt. Als du uns gesagt hast, dass du eine Lesbe bist, hatte ich das Gefühl, dich einen Augenblick lang nicht mehr zu sehen. Ich habe aufgehört, mein kleines Mädchen zu sehen, das ich erschaffen habe, das ich aufgezogen und geliebt habe. Stattdessen habe ich den Zusammenschluss jedes schlechten Stereotyps und dummen Pornos gesehen, die geschaffen wurden, um Lesben in unserer Gesellschaft zu objektivieren und auszugrenzen.

Und es hat mir Angst gemacht.

Ich hatte Angst vor dir. Ich hatte Angst, dich anzusehen und nicht in der Lage zu sein, diese schrecklichen Bilder von dem zu trennen, wer du wirklich bist.

Aber am schlimmsten war, dass ich Angst um dich hatte.

Ich hatte Angst, dass du viele Dinge verpassen würdest, weil du kein normales Leben hast. Und ja, verstandesmäßig weiß ich, dass nichts an dem Leben, das du gewählt hast, oder an der Person, die du bist, abnormal ist. Ich versuche lediglich zu erklären, was mir in diesen wenigen schrecklichen Minuten durch den Kopf gegangen ist. Also bitte, hab Nachsicht und versuch, mich anzuhören, bevor du einen dummen alten Mann verurteilst.

Als Vater wollte ich immer, dass du das Beste von allem hast, was ich dir geben konnte. Ich wollte, dass du erfolgreich wirst, wo ich versagt habe, liebst, wo ich es nicht konnte und all die Dinge hast, die ich jemals wollte. Herauszufinden, dass du diese Dinge gar nicht wolltest, hat wehgetan. Und der Schmerz hat meine Angst in Wut verwandelt.

Als du geboren wurdest, haben deine Mutter und ich geschworen, niemals Gewalt anzuwenden, wenn wir dich großziehen. Und keiner von uns hat es je getan.

Bis zu dieser Nacht.

Es tut mir so leid, Rhian.

Ich habe mir nie vergeben können, dass ich die Hand gegen dich erhoben habe, also habe ich es ausgeblendet. Ich habe mich geweigert, mich daran zu erinnern, was ich getan habe. Es war einfacher, dir die Schuld für den Abstand zwischen uns zu geben. Es war einfacher, deiner unnatürlichen Lebensweise die Schuld dafür zu geben, dass sie einen Keil zwischen uns getrieben hat, statt meiner eigenen Dummheit.

Als Rachel mir das Video von dem Mann gezeigt hat, der dich geschlagen hat … Zwei Dinge sind in diesem Moment gleichzeitig passiert. Einerseits war ich wütend und das Verlangen, dich zu beschützen, war so heftig wie damals, als du ein Baby in meinen Armen warst. Andererseits habe ich eine tiefe Abscheu mir selbst gegenüber empfunden, die ich nie für möglich gehalten hätte. Ich wollte den Mann zerstören, der dir wehgetan hat.

Dann ist mir klar geworden, dass ich der Mann war, der dir am meisten wehgetan hat. Der Schlag, den dieser widerliche Idiot ausgeteilt hat, war nichts im Vergleich zu dem Schlag, den ich dir verpasst habe, nicht wahr?

Tränen liefen über Rhians Gesicht und ließen den Bildschirm vor ihr verschwimmen. Sie wischte sie weg und las weiter.

Ich kann dich nicht bitten, mir zu vergeben. Das werde ich nicht. Ich weiß, dass das, was ich getan habe, unverzeihlich ist. Und trotzdem ist deine Vergebung mein innigster Wunsch.

Ich weiß, dass es viel verlangt ist, aber würdest du mir erlauben, bei einem der Skype-Anrufe mit Rachel dabei zu sein? Bitte. Nur, damit ich sehen kann, dass es dir gut geht. Wenn du mich danach nie wieder sehen willst, verspreche ich, dass ich deine Wünsche respektieren werde. Ich werde wirklich alles tun, worum du mich bittest, meine süße Rhian. Ich habe so viel wiedergutzumachen. Wir haben wegen meiner Dummheit so viel verloren.

Bitte.

Dein Vater

Rhian wischte sich übers Gesicht und las die Nachricht erneut, um alle Einzelheiten in sich aufzunehmen. Sie versuchte, die Wahrheit aus ihnen zu lesen. Sie konnte sich vorstellen, wie er vor seinem Computer saß, mit zwei Fingern auf der Tastatur herumtippte und nach den richtigen Worten suchte. Worte, die ihm das einbrachten, was er wollte, ohne dass er dabei zu viel von sich preisgeben musste. Zumindest war es früher so gewesen. Aber das hier war anders. Er schien sich nicht mehr hinter hübschen Worten zu verstecken. Er schien auch nicht mehr zu versuchen, sie mit herausfordernden Verdrehungen der Logik zu verwirren. Er nahm die Schuld auf sich. Er entschuldigte sich und flehte sie um etwas an. Etwas, das im Vergleich zum großen Ganzen winzig wirkte. Er wollte einfach nur ihre Erlaubnis, ihr Gesicht auf einem Computerbildschirm zu sehen. Aber was sie beide betraf – ihre Beziehung – war es ein großer Schritt.

Sollte sie zustimmen?

Konnte sie es?

Wieso sollte sie glauben, was er sagte? Liebe sollte bedingungslos sein und nicht aufhören, wenn man Angst hatte oder sich etwas veränderte, das einen unbehaglich machte. Er hatte ihr gesagt, dass er sie immer lieben würde. Er hatte sie auch eine widerliche Perverse genannt, die er nie wiedersehen wollte.

Welche Wahrheit war die echte?

»Morgen.«

Rhian ließ ihr Tablet vor Schreck auf den Tisch fallen. Sie hob den Kopf und ihre Finger zuckten. Jayden lächelte sie an und stellte zwei Kaffeetassen auf den Tisch, ehe sie sich setzte.

»Entschuldige. Ich wollte dich nicht erschrecken.« Sie hielt inne. »Was ist los?«

Rhian schluckte und schüttelte den Kopf. »Nichts. Ich war nur überrascht. Ich hab dich nicht erwartet. Ich dachte, dass alle ausgegangen wären.«

»Ich hab Luiji und den Rest gesehen, wie sie zur Kletterwand gegangen sind. Ich glaube, dass nur Brooke und Sky nicht mitgegangen sind.«

»Wieso?«

»Kimi sagt, dass Sky irgendwas am Magen hat und niemand weiß, was Brooke so macht. Die anderen ignorieren sie und sie tut es ihnen gleich.« Sie schob Rhian eine der Tassen zu. »Milch, kein Zucker, richtig?«

»Danke«, sagte Rhian leise. »Genau so, wie ich ihn mag.«

Jayden tat die Bemerkung mit einem Schulterzucken ab und tippte auf das Tablet. »Noch mehr schlechte Nachrichten von Rachel?«

Rhian nippte an ihrem Kaffee und runzelte die Stirn. »Was? Nein. Warum?«

»Ich hab mich gefragt, ob du deshalb so aufgewühlt aussiehst.«

»Ich bin nicht aufgewühlt.«

Jayden hob eine Braue, sagte aber nichts.

Rhian seufzte. »Es geht mir gut. Wirklich. Und nein, keine schlechten Nachrichten von Rachel. Eigentlich genau das Gegenteil. In der Firma läuft alles super, also ist sie glücklich.«

»Und wenn sie glücklich ist, sind wir alle glücklich, richtig?«

»Richtig.«

»Also warum sind dann deine Augen so rot? Und ich kann die Tränenspuren auf deinen Wangen sehen.«

Hastig wischte sich Rhian übers Gesicht und schüttelte langsam den Kopf. »Es ist nichts.«

Jayden nahm ihre Hand und verschränkte ihre Finger miteinander. »Wenn es dich zum Weinen gebracht hat, ist es nicht *nichts*.« Sanft drückte sie Rhians Finger. »Wenn du es mir nicht sagen willst, verstehe ich das. Aber bitte sag nicht, dass es nichts ist, wenn ganz klar das Gegenteil der Fall ist.«

Der Ausdruck liebevoller Sorge in Jaydens Augen reichte aus, um die Tränen wieder aufkommen zu lassen, aber Rhian blinzelte sie weg, entschlossen, nicht vor Jayden zu weinen. Trotzdem sehnte sie sich verzweifelt danach, Jaydens Arme um sich zu spüren, um die Fragen zu vertreiben, die in ihrem Kopf herumwirbelten. Aber sie konnte genauso wenig um Jaydens Umarmung bitten, wie sie den Worten vertrauen konnte, die ihr Vater geschrieben hatte. Je weiter sie sich vom Lesen der Nachricht entfernte, desto überzeugter war sie, dass es ein Trick war. Vielleicht machte Rachel ihm wegen ihrer Distanz zueinander weiter Druck und nachdem er die Nachricht geschrieben hatte, konnte er immerhin behaupten, es versucht zu haben. Wahrscheinlich dachte er sich schon, dass Rhian seiner Bitte nicht nachkommen würde. Immerhin hatte sie es bisher nicht getan.

Erneut schüttelte sie den Kopf. »Ich möchte nicht darüber reden.«

Jayden drückte erneut ihre Finger. »In Ordnung.« Sie lächelte. »Du weißt, wo du mich findest, falls du deine Meinung änderst.«

Rhian nickte, zog ihre Hand zurück und verschränkte sie auf dem Tisch. »Danke, aber ich komme schon klar.«

Jayden hielt inne und schluckte, ehe sie fragte: »Also, was steht heute auf deinem Plan?«

»Nur ein paar E-Mails checken und ein paar logistische Sachen überprüfen. Bei dir?«

»Zeit totschlagen, um ehrlich zu sein. Aber ich hab auch ein paar Ideen, die ich gern mit dir besprechen würde. Für die Aufgaben. Könntest du heute Nachmittag bei *Adventure Trekkers* vorbeikommen? Wir könnten zusammen zu Mittag essen, während wir reden.«

Rhian nickte und trank von ihrem heißen Kaffee. Er war wirklich ganz genau so, wie sie ihn mochte. »Klar, sicher. Dann hab ich noch genug Zeit, diese E-Mails zu beenden.«

»Und ich habe Zeit, um zum Supermarkt zu huschen und ein wenig einzukaufen. Mark scheint nur Tiefkühlpizza im Haus zu haben.«

»Und ein Mädchen kann sich ja nicht nur von Pizza ernähren, richtig?« *Mir ist der Appetit darauf definitiv vergangen.*

»Ganz genau.« Jayden trank ihren Kaffee aus und stand auf. »Wir sehen uns zum Mittag?«

Rhian nickte.

Jayden drückte sanft ihre Schulter und beugte sich hinunter, um einen Kuss auf ihre Wange zu drücken. Rhian schloss die Augen, um die Berührung zu genießen und jeden zu ignorieren, der das sehen könnte. Sie tat so, als wären sie allein und als hätte Jayden sie ihretwillen geküsst – nicht für irgendjemanden, der das beobachten könnte.

Der Duft von Jaydens Parfum hing noch lange nachdem sie gegangen war in der Luft. Wen auch immer Jayden gesehen hatte, was auch immer sie dazu gebracht hatte, ihr diesen Kuss aufzudrücken, machte sich nicht die Mühe, sich Rhian zu zeigen. Sie war froh – aber vor allem erleichtert. Sie war nicht sicher, ob sie die Träne hätte verbergen können, die sich ihren Weg über ihre Wange bahnte, nachdem Jayden gegangen war.

Viereinhalb Monate. *Wie soll ich das Mittagessen überstehen, ganz zu schweigen von viereinhalb Monaten?* Irgendwie half es nicht, dass sich Jayden nicht zu ihr hingezogen fühlte. Sie hatte gehofft, dass es helfen würde. Sie hatte gehofft, dass sich ihr Kopf zusammenreißen und die Sache abhaken würde, wenn sie herausfand, dass ihre Gefühle einseitig waren. Oder war es ihr Herz, das hier die Kontrolle hatte?

Egal, was es war, es schien keinen Unterschied zu machen.

Jayden nahm Isabella den Essenskorb ab. »Bist du sicher, dass das ihre Lieblingsdinge sind?«

»*Sí*. Das mache ich immer, wenn Carlos sie zum Abendessen einlädt. Sie hat mehrmals gesagt, dass das ihr Lieblingsessen ist.«

»Okay, cool.« Sie wühlte in ihrer Tasche, zog ein Bündel Geld hervor, zog einen Hundert-Peso-Schein heraus und reichte ihn Isabella.

Isabella hob die Hände. »Nein, nein, nein. Ich nehme dein Geld nicht.«

Jayden packte ihre Hand und drückte den Geldschein hinein. »Für die Ausgaben. Ich kann nicht zulassen, dass du kochst *und* die Einkäufe bezahlst, Isabella. Bitte.«

»Das ist zu viel.«

»Dann habe ich für das nächste Mal schon vorgesorgt.« Jayden lächelte.

Isabella seufzte schwer. »Für die nächsten drei Mal.«

»Schön. Also, was muss ich tun?«

»Du willst, dass sie glaubt, du hättest das gekocht?«

Jayden dachte darüber nach und verwarf die Idee schnell. »Nein, dann müsste ich dem gerecht werden. Und wir beide wissen, dass sich meine Kochkünste auf Tiefkühlpizza beschränken.«

»Ja, ja, ja.« Isabella zog eine Plastikbox hervor. »Ravioli. Wasser kochen, Salz hinzufügen, ein bisschen Öl und Pasta fünf Minuten ins Wasser geben.

»Fünf Minuten? Das ist alles? Bist du sicher?«

»*Sí*. Fünf Minuten. Sonst ist es ruiniert.«

»Okay, fünf Minuten. Verstanden. Und was dann?«

»Pasta abgießen und wieder in den Topf. Das …«, sie zog eine weitere Box hervor, »… ist Pesto-Soße. Gieß es über die Pasta, umrühren und servieren.«

»Das ist alles?«

»Einfach, nicht?«

»Klingt so.« Sie betrachtete die Boxen.

»Gut, ich muss jetzt los. Carlos fährt heute Nachmittag zum Flughafen. Ich will ihm sein Mittagessen geben, bevor er geht.« Isabella winkte in Jaydens Richtung und ließ die Tür laut hinter sich zufallen.

»Okay, das klingt einfach. Ich erklimme Berge, da werde ich sicher auch Wasser kochen können.«

»Sprichst du immer mit dir selbst?«

Jayden hob den Kopf, als sie Rhians Stimme hörte. Das Unbehagen war so deutlich aus ihr herauszuhören, dass sich Jayden eine Sekunde lang fragte, ob das hier eine gute Idee gewesen war. Aber sie hatte keine Zeit, sich mit diesem Gedanken aufzuhalten. In dem kurzen Moment der Überraschung stieß sie die Box mit der Pesto-Soße von der Anrichte. Sie versuchte, sie aufzufangen, und es gelang ihr, eine Ecke mit den Fingern zu berühren, bevor sie auf dem Boden aufkam. Der Deckel sprang ab und die dunkelgrüne Soße spritzte auf den Boden.

»Scheiße.«

Rhian legte sich eine Hand auf den Mund, während sie verzweifelt versuchte, nicht zu lachen. »Oh mein Gott, es tut mir so leid.« Sie trat hastig nach vorn, kicherte heftig und riss ein paar Blätter von der Küchenrolle ab, um die Sauerei aufzuwischen. Sie reichte Jayden etwas Papier und deutete auf ihre Hose. »Du solltest die Hose schnell in die Waschmaschine stecken, bevor das Basilikum Flecken hinterlässt. Das Beige steht dir gut, aber es wird nicht mehr gut aussehen, wenn du an den Knöcheln überall grüne Flecken hast.«

»Meine Hose ist egal«, sagte Jayden und war erleichtert, dass der Lachanfall Rhian aus der missmutigen Stimmung von heute Morgen gerissen hatte. Jayden lächelte. *Dann ist es mir egal, dass meine Hose ruiniert ist. Es war es wert, wenn ich dadurch dieses Lächeln wiedersehen konnte.* »Pass nur auf, dass du nichts auf deine Jeans bekommst.«

Rhian wischte weiter die Sauerei auf. »Ist schon in Ordnung.« Sie lächelte Jayden an und deutete auf ihre Beine. »Mach dich sauber. Ich kümmere mich um das hier.«

Jayden stieg die Leiter nach oben ins Loft und zog sich so schnell um, wie sie konnte. »Verdammter Trottel. So viel dazu, einen guten Eindruck zu hinterlassen«, murmelte sie leise vor sich hin. Sie schnappte sich die Hose, die ihr am nächsten lag – eine Skinny-Jeans – und schlüpfte hinein, bevor sie die Leiter wieder hinunterstieg. »Tut mir leid.«

Jayden blieb wie angewurzelt stehen. Rhian war auf allen vieren und wischte den Rest des Pestos auf. Beim Klang ihrer Stimme drehte Rhian den Kopf, um sie über die Schulter hinweg anzusehen, und Jayden überfiel die Fantasie, Rhian in dieser Position und nackt vorzufinden, während sie auf sie wartete.

Jaydens Hirnaktivitäten kamen langsam zum Stillstand und Verlangen rauschte durch ihr Blut … und nicht nur dort. Sie unterdrückte den Impuls, sich hinter Rhian zu knien und ihre Hände auf Erkundungstour zu schicken. Sie wollte jede Kurve entdecken, jede geheime Stelle, die Rhian sich winden und ihren Namen rufen ließ.

»Geht's dir gut?«, fragte Rhian. Das sanfte Lächeln wich einem Stirnrunzeln.

Jayden nickte und hastete nach vorn, während sie sich dafür schalt, sich von ihrer Vorstellung überrumpeln zu lassen. Und schlimmer noch, sich von Rhian dabei erwischen zu lassen. Sie wollte nicht, dass sich Rhian wieder so unwohl fühlte, wie sie es vorhin getan hatte … wie in der Sekunde, als sie hereingekommen war. Nein. Irgendetwas sagte ihr, dass Rhian Entspannung gerade dringend nötig hatte. »Das tut mir wirklich leid. Normalweise bin ich nicht so tollpatschig.«

»Es ist meine Schuld. Ich hab dich erschreckt.« Rhian richtete sich auf, hockte sich auf die Knie und streckte sich, um die Küchentücher in den Mülleimer zu werfen. »Lass mich eine Soße machen, um es wiedergutzumachen.«

»Du kannst kochen?«

»Dafür bin ich bekannt.« Die Falte zwischen Rhians Augen wurde tiefer, als sie die Hände in die Hüften stemmte und den Kopf neigte. »Warum siehst du so überrascht aus?«

Jayden zuckte mit den Schultern. »Wahrscheinlich, weil ich es nicht kann. Und jeder, der Dinge kann, die ich nicht fertigbringe, fasziniert mich.«

Rhian erhob sich und betrachtete die Box, die noch unversehrt war. »Was ist in deiner Pasta?«

»Spinat und Ricotta.«

Jetzt leuchteten Rhians Augen auf und ein Lächeln breitete sich auf ihren Lippen aus. »Lecker. Meine Lieblingsfüllung.« Mit dem Daumen deutete sie über ihre Schulter, während sie mit den Fingernägeln der anderen Hand auf dem Deckel der Pasta-Box trommelte. »Hast du was dagegen, wenn ich in deinen Schränken wühle und etwas suche, was dazu passt?«

Sie macht das nur, wenn sie nervös ist. Jayden wedelte mit der Hand. »Bedien dich.« Sie zog sich einen Hocker von der Anrichte zurück. »Ich werde mich einfach hier hinsetzen und dir bei der Arbeit zusehen.«

»Hm. Ich sehe schon, wie das hier läuft, Ms. Harris.« Rhian öffnete den Kühlschrank und ein paar Schränke, nahm Dinge heraus, stellte einige wieder zurück und roch an ein paar Tomaten und einem Käseblock.

»Und das wäre?«

»Du lädst mich zum Mittagessen ein und lässt mich dann für dich kochen.« Sie lächelte, während sie einen Milchkarton, Butter, Mehl und den Block Käse auf die Anrichte legte.

Jayden umfasste Rhians Hand über die Anrichte. »Das war nicht der Plan.« Sie konnte sich einfach nicht zurückhalten und strich mit dem Daumen über ihren Handrücken. Dann ließ sie sie schnell wieder los und räusperte sich. »Obwohl ich zugeben muss, dass es sich zum Guten entwickelt.«

Rhian drehte sich wieder zum Kühlschrank und kehrte mit einer Packung Speck zurück. »Nun, da diese ganze Mittagessen-Sache von Anfang an deine Idee war, kannst du mir zumindest bei den Vorbereitungen helfen.«

Jayden grinste, legte ihre Handgelenke aneinander und streckte die Hände aus, als wären sie mit Handschellen verbunden. »Ich bin dir zu Diensten.«

Rhian lachte und wandte den Kopf ab. Hatte Jayden gerade einen Hauch von Röte auf ihren Wangen gesehen? »Ja, ja.« Rhian reicht ihr den Speck und ein Schneidebrett. »Bitte den Speck und eine Zwiebel würfeln.«

»Würfeln?«

Rhian legte den Kopf schräg. »Ja. In kleine Quadrate schneiden.«

»Okay.« Jayden arbeitete methodisch und beobachtete, wie Rhian den Käse rieb, die Pfannen suchte, die sie brauchte, Wasser für die Pasta aufsetzte und den Speck vom Schneidebrett nahm, ehe sie ihn in eine große Pfanne zum Braten warf. Nachdem sie die Zwiebeln hinzugefügt hatte, schwenkte sie alles. Ihre Bewegungen waren hypnotisierend und Jayden stellte sich neben sie, um besser zusehen zu können. Rhian bewegte sich mit der fließenden Anmut einer Tänzerin. »Hat Rachel dir das Kochen beigebracht?«

Rhian lachte. »Nicht auf diesem Planeten. Rachel ist die Königin der Lieferdienste und Restaurants.« Sie schüttete den Inhalt der Pfanne in eine Schüssel und gab ein paar Löffel Butter hinzu. »Als ich auf der Uni war, war ich süchtig nach Koch-Sendungen. Jamie Oliver, *MasterChef*, einfach alles. Ich hatte haufenweise Ideen und meine Mitbewohner wussten meine Bemühungen immer sehr zu schätzen.« Sie gab zwei Esslöffel Mehl zu der geschmolzenen Butter und rührte es zusammen.

»Du hast für alle gekocht?« Jayden war entschlossen, sich an einfache Fragen zu halten. Sie war nicht sicher, ob es die leichten Themen oder die anscheinend vertraute Aufgabe des Kochens war, die Rhian halfen, sich zu entspannen, aber was auch immer dafür verantwortlich war, es funktionierte. Sie unterhielt sich normal mit ihr und ihre beschäftigten Hände waren eher konstruktiv als nervös. Ihr Lächeln war entspannt und nicht länger gezwungen. Das Geplänkel, das nach dem Pizza-Desaster verschwunden war, schien sich wieder einzustellen. Jayden war froh, dass ihr Umgang langsam wieder zu dem zurückkehrte, was es einmal gewesen war. *So weit so gut.*

»Jap. Sie mussten den Abwasch machen und sich an den Ausgaben für die Zutaten beteiligen, aber ich habe gekocht. Es war der einzige Weg, um sicherzustellen, dass ich nicht an Skorbut sterbe oder O-Beine bekomme.« Sie goss etwas Milch in die Mischung und rührte langsam um.

Jayden schmunzelte. »Ich hab während der Uni von Tüten-Nudeln und Dosensuppen gelebt.«

Rhian deutete mit dem Löffel auf ihre Beine. »Wieso sind die dann noch gerade?«

Jayden lachte bellend. »Wer sagt, dass sie es sind?«

Rhian stöhnte und gab den Käse in die Pfanne. »Du redest wirklich Unsinn.«

»Es geht auch noch schlimmer.«

Rhian lachte und gab noch mehr Käse hinzu. »Das glaube ich dir sofort, Liebling, aber lass es lieber, okay?«

Sie hat wieder Liebling *gesagt.* »Okay.« *Und außer mir ist sonst niemand hier.* Jayden grinste.

»Woher kommt dieser Ausdruck?«

»Welcher Ausdruck?«

»Dieses breite Grinsen auf deinem Gesicht.«

»Das ist einfach mein Gesicht.«

»Richtig«, sagte Rhian lang gezogen. »Und ich bin die Königin von Saba.« Sie kippte die Ravioli in das kochende Wasser und rührte weiter in der Pfanne mit dem Speck und den Zwiebeln, während sie einen Blick auf die Uhr warf. »Also, erzähl mir von deinen Ideen.«

»Später. Lass uns erst ein schönes Mittagessen genießen.« Jayden lächelte und hoffte, dass sich Rhian entspannen und ein wenig Freude haben würde. Dass sie es genießen würde, hier mit ihr zu sein, und nicht mehr so aussah, als würde sie am liebsten bei der ersten Gelegenheit verschwinden.

Rhian starrte sie jedoch an, als würde sie versuchen herauszufinden, was los war … oder ob sie bei dem mitmachen sollte, was los war. Dann lächelte sie – das schüchterne Lächeln, das Jayden gesehen hatte, als sie sich auf dem Gletscher geküsst hatten – und nickte schließlich.

»Wenn es das ist, was du willst.« Sie rutschte etwas näher an Jayden heran. War das Zufall? Sie sah keinen logischen Grund für Rhian, das zu tun, ebenso wenig wie für den verstohlenen und doch bohrenden Blick, den sie ihr gerade zugeworfen hatte.

Vielleicht war es an der Zeit für einen Test. »Möchtest du etwas trinken?«, fragte Jayden.

»Wasser wäre toll, danke.«

»Kein Problem.« Sie berührte Rhians Arm, als sie über sie griff, um die Gläser aus dem Schrank zu nehmen, und lächelte breit, als Rhian scharf die Luft einzog. »Entschuldige«, flüsterte sie direkt an Rhians Ohr.

»Schon in Ordnung. Soll ich zur Seite gehen?«, murmelte sie.

»Nein, ist schon gut.« Jayden schmiegte sich etwas enger an sie, um das zweite Glas herauszunehmen, und ihre Brüste drückten sich dabei einen kurzen Moment lang an Rhians Rücken, ehe diese sich zurückzog und zur Spüle ging. Rhians geschmeidige Handbewegungen wurden etwas abgehackt und ihr Rücken war steif. Jayden hoffte, dass sie nicht zu schnell zu weit gegangen war.

Sie hörte Rhian schlucken. Sie sah, wie sie den Kopf schüttelte und zur Spüle ging, wo sie die Nudeln abschüttete und sie dann in die Pfanne zur Soße gab. Ihre Wangen waren gerötet, als sie sich zur Anrichte umdrehte und das Essen schnell auf den beiden Tellern verteilte, die Jayden herausgestellt hatte.

Jayden zog einen zweiten Stuhl hervor und winkte Rhian mit einer theatralischen Verbeugung zu sich, ehe sie sich ihr gegenübersetzte und die Gabel nahm. »Das sieht sogar besser aus als das Pesto.«

»Hm. Na ja, es ist weniger grün.« Rhian teilte eine der Ravioli mit ihrer Gabel.

»Und weitaus weniger verfärberisch«, sagte Jayden und wischte sich einen Klecks von der Hose.

»Verfärberisch? Das ist kein richtiges Wort.«

Jayden zuckte mit den Schultern. »Vielleicht nicht, aber du wusstest genau, was ich damit gemeint habe.«

Rhian verdrehte die Augen, aß aber einfach weiter.

»Es schmeckt noch besser, als es aussieht«, sagte Jayden leise.

Rhians Wangen erröteten erneut. Sie spielte mit ihrer Gabel. »Danke.«

Jayden wartete, bis Rhian zu ihr aufsah, ehe sie sagte: »Nein, nein, nein. Ich danke dir.« Sie hoffte, dass Rhian hinter die einfachen Worte sehen und alles erkennen konnte, was sie wirklich meinte. Sie hoffte, dass Rhian in ihren Augen sehen konnte, was sie ihr wirklich sagen wollte. *Danke, dass du mir eine Chance gibst. Danke, dass du mir einen Weg zu mir zurück gezeigt hast. Danke, dass du mir eine Zukunft gezeigt hast, zu der ich gehören will.*

Rhian zuckte mit den Schultern und nahm einen Bissen. Nachdem sie geschluckt hatte, sagte sie: »Es ist nur Käsesoße. Keine große Sache.«

Der angespannte Ton von Unbehagen und Distanz hallte in ihren Worten wider und Jayden schluckte gegen den Kloß in ihrer Kehle an. Wenn Rhian nicht sehen konnte, was Jayden sich wünschte … Nun, dann wollte sie es wirklich nicht.

Kapitel 26

Rhian stand unter dem kalten Wasser. Sie stützte sich an der Wand ab, während der Schaum aus ihren Haaren gespült wurde. Drei weitere stürmische Tage waren vergangen und damit auch drei weitere Tage, an denen sie Mittagessen, Abendessen oder Frühstück gemeinsam und eingepfercht mit Jayden verbracht hatte. Und es wurde immer schwieriger, ihre Gefühle zu verbergen. Ihr Gesicht brannte jedes Mal, wenn Jayden in der Nähe war. Die winzigste Aussage oder das kleinste Kompliment – und davon gab es viele – reichten aus, um sie wie eine Tomate anlaufen zu lassen. Sie hatte keine Kontrolle über sich. Und es machte sie wütend. Wenn sie nicht achtgab, würden ihre Reaktionen auf Jaydens unschuldige Kommentare verraten, was sie wirklich für sie empfand. Den Gedanken an eine weitere Demütigung konnte sie nicht ertragen.

Und dann waren da die Berührungen. Das leichte Streifen ihrer Schulter, wenn Jayden an ihr vorbeiging. Wie sie ihre Hand hielt und mit dem Daumen über ihr Handgelenk strich. Gott, das machte sie verrückt. Sie war beeindruckt, dass Jayden nicht bemerkt hatte, wie ihr Puls jedes Mal unter ihrer Berührung anstieg. Und sie konnte noch immer spüren, wie sich Jaydens Körper an ihrem Rücken angefühlt hatte, als sie vor drei Tagen in der Küche nach dem Glas gegriffen hatte. Drei verdammte Tage und es fühlte sich an, als würde das Gefühl an ihrer Kleidung haften.

»Ich kann das nicht.« Sie wischte sich das Wasser aus dem Gesicht und vom Kopf und sprach zu dem Schaum, der sich am Abfluss sammelte, bevor er verschwand. »Ich kann das nicht. Ich muss es Rachel sagen.« Sie stellte das Wasser ab und nahm sich ein Handtuch. »Mel kann sich hier um alles kümmern. Ich sollte nach Hause gehen. Wenn ich nicht hier wäre, würde es ohnehin nicht so viele verdammte Probleme geben, also sollte ich einfach gehen.« Sie trocknete sich ab. Ihr Handy lag neben ihr auf dem Nachttisch und es dauerte weniger als zehn Sekunden, Rachel eine Nachricht zu schreiben und das Handy wieder aufs Bett zu werfen. »Erledigt.«

Nach weniger als drei Sekunden klingelte das Handy klingelte und Rachels Name erschien auf dem Display.

»Scheiße. Nicht erledigt.« Rhian nahm das Gespräch an und hielt sich das Handy erstmal vom Ohr weg, bis Rachels erste Tirade überstanden war.

»Was zum Teufel ist mit dir los? Wir haben einen Plan. Einen Plan, für den es nötig ist, dass du in Argentinien bleibst und mit der Klettermaschiene glückliche Familie spielst.«

»Klettermaschiene? Wo kommt das denn jetzt her?«

»Ist egal. Was zur Hölle, Rhi? Was ist jetzt passiert?«

»Nichts. Ich dachte einfach nur, dass es eine bessere Lösung wäre.«

»Schwachsinn. Ich lege jetzt auf. Ich will dein Gesicht sehen, also denk nicht mal dran, bei *Skype* nicht ranzugehen.«

Rhian seufzte und sagte: »Ja, Mutter.« Aber Rachel hatte bereits aufgelegt. Rhian öffnete ihren Laptop und setzte sich aufs Bett. Sie hatte sich das Handtuch um den Oberkörper geschlungen und wartete auf Rachels Anruf. Sie musste nicht mal eine Minute warten.

Rachel saß und beobachtete sie durch den Bildschirm. Ihre Augen verengten sich. »Bist du jetzt bereit, zuzugeben, dass du dich in sie verliebt hast?«

Rhian versuchte nicht einmal, es zu leugnen. Es hatte keinen Zweck. Sie hatte Rachel noch nie anlügen können. Na ja, sie hatte Rachel zumindest noch nie anlügen und damit durchkommen können.

»Dann leg sie flach und schlag sie dir aus dem Kopf.«

»Nett, Rachel.«

Rachel zuckte mit den Schultern. »Okay, dann mach Liebe mit ihr und schlag sie dir aus dem Kopf.«

»Sie hat kein Interesse an mir.«

»Ah.«

»Ja, *ah*.«

»Das ist jetzt bestimmt unangenehm, oder?«

Rhian nickte.

»Scheiße. Kleines, wenn ich dich jetzt da rausholen könnte, würde ich es tun. Aber ich kann nicht.«

Rhian starrte sie an und wartete.

»Es funktioniert schon. Wir bekommen tolle Rückmeldungen und eine Menge guter Publicity und Gerede. *Kostenlose* Publicity und Gerede. Du weißt, wie wertvoll das ist. Wenn ich dich jetzt rausziehe, wird das versiegen. Unsere Kunden werden nicht glücklich sein, unsere Sponsoren werden nicht glücklich sein und die Fans der Show werden erstrecht nicht glücklich sein.«

»Die Show ist noch gar keine Show. Sie hat noch keine Fans.«

»*Au contraire*. Sieh dir mal die letzte E-Mail an, die ich dir geschickt habe. Es gibt einen beliebten Hashtag, den wir nicht mal selbst in die Welt gesetzt haben, und er bekommt tausende Klicks.«

»*Tausende* ist wohl kaum bahnbrechend.«

»Allein in der letzten Stunde. Und die Zahlen steigen schnell.«

»Aber ich bin diejenige, die darunter zu leiden hat.«

»Es tut mir leid.«

»Nein, tut es nicht.«

Rachel lächelte sanft. »Ein bisschen schon.« Sie beugte sich zum Bildschirm vor. »Es gefällt mir nicht, wenn du unglücklich bist.«

»Aber es richtet bei dir keinen finanziellen Schaden an, wenn ich unglücklich bin. Richtig?«

Rachels Augen weiteten sich und ihr Mund klappte auf. »Wow.«

Rhian spannte den Kiefer an. Sie wandte den Blick ab.

»So schlimm?« Die Tränen flossen, bevor Rhian sie aufhalten konnte, und Rachel flüsterte: »Sie ist ein Idiot.«

Rhian schüttelte den Kopf. »Tu das nicht.«

»Was?«

»Gib nicht ihr die Schuld. Sie kann nichts dafür, dass ich so empfinde, genauso wenig, wie es ihre Schuld ist, dass sie nicht dasselbe empfindet. Gib Jayden nicht die Schuld dafür. Sie hat nichts falsch gemacht – eigentlich sogar genau das Gegenteil.«

»Das musst du jetzt erklären.«

»Sie ist großartig. Sie tut alles, worum wir sie bitten, um die Welt davon zu überzeugen, dass sie meine Partnerin ist. Sie bringt mir morgens Kaffee, hält meine Hand, wenn wir die Straße runterlaufen und führt mich zum Abendessen aus. Gestern hat sie mir sogar Blumen gebracht, die sie im Garten gepflückt hat. Sie ist respektvoll, rücksichtsvoll, freundlich. Sie ist witzig und umwerfend und sie ist –«

»Perfekt für dich.«

»Ja.«

»Ja.«

»Außer, dass sie mich nicht will.«

»Das tut mir leid, Rhi.«

»Dann lass mich nach Hause kommen.«

»Oh, Liebling. Wenn ich könnte, würde ich es tun. Aber von diesem Projekt hängt so viel ab. So viel.«

»Ich weiß, dass es eine große Sache ist, aber –«

»Rhian, wenn dieses Projekt scheitert, verlieren wir die Firma. So einfach ist das. Wir haben schon vorher Probleme gehabt. Ich hab eine weitere Hypothek auf das Haus aufgenommen, um die Firma zu unterstützen. Es war … Na ja, es sah nicht gut aus.«

»Wirklich?«

Rachel nickte.

»Warum hast du mir das nicht gesagt?«

»Weil es meine Sorge ist, nicht deine. Ich soll hier die Elternfigur sein, schon vergessen?«

»Pfft.«

»Fang jetzt nicht damit an, Fräulein. Vertrau mir einfach, okay? Ich weiß, wie schwer es dir fällt, darauf zu vertrauen, dass Leute dir die Wahrheit sagen. Ich sehe es in dir, seit wir uns kennen. Und ja, ein Teil davon ist meine Schuld. Aber ich habe dich nie angelogen. Oder?«

Rhian schüttelte den Kopf. Rachel war immer diejenige gewesen, der sie vertrauen konnte, diejenige, auf die sie sich verlassen konnte, wenn alles den Bach runterging. Nicht, weil Rachel ihr sagte, dass alles wieder gut werden würde, sondern weil Rachel ihr sagte, wie beschissen alles war. Sie würde ihr die ungeschminkte, ungeschönte Wahrheit sagen und sich um die negativen Konsequenzen kümmern. Und sie kümmerte sich immer darum. Im Guten wie im Bösen. Rachel schwenkte die Wahrheit immer wie ein brennendes Schwert und so sehr die Wunden auch schmerzten, der Schnitt war im Gegensatz zu denen anderer Menschen immer sauber; es würde eine Narbe geben, aber niemals eitern.

»Wenn ich dich heute nach Hause holen könnte, um dir diesen Schmerz zu ersparen, ohne dass dieser Job dabei in die Luft fliegt, würde ich es tun. Ich weiß nur nicht, wie ich das tun soll. Vielleicht sind wir in ein paar Wochen in einer besseren Position. Vielleicht können wir dich dann da rausholen.«

»Und in der Zwischenzeit sitze ich hier fest. Gebe vor, die Freundin der Frau zu sein, deren Freundin ich tatsächlich gern wäre. Und sie spielt einfach nur die Rolle, die du ihr gegeben hast …«

»Oh nein. Den Schuh zieh ich mir nicht an. Ich hab ihr diesen Auftritt nicht gegeben. Sie hat ihn sich selbst gegeben, als sie dich geküsst hat und dabei fotografiert wurde. Oder wie auch immer man das heute nennt.«

»Aber sie würde es nicht weitermachen, wenn du nicht wärst. Und technisch gesehen habe ich den Kuss angefangen.« Sie wischte sich eine weitere Träne weg. »Aber nichts davon hilft mir weiter.«

»Nein, ich glaube nicht, Kleines.«

»Was soll ich tun, Rachel? Wie soll ich das machen?«

»Tja, ich war selbst ein paarmal in schwierigen Situationen, aber mir fällt keine ein, die dieser ähnelt.«

»Sehr hilfreich. Danke.«

»Sarkasmus hilft nicht weiter. Hör mal, wenn ich an deiner Stelle wäre, würde ich die Gelegenheit einfach ausnutzen. Ein bisschen flirten, mich dabei amüsieren.« Sie zuckte mit den Schultern. »Ich meine, wenn du ihr schon gesagt hast, dass du auf sie stehst und sie dich abgewiesen hat, wird es keine Überraschung für sie sein, wenn du mit ihr flirtest – vor allem, wenn sie die perfekte Verehrerin spielt. Warum genießt du es nicht?« Rachel hob vielsagend die Brauen. »Was? Was soll das Kopfschütteln und der Schmollmund?«

»Ich hab ihr nicht gesagt, dass ich auf sie stehe.«

»Woher weißt du dann, dass sie kein Interesse hat?«

»Sie hat mir gesagt, dass sie sich nicht zu mir hingezogen fühlt. Dass sie in mir nur eine Freundin sieht.«

Rachel runzelte die Stirn. »Fang am Anfang an und lass nichts aus.«

»Ich kann mich nicht Wort für Wort daran erinnern. Ich hab versucht, es zu vergessen. Es war nicht gerade ein herausragender Moment für mein Ego, weißt du.«

»Liebling, ich sage das jetzt mit aller Liebe und dem ganzen Respekt, den du dir vorstellen kannst und die ich für dich als Person empfinde …«

»Was denn?«

»Du hast ein Gesicht und einen Körper, der mich beinahe zur bösen Königin gemacht hat, als du aufgewachsen bist. Ich meine, ernsthaft, du könntest, oder besser solltest, in der Lage sein, jede zu haben, die du willst. Bist du sicher, dass sie lesbisch ist?«

Rhian nickte. »Ja, ich bin sicher. Das untergräbt also deine Theorie.«

»Bist du dir dann sicher, dass sie eine Frau ist? Ich meine, sie ist ziemlich groß …«

Rhian lachte leise. »Ich weiß, was du hier versuchst und danke dafür. Aber hör bitte damit auf. Sie ist eine lesbische Frau, die nicht an mir interessiert ist. Ich bin ein großes Mädchen. Ich kann das akzeptieren. Es fällt mir nur wirklich schwer, damit umzugehen, wenn sie den ganzen Tag alles an den Tag legt, was ich mir an einer Partnerin wünsche und es nicht real ist.«

»Ah. Ich verstehe.«

»Was?«

»Das ist keine *Lös-meine-Probleme*-Situation.«

»Ist es nicht?«

Rachel schüttelte den Kopf. »Es ist eine *Lass-mich-eine-Weile-wie-ein-kleines-Mädchen-jammern-bevor-ich-mich-wieder-wie-eine-erwachsene-Frau-benehme-und-mich-der-Welt-stelle*-Situation.«

»Meinst du?«

Rachel nickte und deutete mit einer Handbewegung an, dass Rhian fortfahren sollte. »Du lässt dich jetzt mal so richtig aus, Liebling. Ich bin für dich da.« Sie legte sich die Hände auf die Brust und sah direkt in die Kamera, wobei ihr Gesicht ein perfektes Bild der Aufrichtigkeit war.

Rhian kicherte. »Du bist so ein Miststück.«

Rachel lächelte. »Ja, aber ich bin das Miststück auf deiner Seite. Immer.«

»Ja, ja. Wenn das stimmen würde, würdest du mich nach Hause kommen und wie ein Baby heulen lassen.«

»Nein, damit würde ich dir keinen Gefallen tun.«

»Mich hier zu lassen tut mir auch keinen Gefallen.«

»Aber wenn ich dich davor bewahre, zu kündigen, schon.« Sie deutete auf den Bildschirm. »Mein Kind gibt nicht auf. Und das bist du, Rhian. Mein Kind. Und ich liebe dich.«

Rhian blinzelte. Neue Tränen brannten in ihren Augen und sie zwang sie zurück. »Ich liebe dich auch«, flüsterte sie, ehe sie sich übers Gesicht rieb und seufzte. »Dann lenkst du mich besser ab. Was passiert sonst so in der Welt?«

»Das gefällt mir schon besser. Also, reden wir über den anderen Elefanten im Raum.«

»Welchen Elefanten?«

»Ich weiß, dass du eine Nachricht von ihm bekommen hast.«

Rhian spannte den Kiefer an und wandte den Blick vom Bildschirm ab. »Ich wünschte wirklich, du hättest das nicht getan.«

»Er hätte es ohnehin gesehen. Es ist überall im Internet, wusstest du das?«

»Aber du hast ihm meine E-Mail-Adresse gegeben.«

»Auch das hätte er ohne mich geschafft. Also hör auf, um den Brei herumzureden und sprich mit mir.«

Rhian sah Rachel über die unzähligen Kilometer zwischen ihnen und die Millionen Pixel hinweg in die Augen. Ihre Stimme war leise, als sie fragte: »Weißt du, was er gesagt hat? Was er in der Nachricht geschrieben hat?«

Rachel nickte. »Er hat sie mir hinterher gezeigt.«

Rhian erwiderte das Nicken. Es bestätigte, was sie vermutete. Er hatte die Nachricht nur geschrieben, um sich Rachel vom Hals zu halten.

»Ich hab ihm gesagt, dass er dich hätte anrufen können. Aber er hat den feigen Weg gewählt.«

Rhian lachte schnaubend. »Dann ist sein Plan wohl gescheitert.«

»Was meinst du damit?«

»Der Plan, sich dir vom Hals zu schaffen, was mich angeht. Solange er das abschickt, kann er dir sagen, dass er es versucht hat und dass ich das Problem bin. Dieser Plan.«

Rachel sah sie eine Weile an und schüttelte schließlich den Kopf. »Du erinnerst dich, dass ich vor ein paar Minuten gesagt habe, dass ich dich nie angelogen habe?«

»Ja.«

»Erinnere dich jetzt daran.«

Rhian runzelte die Stirn. »Ich –«

»Halt die Klappe.«

Rhian schloss geräuschvoll den Mund.

»Er hat das nicht geschrieben, um sich mir vom Hals zu halten. Ich war nicht mal in der Nähe seines Halses. Glaub mir, wenn ich geglaubt hätte, dass das funktioniert, hätte ich es getan. Aber ihr beiden musstet in eurem eigenen Tempo zueinanderfinden. Er hat mir die Nachricht gezeigt, weil er sich nicht überwinden konnte, die Worte *Ich habe meine eigene Tochter geschlagen* auszusprechen, während er wie ein Baby geheult hat. Er hat sich zu sehr geschämt.«

Rhian schüttelte den Kopf.

»Er hat es geschrieben, weil er dich liebt.«

»Nein, tut er nicht. Wenn er es tun würde, hätte er das nicht getan.«

»Nein, er hätte das niemals tun dürfen. Da stimme ich zu. Und in einer perfekten Welt hätte er es auch nie getan, Kleines. Aber das ist die echte Welt. Voller echter Menschen. Menschen, die Fehler machen. Menschen, die wütend werden und Angst haben und Mist bauen.«

»Das ist mehr, als nur Mist bauen, Rach.«

Rachel ignorierte sie. »Und wir vergeben ihnen, weil wir sie lieben.«

»Er liebt mich nicht!«

Rachel schüttelte den Kopf. »Er liebt sich selbst nicht und kann sich selbst nicht vergeben.« Der eiserne Ausdruck in ihren Augen wurde sanfter. »Ebenso wenig wie du.«

Rhian runzelte die Stirn. »Ich hab nichts falsch gemacht.«

»Das weiß ich und in deinem Kopf weißt du es auch. Aber trotzdem glaubst du noch immer, dass du ihn vertrieben hast. Irgendwo tief in dir glaubst du, dass du ihn zu dieser Reaktion getrieben hast. Dass es deine Schuld war. Ich kann mir beim besten Willen nicht vorstellen warum, aber du tust es. Es ist das Einzige, was dich auch nur annähernd erklärt, Rhian. Du kannst dir selbst nicht vergeben und glaubst nicht, dass irgendwer sonst es kann. Du kannst nicht glauben, dass dich irgendjemand lieben könnte. Oder?«

Rhian verschränkte die Arme vor der Brust. »Nein.«

»Warum nicht?«

Rhian zuckte mit den Schultern.

»Ist es wirklich so viel einfacher, diese negative Selbsteinschätzung zu glauben, die du dir einredest?«

»Dadurch tut es nicht mehr weh.«

»Wirklich? Ganz ehrlich? Weil es für mich verdammt schmerzhaft aussieht.«

Rachel hatte recht. Es war ein dürftiger Versuch der Selbsterhaltung und bei Tageslicht betrachtet, fing es an, immer weniger Sinn zu machen. Die Löcher schienen tiefer zu werden und ihr Wesen schmolz dahin wie Eis in der Mittagssonne.

»Ich liebe dich«, flüsterte Rachel, als Rhian das Gesicht in den Händen vergrub und schluchzte. »Ah, scheiße. Fang nicht an zu heulen, Kleines. Wegen dir verschmiert noch mein Mascara.«

Rhian lachte trotz der Tränen und wischte sich übers Gesicht.

»Das ist besser.«

»Deine Ablenkung sollte mich eigentlich aufmuntern.«

»Du meinst, du fühlst dich nicht besser als vorher?«

Rhian dachte einen Moment lang darüber nach und musste widerwillig akzeptieren, dass sie es tat. Ein wenig. Nur ein ganz kleines Bisschen. Aber das würde sie Rachel gegenüber nicht zugeben. »Nein. Schlimmer. Und jetzt lenk mich ordentlich ab.«

Rachel seufzte. »Schön. Dann lass uns mal sehen, was du mit diesem Mist anfängst«, sagte sie und verbrachte die nächsten zwanzig Minuten damit, Nachrichten aus aller Welt an sie weiterzugeben, während sich Rhian langsam wieder zusammenriss. Schließlich legte Rachel auf, um an einem Meeting teilzunehmen. Rhian nahm ihre Haarbürste und fing an, die Knoten aus ihren Haaren zu kämmen, als es an der Tür klopfte.

»Es ist offen«, sagte sie in der Erwartung, Mel zu sehen. Sonst klopfte nie jemand an ihrer Tür. Die Scharniere knarrten und sie hörte Schritte.

»Tut mir leid. Ich kann später wiederkommen.«

Rhian drehte sich um und stellte fest, dass es Jayden war, die sie ansah. Schnell umfasste sie die ineinandergesteckten Enden des Handtuchs und drückte es fest an ihre Brust. Rachels Worte hallten in ihrem Kopf wieder: *Mein Kind gibt nicht auf* und *Ich würde es ausnutzen*. Vielleicht hatte Rachel recht. Vielleicht sollte sie versuchen, etwas Spaß an der ganzen Sache zu haben. Sie stopfte sich die Ecken des Handtuchs fester zwischen die Brüste und schüttelte den Kopf.

»Ist in Ordnung. Komm rein und mach die Tür zu.«

»Aber du bist nicht …«

Rhian lief schnell durch das Zimmer und schloss die Tür. »Du sollst meine Liebhaberin sein, Jayden. Es sollte dich nicht auf der Stelle festwachsen lassen, als hättest du einen Geist gesehen, wenn du mich in einem Handtuch siehst.« Sie warf ihr ein hoffentlich entwaffnendes Lächeln zu, das nicht preisgab, wie nervös sie war. »Tut mir leid, dass ich dich so aus dem Konzept gebracht habe. Ich dachte, es wäre Mel. Sie ist sonst die Einzige, die an meiner Tür klopft.«

»Schon in Ordnung.« Jayden legte den Kopf schräg. »Lässt du Mel oft rein, wenn du nackt bist?«

Rhian lachte. »Nein.«

»Entschuldige, ich meinte natürlich, wenn du nur eine Handtuch-Toga trägst.«

»Nein. Es passiert nicht oft, dass sie vorbeikommt – und normalerweise bin ich dann vollständig angezogen. Wie auch immer, ich bezweifle, dass du den ganzen Weg hier hochgekommen bist, um meine Handtuch-Toga zu diskutieren. Also, was kann ich für dich tun?«

»Oh, richtig. Also, ich weiß nicht, ob du es draußen gesehen hast, aber wir haben ein paar Stunden Ruhe vor dem Sturm. Laut Wetterbericht soll er heute Abend wieder anfangen, aber ich dachte, du würdest tagsüber vielleicht gern rausgehen? Wir sind alle schon viel zu lange eingepfercht.«

Rhian lächelte. Toll, ein Tag im Freien mit der Gruppe. »Sicher, was hast du vor?«

»Es ist eine Überraschung«, sagte sie breit grinsend. »Wir treffen uns unten, sobald du angezogen bist.«

Rhian zog eine Augenbraue nach oben. »Okay. Muss ich irgendwas Spezielles mitbringen oder anziehen?«

»Nur dich.«

Rhian grinste. »Und die Handtuch-Toga?«

Jaydens Blick glitt an ihr hinunter. Langsam. Das Blut rauschte in Rhians Ohren. »Wenn du möchtest.« Sie trat näher an Rhian heran und strich ihr eine Locke von der Schulter. Ihre Fingerspitzen glitten kaum über ihre Haut, aber für Rhian fühlte es sich an, als würde die Berührung jeden Zentimeter ihres Körpers bedecken.

»Du solltest deinem Ensemble aber vielleicht Schuhe hinzufügen.« Jaydens Stimme war tiefer als sonst, ein wenig belegt und rau und Rhian konnte ihren Blick nicht von ihr abwenden. Nicht einmal, wenn sie es gewollt hätte.

»Witzig.« Rhian hörte ihre eigene Stimme, konnte sich aber nicht daran erinnern, den Mund geöffnet zu haben. Die Luft fühlte sich dick an, schwer vom Geruch von Apfel, Zimt und etwas Intensiverem, Moschusartigem. Vielleicht Sandelholz. Die Schlüsselnoten von Jaydens Geruch.

»Ich gebe mein bestes.«

»Ist mir aufgefallen.«

»Ähem.«

Jayden und Rhian wirbelten zur Tür herum. Die schnelle Bewegung sorgte dafür, dass das Handtuch abrutschte und es war nur Jaydens schnellen Reflexen zu verdanken, dass es nicht auf den Boden fiel. Aber die Bewegung sorgte dafür, dass sie sich nach vorn beugte und ihr Kopf auf Augenhöhe mit Rhians nun nackten Brüsten war. Rhians Gesicht brannte. Ihre Nippel waren hart wie Kieselsteine und Jayden starrte sie direkt an. So viel zu Rhian Vorhaben, die Situation auszunutzen.

»Tut mir leid, dass ich störe«, sagte Mel von der Tür aus und das Kichern war deutlich in ihrer Stimme zu hören.

»Was willst du, Mel?«, sagte Rhian, entzog Jaydens steifen Fingern das Handtuch und wickelte es sich wieder um den Oberkörper.

»Ich wollte nur Jayden Bescheid geben, dass alles bereit ist.«

Endlich gelang es Jayden, ihren Blick von Rhians Brust loszureißen. Sie blinzelte verwirrt und sah zwischen Mel und Rhian hin und her.

»Jayden?« Mel winkte mit der Hand. »Hier drüben, Süße. Genau so«, sagte sie, als sich Jaydens Blick endlich auf sie richtete. »Ich hab gesagt, dass alles für dich bereit ist.«

»Richtig. Toll. Das ist – ja – toll. Danke. Ähm, zehn Minuten?« Sie sah wieder zu Rhian. »Oder, na ja, wann immer du fertig bist. Okay?« Sie wartete nicht auf eine Antwort. »Okay. Richtig, na ja, ich warte einfach. Dort, also, unten. Auf dich. Ja.« Sie rannte praktisch zur Tür. »Also, ja – ähm ja.« Und dann war sie verschwunden.

Mel hob die Augenbrauen an, bis sie praktisch in ihrem Haaransatz verschwunden waren, und ein Lachen brach aus ihr heraus. »Oh mein Gott, was hast du mit ihr gemacht? Hast du sie mit deinen Nippeln hypnotisiert?«

»Halt die Klappe.«

»Nein, nein. Bitte, ich muss wissen, wie du das gemacht hast. Du hast sie dämlich gemacht.«

»Das war der Schock. Deinetwegen.«

»Oh nein. Sie hat nicht mich angesehen. Es waren definitiv deine Titten.«

»Vulgär.«

»Ich bin nicht diejenige, die der Welt meine Brüste zeigt.«

»Hab ich nicht. Das Handtuch ist gerutscht, weil du in mein Zimmer gestürmt bist wie eine … wie eine … ich weiß nicht wie, aber du hast es getan!«

»Nein. Ich hab geklopft.«

»Nein, hast du nicht. Ich hätte es gehört, wenn du … Du hast geklopft?«

Mel nickte und lachte noch immer.

»Oh Gott. Wir haben uns unterhalten.«

»Hab ich gehört.« Sie ahmte Jaydens Stimme nach und sagte: »*Ich gebe mein bestes.*« Dann veränderte sie Haltung und hob ihre Stimme eine Oktave. »*Ist mir aufgefallen.*«

»Hau ab.« Rhian schnappte sich ein Kissen und warf es nach ihr. »Ich muss mich anziehen. Offensichtlich hat sie eine Überraschung für alle geplant.«

Mel hob erneut die Brauen. »Nur, wenn du versprichst, mir später diesen Trick beizubringen.«

»Hau ab.«

»Jetzt wiederholst du dich.«

»Hau ab.«

»Macht es dich auch dämlich?«

Rhian stemmte die Hände in die Hüften und griff dann schnell nach ihrem Handtuch. Es war ihr mehr als peinlich, als es wieder rutschte.

Mel stolperte aus dem Zimmer, während ihr Lachtränen übers Gesicht liefen. Rhian konnte sie zehn Minuten später immer noch lachen hören, als sie die Treppe hinunter ging.

Die Gelegenheit nutzen, wiederholte sie gedanklich immer und immer wieder. Die Worte würden sicher ihr neues Mantra werden. *Die Gelegenheit nutzen.*

Jayden stürzte ein Glas Wasser hinunter und versuchte, damit klarzukommen, was gerade passiert war. Nein, *klarzukommen* war nicht die richtige … Formulierung? Sie musste sich eher mit der neuen Realität arrangieren. Eine Realität, in der sie, wenn auch nur für den Bruchteil einer Sekunde, den Körper gesehen hatte, den Rhian unter ihrer Kleidung versteckte. Oder Handtuch-Toga. Und, heilige Scheiße, was für ein Körper das war. Feste Bauchmuskeln, die Wölbung ihrer Rippen, die sanften Rundungen ihrer Hüften, dann starke, schlanke Oberschenkel – und diese Brüste. Oh Gott, diese Brüste. Mit pinken Spitzen versehene Knospen, die einfach wunderbar in ihre Handflächen passen würden.

Sie war nah genug dran gewesen, um zu sehen, wie sie auf ihren Atem reagiert hatten. Sie hatte gesehen, wie die winzigen, daunenartigen Härchen unter ihrer Atemluft gezittert hatten. Sie hatte gesehen, wie sich die Nippel unter demselben Atem zusammengezogen hatten. Und sie wollte unbedingt wieder sehen, wie das passierte. Wieder und wieder.

Sie schenkte sich noch einmal nach und trank ihr Wasser erneut in einem Zug aus.

»Sind alle anderen schon im Bus?«, fragte Rhian hinter ihr.

»Alle anderen?« Jayden drehte sich um und sah den neugierigen Ausdruck auf Rhians Gesicht, während sie so tat, als wäre nichts passiert.

»Ja. Du hast gesagt, dass du eine Überraschung geplant hast.«

»Habe ich.« Jayden zwang sich ein Lächeln auf die Lippen und war nicht sicher, ob sie erleichtert sein sollte, keine Überraschung für alle geplant zu haben, oder nicht. Das wäre definitiv sicherer gewesen, aber das wollte sie heute nicht erreichen. Heute war sie entschlossen, Zeit mit Rhian zu verbringen. Sie hoffte, dass es endlich die ungezwungene Kameradschaft zurückbringen würde, die schon seit einer Weile holprig geworden war. Das gezwungene Lächeln auf ihren Lippen und die nervös zitternden Hände waren jedoch nicht hilfreich. Nicht nach dem Handtuch-Toga-Vorfall. Sie wappnete sich mental und zwang sich, die Gedanken an Rhians wunderschönen Körper beiseitezuschieben. Im Moment musste sie ihre Überraschung durchziehen und den Tag genießen. Hoffte sie.

Sie streckte die Hand aus und seufzte erleichtert, als Rhian sie ohne zu zögern ergriff. »Komm mit.«

Jayden führte sie nach draußen zum Jeep und wies sie an, einzusteigen. Trotz des verwirrten Ausdrucks auf ihrem Gesicht, gehorchte Rhian und schnallte sich an. Jayden drehte sich auf ihrem Sitz um, denn sie musste das Geschehene aus der Welt schaffen; erst dann konnte sie mit Rhian ein wenig Spaß haben.

»Es tut mir leid.«

Rhian starrte aus dem Fenster. »Es gibt nichts, was dir leidtun müsste. Mir tut es leid, dass ich mich vor dir entblößt habe.«

»Es war nicht absichtlich. Aber ich bin sicher, dass es peinlich für dich war.«

Rhian grinste. »Glaubst du?«

»Wirst du dich besser fühlen, wenn ich mich auch vor dir entblöße?«, bot Jayden an und hoffte, dass die Aussage als der Witz aufgefasst wurde, als der er gemeint war und Rhians Verlegenheit auflösen würde. Selbst, wenn es nicht die gleiche Wirkung auf sie selbst hatte.

Rhian drehte sich zu ihr und fing dann an zu lachen. »Vielleicht. Ein wenig.«

Jayden stimmte ein und war dankbar, dass es normal klang. »Ich sehe mal, was ich für dich organisieren kann.« Sie lachte weiter und stellte den Motor an. »Und nur, damit du es weißt, …«

Rhian wartete.

»Du hast überhaupt keinen Grund, peinlich berührt zu sein.« Sie fuhr vom Parkplatz und versuchte, die Stille zu ignorieren. Aber sie konnte es nicht. Schweigen zwischen ihnen war normalerweise ziemlich angenehm. Dieses Schweigen war es nicht. Schließlich knickte sie ein und fragte: »Was?«

»Ein Kompliment?«

Jayden zuckte mit den Schultern. »Und?«

»Sei vorsichtig, sonst bekomme ich deinetwegen noch ein Ego-Problem.«

»Ach was. Du bist einfach zu nett, um arrogant zu werden.«

»Noch eins. Vorsicht, Jay, sonst könnte ich noch denken, dass Mel doch recht an.«

Jayden runzelte die Stirn und fragte sich, wie Mel in diese Unterhaltung passte. »Womit hat Mel denn recht?«

Rhian errötete. »Vergiss, dass ich das gesagt habe.«

»Oh nein. Du kannst nicht so etwas sagen und es dann abtun. Komm schon. Spuck's aus. Hat sich Mel darüber lustig gemacht, was sie gesehen hat?«

Rhian zuckte mit den Schultern. »Ein bisschen, aber größtenteils über deine Reaktion.«

»Ich? Was hab ich denn getan? Ich war der perfekte Gentleman … Gentle*woman*, weil ich dein Handtuch aufgehoben habe und so weiter.«

Rhian kicherte. »Ich glaube, es ging eher um das Starren und das zusammenhangslose Geplapper hinterher.«

»Zusammenhangslos … war das nicht. Wir hatten eine völlig verständliche Unterhaltung und haben Vorkehrungen dafür getroffen, uns unten zu treffen.«

»Hm. Das ist vielleicht in deinem Kopf passiert, aber es kam definitiv nicht aus deinem Mund.«

»Nicht?«

Rhian schüttelte den Kopf.

»Was hab ich denn gesagt?«

»Ganz viel *ähm* und *also* und ein paar andere unzusammenhängende Wörter. Aber hauptsächlich waren es *Ähms* und Starren.«

»Oh Gott.«

»Mel denkt, ich hätte dich mit meinen Brüsten hypnotisiert.« Rhian kicherte, verschränkte aber die Arme über der Brust, um sie vor Jayden zu schützen.

»Rhian, es tut mir so leid. Ich wollte nicht, dass du dich unbehaglich fühlst.«

»Ist nicht deine Schuld. Ich hätte mir einen Bademantel oder so was anziehen sollen.«

»Oder ich hätte anrufen sollen, anstatt in dein Zimmer zu stürmen.«

»Du bist nicht reingestürmt. Ich hab dich reingelassen.«

»Trotzdem ist es dein privater Raum. Ich hätte nicht da sein sollen. Die Leute werden reden.«

Rhian lachte erneut. »Die Leute reden sowieso über uns. Wahrscheinlich würden sie denken, dass etwas nicht stimmt, wenn du nicht hoch in mein Zimmer kommst. Also mach dir darüber keine Gedanken.«

Sie fuhren ein paar Minuten bergauf. »Aber ich tue es.«

»Warum?«

»Weil ich nicht will, dass es zwischen uns seltsam wird. Es ist bereits schwierig für di– für uns. Ich will das nicht noch verstärken, weil ich beim Anblick deiner überwältigenden Brüste nicht wie ein normaler Mensch reagieren kann«, sagte sie lang gezogen. *Gott, alles, um die Stimmung zu heben.*

»Überwältigend?«

Jayden nickte.

»Ernsthaft? Überwältigend?«

»Wie würdest du die Hypnose sonst erklären?«

»Ähm, du bist schon viel zu lange nicht flachgelegt worden.«

»Tja, ich schätze, da liegst du nicht falsch. Aber ich bleibe bei meiner Beurteilung. Sie sind überwältigend und du hast überhaupt keinen Grund, verlegen zu sein. Ich andererseits, habe, ähm, viele Gründe, verlegen zu sein.« Sie zwinkerte Rhian zu und wurde ermutigt, als Rhian ihre Arme wieder herunternahm und lachend den Kopf in den Nacken legte.

Sie hatten El Chaltén schon fast durchquert, als sich Rhian zu ihr drehte und fragte, wohin sie fuhren.

»Vertraust du mir?«

»Mit meinem Leben.«

Jaydens Herz raste angesichts der unerwarteten Worte. *Mit meinem Leben.* Drei einfache Worte, die Jayden alles bedeuteten und ihr im selben Moment eine Heidenangst einjagten. Sie schluckte und setzte ein Lächeln auf. Sie konnte nur hoffen, dass Rhian nicht sehen konnte, wie hingerissen sie war. Sie öffnete den Mund, um etwas zu sagen, aber die Worte erstarben auf ihrer Zunge. Sie räusperte sich und versuchte es erneut. »Dann gedulde dich noch fünf Minuten.«

Rhian verengte die Augen, lehnte sich aber zurück und starrte aus dem Fenster. Ihre Augen weiteten sich, als sie erkannte, wo Jayden parkte.

»Ernsthaft? Du gehst mit mir zum Wildwasser-Rafting?«

Jayden nickte. »Du hast gesagt, dass du es schon immer mal ausprobieren wolltest, aber nie die Chance dazu hattest, richtig?«

»Ja.«

»Nun, der Rio de las Vueltas hat einen Abschnitt mit Stufe-III-Stromschnellen und es soll ein ziemlicher Adrenalinrausch sein.«

»Du hast es noch nicht gemacht?«

»Nein. Ich dachte, es wäre schön, wenn wir zusammen etwas Neues ausprobieren.« Sie griff nach Rhians Hand und drückte sie. »Ist das in Ordnung?«

Rhian grinste. »Du meinst also, dass die Brust-Hypnose noch nicht genug an neuen Erfahrungen für einen Tag war?«

Jayden lachte. »Was soll ich sagen? Ich bin ein Adrenalin-Junkie.« Sie stieg aus dem Jeep und nahm die wasserfesten Rucksäcke heraus, die sie vorhin eingeladen hatte. »Na komm, lass uns nass werden!«

Scheiße. Sie entschied, die Doppeldeutigkeit dieser Aussage und Rhians Blick zu ignorieren, und zerrte sie in Richtung der Anmeldung. Sie würden einen tollen Tag haben. Sie war entschlossen. Und sie würde den ganzen Tag nicht an diese überwältigenden Brüste oder die Worte *mit meinem Leben* denken, verdammt nochmal.

Kapitel 27

»Alles klar, Leute, wenn ich *Paddeln* rufe, gebt ihr alles, was ihr habt. Wenn ich *Runter* rufe, müsst ihr euch auf die Bänke des Boots setzen. Und falls jemand über Bord geht: Wenn wir in flachem Gewässer sind, ziehen wir euch wieder rein. Wenn das nicht möglich ist, weil wir in einem Stromschnellen-Abschnitt sind, richtet eure Füße flussabwärts und wir sammeln euch entweder unterwegs oder am Ende der Stromschnellen wieder ein. Verstanden?«

Dan – der Guide dieses Ausflugs – verteilte während der Einführung Rettungswesten und führte sie zu einem großen Schlauchboot am Ufer des Rio de las Vueltas. Mit Dan waren sie zu sechst und Jayden sah so aufgeregt aus, wie Rhian sich fühlte. Ihre Wangen waren gerötet, ihre blauen Augen strahlten und ihr Grinsen war so breit, wie Rhian es noch nie zuvor gesehen hatte. Während sich ein Teil von Rhian wünschte, dass sie allein wären, wusste sie, dass es weitaus sicherer war, in einer Gruppe zu sein. Sie fühlte sich von ihrem versehentlichen Striptease heute Morgen noch immer irgendwie entblößt und war nicht sicher, wie sie Jaydens Reaktion interpretieren sollte. Sie so durcheinander zu sehen hatte sie verwirrt. Es würde ihr bloß keine Antworten geben, sich weiter den Kopf darüber zu zerbrechen. Das Rafting würde ihr stattdessen einen verdammt tollen Tag bescheren.

Sie schloss die Weste über ihrer Brust und schnappte sich ein Paddel. Sie stellte es auf ihre Länge ein, wie Dan es ihnen gezeigt hatte, und kletterte dann an Bord. Jayden half ihr, während Rhian das Gleichgewicht auf dem schwimmenden Schlauchboot fand.

»Danke«, flüsterte sie und nahm ihren Platz im vorderen Teil des Boots ein. Jayden setzte sich ihr gegenüber.

»Bist du bereit?«, fragte Jayden.

Rhian nickte und sah flussabwärts. Es sah ruhig, entspannt und friedlich aus. Sie wusste, dass es nicht lange so bleiben würde. In der Ferne konnte sie das Grollen des tosenden, wütenden Wassers hören, das immer lauter werden würde, je näher sie ihm kamen. »Kann es nicht erwarten.«

»Na dann los«, rief Dan, als die letzten Mitglieder des Sechser-Teams ihre Plätze eingenommen hatten. Er umfasste die Ruder, die er am Ende des Boots bedienen würde. »Vor uns liegt ein Kilometer ruhiges Wasser, bevor wir die ersten Stromschnellen erreichen. Sie werden verhältnismäßig ruhig sein und euch einen sanften Einstieg ermöglichen.« Er nutzte die Ruder, um das Schlauchboot vom Ufer abzustoßen und sie in eine Strömung in der Mitte des Flusses zu befördern. Jeder von ihnen probierte seine eigene Technik aus, während sie mit einem gemächlichen Tempo vorantrieben. Sie tauchten die Paddel ins Wasser, um ein Gefühl für die Bewegungen ihrer Hände und das Reißen der Strömung an ihren Muskeln zu bekommen. Der Lärm des Wassers wuchs an.

Tropfen trafen Rhian, als sie einen unsteten Abschnitt erreichten, und sie keuchte angesichts der eisigen Kälte. »Scheiße ist das kalt.«

Jayden lachte neben ihr. »Dann lass uns hoffen, dass wir nicht schwimmen gehen.«

»Das kannst du laut sagen.«

»Dann lass uns hoffen, dass wir nicht schwimmen gehen!«, brüllte Jayden.

Rhian lachte. »Göre.«

»Du kannst mich nicht Göre nennen, nur weil ich tue, was du mir gesagt hast.«

»Ich hab dir nicht –«

»Alle mal herhören«, sagte Dan vom hinteren Teil des Boots aus. »Vor uns liegt der erste harte Abschnitt. Zieht fest, wenn ich es euch sage, und genießt die Fahrt.«

Jayden grinste und tauchte ihr Paddel ins Wasser, das sich schnell um es herum kräuselte. Das Muster auf dem Fluss bildete ein *V*, das in die Stromschnellen führte. Ihr Eingangspunkt. Dan lenkte sie direkt auf die Mitte zu. Steine ragten zu ihrer rechten aus dem Flussbett und eine Felswand türmte sich links neben ihnen auf, während die Strömung sie immer schneller mit sich riss.

Rhians Puls raste. Ihr Mund war trocken. Obwohl sie schneller wurden, schien alles um sie herum langsamer zu werden und sie nahm alles überdeutlich wahr. Jeder Schlag einer Welle hob sie aus dem Sitz und sie tauchte ihr Paddel tiefer in das raue Wasser. Die Energie im Boot schoss in die Höhe, um sich der Energie des Wassers um sie herum anzupassen. Gelächter drang aus ihren Mündern und tanzte zusammen mit dem Schlauchboot auf den Wellen. Es war belebend. Und als sie wieder das glatte, ruhige Wasser erreichten, ertönten Schreie der Euphorie und des Erfolgs.

»Amüsierst du dich schon?«, fragte Jayden, während sie die Hand ausstreckte, um Rhian eine Haarsträhne hinters Ohr zu streichen. »Du wirst noch besser paddeln können, wenn du siehst, wo du hinfährst.«

Rhian versteckte ihr Gesicht, indem sie sich das Wasser aus den Augen und von der Wange wischte. Ihr entging das Zittern ihrer Hände nicht und es juckte in ihren Fingern, die Hand auszustrecken und Jayden ebenfalls zu berühren. Der Anstieg des Adrenalins hatte sie aufgeputscht und sorgte dafür, dass sie Dinge wollte, die sie nicht haben konnte. Ihre Haut prickelte von der hauchzarten Berührung an ihrer Stirn. »Ja, aber was, wenn ich zu viel Angst vor dem habe, was sich vor uns befindet?« In Wahrheit war es nicht das Wasser, das ihr Angst machte.

»Ach was.« Jayden glitt mit der Hand übers Wasser. »Du bist nicht der Typ, der schnell Angst bekommt.«

Du machst mir Angst.

»In Ordnung, da vorn sind die nächsten Stromschnellen. Diese sind doppelt so groß wie die letzten, also haltet euch an euren Paddeln fest. Und denkt dran, wenn ihr ins Wasser fallt, haltet euch an euren Rettungswesten fest und richtet die Füße stromabwärts«, rief Dan.

Rhian konnte sich nicht daran erinnern, laut gerufen zu haben, als sie hindurchbrachen und über einen Stromschnellen-Abschnitt tanzten. Sie konnte sich nicht daran erinnern, geschrien zu haben, als sie einen Wasserfall hinunterstürzten, in die Luft gehoben wurden und auf dem aufgewühlten Wasser darunter landeten. Aber sie musste es getan haben. Ihre Kehle war wund. Ihre Schultern brannten. In ihrem Kopf wirbelten Bilder von Jayden, wie sie den Kopf zurückwarf, lachte, lächelte und wie ihre Augen vor purer Freude leuchteten, als sie sich weiteren Stromschnellen näherten.

»Okay, Leute, das ist der letzte Abschnitt. Und er ist auch der größte!« Dan brüllte über die Lautstärke des rauschenden Flusses und ein Chor aus Rufen und Jubeln antwortete ihm. Rhian stimmte in ihre Freudenschreie ein. Ihre Hand griff nach Jaydens und hob sie beide in die Höhe.

»Nach den ersten zwanzig Metern oder so werdet ihr ein Loch auf der linken Seite sehen. Es sieht flacher aus als der Rest des Wassers. Aber lasst euch davon nicht täuschen. Direkt unter der Oberfläche befindet sich ein großer Stein und der wird die Unterseite des Schlauchboots aufreißen, wenn wir ihn treffen. Also haltet euch rechts. Sind alle bereit?«

Alle winkten zustimmend mit ihrem Paddel und nahmen ihre Positionen ein. Die Beine aufgestützt, Paddel im Wasser, Augen nach vorn. Der Lärm wuchs stetig an. Die Strömung legte zu und zog sie immer schneller mit sich und Rhians

Adrenalinspiegel stieg erneut an. Sie tauchte ihr Paddel ins Wasser, zog es hindurch und genoss das Ziehen an ihren Armen.

Die ersten zwanzig Meter flogen vorbei und Rhian konnte den Stein von ihrem Platz in der vorderen linken Ecke des Boots gut sehen. Sie schienen direkt darauf zuzuhalten.

»Hart rechts!«, rief Dan über das Donnern des Wassers. »Paddelt fest!«

Rhian grub ihr Paddel hinein und drückte gegen das Wasser, während sie versuchte, das Schlauchboot vom Stein wegzuschieben, aber der Strudel, in dem sie gefangen waren, zog stärker an ihnen, als ihre Muskeln aushalten konnten.

»Scheiße!«, rief Rhian. Ihre Instinkte sagten ihr, dass sie zum Bug gehen und ihr Paddel hineinwerfen sollte, um Jayden auf ihrer Seite des Boots zu helfen. Aber Dan hatte ihnen gesagt, dass sie auf ihren Plätzen bleiben sollten. *Ach, scheiß drauf. Wir treffen den Stein sowieso. Was kann er schon machen? Mich über Bord werfen?*

Sie wartete, bis die Welle an ihnen vorbeizog und warf ihr Gewicht zum Bug des Schlauchboots. Mit dem Bauch drückte sie sich gegen das aufblasbare Seitendeck und stemmte ihre Beine über die Breite des Boots. Dann tauchte sie ihr Paddel ins Wasser und zog es über die Vorderseite des Boots. Der Sog des Wassers war so stark, dass sie das Paddel beinahe unter dem Schlauchboot verlor, ehe sie fest daran riss und es aus dem tosenden, schäumenden Wasser zog. Es fühlte sich lebendig an, wie es sich unter ihnen wand, als sie das Paddel erneut eintauchte und mit aller Kraft drückte.

»Zieht weiter!«, rief Dan erneut vom hinteren Ende. »So fest ihr könnt, es dreht sich!«

Rhian machte sich nicht die Mühe, einen Blick darauf zu werfen. Sie hatte weder die Zeit noch die Kraft. Immer und immer wieder rammte sie das Paddel ins Wasser, bis der Lärm der Stromschnellen abklang und das aufgewühlte Wasser hinter ihnen zurückblieb.

Rhian fiel auf den Rücken und atmete keuchend. Dan fing ihren Blick ein und streckte die Daumen nach oben.

»Großartig!«, rief er über den Wind hinweg. »Wir hätten den Stein mit Sicherheit getroffen, wenn du nicht gewechselt hättest. Cool.« Er grinste und Rhian musste unwillkürlich zurückgrinsen. Sie warf einen Blick auf Jayden und stellte fest, dass sie sie mit leicht offenstehendem Mund anstarrte.

»Was?«, fragte Rhian unsicher.

»Ich dachte, du warst noch nie beim Rafting«, sagte Jayden leise.

»War ich auch nicht.«

»Aber du hast uns heute alleine davor bewahrt, hier draußen nass zu werden.«

Rhian senkte den Blick. Ihre Wangen brannten. »Es war eine Gruppenleistung. Wir alle haben unseren Teil beigetragen.« Aus dem Augenwinkel sah sie, wie Jayden den Kopf schüttelte.

»Wenn du das sagst. Ich für meinen Teil glaube, dass du heute Nachmittag meine persönliche Wonder Woman warst.« Jayden grinste sie an und widmete sich wieder ihrem Paddel. Rhian konnte sie nur anstarren. Das war keine große Sache.

Ein paar Minuten später fuhren sie ans Ufer, wo ein Bus und ein Anhänger darauf warteten, sie zurück in die Stadt zu bringen.

Jayden nahm ihre Hand, als Rhian aus dem schwankenden Boot stieg und beinahe zurück ins kalte Wasser gefallen wäre.

»Fast«, sagte Jayden, umfasste ihre Hand stärker und griff mit der anderen nach ihrer Hüfte. »Wir wollen ja unsere Glückssträhne nicht unterbrechen und doch noch schwimmen gehen, oder?«

Rhian schüttelte den Kopf und war nicht in der Lage, ihren Blick von Jayden zu lösen. Die Begeisterung stand ihr gut. »Danke.«

»Gern geschehen.« Jaydens Stimme klang ein wenig heiser. Ein Donnergrollen rollte einige Meilen entfernt über die Berge. Synchron hoben sie die Köpfe und wandten sich in Richtung des Lärms.

»Lass uns gehen. Wir sollten zurück zur Konklave, bevor der Regen dort Erfolg hat, wo der Fluss heute versagt hat.« Jayden verschränkte ihre Finger mit Rhians und zog sie hinter sich her zum Bus.

Sie hat meine Hand nicht losgelassen.

Kapitel 28

»Wir sind in drei Tagen wieder da.« Jayden verstaute den letzten Rucksack im Laderaum des Busses. Rhian stand mit einer Flasche in der Hand hinter ihr. Jayden deutete darauf. »Was ist das?«

Rhian reichte ihr den Behälter. »Kaffee für dich.« Sie war noch immer nicht sicher, was sie geritten hatte, als sie den Kaffee gebrüht hatte. Diese ganzen kleinen häuslichen Dinge, die sie füreinander taten, machten es für Rhian nur schwerer, die Täuschung von der Wirklichkeit zu trennen.

»Danke.« Jayden nahm die Thermosflasche und deutete auf die Bank, die draußen vor dem Hotel stand. »Wir fahren erst in zehn Minuten los. Willst du mit mir teilen?«

»Liebend gern.« Sie setzten sich und Jayden goss den Kaffee in den Becher.

»Wollen wir unsere Keime teilen oder soll ich reingehen und noch eine Tasse holen?«

»Wir teilen.«

Sie saßen beisammen und wechselten sich mit der Tasse ab. Rhian wollte den Kaffee nicht austrinken oder den friedlichen Moment unterbrechen. Jaydens langsames Trinken deutete darauf hin, dass sie ähnlich dachte.

Als die Gruppe nach und nach aus der Konklave kam und in den Bus stieg, legte Jayden einen Arm um Rhians Schulter und seufzte, als Rhian den Kopf an ihre Schulter legte. Rhian versuchte die Tatsache zu ignorieren, dass Jayden auf ein Publikum gewartet hatte, bevor sie ihr Zärtlichkeiten zukommen ließ, und tat stattdessen so, als wäre niemand sonst hier.

»Ich muss los«, flüsterte Jayden an ihren Haaren.

»Sei da draußen vorsichtig, okay?«

»Ich verspreche es.« Jayden zog sich nicht zurück. Stattdessen flüsterte sie ihr ins Ohr: »Darf ich dir einen Abschiedskuss geben?«

Rhian schloss die Augen und nickte. Sie wusste, dass es keine gute Idee war. Sie wusste, dass alles nur gespielt war. Aber nichts davon schien sie von dem Wunsch abhalten zu können, Jaydens Kuss zu wollen. Sie nickte. Es war trotzdem süß, obwohl sie versuchte, den bitteren Geschmack der Lüge hinunterzuschlucken, die es in Wirklichkeit war. Jaydens Finger lagen sanft an ihrer Wange, als sie sich von ihr zurückzog.

»Vielleicht können wir wieder gemeinsam Abendessen, wenn ich zurückkomme?«

»Du musst das nicht tun.«

»Ich weiß, aber es gibt da etwas, über das ich mit dir reden muss. Etwas sehr Wichtiges.«

Rhian räusperte sich, aber ihr schwirrte der Kopf. Worüber könnte Jayden mit ihr reden wollen? Und nicht nur wollen, sondern *müssen*? Die Art, wie sie es betonte, machte deutlich, wie dringend es war. Rhian schluckte ihre Nervosität und sagte leise: »Okay.«

»Was hast du heute noch vor?«

»Ich dachte, dass ich mit Carlos nach Calafate fahre und Fen für ein paar Stunden besuche, während er eine weitere Ladung Kameraausrüstung einsammelt.«

»Gib ihr einen Kuss von mir, okay?«

»Sicher.« Rhian lächelte. »Jetzt geh und steig in den Bus, bevor sie ohne dich fahren.« Sie lachte leise, als Jayden sie mit verengten Augen ansah.

»Sehr witzig.«

Die Türen des Busses schlossen sich hinter ihr und blendeten das Getöse aus Gejohle und Applaus aus. Rhian war so froh, dass sie in diesem Moment nicht im Bus war.

Die Stille, die nach ihrer Abfahrt zurückblieb, machte sie noch glücklicher darüber, dass sie für den Rest des Tages nicht hier sein würde. Es lag nicht nur daran, wie still die Konklave ohne die Kandidaten sein würde. Oder der Tatsache, dass der Großteil der Crew ebenfalls auf dem Eis war, um die Kameras auf den höheren Positionen anzubringen und das Adlernest für die Steuerung der Drohnenkameras einzurichten. Santiago und ein paar andere Bergführer würden mit ihnen zusammenarbeiten, bis die Show abgedreht war.

Nein, nichts davon war ein Grund dafür, dass sich das Gebäude so leer anfühlte. Es lag einfach daran, dass Jayden für ein paar Tage nicht hier sein würde. Zumindest würde es Rhian für ein paar Stunden einen Tapetenwechsel verschaffen, wenn sie die Konklave verließ.

Als Carlos sie am Krankenhaus absetzte, war es beinahe zwei Uhr nachmittags. Sie hatte das Mittagessen mitgebracht, das Isabella für sie eingepackt hatte. Fen saß auf einem Stuhl neben dem Bett und las ein Buch. Der Buchrücken lag auf ihrem Gips, während sie die Seiten mit ihrer unverletzten Hand umblätterte.

»Hey, Drückeberger. Wie geht's dir?« Rhian klopfte mit den Knöcheln an den Türrahmen.

Fen hob den Blick und das Grinsen auf ihrem Gesicht erinnerte sie an Jaydens, obwohl sich die Schwestern nicht sehr ähnlich sahen. Fens glatte, rote Haare und ihre haselnussbraunen Augen unterschieden sich stark von Jaydens dunkelblonder Lockenmähne und ihren ausdrucksstarken blauen Augen, sodass es beinahe unmöglich war, die Familienähnlichkeit in ihnen zu sehen. Es war die Aura von Schalk in Fens Grinsen, die Rhian so sehr an Jayden erinnerte.

»Na, sieh an. Hallo, Fremde. Lange nicht gesehen.«

»Es ist nur eine Woche her.«

»In einer Woche kann viel passieren.«

Rhian zuckte zustimmend mit den Schultern. »Stimmt. Dann hat sich hier also viel verändert?« Sie deutete mit der Hand auf Fens Körper. »Irgendwelche interessanten Entwicklungen?«

»Na ja, die Gipse werden am Montag abgenommen. Dann können wir mit ein wenig Reha anfangen, damit ich wieder nach Hause kann.«

»Was ist mit deiner Wirbelsäule?«

Fen schloss das Buch und legte es neben sich auf den Tisch. »Keine Veränderung.«

»Aber ich dachte, es gibt kein …«

Fen hob die Hand. »Sie konnten nichts sehen. Und die Schwellung ist abgeklungen. Sie wissen nicht, was jetzt los ist. Sie sagen mir nur, dass die Zeit es zeigen wird.«

»Scheiße. Das tut mir leid, Fen.«

Fen schüttelte den Kopf. »Muss es nicht. Was sein soll, wird sein.«

»Ich weiß nicht, wie du so … edelmütig sein kannst.«

»Oh, ich bin weder mutig noch edel.«

»Ich hätte es fast geglaubt.«

»Nein, ich habe einfach nur schon vor langer Zeit gelernt, dass es keinen Sinn hat, sich über etwas Gedanken zu machen, das man nicht ändern kann. Dadurch wird man nur verbittert und die Situation verschlimmert sich.«

Rhian runzelte die Stirn und konnte nicht verhindern, dass ihr die Gedanken an ihren Dad und Jayden und all die Dinge, die sie nicht ändern konnte, in den

Sinn kamen. Wären sie und alle um sie herum besser dran, wenn sie einen Teil des Stress‘ und der Sorge einfach losließ? Und des Schmerzes? »Aber das bedeutet nicht zwangsläufig, dass sich dein Kopf keine Sorgen macht.«

»Stimmt. Es ist eine bewusste Entscheidung, sich keine Sorgen zu machen und eine, die ich mir immer und immer wieder vor Augen führen muss. Aber es hilft. Dadurch bleibe ich im Hier und Jetzt und konzentriere mich darauf, was ich tun muss und was mir wichtig ist.«

»Und das wäre?«

»Meine Familie natürlich. Meine Freunde. Mein Leben.«

»Wie ich schon sagte, edelmütig. Ich weiß, dass ich nicht so optimistisch sein könnte, wenn ich nicht weiß, was passieren wird.«

»Oh, ich bin nicht immer so optimistisch.« Fen lachte trocken auf. »Ich habe hier drin mehr Nächte heulend an Marks Schulter verbracht, als ich zählen kann. Aber heute ist ein guter Tag. Also lass ihn uns nicht verderben.«

»Dein Wunsch ist mir Befehl.«

Fen schnaubte. »Ja, richtig. Also, wie geht's meiner herrischen Schwester heute? Prüft sie die Truppen wieder auf Herz und Nieren?«

Rhian nickte. »Ja, sie nimmt sie für ein paar Tage mit auf den Gletscher. Die letzten Trainingseinheiten, bevor wir nächste Woche mit den Dreharbeiten anfangen.«

Fens Grinsen war ansteckend. »Bist du bereit?«

»Ich glaube schon. Zumindest so bereit, wie wir sein können.«

»Oh, du bist bereit. Jayden hat mir erzählt, dass du alles vorbereitet hast, als wäre es eine Militäroperation. Bis auf die letzte Sekunde vorausgeplant.«

Rhian lachte schnaubend. »Oh, da bin ich mir nicht so sicher.« Ihre Wangen wurden warm.

Fen beobachtete sie mit einem neugierigen Gesichtsausdruck.

»Was?«, fragte Rhian.

»Nichts.«

Rhian zog erneut die Brauen zusammen, entschied aber, das Thema sein zu lassen.

»Wie macht sich deine Gruppe aus widerspenstigen Übeltätern?«

»Na ja, seit Oskar Brooke zum Schweigen gebracht und Luiji bei Killian zurückgefeuert hat, scheint alles gut zu sein. Solange wir alles so weiterlaufen lassen, wie es ist, sollte es in Ordnung sein. Die Sponsoren sind glücklich mit dem

Gerede, das die Show verursacht, und das Feedback auf *Twitter* war wirklich gut. Sehr positiv für die Show. Killian hat die Drohung einer Klage fallengelassen, also sieht es gut aus.«

»Gut.«

»Ja. Gut.«

»Und deine Mutter? Ist sie glücklich?«

Rhian lachte. »Rachel ist nie glücklich.«

Fen lachte leise. »Ist das so?«

»Immer.«

»Na ja, was ist dann mit dir? Bist du glücklich?«

Rhian spürte, wie das Grinsen auf ihren Lippen verblasste und versuchte, sich zusammenzureißen, bevor es auffiel. »Natürlich«, sagte sie verhalten. »Warum sollte ich nicht glücklich sein?«

Fen musterte sie einen Augenblick. »Weiß ich nicht. Aber da ist … Ich weiß nicht.« Sie zuckte mit den Schultern. »Du scheinst nicht du selbst zu sein. Als würde dich etwas beschäftigen.«

Mein Dad. Jayden. Wo soll ich anfangen? Rhian versuchte, ihre Schultern zu entspannen, und verzog den Mund zu etwas, das hoffentlich wie ein Lächeln aussah. »Nein, es geht mir wirklich gut. Ich versuche vermutlich immer noch, Schlaf nachzuholen. Wahrscheinlich sind es die Ringe unter meinen Augen, die mich so mitgenommen aussehen lassen.«

Fen sah sie einfach nur weiter an, bevor sie sagte: »Wenn du das sagst.«

Rhian öffnete den Mund, um ihr zu sagen, dass sie mit den wertenden Kommentaren und diesen nicht-so-subtilen Blicken aufhören sollte, hielt sich aber zurück. *Ich werde paranoid. Sehe Dinge, die nicht da sind.* Fen konnte unmöglich wissen, was sie belastete. Fen hatte sie und Jayden seit den ersten Tagen im Krankenhaus nicht einmal zusammen gesehen. Und sie wusste nichts über die Situation mit ihrem Vater. Warum sollte sie? Rhian hatte die Konklave und das Büro verlassen, um ein wenig Abstand zu bekommen und all das für eine Weile zu vergessen. *Vielleicht war es dann nicht der klügste Schachzug, die Schwester deiner Obsession zu besuchen, Dummkopf.*

Obsession?

Sie dachte über das Wort nach – was es bedeutete und wie sie sich auf nichts anderes konzentrieren konnte, wenn Jayden in der Nähe war. Und wie Rhian nur an sie denken konnte, wenn Jayden nicht in der Nähe war. Also ja. *Obsession* schien das richtige Wort zu sein. Zumindest war es besser als die Alternative.

»Genug von mir. Erzähl mir, was hier so los ist. Es muss doch unendlich viel Getratsche geben.«

Fen musterte sie noch ein wenig, ehe sie nachgab und ihr von der Schwester erzählte, die die Nachtschichten übernahm und mit einem der Ärzte verheiratet war, aber eine Affäre mit einer der Reinigungskräfte hatte. Anscheinend hatte Mark die beiden in flagranti in einem der leeren Zimmer erwischt. Es war eines von dutzenden skandalöser Leckerbissen, die Fen im Verlauf des Nachmittags von sich gab. Das Krankenhaus glich eher einem Mikrokosmos aus Seifenoper-Eskapaden als einem Ort der Heilung und Genesung.

Gegen siebzehn Uhr machte sich Rhian für den Aufbruch bereit, aber Fen hielt ihre Hand. »Kannst du mir einen Gefallen tun?«

»Natürlich«, sagte Rhian ohne zu zögern.

»Kümmerst du dich für mich um Jayden?«

Rhian lachte und wandte den Blick von Fens ernstem Gesichtsausdruck ab. »Ich bin ziemlich sicher, dass deine Schwester mehr als in der Lage ist, auf sich selbst aufzupassen, Fen.«

»Ich weiß, dass es so aussieht und ich weiß, dass sie so tut, als wäre sie aus dem Stein gemacht, den sie gut erklettern kann, aber das ist sie nicht. Die letzten Jahre waren für sie wirklich schwer. Nach Nepal und dem Einzug unserer Mutter in ein betreutes Wohnen hat sie, na ja, zu kämpfen gehabt.«

»Ich wusste nicht, dass eure Mutter in einem Pflegeheim ist.«

»Alzheimer.«

»Das tut mir so leid.«

Fen zuckte mit den Schultern. »Für Jayden war es schwerer. Sie war zu Hause und hat gesehen, wie es passiert ist. Sie war diejenige, die Mum an diesen Ort bringen musste. Ich war hier. Ich hab sie über *Skype* gesehen und durch Textnachrichten erfahren, was passiert ist. Jayden hat es erlebt und nach allem anderen … Na ja, es hat nicht geholfen, das zu reparieren, was schon zerbrochen war.«

Rhian versuchte, sich daran zu erinnern, ob es da ein zusätzliches Detail über Jayden gab, das sie wusste, oder wissen sollte. Aber sie konnte sich nicht erinnern, dass Jayden ihr etwas erzählt hatte, das Fens Worte erklären könnte.

»Tut mir leid, ich verstehe nicht, was du meinst.«

»Das Erdbeben in Nepal.«

»Das von vor ein paar Jahren? Sie war dort?«

Fen nickte. »Sie war im Everest-Basislager.«

»Oh Gott.«

»Ja, es war … Um ehrlich zu sein kann ich es mir nicht einmal vorstellen.« Sie atmete tief ein. »Ich will es auch nicht wirklich.«

»Wurde sie verletzt?«

Fen schüttelte den Kopf. »Nicht körperlich. Aber was sie dort gesehen hat …«

»Es gab eine Lawine, die von dem Erdbeben ausgelöst wurde, oder?«

»Ja.«

»Wie viele Menschen sind gestorben?«

»Neunzehn. Der schlimmste Tag in der Geschichte der Everest-Besteigung.«

»Hat sie … Habt ihr beide … Kanntet ihr …?«

Fen nickte und schien die Frage zu verstehen, die Rhian stellen wollte, für die sie aber keine Worte fand.

»*Adventure Trekkers* hat auf der ganzen Welt gearbeitet und Klettertouren und Gruppen geführt. Ich war hier auf der dauerhaften Basis und Jayden hat Auftragsgruppen auf verschiedene Gipfel und Langstreckenwanderungen überall sonst geführt. Eigentlich alles, was uns angetragen wurde und was ihr Interesse geweckt hat. Was auch immer sie von einem Berg zum nächsten geführt hat. In dieser Saison hat sie in Nepal gearbeitet. Sie hatten gerade die Annapurna-Umrundung beendet und die Everest-Besteigung stand als Nächstes auf der Liste.

»Sie?«, fragte Rhian leise.

»Jayden und Rebecca.«

Rhian musterte Fens Gesicht, während das, was nun kommen würde, langsam in ihr Bewusstsein eindrang und ihr Gesicht eiskalt wurde.

»Sie sollten ihre Expedition zum Gipfel am nächsten Tag beginnen. Das Erdbeben kam dann kurz vor Mittag.«

»Rebecca war ihre … Freundin?«

Fen nickte. »Sie waren seit ein paar Jahre zusammen.« Sie lächelte sanft. »Sie haben gut zusammengearbeitet, sind immer unterwegs gewesen, immer draußen, haben immer gelacht und gewitzelt.« Fen verstummte.

»Was ist passiert?«

»Vielleicht solltest du das Jayden fragen.«

Rhian musterte sie und schüttelte anschließend den Kopf. »Warum fängst du das an, wenn du weißt, dass sie es mir nicht erzählen wird? Aus welchem Grund auch immer du der Meinung bist, dass ich es wissen muss, da kannst du es mir genauso gut gleich sagen, Fen. Du hast schon so viel erzählt. Da musst du die Geschichte jetzt auch beenden.« Sie wischte sich die Hände an ihrer Jeans ab und versuchte, den Schweiß daran loszuwerden.

»Du hast recht. Ich glaube nicht, dass sie darüber reden wird. Weil sie es nie getan hat. Ich weiß nur durch einen Kollegen, der mit ihr dort gewesen ist, was passiert ist. Ein Arzt. Jost Clabben. Als das Erdbeben kam, war sie mit ihm im Sanitätszelt. Sie wollte die Erste-Hilfe-Kästen und medizinischen Vorräte für die Expedition holen. Als sie das Beben gespürt haben, sind sie nach draußen gegangen, um nachzusehen, was los war. Jost sagt, dass sie nur die Seite des Bergs sehen konnten und dass es ausgesehen hat, als würde das ganze Ding in sich zusammenfallen. Natürlich waren es nur Eis und Schnee, die runterkamen und sie dachten, dass das Basislager weit genug weg wäre. Weißt du, das Basislager soll ein sicherer Ort auf dem Everest sein.« Sie schüttelte den Kopf.

»Nicht an diesem Tag. Er hat es wie einen Tsunami aus Eis und Gestein beschrieben, der über ihnen zusammengeschlagen ist. Er sagt, dass Jayden ihm das Leben gerettet hat, indem sie ihn zurück ins Sanitätszelt und unter ein Bett gestoßen hat. Wenn sie das nicht getan hätte, wäre er von der Lawine mitgerissen und darunter begraben worden, wie es vielen der Verstorbenen passiert ist. Stattdessen hat sie ihn in Sicherheit gebracht. Die Hälfte des Zelts ist unter dem Gewicht des Schnees zusammengebrochen und er hat mir erzählt, dass Jayden versucht hat, zu den anderen zu kommen, sie auszugraben, währen die Lawine sie noch immer in den Boden getrieben hat. Er musste sie festhalten, um sie aufzuhalten, damit sie nicht auch begraben wurde.«

Rhian legte sich eine Hand auf den Mund, nicht sicher, ob sie das Schluchzen oder die Übelkeit zurückhielt, die in ihrer Kehle aufstieg.

»Als es schließlich still wurde, war sie die Erste, die zu graben anfing und versuchte, zu den Leuten zu kommen, von denen sie wusste, dass sie im Zelt begraben waren. Er sagte, dass tonnenweise Schnee die Überreste des Sanitätszelts bedeckt hatten. Tonnen. Und sie hat sich einfach mit bloßen Händen durchgegraben.« Fen wischte sich über die Augen. Sie öffnete den Mund, um weiterzusprechen, aber ihre Stimme schien zu versagen.

»Was?« Das Wort schaffte es kaum über Rhians Lippen.

»Die Lawine hat nicht nur Eis und Schnee und Gestein ins Sanitätszelt getragen. Sie hat Menschen mit sich gebracht. Tote und Verletzte, alle mit denen zusammen begraben, die Schutz im Zelt gesucht hatten.« Sie blinzelte heftig und schluckte. »Rebecca war eine von ihnen.«

»Rebecca? Ihre Rebecca?«

Fen nickte. »Sie war an diesem Morgen mit einem Kunden draußen und hat ihm geholfen, ein paar Techniken zu üben, als die Lawine kam. Wo auch immer sie waren, das Eis hat sie einfach mitgerissen und dort abgeladen.«

»Verletzt?« Rhian konnte das Wort nur schwach husten. Sie hatte nicht länger genug Atem, um ihre Stimme zu benutzen.

Fen schüttelte den Kopf. »Durch die Gewalt der Lawine wurde ihr von ihrer eigenen Eisaxt die Kehle durchgeschnitten. Jayden hat ihre Leiche gefunden. Im Eis. Sie hat einfach gegraben, bis sie jemanden gefunden hat und sie dann rausgezogen. Jost sagte, dass sie, als sie Rebeccas Körper umgedreht hat – na ja, es hat sie gebrochen.«

Rhian setzte sich und konnte sich nicht bewegen oder an etwas anderen denken als an das zerstörte Basislager, das sie im Fernsehen gesehen hatte. Sie erinnerte sich an die Geschichten von denen, die in den höher gelegenen Camps gestrandet waren und nicht wieder herunterkamen, weil die Lawine die Leitern und Seile weggerissen hatte, die sie brauchten, um sicher über die Spalten und Rinnen zu klettern. Noch immer erinnerte sie sich an die Verwüstung des Basislagers, das ausgelöscht worden war, während Hubschrauber die Verletzten und Toten in Zweierpaaren vom Berg flogen. Diejenigen, die noch hatten laufen können, hatten sich langsam einen Weg zurück in die Zivilisation gesucht. Aber was sie gefunden hatten, war nur ein Weg zu noch mehr Zerstörung, noch mehr Tod und noch mehr Verzweiflung.

»Deshalb ist sie von den Bergen verschwunden?«, flüsterte sie in die Stille des Raums.

Fen nickte.

»Deshalb wollte sie das Projekt nicht annehmen? Das hast du gemeint, als du sagtest, dass ich um mehr bitte, als mir klar ist?«

»Ja.«

Rhian schloss die Augen und versuchte nicht einmal, die Tränen zurückzuhalten. Sie weinte um alles, was Jayden mitansehen und durchmachen musste. Sie weinte um die, die an diesem Tag ihr Leben verloren hatten, und um die, die noch immer mit den Auswirkungen von Mutter Naturs Zorn kämpften. Jetzt ergab alles Sinn; Jaydens Verlangen, alles außer diesem Projekt zu machen, als es ihr das erste

Mal in den Schoß gefallen war. *Und ich habe sie dazu gedrängt. Ich habe es ihr aufgezwungen.*

Jaydens Verhalten ihr gegenüber, ihr Verhalten den Kandidaten gegenüber und ihre Vehemenz bei ihrem Ziel, dafür zu sorgen, dass alle von ihnen so vorbereitet wie nur möglich waren, ergab nun einen Sinn. Denn Jayden hatte gesehen, wie verheerend eine Katastrophe auf dem Berg sein konnte, wenn man nicht vorbereitet war.

Rhian konnte nun verstehen, wie viel es Jayden gekostet haben musste, auf eine zivilisierte Art mit ihr zu arbeiten, ganz zu schweigen von mehr als dem. Rhian war die Frau, die Jayden dazu gezwungen hatte, sich erneut ihren Dämonen zu stellen. Und die ihr mit einer schändlichen Klage gedroht hatte, wenn sie es nicht tat. Sie fragte sich, welcher Teil des Martyriums Jayden am meisten verfolgte – ihre tote Liebhaberin oder die Grausamkeit des Berges? Sie konnte es sich einfach nicht vorstellen. Das Einzige, das sie mit Sicherheit wusste, war, dass sie an Jaydens Stelle dem Miststück nicht vergeben könnte, das sie wieder da raus geschickt hatte.

Hat das irgendwas mit dem Gespräch zu tun, das sie mit mir führen muss? Will sie darüber sprechen? Aber warum jetzt? Oh Gott. Fühlte sie sich schuldig, weil sie vorgab, jemandes Freundin zu sein? Fühlte sich diese ganze Falsche-Freundin-Sache wie ein Verrat an Rebecca an? Zwang Rhian Jayden dazu, ihre Seele zu verkaufen, um die Firma zu retten?

Rhian hatte geglaubt, dass sie gute Freunde geworden waren, aber nun musste sie alles an ihrer Freundschaft infrage stellen. Wie hatte Rhian das vorher nicht sehen können? Sie hielt alle Karten in der Hand. Irgendwann musste Jayden erkannt haben, dass es besser war, nett zu Rhian zu sein, sich mit ihr anzufreunden und das Miststück glücklich zu machen, das sie und ihre im Krankenhaus liegende Schwester verklagen und in die Armut schicken konnte, wenn sie nur einen falschen Schritt machte. Und Rhian war unbekümmert mir ihr wandern gegangen, hatte sich von ihr ausführen lassen … und hatte nie bemerkt, wie sehr es Jayden innerlich umgebracht haben musste.

So viele Dinge wurden noch verwirrender für sie. Es gab nur eine Sache, die viel zu klar zu sein schien: »Sie muss mich hassen.«

»Dich hassen?«, fragte Fen mit einem Hauch von Überraschung in der Stimme. »Sie hasst –«

»Es tut mir leid, Fen. Ich muss gehen. Danke, dass du es mir erzählt hast. Das erklärt einiges, aber Carlos wartet auf mich.« Sie beugte sich nach vorn und drückte Fen einen Kuss auf die Wange. »Wir sehen uns nächste Woche.«

»Aber, Rhian, warte –«

»Es ist in Ordnung. Jetzt ergibt alles Sinn. Tschüss, Fen.«

Sie schloss die Tür hinter sich und hoffte, dass es auf dem Flur nicht so laut klang wie in ihrem Kopf. Sie drückte sich die Hand aufs Brustbein und war überrascht, dass sie noch immer ihren Herzschlag spüren konnte. Sie hätte schwören können, dass es vollkommen aufgehört hatte zu schlagen. Schwindel überkam sie und ließ die Welt vor ihren Augen zur Seite kippen. In dem Versuch, das Gleichgewicht wiederzufinden, lehnte sie sich an die Wand. Galle stieg in ihrer Kehle auf. Rhian legte sich die Hand auf den Mund, um das Gefühl zu unterdrücken, sich übergeben zu müssen. Tränen brannten in ihren Augen. Doch sie konnte nicht hierbleiben – mit dem Rücken an Fens Tür gelehnt.

Sie stolperte davon und stürzte schließlich durch die Tür des Badezimmers. Mit den Armen stützte sie sich auf dem Waschbecken ab und ließ den Tränen freien Lauf. Sie ließ den Kopf hängen. Ihre Knie gaben unter ihr nach und sie rutschte auf den Boden. Sie drehte sich, sodass sie mit dem Rücken an der Wand lehnte, schlang die Arme um ihre Knie und schluchzte, bis die Tränen auf ihren Wangen getrocknet waren und sich ihre Atmung wieder normalisiert hatte.

»Es tut mir so leid, Jayden. Es tut mir so leid.«

Sie würde nie in der Lage sein, sich ausreichend zu entschuldigen. Das wusste Rhian jetzt. Was sie getan hatte, war unverzeihlich. Die Tatsache, dass sie nicht einmal gewusst hatte, was sie tat, machte es nur schlimmer. Wie oft hatte sie sich gefragt, warum sich Jayden vom Bergsteigen zurückgezogen hatte? Wie oft hatte sie sich versprochen, dem Ganzen auf den Grund zu gehen? Wie oft hatte sie ihre eigenen Ängste ignoriert, weil sie sich vor dem Wissen fürchtete?

Tja, nun wusste sie es. Das würde es leichter machen … loszulassen? Darüber hinwegzukommen?

Ihre Besessenheit von Jayden hinter sich zu lassen, würde ihr nun leichter fallen. Bestimmt. Denn das musste sie. Das musste sie einfach.

Kapitel 29

»Sechszehn Menschen aus aller Welt glauben, dass sie das Zeug haben, um eine der mörderischsten Kletter-Herausforderungen auf sich zu nehmen, die die Menschheit kennt.« Rhian hielt einen Atemzug lang inne, wie Angela sie angewiesen hatte, und richtete ihren Blick auf Jayden, ehe sie ihre Aufmerksamkeit wieder von ihr löste. »Die Fitz Roy-Überquerung.«

»Guillaumet, Mermoz, Fitz Roy, Poincenot, Rafael Juarez, Saint-Exupéry und schließlich der Aguja de l'S. Fünf Tage bestehend aus Klettern, Ausrüstung schleppen und auf dem Berg schlafen. Eine Distanz von viereinhalb Meilen und dreizehntausend Fuß über von Eis und Schnee bedecktem Gestein.« Jayden las ihren Text laut in das Mikrofon hinein und hielt dabei mit einer Hand ihre Kopfhörer fest. Die Aufnahme würde während der Eröffnungssequenz abgespielt werden, während die Bilder jedes Gipfels bei Jaydens Aufzählung eingeblendet wurden.

»Bei den besten Bedingungen ist es brutal. Bei den schlimmsten tödlich. Und jeder einzelne unserer Kandidaten will als erster die Ziellinie überqueren«, fuhr Rhian fort. »Das erste Paar bekommt einen einmaligen Preis – eine Reise zum Gipfel des Mount Vinson in der Antarktis, dem menschenfeindlichsten Lebensraum der Welt, und den Titel des *The Amazing Climb*-Champions.«

»Jeder von ihnen glaubt, es schaffen zu können.« Jayden sah zu ihr und wandte schnell den Blick ab.

»Doch den meisten von ihnen wird das Gegenteil bewiesen werden.«

»Schnitt.« Angelas Stimme erklang über ihre Kopfhörer. »Das war wirklich gut, meine Damen. Lasst mich das kurz durchgehen und herausfinden, ob wir es noch mal aufnehmen müssen.«

Rhian streckte den Daumen in die Luft und sah Jayden erneut an. Seit ihrer Rückkehr von dem Ausflug aufs Eis mit der Gruppe war sie ruhig gewesen. Nachdenklich. Und Rhian fragte sich unwillkürlich, ob da draußen etwas passiert war, dass sie mitgenommen hatte. Noch etwas, für das sie Rhian die Schuld geben und wofür sie sie hassen konnte. Oder wappnete sie sich nur für die Unterhaltung, die sie führen *mussten*? Rhian rieb sich mit beiden Händen übers Gesicht und drückte sich die Finger auf die Augen.

»Hey, geht's dir gut?«, fragte Jayden leise.

Rhian ließ die Hände sinken und lächelte schwach. »Ja, alles in Ordnung.«

Jayden sah sie an, legte den Kopf schräg und zog die Brauen zusammen. »Ich glaube dir nicht.«

Rhian biss sich auf die Lippe. Sie wollte sich nicht mit Jayden streiten, aber sie konnte nicht so weitermachen wie zuvor. Jetzt nicht mehr. Sie konnte nicht mit dieser Last weitermachen. Sie wusste nicht, wie Jayden es so lange durchgehalten hatte. »Nun, das ist deine Sache. Angela, sind wir hier fertig?«, fragte sie ins Mikro. Als Angela ihr aus der Tonkabine den Daumen nach oben zeigte, zog sie sich die Kopfhörer vom Kopf und legte sie über den Mikrofonhalter. Sie hatte die Kabine verlassen, bevor Jayden noch etwas sagen konnte.

Die knapp zwei Kilometer zurück zur Konklave brachte sie im Laufschritt hinter sich und ging direkt in ihr Zimmer. Es war zu schwierig. Mit dem Wissen, das sie nun hatte, war sie von ihrer eigenen Kaltschnäuzigkeit angeekelt. Wie sie Jayden in die Position hinein manipuliert hatte. Sie war wütend auf sich selbst, weil sie Jayden so unter Druck gesetzt hatte. Wütend auf Rachel, weil sie sie beide nicht aus der Sache hatte herauskommen lassen. Himmel, sie war wütend auf Fen, weil sie dem Projekt zugestimmt und sich dann verletzt und Jayden in die Position gebracht hatte, in der sie nun feststeckte.

Sie hatte schon früher Dinge für das Geschäft getan, bei denen sie sich nicht einhundertprozentig wohlgefühlt hatte. Aber sie hatte nie eine solche Grenze überschritten und jemanden gezwungen, etwas zu tun, das sie emotional, seelisch und … wie auch immer verletzte. Sie wollte sich den Gestank der Manipulation abwaschen, aber er drang aus ihr heraus und kein Wasser und keine Bleiche würde das je abwaschen können.

Mit der Stirn lehnte sie sich an das kühle Glas des Fensters und starrte nach draußen, ohne wirklich etwas wahrzunehmen. Sie versuchte, die Übelkeit hinunterzuschlucken. Wie sollte man lernen, mit sich zu leben, wenn man sich selbst krank machte?

»Hey?«

Rhian wirbelte herum. Sie dachte, sie hätte die Tür abgeschlossen. »Was machst du hier?«

»Ich … Du bist aufgewühlt. Was ist los?«, fragte Jayden und durchquerte das Zimmer, bis sie vor ihr stand.

Rhian verschränkte die Arme vor dem Bauch. »Nichts. Hab ich dir doch gesagt.«

»Und ich hab dir gesagt, dass ich dir nicht glaube.« Sanft legte Jayden ihre Finger um Rhians Oberarm. »Ich kann es sehen.«

»Es geht mir gut, Jayden. Ich bin sicher, dass du viel zu tun hast.« Gott, Jayden sollte sich nicht verpflichtet fühlen, Rhian zu trösten, wenn ihr schlecht wurde, weil sie Jayden manipuliert hatte. Es war krank. Sie wandte sich ab und starrte erneut aus dem Fenster.

»Das habe ich. Aber das kann warten. Irgendwie glaube ich, dass es das hier nicht kann.«

Rhian hörte das Rascheln des Bettzeugs. Als sie einen Blick über die Schulter warf, sah sie, dass sich Jayden auf die Bettkante gesetzt hatte. Sie lehnte sich auf den Armen zurück, überschlug die Füße an den Knöcheln und sah sie erwartungsvoll an.

»Also, was ist los? Gibt es ein neues Problem mit Killian?«

Rhian schüttelte den Kopf. »Er hat die Klage fallen gelassen. Von ihm wird es keine weiteren Probleme geben. Rachels Plan und Luijis Hilfe haben dieses Thema definitiv beendet.«

»Gut. Tja, Brooke kann es nicht sein. Die ist nur *mir* die letzten vier Tage auf die Nerven gegangen. Also Rachel?«

»Nein.« Rhian drückte sich die Hand gegen die Stirn und schirmte ihre Augen ab. Sie wollte Jayden nicht ansehen, wie sie so auf dem Bett saß. Der besorgte Ausdruck auf ihrem Gesicht sah so … aufrichtig und fürsorglich aus, dass es wehtat. »Ich hab dir gesagt, dass es nichts ist.«

»Ich bin nicht von gestern, Rhian, und ich werde nirgendwohin gehen, bis du mir gesagt hast, was dich so beschäftigt.«

»Schön. Dann bleib hier.« Rhian durchschritt das Zimmer und knallte die Tür hinter sich zu. Mel kam gerade aus ihrem eigenen Zimmer und Rhian schlüpfte schnell unter ihrem Arm hindurch in den Raum.

»Hey, was zum –«

»*Psst.* Bitte schließ einfach die Tür und versteck mich für ein paar Minuten.«

Mel kam der Bitte nach und starrte sie mit einem fragenden Blick an.

»Ich muss mich einfach eine Weile abseilen und hier wird mich niemand suchen.«

Mel schüttelte den Kopf. »Schön. Aber ich gehe jetzt zum Mittagessen. Soll ich dir was hochbringen?«

»Nein, ist schon in Ordnung. Danke.«

Mel setzte sich neben sie aufs Bett. »Was ist los, Rhi? In den letzten paar Tagen warst du nicht du selbst.«

Rhian konnte es nicht mehr ertragen. Die Fragen, die Gefühle, es war alles zu viel. Wie in einem Rausch strömte alles aus ihr heraus. »Ich weiß, warum sie mich hasst. Weil ich sie gezwungen habe, das zu tun, nachdem sie gesehen hat, wie Leute in Nepal gestorben sind und ich habe sie gezwungen, zurück in die Berge zu gehen. Und ich kann nichts gegen meine Gefühle für sie tun, aber sie hasst mich und sie hat jedes Recht, das zu tun. Wirklich. *Ich* hasse mich gerade. Aber ich mag sie wirklich, Mel.« Tränen strömten über ihre Wangen, während die Worte über ihre Lippen rollten. Es war ihr egal, dass sie wie ein Baby plapperte. Es tat weh und sie konnte es einfach nicht mehr zurückhalten.

Mels Arme legten sich um ihre Schultern und zogen sie in eine feste Umarmung. Sie streichelte ihre Haare, rieb in beruhigenden Kreisen über ihren Rücken und flüsterte sanfte Worte, bis das Schluchzen, das Rhians Körper schüttelte, abebbte. Dann zog sich Mel zurück, um nach der Taschentuchbox auf dem Nachttisch zu greifen und sie Rhian zu reichen.

»Danke«, flüsterte Rhian.

»Besser?«

Rhian zuckte mit den Schultern. »Nicht wirklich.« Sie putzte sich die Nase und warf das Taschentuch in den Mülleimer. »Entschuldige.«

»Du musst dich nicht entschuldigen. Also, fang von vorn an und erzähl mir, warum du denkst, dass dich jemand hasst.«

»Jayden hasst mich.«

Mel lachte. »Nein, tut sie nicht.«

Rhian nickte und wischte sich eine weitere Träne aus dem Gesicht. »Fen hat es mir gesagt.«

»Fen hat dir gesagt, dass Jayden dich hasst? Sie hat genau diese Worte benutzt?«

Rhian schüttelt den Kopf. »Nein, natürlich nicht. Das hier ist nicht der Schulspielplatz.«

»Gott sei Dank. Einen Moment lang hab ich mir Sorgen gemacht.«

»Sehr witzig.«

Mel wartete einfach.

Rhian verdrehte die Augen. »Sie hat mir erzählt, dass Jayden seit dem Erdbeben in Nepal nicht mehr in den Bergen gewesen ist.«

»Warum nicht?«

»Sie war im Everest-Basislager, als es von der Lawine zerstört wurde.«

»Wow.«

»Ja.«

»Aber Fen hat nicht gesagt *Jayden hasst dich, weil du sie gezwungen hast, die Show zu übernehmen*, oder?«

»Nein.«

»Also bist du einfach so zu diesem Schluss gekommen?«

Rhian starrte sie an. »Ihre Freundin ist dort gestorben. Zu welchem Schluss hätte ich sonst kommen sollen?«

Mel schwieg einen Augenblick. »Es tut mir leid zu hören, dass sie das durchmachen musste. Wirklich. Aber ich sehe immer noch nicht, warum sie dir die Schuld dafür geben sollte.«

»Ich hab nicht gesagt, dass sie mir die Schuld dafür gibt. Ich sagte, dass sie mich hasst, weil ich sie gezwungen hab, die Show zu machen. Weil sie wieder in die Berge musste. Weil sie sich entweder dieser schrecklichen, schrecklichen Sache stellen muss, die ihr passiert ist, oder einer Klage. Natürlich hasst sie mich deswegen. Ich würde das auch tun.« Sie legte sich die Hand auf den Mund und biss in ihren Knöchel, um nicht schon wieder in Tränen auszubrechen.

»Liebes, ich habe dich mit ihr gesehen und sie verhält sich nicht wie jemand, dem es schwerfällt, in deiner Nähe zu sein.«

»Es ist eine Scharade. Das hast du selbst gesagt.«

Mel gab einen spöttischen Laut von sich. »Wenn sie wirklich eine so gute Schauspielerin ist, sollte sie in Hollywood Milliarden verdienen und nicht Reisegruppen in die Berge führen und sich auf Gletschern den Hintern abfrieren.« Sanft drückte sie Rhians Schulter. »Rede mit ihr. Lass es dir von ihr sagen.«

»Nein, ich werde es nicht noch schlimmer machen.«

»Was schlimmer machen?«

»Die Situation.«

»Welche Situation? Und wie kann sie schlimmer werden, wenn du mit ihr redest?«

»Ich hab sie gezwungen, diesen Job zu machen, obwohl sie mir sehr deutlich gesagt hat, dass sie es nicht möchte. Jetzt weiß ich, warum sie es nicht wollte.

Ich hätte recherchieren müssen. Das wollte ich auch. Aber ich war einfach so beschäftigt und hab es vergessen. Nachdem sie zugestimmt hatte, schien es nicht mehr relevant zu sein. Nein, das stimmt nicht. Nicht wirklich. Ich wusste, dass da etwas war – etwas Schmerzhaftes.« Sie ließ den Kopf hängen. »Mit ihr zu reden wird es sicher nur schlimmer machen.«

»Für wen?«

Sie war wirklich ein Schwächling, nicht wahr? »Für mich.«

»Warum? Wie?«

»Ich will nicht der Grund für ihren Schmerz sein. Ich will nicht, dass sie mich hasst. Ich will nicht hören, wie sie mir sagt, dass das, was sie durchmacht … womit sie sich befassen muss, was sie verletzt, nur meinetwegen geschieht. Ich kann das nicht ertragen.« Erneut brach ein Schluchzen aus Rhian heraus, aber sie funkelte Mel trotz der Tränen wütend an. Warum konnte sie es nicht sehen? Warum konnte sie nicht sehen, wovor Rhian solche Angst hatte – dass es nur realer werden würde, wenn sie es aus Jaydens Mund hörte?

Mel erwiderte den Blick, dann lachte sie erneut und dieses Mal klang es überheblich. »Du hast eine ziemlich hohe Meinung von dir selbst.«

»Was? Nein, ich –«

»*Ich bin der Grund dafür, dass sie leidet, sie macht das meinetwegen durch*«, sagte sie und imitierte dabei Rhians Stimme.

»Du weißt, was ich meine.«

»Ja, tue ich. Du willst dich ihr nicht stellen, weil du Angst hast, dass du dich noch schlimmer fühlst, als du es bereits tust. Du fühlst dich schuldig und wütend und manipulativ. Und du empfindest all diese Dinge stärker, weil sie dir aufrichtig am Herzen liegt.« Mel drückte ihre Hand. »Nicht wahr?«

Rhian nickte und versteckte ihr Gesicht in einem Taschentuch.

Mel lachte leise. »Ich hab gesehen, wie sie dich ansieht. Sie mag dich.«

»Ach komm. Das tut sie nicht. Überhaupt nicht.«

»Schön, schön.« Mel nahm ihre Hand und drückte sanft ihre Finger. »Aber du magst sie?«

Rhians Augen brannten, als die Tränen zurückkamen. Sie nickte.

»Du magst sie wirklich?«

Die Tränen liefen über ihre Wangen. Sie nahm sich ein weiteres Taschentuch und vergrub nickend das Gesicht in den Händen.

»Vielleicht liebst du sie?«

Das Schluchzen brachte Rhians Schultern zum Beben und Mel schlang erneut die Arme um sie.

»Heilige Scheiße. Rachel wird meine Eingeweide als Strumpfhalter benutzen, wenn du so durcheinander zurückkommst.«

Jayden konnte Rhians Schluchzen und die gedämpfte Unterhaltung durch Mels Tür hören, konnte sich aber nicht dazu bringen, zu lauschen. Rhian litt, aber sie suchte sich den Trost, den sie brauchte. Das war das Wichtigste. Sie versuchte, nicht verletzt zu sein, weil Rhian in einem Moment seelischer Not vor ihr weggerannt war. Sie versuchte, sich keine Gedanken darüber zu machen, was so sehr an ihr nagte. Jayden hatte gedacht, dass sie nach dem Rafting-Ausflug Fortschritte gemacht hatten. Dass sie sich nähergekommen waren. Darüber hatte sie mit Rhian sprechen wollen. Sie wollte alle Karten auf den Tisch legen. Ihr zu sagen, was sie empfand. Es fühlte sich nicht mehr richtig an, Spielchen zu spielen. Sie hatte gedacht, auf dem Ausflug etwas gesehen zu haben, einen Funken, der andeutete, dass vielleicht – nur vielleicht – Rhian ebenfalls mehr als nur Freundschaft für sie empfand. Rhian hatte ein Funkeln in den Augen gehabt, von dem sich Jayden sicher war, dass es nicht nur von der Begeisterung über die Stromschnellen kommen konnte.

Sie lehnte den Kopf an die Holztür. Jayden wusste, dass man sich in diesem Zimmer nur auf das Bett setzen konnte. Es war weniger als sechs Meter von ihr entfernt. Aber sie hatte sich noch nie so weit von Rhian entfernt gefühlt wie in diesem Moment.

Das Kinn auf die Brust gelegt, ballte sie die Hände zu Fäusten. Klopfen, oder nicht klopfen. Umdrehen und weggehen oder weiterbohren, obwohl Rhian deutlich gemacht hatte, was sie wollte.

Nein, Jayden würde sie nicht drängen. Aber die Art und Weise, wie sich ihre Finger danach sehnten, sich auszustrecken und Rhian zu halten, wenn sie weinte, machte sie noch entschlossener, das nächste Mal die Person zu sein, an die sich Rhian wandte, wenn sie Trost suchte. Sie drehte sich um und ging zur Treppe.

Dann kam ihr ein schrecklicher Gedanke in den Sinn.

Was, wenn Rhian aufgewühlt war, weil Jayden ihre Gefühle offen zur Schau stellte und Rhian das nicht wollte? Was, wenn sie nicht wollte, dass Jayden sie umwarb? War das der Grund, weshalb sie vor ihr davongelaufen war? Der Grund, warum sie an Mels Schulter schluchzte?

Himmel, das wurde alles so verdammt kompliziert.

Die Luft war für diese Jahreszeit kühl und die Aufnahme der ersten Folge von *The Amazing Climb* sollte morgen früh beginnen. Vorhin war Jayden aufgeregt gewesen. Die wochenlange Arbeit, die sie und Rhian investiert hatten, würde endlich Früchte tragen. Jetzt wusste sie nur, dass sie heute Nacht keinen Schlaf finden würde. Sie musste herausfinden, was zur Hölle los war und was sie tun sollte. Sollte sie sich einfach zurückziehen und nicht mehr tun, als nötig war, um ihre Täuschung aufrecht zu erhalten? Oder interpretierte sie zu viel in die Tatsache hinein, dass Rhian bei jemandem Trost suchte, den sie schon jahrelang kannte?

Ihre Gedanken drehten sich im Kreis und sie fand nicht den richtigen Anhaltspunkt, um das Chaos in ihrem Kopf aufzulösen. Sie musste mit Fen sprechen.

Das Freizeichen erklang dreimal, ehe Fen den Anruf annahm. »Hey, bist du wieder vom Gletscher zurück?«

»Ja, seit heute Morgen. Hör mal, ich brauche einen Rat.«

»Schieß los.«

»Ich bin nicht sicher, wo ich anfangen soll, oder was los ist, aber Rhian … Na ja, sie ist wirklich aufgewühlt. Ich weiß nicht, was ich getan habe.«

Fen seufzte. »Sie glaubt, dass du sie hasst.«

»Was zur Hölle? Warum?«

»Na ja, wahrscheinlich denkt sie, dass ich ihr das gesagt habe.«

»Fen. Warum zur Hölle würdest du sie so belügen?«

»Hab ich nicht.«

»Warum sollte sie das also denken …? Das musst du erklären.«

»Das wollte ich. Ich wollte es auch ihr erklären, aber sie nimmt meine Anrufe nicht an und antwortet auch nicht auf meine Nachrichten.«

»Okay, dann sag es mir.«

»Sie hat mich letztens besucht. Wir haben uns unterhalten und ich habe etwas über Nepal erwähnt?«

»Und?«

»Und die Tatsache, dass du im Basislager warst.«

»Und?«

»Und sie ist hier rausgerannt und hat gesagt, dass du sie hassen musst.«

»Und was hast du getan, als sie das gesagt hat?«

»Sie wollte mir nicht zuhören. Sie hat gesagt, dass wir uns nächste Woche sehen und dann ist sie verschwunden. Es ist ja nicht so, dass ich ihr hinterherrennen konnte. Hör zu, ich versuche seitdem, sie anzurufen, aber wie schon gesagt, sie reagiert nicht.«

Zumindest wusste Jayden nun, womit sie es zu tun hatte. Jetzt musste sie nur noch herausfinden, warum Rhian so … extrem reagierte. Sie wusste bereits, dass Jayden nur widerwillig die Show übernommen hatte, warum war der Grund dafür nun also so wichtig?

»Hast du ihr von Rebecca erzählt?«

Fen seufzte. »Ja. Ich wusste, dass du es nie tun würdest und ich dachte, es würde … ihr helfen. Um über deine Zickigkeit und Launenhaftigkeit hinwegzusehen und … na ja, du weißt schon, damit sie dich mag, wie du es willst. Ich hab versucht zu helfen, Süße. Ich dachte, es würde einiges für sie erklären.«

»Das hat ja offensichtlich nicht funktioniert, oder? Ich meine, ich dachte, wir würden Fortschritte machen. Ich dachte, dass wir uns seit dem Rafting-Ausflug nähergekommen wären. Aber jetzt … Es ist, als wären wir wieder ganz am Anfang.« Jayden lachte bitter auf. »Eigentlich ist es sogar schlimmer als am Anfang. Sie scheint es nicht mal ertragen zu können, mit mir im selben Raum zu sein.«

»Was ist passiert?«

Jayden erzählte ihr schnell vom Drama des Nachmittags.

»Also, was wirst du tun?«

»Ich weiß es nicht. Ich weiß nicht, was das Beste ist oder was an diesem Punkt alles nur noch schlimmer machen würde.«

»Willst du einen Vorschlag?«

»Nein. Deine Vorschläge haben die ganze Sache von Anfang bis Ende nur schlimmer gemacht. Du musst aufhören, dich einzumischen, und dich da raushalten.«

»Tja, ich sage es dir trotzdem. Mach weiter mit dem, was du tust. Steiger es sogar noch. Sorg dafür, dass du ihr dieselbe Zuneigung und Aufmerksamkeit, wenn nicht sogar mehr zeigst, wenn niemand in der Nähe ist. Zeig ihr, dass es nicht nur für die Show ist.«

»Ich hab dir gesagt, dass du keine Vorschläge machen sollst.«

»Ja, aber wir beide wissen, dass du nur Dampf ablässt, weil du wütend auf mich bist –«

»Ich habe jedes Recht, wütend auf dich zu sein!«

»Und du hast mich angerufen, weil du von mir hören wolltest, wie du dein Mädchen zurückgewinnen kannst.«

»Arsch.«

»Und?«

Jayden seufzte. Sie wusste nicht, was sie tun sollte. Offensichtlich wollte Rhian nicht mit ihr sprechen. Sie wollte ihr nicht sagen, was sie wusste. Und Jayden wollte nicht erneut erklären müssen, was da draußen passiert war. Wie sollte das auch helfen? Aber was an dieser Tatsache zerriss Rhian so sehr, dass sie Jayden kaum in die Augen sehen konnte? Würde es überhaupt etwas bringen, darüber zu reden?

»Willst du immer noch, dass sie sich in dich verliebt?«

»Ja«, flüsterte Jayden.

»Glaubst du, dass sie schon so weit ist?«

Sie atmete laut aus. »Wenn man bedenkt, dass sie an der Schulter einer Freundin heult und nicht an meiner, nein.«

»Was denkst du dann?«

Jayden schloss die Augen und schluckte. »Und du glaubst nicht, dass es falsch ist?«

»Falsch?«

»Ja. Zu versuchen, jemanden dazu zu bringen, sich in einen zu verlieben. Sie so zu manipulieren. Es fühlt sich falsch an. Ich meine, wie unterscheidet es sich davon, dass Brooke sie ständig anmacht?«

»Wow. Das ist überhaupt nicht wie Brooke.«

»Sie hat Brooke gesagt, dass sie kein Interesse hat. Sie hat mir gesagt, dass sie kein Interesse hat. Brooke ist weiterhin hinter ihr her und ich … na ja, ich auch.« Jayden schüttelte den Kopf. »Ich glaube, ich sollte mich einfach zurückziehen.«

»Okay, sag mir eins, Jay. Hast du sie unter Drogen gesetzt?«

»Wovon zur Hölle redest du?«

»Ich nehme das als ein Nein.«

»Natürlich hab ich das nicht. Aber Brooke auch nicht.«

»Stimmt. Hast du sie gezwungen, etwas zu tun, nachdem sie Nein gesagt hat?«

»Abgesehen davon, sie heute Nachmittag dazu zu bringen, mit mir zu reden, nein.«

»Brooke schon. Du hast mir erzählt, dass sie Rhian weiterhin begrapscht hat, obwohl Rhian deutlich geworden ist. Stimmt‘s?«

»Ja, aber ich hab sie geküsst …«

»Nur als Teil der Scharade. Nicht während eurer privaten Zeit. Richtig?«

Jayden stimmte zu.

»Siehst du, anders. Hast du sie zum Abendessen ausgeführt?«

»Ja.«

»Hast du sie zu einem Abenteuerausflug mitgenommen?«

»Ja.«

»Ihr Blumen gebracht?«

»Ja.«

»Schokolade?«

»Ja.«

»Zeit damit verbracht, dich mit ihr zu unterhalten?«

»Ja.«

»Zeit damit verbracht, ihr zuzuhören, mit ihr zu lachen und einfach für sie da zu sein und süße Dinge für sie zu tun?«

»Ja.«

»Jetzt sag mir … Wenn du gerade erst mit einer neuen Frau ausgehen würdest, wie würdest du es tun?«

Jayden schnaubte. »Ich würde genau dieselben Dinge tun.«

»Warum?«

»Um sie kennenzulernen, damit sie mich kennenlernen kann und wir sehen, wie es sich entwickelt.«

»Ich verstehe. Und ist diese Situation mit Rhian irgendwie anders?«

»Ja.«

»Inwiefern?«

»Sie hätte dem ersten Date nicht zugestimmt, wenn ich sie unter normalen Umständen gefragt hätte.«

»Da wäre ich mir nicht so sicher, Jay. Sie sah nicht … uninteressiert aus, als sie dich hier gesehen hat.«

»Das ändert nichts an der Tatsache, dass sie mir ein paar Wochen später gesagt hat, dass sie sich nicht von mir angezogen fühlt.«

»Ich bin immer noch nicht überzeugt.«

»Nun, es ist die Wahrheit. So sehr, dass sie nicht mal sicher war, ob sie so tun kann, sich zu mir hingezogen zu fühlen.«

»Hey, Jay?«

»Ja?«

»Du bist eine attraktive Frau.«

Jayden lachte. »Du bist meine Schwester. Das ist ziemlich seltsam.«

»Ich bin deine Schwester, also stell dir nur mal vor, wie schwer es für mich war, das zuzugeben. Es ist viel einfacher, dir zu sagen, dass du aussiehst wie der Glöckner von Notre Dame.«

Jayden lachte leise. »Danke fürs Ego polieren. Ich und mein abstoßendes Selbst brauchen jetzt ein wenig Schlaf. Wir filmen morgen.«

»Richtig. Nacht, Berzie.«

»Nacht, Fen. Und danke.«

»Nicht der Rede wert.«

Kapitel 30

Jayden ließ das aufwendig dekorierte Glas in ihrer Hand wippen und wandte sich an die Gruppe. »Hier drin befinden sich sechzehn Bälle. Acht verschiedene Farben. Jeder wird sich einen davon nehmen. Zusammenpassende Farben bilden ein Team für die erste Herausforderung. Alle verstanden?«

Ein Chor aus Grummeln und Bestätigungen breitete sich im Basislager aus und einer nach dem anderen stellte sich in die Reihe, um einen Ball zu ziehen. Einige Paare waren deutlich glücklicher mit ihrem Los als andere. Hunter und Lonnie und Sky und Taylor waren die Glücklichsten der Gruppe, während Kimi extrem unglücklich darüber aussah, Brookes Partnerin zu sein. Niemand schien glücklich darüber zu sein, dass sie noch immer hier war, und niemand wollte mit ihr arbeiten. Das war der Hauptgrund, weshalb sie die Paare auf diese Weise ausgewählt hatten. Niemand konnte behaupten, unfair behandelt worden zu sein.

»Die erste Aufgabe beginnt morgen um 0700. Die Paare werden dann in 90-Minuten-Intervallen aufbrechen. Verstanden?«

Erneut nickten alle zustimmend.

»Ihr habt zweiundzwanzig Stunden Zeit, um euch auf den Aufstieg vorzubereiten, eure Route zu recherchieren, die Materialien zu nutzen, die wir hier im Camp haben, und eure Vorräte zu sammeln. Irgendwelche Fragen?«

»Ja, was besteigen wir?«, rief Brooke, während sie an einer der Eiswände lehnte, die das Lager umgaben.

Jayden nickte. »Dazu wollte ich gerade kommen.« Sie sah Rhian in der Hoffnung an, ihren Blick einzufangen, aber diese weigerte sich, in ihre Richtung zu blicken. Immer noch. »Die Herausforderung dieser Woche ist die Gipfelbesteigung des Guillaumet und die Rückkehr ins Basislager. Die Zeit der Teams wird gestoppt, sobald sie das Basislager verlassen. Verstanden?«

Eine Reihe aus *Jap* und *Aye* schallte Jayden entgegen.

»Es gibt nicht nur Punkte für die Zeit, sondern auch für die technischen Schwierigkeiten der gewählten Route. Eine langsamere Zeit auf einer schwereren Route könnte euch zum Beispiel mehr Punkte einbringen und euch auf der Tafel weiter nach oben befördern«, sagte Rhian. »Aber eine schwere Route zu wählen bedeutet nicht automatisch, dass ihr jemanden schlagt, der einen einfacheren Weg zum Gipfel ausgesucht hat. Es ist eine Kombination der beiden Faktoren. Seht es wie einen Zehnkampf, meine Damen und Herren. Zeit gibt Punkte. Entfernung gibt Punkte. Technische Fähigkeiten geben Punkte. Punkte machen Gewinner. Der Nachteil ist, dass die Paare, die die Herausforderung nicht abschließen, automatisch am Ende der Rangliste stehen.«

Jayden beobachtete, wie jeder Kletterer nickte und dabei einen nachdenklichen Ausdruck auf dem Gesicht trug.

»Für zwölf von euch wird die erste Woche abgeschlossen sein, wenn ihr zurück ins Camp kommt. Die letzten Vier der Rangliste werden sich einem Kletterwettbewerb stellen«, sagte Rhian.

Unzufriedenes Gemurmel wurde vom kalten Wind aufgegriffen. Selbst im Sommer lagen die Temperaturen auf dem Gletscher durchschnittlich bei fünf Grad Celsius und der Wind war immer eisig kalt.

Rhian trat nach vorn. »Der Kletterwettbewerb besteht aus einer Reihe von Sprint-Klettereinheiten, um zu bestimmen, welche zwei Kandidaten für die öffentliche Abstimmung ausgewählt werden. Die Abstimmung läuft nach dem Abschluss des Sprints und bleibt für vierundzwanzig Stunden geöffnet. Der Kletterer mit den wenigsten Anrufen wird den Wettbewerb verlassen.«

Jayden nahm eine Handvoll kleiner Rucksäcke und verteilte sie, während Rhian die andere Hälfte ausgab. »Im Rucksack findet ihr eine Uhr mit einem GPS-Tracker, ein Mikrofon-Pack und eine Helm- oder Körperkamera. Jedes Mal, wenn ihr das Basislager verlasst, werdet ihr diese Ausrüstung tragen. Sie dient eurer Sicherheit und um euch im Notfall zu orten. Außerdem zeichnen diese Geräte eurer Handeln auf. Wenn ihr sie nicht bei euch habt, könntet ihr gebeten werden, die Show zu verlassen. Habe ich mich klar ausgedrückt?«

»Kristallklar«, sagte Luiji, als Jayden ihm seinen Rucksack reichte.

»Gut.« Sie zwinkerte ihm zu. »Also, die Kamerateams und das Sicherheitspersonal ist bereits auf dem Weg, um euch auf dem Weg nach oben zu filmen. Einige werden dauerhaft irgendwo positioniert sein, andere werden sich mit euch bewegen, euch abladen und dann umkehren und was auch immer tun, um die Aufnahmen zu bekommen, die sie brauchen. Außerdem gibt es Drohnen und Kameras, die bereits in den Nestern aufgestellt wurden. Spielt nicht an den Kameras herum, sonst werdet ihr ebenfalls gebeten, die Show zu verlassen.« Jayden reichte Brooke den letzten Rucksack. »Haben alle diese Regeln verstanden?« Alle antworten, bis auf Brooke.

Jayden hielt den Rucksack fest, um den Brooke ihre Finger geschlossen hatte. »Haben wir uns verstanden?«, fragte sie erneut.

»Laut und deutlich«, sagte Brooke mit zusammengebissenen Zähnen.

»Ausgezeichnet.« Jayden schenkte ihr ein Lächeln, das eher einer Grimasse ähnelte. Sie ließ den Riemen des Rucksacks los. »Reisehandbücher findet ihr auf dem Tisch. Ausrüstung befindet sich im Vorratszelt. Denkt daran, dass ihr zu zweit alles tragen müsst, was ihr braucht, um die Aufgabe abzuschließen und sicher zum Basislager zurückzukommen. Das heißt, Notfall-Kästen, Lawinenausrüstung und mindestens zwei Grundrationen. Bei diesen Klettertouren wird es keine Solo-Aktionen geben. Das heißt, dass ihr beim Klettern immer Ausrüstung, Seile und Helme tragen werdet.«

Sie musterte die erwartungsvollen Gesichter der Gruppe. Begeisterung vibrierte in der Luft. Sie waren bereit. Sie war bereit.

»Lasst uns klettern!«

Jayden ließ sich Angela und Rhian gegenüber auf die Eisbank fallen. »Das letzte Team ist aufgebrochen«, sagte sie. Es war kurz nach halb sechs Uhr abends und das letzte Team würde sich beeilen müssen, wenn sie einen guten Platz zum Übernachten finden wollten, bevor es dunkel wurde.

»Toll«, sagte Angela. »Wir haben schon ein paar gute Aufnahmen.«

»Ang«, rief Simon von der anderen Seite des Camps aus. Er wedelte wie wild mit den Armen. »Wir haben ein Problem.«

So schnell sie konnten, sprangen alle drei auf die Füße und rannten über die rutschige Oberfläche. Simon stand hinter einer Reihe kleiner Monitore, die sie aufgestellt hatten, um die Bilder der Drohnen auszuwerten und die Körperkameras manuell zu aktivieren, wenn es sein musste. Er deutete auf die Bilder einer Drohne: Ein riesiges Loch im Gletscher füllte die Mitte des Bildschirms aus; eine ausgefranste Narbe in der weißen Oberfläche mit einem winzigen, dunklen Schatten, der, wie es aussah, ein paar Meter entfernt flach auf dem Eis lag.

»Scheiße!«, rief Jayden. »Wer ist es?« Ihr Magen verknotete sich und sie schluckte die Galle hinunter, die in ihrer Brust aufstieg. Nicht schon wieder. Sie konnte nicht noch jemanden verlieren.

»Die, die wir da sehen, ist Kimi.« Simon bediente eine Konsole, die wie die Steuerung eines Spielzeugautos aussah, und zoomte das Bild heran, bis sie Kimis Körper am Rand der Gletscherspalte groß auf dem Bildschirm sahen. Sie hatte ihre Steigeisen und den Eispickel ins Eis gerammt, um sich an Ort und Stelle zu halten.

»Wo ist Brooke?«, fragte Angela.

Simon zoomte wieder heraus, sodass sie sehen konnten, wie das rot-violette Seil von Kimis Hüfte über den Rand und ins Nichts verschwand.

Rhian starrte den Bildschirm an. »Scheiße. Das darf nicht passieren. Das darf nicht passieren, nicht jetzt.«

»Wie weit sind sie entfernt?«, wollte Jayden wissen, während sie gedanklich die übrig gebliebene Ausrüstung im Zelt durchging und abschätzte, wie schnell sie sich bereit machen konnte.

»Zu weit«, sagte Angela. »Sie sind jetzt seit fast zwei Stunden auf dem Eis.«

Jayden nickte. »Sie friert vielleicht, aber sie könnte in Ordnung sein.« Jayden fügte ihrer mentalen Liste Rettungsdecken hinzu.

»Nein«, sagte Simon. Er zoomte heraus und fokussierte die Drohne auf den Rand der Gletscherspalte. Die Strömung des Wassers war das Erste, was sie sehen konnten. »Mühle.«

»Fuck.« Zwei Stunden unter dem eiskalten Gletscherstrom waren mehr, als irgendjemand überleben konnte. *Ich hätte es kommen sehen müssen. Ich hätte es erwarten müssen. Das ist der ganze verdammte Grund, warum ich hier bin. Warum hab ich das nicht kommen sehen?* »Wie nah sind sie an einem der anderen Teams dran? Kameracrew? Irgendjemandem? Es muss doch jemand in der Nähe sein, der ihnen helfen kann.« Sich selbst die Schuld zu geben, würde warten müssen. Zuerst musste Jayden alles tun, was sie konnte, alles Menschenmögliche, um Brooke zu retten. Sie war eine Nervensäge, aber niemand verdiente es, zu sterben.

Angela setzte sich neben Simon an den Tisch und tippte auf ihrem Laptop, bis ein Bild erschien, das mit vielen kleinen Punkten versehen war – die GPS-Koordinaten von allen, die nicht im Basislager waren. »Das nächste Team ist die Kameracrew mit Santiago, vielleicht eine Stunde entfernt.«

»Holt mir Santiago ans Funkgerät.«

»Seht«, sagte Rhian und deutete auf den Bildschirm.

Jayden hörte auf, sich gedanklich auszuschimpfen, und folgte Rhians Finger. Ein Lächeln breitete sich auf ihren Lippen aus, als Simon auf Kimi zoomte und ihr Mikrofon anstellte, sodass sie sie hören konnten.

»Verdammt, Brooke, du Stück Scheiße, hör auf zu schreien und knöpf einen Prusik an das Seil. Mach dich bereit, deinen Arsch da rauszuziehen.«

Sie mussten Brookes Mikro nicht einschalten. Sie konnten ihre Schreie – und die donnernde Strömung des Wassers – laut und deutlich über Kimis hören. Sie war offensichtlich hysterisch, während Kimi erst einen und dann einen zweiten Eisnagel neben sich sicherte.

»Ich meine es ernst, Brooke. Ich werde dich nicht allein aus diesem Loch ziehen.«

»Gutes Mädchen, Kimi«, flüsterte Jayden zu sich selbst. Kimi war eine starke, fähige Kletterin. Sie hatte sich in allen Trainingseinheiten gut geschlagen und Jayden konnte bereits sehen, dass sie auch unter dem Druck einer echten Situation gut agierte. Kimi sicherte das Seil, um Brooke die Unterstützung zu geben, die sie für ihre Selbstrettung brauchte. »Du brillante, brillante Frau.« Der nagende Schmerz in Jaydens Magen legte sich ein wenig, sodass sie wieder richtig atmen konnte. Das Blut schien zurück in ihre Extremitäten zu fließe und ihre Finger und Zehen fingen an zu prickeln. Sie ignorierte den stechenden Schmerz, schüttelte ihre Hände und war begeistert, als das Gefühl langsam zurückkam.

»Kann sie etwas tun?«, fragte Simon. »Ich meine, Brooke scheint nur zu schreien. Was, wenn sie sich nicht selbst da herausholen kann? Ist Kimi stark genug, um es zu tun?« Er sah Jayden über die Schulter an.

»Fraglich«, flüsterte Jayden. »Brooke ist gut und gern mehr als fünfzehn Kilo schwerer als Kimi. Es ist schon verdammt harte Arbeit, das eigene Körpergewicht aus einem dieser Dinger zu hieven – für manche ist es unmöglich.«

»Können wir Brookes Körperkamera einschalten, damit wir sehen, was da unten los ist?«, fragte Angela.

Simon hielt die Drohne ruhig über Kimis Kopf und drückte auf einem anderen Bildschirm einen Knopf. Wacklige Bilder, die sich langsam in Kreis drehten, füllten den Bildschirm aus. Das langsame Drehen reichte aus, um Jayden schwindlig werden zu lassen, aber sie konzentrierte sich auf das Wasser, das in Kaskaden über Brooke strömte – sowie die Tatsache, dass Brooke nichts tat, um sich selbst zu retten, außer sich an das Seil um ihre Mitte zu klammern. Das schnell fließende Wasser musste sie zweifellos bis auf die Knochen durchnässt haben und würde ihr nicht helfen, sich zu konzentrieren oder zu handeln, aber wenn sie keinen Versuch der Selbstrettung unternahm, würde die Gletschermühle ihren Tribut fordern.

»Brooke, du verdammte Heulsuse, du bist diejenige, die uns allen immer sagt, wie scheiße großartig du bist. Reiß dich zusammen und zeig uns, woraus du gemacht bist!« Schnell knüpfte Kimi eine Reihe aus Knoten, um das Sicherungsseil zu befestigen, mit dem Brooke an sie gebunden war und sie davor bewahrte, in das eisige Wasser im Herzen der Gletschermühle zu fallen. »Komm schon!«

Nach nur ein paar Minuten gelang es Kimi, sich von der Sicherungsleine zu befreien, die nun an den Schrauben befestigt war. Auf dem Bauch liegend robbte sie zum Rand der Spalte.

»Willst du mich verarschen?«, schrie Kimi in das donnernde Echo des herabstürzenden Wassers. »Du hast ja noch nicht mal einen verdammten Prusik fertig.«

Brooke antwortete nicht. Die Schreie hatten aufgehört, aber sie schien erstarrt zu sein. Vor Kälte oder vor Angst, das würden sie erst wissen, wenn sie aus der Gletscherspalte heraus war. Und wenn sie sich nicht zusammenriss, schwanden die Chancen dafür von Minute zu Minute. Es würde nicht lange dauern, bis durch das eiskalte Gletscherwasser und die niedrigen Temperaturen die Unterkühlung einsetzte. Jaydens Hände wurden wieder kalt und das Prickeln der kleinen Nadeln unterstrich ihre Hilflosigkeit angesichts Brookes Zwangslage.

»Willst du wirklich einfach da rumhängen und sterben?«, kreischte Kimi in die Höhle.

Brooke reagierte nicht. Sie schien die Situation nicht zu begreifen. Und sie waren außerhalb von Jaydens Reichweite. Jayden warf einen Blick auf Rhian. Ihr Gesicht hatte jegliche Farbe verloren. Sie hatte sich die Fäuste an den Kiefer gedrückt und schien ihren Blick nicht vom Bildschirm losreißen zu können. Jayden wollte einen Arm um ihre Schultern legen und ihr sagen, dass alles Gut werden würde. Aber sie konnte sich selbst nicht belügen und sie konnte Rhian nicht anlügen.

In diesem Moment kam ihr die Erkenntnis. Sie *hatte* das erwartet. Deshalb hatte sie es die Teilnehmer immer und immer wieder üben lassen. Sie hatte jedem Einzelnen die beste Chance gegeben, sich selbst aus einer solchen Situation zu befreien. Sie hatte ihnen die Fähigkeiten beigebracht und sie getestet. Nun lag es an ihnen. Sie mussten sich zusammenreißen und sich selbst retten. Ihre Handlungen, ihre Entscheidungen und ihr Wille waren das Einzige, was jetzt noch einen Unterschied machen konnte. Leben oder sterben … Es war ihre Entscheidung.

»Santiago ist auf dem Weg zu ihnen«, sagte Angela.

»Warn ihn«, sagte Jayden mit tiefer, heiserer Stimme. »Es könnte eine Bergung werden.«

Angela nickte lediglich. Niemand von ihnen sagte etwas, während sie dastanden und voller Entsetzen das Unheil auf den Bildschirmen verfolgten. Jayden fühlte mit Kimi. Sie hatte alles richtig gemacht. Sie hatte die Leine gesichert, die hatte ihre Gefährtin verankert und versuchte nun, sie zur Mitarbeit zu überreden. Aber es lag an Brooke, sich selbst herauszuziehen, genau so, wie Jayden es ihr beigebracht hatte. Vor weniger als zwei Wochen hatten sie genau diese Situation geübt, für den Fall, dass sich die Welt unter ihnen auftat.

Kimi wusste es. Es stand ihr ins Gesicht geschrieben. Sie konnte jede qualvolle Linie durch die Drohne auf ihrem Gesicht sehen. Sie brüllte ihre Wut über die Sinnlosigkeit ihres Unterfangens und die Machtlosigkeit darüber hinaus, am anderen Ende des Seils zu sein.

»Nicht heute, du verdammtes, nutzloses Stück Scheiße. Du wirst mich nicht mit so etwas auf dem Gewissen zurücklassen.« Sie stülpte ihren Rucksack um und fing an, ihre Ausrüstung zu sortieren.

»Was macht sie da?«, fragte Angela Jayden.

Jayden warf einen Blick auf den Bildschirm und ging näher heran, um sich die Ausrüstung anzusehen, die Kimi zur Seite legte. Sie beobachtete, wie Kimi einen zweiten Ankerpunkt aufbaute und einen Sperr-Prusik an das Seil und den Anker knüpfte, bevor sie einen kurzen, abschließenden Prusik daran befestigte. Anschließend band sie einen Gurt an dem zweiten Anker und fügte ihre Seile zusammen.

»Sie hat ein Ratschen-Flaschenzugsystem gebastelt«, sagte Rhian ehrfurchtsvoll.

»Sie will sie rausziehen?«, fragte Simon. »Wirklich?«

»Sie wird es auf jeden Fall versuchen.« Jayden drückte die Daumen und beugte sich noch näher an den Bildschirm, während sie sich wünschte, dort zu sein, um ihr zu helfen. Doch der Stolz auf die winzige Japanerin glühte in ihrer Brust auf. Sie hatte Herz. Gefangen zwischen einer schweren und undenkbaren Entscheidung würde sie das Einzige tun, was ihr einfiel. Sie würde das versuchen, was jeder von ihnen für unmöglich hielt.

Kimi stemmte die Füße aufs Eis und nutzte ihr Körpergewicht, als würde sie auf einer Rudermaschine im Fitnessstudio sitzen, um das Seil zentimeterweise über die Kante zu ziehen. Brookes Körperkamera zuckte, als sie sich ein paar Zentimeter nach oben bewegte. Kimis Hände schoben sich an dem Seil nach unten und sie machte sich erneut bereit. Sie zog und stöhnte angestrengt. Ihre Hände waren um das Seil geschlungen, damit es ihr nicht durch die Finger rutschte.

»Du wirst mir heute nicht wegsterben.« Kimi biss die Zähne zusammen und brüllte erneut. Langsam, einen qualvollen Zentimeter nach dem anderen, zog sie Brookes Körper aus der Spalte. Als Brookes Kopf über den Rand lugte, fiel Kimi keuchend auf den Rücken.

Angespannt warteten sie darauf, dass Brooke sich nun selbst über den Rand ziehen und anfangen würde, sich selbst zu helfen. Doch sie tat es noch immer nicht. Kimi, die offensichtlich vor Kraft und Elan platzte, packte Brooke hinten an deren Jacke und zerrte sie auf das Eis.

»So viel dazu, dieses Ding zu gewinnen, Arschloch. Der Rest von uns sollte sich einfach nach Hause verpissen, hm?«, meckerte Kimi schwer atmend, nachdem sie es endlich geschafft hatte, Brooke auf den festen Boden zu zerren. »Jetzt zieh die nassen Klamotten aus, bevor du erfrierst und die ganze verdammte Mühe umsonst war.«

Brooke bewegte sich immer noch nicht. Simon zoomte auf ihr Gesicht. Ihre Zähne klapperten, ihre Lippen waren leicht bläulich und sie hatte die Arme fest um den Körper geschlungen.

»Zwing mich nicht, dir auch noch die Klamotten auszuziehen, verdammt. Du willst mich doch verarschen, Shields. Ich meine es ernst.«

Es hätte komisch aussehen können, der winzigen Bergsteigerin dabei zuzusehen, wie sie sich abmühte, Brooke aus ihren nassen Klamotten zu schälen, wenn die möglichen Konsequenzen unterlassener Hilfe nicht so fatal wären. Erfrieren, Unterkühlung, Tod waren noch immer sehr reale Gefahren für Brooke. Aber Kimi machte alles richtig. Sie tat alles in ihrer Macht Stehende, um die Frau nicht nur am Leben, sondern auch komplett mit allen Gliedmaßen zu halten.

Jayden hatte keinen Überblick darüber, wie lange Kimi gebraucht hatte, um Brooke aus der Spalte zu ziehen und sie anschließend zu entkleiden, sie in trockene Sachen zu hüllen, sie unter einen Windschutz zu hieven und ihnen ein heißes Getränk zu kochen, um sie beide aufzuwärmen. Jayden warf einen Blick auf den Zeitstempel auf dem Monitor. Es musste etwa eine Stunde vergangen sein. Oder mehr? Sie war so stolz auf die junge Frau, dass sie einfach nur hingehen und sie umarmen wollte. Aber das würde warten müssen. Die Sonne würde bald untergehen und die beiden Frauen konnten es unmöglich vorher zum Camp zurückschaffen. Und es stand außer Frage, dass sie zum Camp zurückkehren würden. Brooke sah nicht aus, als wäre sie in der Verfassung, den Gletscher weiter zu erklimmen, ganz zu schweigen von dem Versuch, den Gipfel zu besteigen.

Santiago meldete sich über Funk mit einem Update. Sie waren sicher und hatten einen Unterschlupf für die Nacht gefunden. Sie waren fast drei Stunden vom Basislager entfernt und würden bei Sonnenaufgang zurückkommen. Brooke litt seiner Meinung nach an leichter Unterkühlung, würde aber in Ordnung sein, falls Kimi sie nicht vor der Rückkehr zum Camp umbrachte. Das Versagen bei dieser Aufgabe würde sie beide im Kletterwettbewerb ans Ende rutschen lassen.

Und das passte Jayden einfach nicht. Kimi verdiente es nicht, herausgewählt zu werden, weil sie als erstes einen Unfall gehabt hatten und ihre Kletterpartnerin anschließend vollkommen untätig gewesen war. Was sie erreicht hatte, war eine größere Meisterleistung als erfolgreich die Fitz-Roy-Überquerung abzuschließen – zumindest, wenn es nach Jayden ging. Kimi hatte ein Leben gerettet. Sie hatte einen kühlen Kopf bewahrt und die Person gerettet, die auf sie gezählt hatte.

Nur wenige in dieser Situation hätten so reagiert wie Kimi. Noch weniger wären in der Lage gewesen, es tatsächlich durchzuziehen. Nun würde sie sich dem Kletterwettbewerb und möglicherweise der öffentlichen Abstimmung stellen müssen. Es war nicht fair. Es war nicht richtig. Und Jaydens Ehrenkodex konnte das einfach nicht so stehen lassen. Sie glaubte auch nicht, dass die anderen Teilnehmer das akzeptieren würden. Aber sie vermutete, dass Brooke ihre Schwäche der Gruppe gegenüber nicht zugeben würde. Ebenso wenig, wie Kimi ihre heldenhafte Tat eingestehen würde.

Alle verdienten zu wissen, was passiert war. Erstens konnten sie alle etwas daraus lernen, sollte die Situation erneut eintreten. Und da das Wetter wärmer werden würde, wurden auch die Chancen solcher Gletscherspalten während der Dreharbeiten immer wahrscheinlicher. Sicherheit war Jaydens oberste Priorität. Und das bedeutete mehr, als nur die Leute dort draußen auf dem Eis so gut es ging vorzubereiten. Es bedeutete auch, diejenigen fernzuhalten, die solchen Situationen nicht gewachsen waren. Doch Brooke hatte sie in eine Situation gebracht, in der Jayden nicht einfach entscheiden konnte, sie wegen reiner Inkompetenz aus der Show zu werfen. Das würde niemals durchgewunken werden.

Aber es gab immer einen anderen Weg. Man musste nur … hin und wieder ein wenig kreativ werden.

Jayden ging auf Angela und Rhian zu. »Meine Damen, ich habe einen Vorschlag.«

Rhian legte den Kopf schräg. »Der da wäre?«

So viel hatte Rhian den ganzen Tag noch nicht direkt mit ihr gesprochen. Jayden lächelte und hoffte, dass sie dadurch einen Hauch von Normalität wiederherstellen konnten. Aber die Art und Weise, wie Rhian schnell den Blick abwandte, sprach Bände. Jayden seufzte, ehe sie sagte: »Wir alle kennen die Regeln. Ein Nichtabschließen der Aufgabe bedeutet, unter den letzten Vier zu sein.«

Angela nickte und starrte sie schließlich an, während ihr Mund aufklappte. »Verdammt.« Sie drehte sich um und sah über das Eis in die ungefähre Richtung, in der Kimi und Brooke nun die Nacht über ausharrten. »Kimi verdient das nicht.«

Simon verengte die Augen. »Es war aber auch nicht wirklich Brookes Schuld, dass sich der Gletscher unter ihr aufgetan hat.«

»Stimmt, aber ihre Handlungen danach hätten die Dinge viel einfacher machen können, als sie waren. Sie hat für ein solches Szenario geübt«, sagte Angela. »Sie hätte sich selbst retten, oder zumindest dabei behilflich sein können. Jayden hat jeden Einzelnen von uns üben lassen, was in einer solchen Situation zu tun ist – uns beide eingeschlossen. Brooke hat es nicht mal versucht. Sie hätte ohne viel Aufhebens wieder warm und trocken sein und sich mit Kimi auf den Abschluss der Herausforderung vorbereiten können. Hat sie aber nicht. Sie hat aufgegeben.«

Simon öffnete den Mund, um ein weiteres Argument anzubringen, aber Rhian ergriff zuerst das Wort. »Wie lautet dein Plan?«

»Na ja, ich dachte, wir lassen die anderen Kandidaten einen Blick auf diese Aufnahmen werfen.«

»Mit welchem Ziel?«

Sie zuckte mit den Schultern. »Eine Trainings-Vorführung. Sie alle verdienen zu sehen, was hier passiert ist – als Demonstration einer Ein-Personen-Rettungstechnik. Wir werden es auf dem großen Bildschirm zeigen, wenn wir zurück in El Chaltén sind.«

Jayden beobachtete einen Augenblick lang, wie die Saat ihrer Idee in Rhians Kopf Formen annahm. Sie konnte ganz genau erkennen, wann Rhian klar wurde, was sich Jayden von ihrer kleinen Vorführung erhoffte.

»In Ordnung. Eine Trainings-Vorführung.«

Jayden lächelte. Sie hoffte einfach, dass sie ihre Instinkte in Bezug auf den Rest des Teams nicht täuschten. Kimi verdiente die Position nicht, in die Brooke sie gebracht hatte und auf dem Berg gab es keinen Platz für Schwäche oder Sentimentalität. Schwere und undenkbare Entscheidungen. Jayden musste nicht einmal darüber nachdenken.

Kapitel 31

Taylor und Sky waren das letzte Team, das zurückkam. Ihr Aufstieg über die schwierigste Strecke ließ sie allerdings auf der Bestenliste nach oben schießen, sodass Liv und Oskar zusammen mit Brooke und Kimi ins Rauswählverfahren fielen. Am nächsten Morgen war es im Bus zurück nach El Chaltén ruhig. Die Kandidaten schliefen oder unterhielten sich flüsternd über die zu erwartenden Ergebnisse des Kletterwettbewerbs. Oskar war der klare Favorit, da ihm seine Größe und Reichweite einen Vorteil im Rennen eines Schnell-Kletterwettbewerbs gaben.

Kimi starrte aus dem Fenster, brodelte still vor sich hin und weigerte sich, mit irgendjemandem zu sprechen. Keines der anderen Teams wusste, was passiert war. Wie Jayden es vorausgesehen hatte, weigerte sich Kimi, etwas zu sagen, und Brooke war … vage. Um es so auszudrücken. Nur zwei Dinge hatten sie überrascht. Das Erste war, mitten in der Nacht aufzuwachen und festzustellen, dass Rhian draußen vor ihrem Zelt auf der Eisbank saß und weinte. Sie wusste nicht warum. Aber sie wollte es wissen. Sie hatte aufstehen und zu ihr gehen, die Arme um ihre Schulter schlingen und Rhian dazu bringen wollen, ihr zu sagen, was los war. Sie wollte irgendeinen Weg finden, sie davon zu überzeugen, dass sie es wieder hinbiegen konnten. Zusammen. Aber sie hatte es nicht getan. Rhian hatte nicht mehr mit ihr gesprochen, seit sie zugestimmt hatte, den Kletterern das Video zu zeigen. Und jedes Mal, wenn sie versuchte, sich ihr zu nähern, rannte sie weg – manchmal sogar wortwörtlich. Und Jayden wusste immer noch nicht, was sie tun sollte.

Die zweite Überraschung war sie selbst gewesen. Irgendwie hatte sie erwartet, dass der Vorfall mit Brooke und Kimi die alten Albträume, das Bild von Rebeccas Gesicht, die Erinnerung an das Blut, das von ihrer Axt tropfte, und das Brüllen der Lawine zurückbringen würde, die auf sie zugerast war. Aber das war nicht passiert. Sie hatte so tief geschlafen, wie schon seit Monaten – seit Jahren – nicht mehr. Jayden wusste nicht genau, warum, aber sie war sicher, dass es etwas damit zu tun hatte, Kimis Reaktion auf die Katastrophe zu sehen und wie sie Jaydens Training angewendet hatte. Plötzlich war alles in richtige Licht gerückt und sie sah sich selbst in dem Ergebnis wieder.

Als Carlos den Bus vor der Konklave anhielt, stand Jayden auf und klatschte in die Hände, um die Aufmerksamkeit der anderen auf sich zu richten.

»Meine Damen und Herren, die Sprints werden morgen früh stattfinden. Neun Uhr an der Kletterwand. Ich erwarte, dass alle da sein werden. Nicht nur die vier teilnehmenden Kandidaten. Klar?«

»Klar«, ertönte die Antwort aus dem hinteren Teil des Busses.

»Gut. Wenn wir den Bus verlassen haben, bringt ihr eure Sachen auf eure Zimmer und kommt dann zurück zum Gemeinschaftsraum. Meeting in einer halben Stunde.« Das würde ihnen noch genügend Zeit für eine Dusche geben, wenn sie wollten. »Abendessen gibt es nach dem Meeting. Es wird nicht lange dauern.«

Mit einem Brummen verkündeten die Kandidaten ihre Zustimmung, obwohl Fragen in ihren Augen standen. Dann stiegen alle aus dem Bus. Niemand schien zu wissen, was vor sich ging. Jayden legte Kimi eine Hand auf die Schulter, als sie von ihrem Sitz aufstand und zu den Stufen ging.

»Ich wollte dir nur sagen, wie stolz ich auf dich bin. Was du da draußen getan hast, war absolut heldenhaft. Ich werde nie vergessen, was ich da mitangesehen habe.«

Kimi senkte den Kopf und ein schüchternes Lächeln breitete sich auf ihren Lippen aus. »Danke. Aus deinem Mund bedeutet das wirklich viel.«

»Bedank dich nicht bei mir. Ich danke dir. Jetzt geh. Wir sehen uns in ein paar Minuten, okay?«

Kimi nickte und hüpfte aus dem Bus. Rhian wartete auf Jayden, als sie die Konklave betrat.

»Bist du sicher, dass das eine gute Idee ist?«

»Was? Den Vorfall als Trainingsübung zu benutzen? Warum nicht?«

»Weil es um Brooke geht. Hat sie nicht schon genug Ärger verursacht?«

»Hör zu, ich schlage bloß vor, dass wir eine Situation aus dem echten Leben benutzen – eine, die gerade erst dort draußen passiert ist –, um die anderen zu schützen. Ich werde es nicht auf dem ganzen Planeten ausstrahlen, um sie zu demütigen. Ich versuche, die anderen zu beschützen.«

»Aber es wird sie demütigen. Und sie wird sich rächen.«

»Sie hat eine Erklärung unterschrieben, dass die Videoaufnahmen auf jedwede Art verwendet werden dürfen, die die Produktionsfirma für richtig ansieht. Das ist eine sehr sinnvolle Art, die Aufnahmen zu nutzen.«

»Sie könnte argumentieren –«

»Ich weiß, sie könnte eine Menge argumentieren. Aber das ist nicht richtig. Sie hat der Gruppe gegenüber nicht mal zugegeben, was passiert ist. Sie müssen es wissen, vor allem, falls sie wieder mit einem oder mehreren von ihnen klettern muss. Du bittest mich, ihre Leben zu riskieren, ohne dass sie die Gefahren kennen. Und das werde ich nicht tun.« Jayden schüttelte den Kopf. »Sicherheit ist meine oberste Priorität, schon vergessen? Lass mich das auf meine Weise angehen.«

Rhian atmete tief ein und nickte. »Okay. Ich schicke Rachel eine E-Mail und lasse sie wissen, was los ist, damit sie sich vorbereiten kann, falls Brooke irgendetwas vorhat.«

»Vielleicht kannst du herausfinden, ob Mel das Internet für heute Abend auch ausschalten kann.« Sie verdrehte die Augen. »Nur für den Fall.«

»Oh Gott.« Rhian rieb sich mit beiden Händen übers Gesicht. »Ich lasse sie das Passwort ändern. Wenn jemand online gehen will, muss er zu uns kommen, um Zugriff zu bekommen, und wir können kontrollieren, wer das Passwort kennt.«

»Ich weiß, dass das schwierig ist. Es tut mir leid. Es ist nur …«

Rhian hob eine Hand. »Ich verstehe es schon. Ich hasse es auch. Ich mach mir nur Sorgen um die Probleme, die sie verursachen kann.«

»Natürlich. Und das tut mir leid. Aber ich glaube wirklich, dass sie wissen müssen, was ihnen mit Brooke bevorstehen könnte, falls sie den Kletterwettbewerb gewinnt.«

Rhian nickte, aber Jayden konnte den Ausdruck in ihren Augen nicht deuten. Es schien eine Mischung aus Mitgefühl, Verlust und etwas anderem zu sein. Vielleicht Respekt?

»Ich weiß. Und ich hab dir immer zugestimmt, dass Sicherheit die oberste Priorität hat.«

»Danke.«

Rhian runzelte die Stirn. »Wofür?«

»Für deine Unterstützung in dieser Sache. Dafür, dass du dein Versprechen hältst, was die Sicherheit angeht. Dass du verstehst, warum ich das tun muss.«

»Dafür musst du dich nicht bedanken.« Rhian zog den Kopf ein und entfernte sich in Richtung der Kaffeemaschine. Jayden spulte die Unterhaltung gedanklich noch einmal ab. Rhian schien so viel ruhiger als zuvor. Fühlte sie sich besser? Oder wurde sie nur besser darin, ihre Gefühle zu verbergen? Was auch immer der Grund war, ihre Haltung war im Moment absolut professionell.

Langsam kamen die Kletterer in den Raum, während Simon und Angela einen großen Bildschirm und einen Projektor aufbauten. Die beiden waren den Großteil der Nacht wach gewesen, hatten die Aufnahmen der Geschehnisse geschnitten und den Zeitablauf auf weniger als dreißig Minuten gekürzt.

Brooke kam als Letzte. Ganz genau so, wie Jayden es erwartet hatte. Nachdem sie sich gesetzt hatte, richtete Jayden das Wort an alle. »Danke, Leute. Ich weiß, dass ihr alle müde seid. Wir hatten in den letzten Tagen ein paar großartige Klettereinheiten. Aber wir müssen noch einmal den Sicherheitsaspekt besprechen und ich habe jetzt keine Zeit mehr, um weitere Einzeltrainingseinheiten durchzuführen. Angela und Simon haben mir mit ein paar Videoaufnahmen geholfen. Ich möchte, dass ihr alle euch das anseht, dann können wir darüber sprechen, was passiert ist, was getan werden muss, was anders oder besser hätte passieren müssen und so weiter. In Ordnung?« Sie bemerkte den misstrauischen Ausdruck auf Brookes Gesicht. Die anderen nickten. »Falls ihr Fragen oder Anmerkungen habt, wartet bitte, bis der Film zu Ende ist.«

Neugieriges Gemurmel erfüllte den Raum und Jayden entschied, es einfach hinter sich zu bringen.

Die Drohne hatte zwei Wanderer auf dem Eis eingefangen, die sich langsam, aber stetig fortbewegten. Sie waren etwa zehn Meter voneinander entfernt und mit einem Seil aneinander gesichert. Zwei Sekunden später verschwand eine der Personen in einer sich plötzlich öffnenden Spalte im Eis und die ausgefransten Ränder schluckten sie wie ein riesiger Schlund. Die zweite Person wurde zum Rand gezerrt und überraschtes Keuchen erfüllte den Raum, als Kimis Gesicht den Bildschirm ausfüllte, während sie ihre Eisaxt und die Steigeisen benutzte, um sich gegen den Zug zu stemmen.

Kimi wandte den Blick vom Bildschirm ab, als alle anderen Kletterer im Raum zuerst sie und dann die bleiche Brooke ansahen.

»Verdammt, Brooke, du Stück Scheiße, hör auf zu schreien und knöpf einen Prusik an das Seil. Mach dich bereit, deinen Arsch da rauszuziehen.« Kimis Stimme hallte durch den Raum, während Brookes Schreie in ihr Mikrofon drangen.

Ein Bild von Brooke, die am Ende des Seils hing, wurde auf den Bildschirm projiziert, während das Wasser des Gletscherstroms über ihren Kopf strömte und donnernd die Gletschermühle hinunter raste. Alle starrten den Monitor mit vor Faszination offen stehenden Mündern an, als Kimi die Eisschrauben fixierte, die Sicherungsleine löste und bäuchlings über das Eis kroch. Jayden beobachtete, wie sich Brookes Gesichtsfarbe von weiß zu grau und schließlich zu rot wandelte. Ihr Blick richtete sich auf einem Punkt auf dem Teppich und Jayden konnte die Wut, die in Wellen von ihr ausstrahlte, durch den gesamten Raum spüren.

»Willst du mich verarschen?« Erneut hallte Kimis Stimme durch den Raum. »Du hast ja noch nicht mal einen verdammten Prusik fertig.«

Jayden überlegte, ob sie an dieser Stelle auf *Pause* drücken sollte. Das hatte sie anfangs vorgehabt. Aber jetzt überlegte sie es sich anders. Sie wollte alle sehen lassen, was Kimi in dieser Situation getan hatte, anstatt sie zu fragen, ob es Lösungen gegeben hätte, wie man es *besser* oder eleganter lösen könnte. Aber es wäre nicht dasselbe gewesen, wie das, was ihnen in einer echten Leben-oder-Tod-Situation eingefallen wäre. Also ließ sie den Film weiterlaufen.

»Willst du wirklich einfach da rumhängen und sterben?«, schrie Kimi in die Höhle. Angela hatte die vollen dreißig Sekunden im Film gelassen, in denen sich die Emotionen auf Kimis Gesicht abzeichneten. Alle sahen es. Jede qualvolle Sekunde. Alle sahen, wie sich die Entschlossenheit auf ihrem Gesicht breitmachte.

Kinnladen klappten vor Bewunderung und Ehrfurcht runter, als Kimi die Fersen ins Eis stemmte und Brookes volles Gewicht über den gefrorenen Rand des Gletschers hievte.

Die Kamera zoomte auf Brookes klappernde Zähne, ihre bläulichen Lippen und das gespenstisch weiße Gesicht. Jayden drückte auf *Pause*, als Kimi Brookes Kragen packte und anfing, sie aus ihrem nassen Anzug zu schälen.

Dann wartete sie. Sie wartete darauf, dass Brooke aus dem Zimmer stürmte.

Was sie auch tat.

Dann wartete sie darauf, dass die Fragen kamen. Was auch geschah.

»Wie zur Hölle hast du es geschafft, ihren schweren Hintern da rauszuziehen?« Hunter klopfte Kimi auf den Rücken und starrte sie mit offener Bewunderung an. Er drückte ihren Oberarm. »Bist du unter diesen schmächtigen Armen etwa *Iron Man*?« Das Grinsen auf seinem Gesicht ließ alle wissen, wie sehr seine freundliche Neckerei dem Respekt geschuldet war.

Jayden hob die Hände und alle setzten sich wieder. »Oh ja. Das Mädchen hat sich gut geschlagen. Sie hat schnell reagiert, einen kühlen Kopf bewahrt und nicht aufgegeben. Ich glaube, wir alle können uns in einer solchen Situation nicht mehr erhoffen. Also, warum zeige ich euch das?«

»Um uns zu verdeutlichen, wie wichtig dein Training war?«, fragte Tomasi.

»Das ist einer der Gründe.«

»Damit wir die großartige Rettung besprechen können, die Kimi durchgeführt hat, und herausfinden können, ob es irgendetwas gegeben hätte, was es leichter gemacht hätte?«, fügte Taylor hinzu. Sie war die Zweitkleinste der Gruppe und Jayden war sich sicher, dass sie sich fragte, ob sie sich in dieser Situation so gut geschlagen hätte wie Kimi.

»Jap.« Jayden nickte Simon zu und er drückte einen Knopf, um ein paar Grafiken aufzurufen, die er für sie vorbereitet hatte. »Ihr versucht, jemanden zu retten, der aus welchen Gründen auch immer nicht in der Lage ist, bei seiner eigenen Rettung zu helfen. Es könnte sein, dass die Person bewusstlos ist –«

»Oder verdammt erbärmlich«, sagte eine Stimme im Hintergrund.

»Oder körperlich verletzt«, fuhr Jayden fort und ignorierte den Einwurf. »Dann müsst ihr darüber nachdenken, wir ihr das als das funktionierende Paar schaffen würdet, das ihr sein sollt. Betrachtet es als weitere Vorbereitung für die Herausforderungen. Habt ihr Ausrüstung dabei, die ihr brauchen könntet, wenn ihr mit einem größeren und schwereren Mitspieler zusammen seid? Zum Beispiel, Taylor, wenn du mit Luiji in einem Team wärst, hätte dieses Flaschenzugsystem ausgereicht, um sein Gewicht so nach oben zu ziehen?«

Taylor runzelte die Stirn. »Nein. Er ist dreißig Kilo schwerer und mehr als dreißig Zentimeter größer als ich. Ich bräuchte ein ausgeklügelteres System, um sein Gewicht zu heben.«

Jayden nickte. »Ganz genau. Folgende Hausaufgabe für die kommende Woche: Denkt über die Systeme nach, die ihr in einem solchen Szenario einsetzen könntet. Denkt darüber nach, welche Ausrüstung ihr zu eurer Standartausstattung hinzufügt, um eine solche Situation zu bewältigen. Und dann denkt darüber nach, was ihr tun könnt, um zu vermeiden, überhaupt in eine solche Situation zu kommen.

»Du meinst, abgesehen davon, zu Hause zu bleiben?«, scherzte Luiji.

»Das ist immer eine Möglichkeit, Luiji.« Jayden lachte leise und die anderen im Raum stimmten ein. »Irgendwelche Fragen?«

Oskar hob die Hand.

»Schieß los, Oskar.«

»Kimi sollte nicht im Auswahlverfahren sein. Sie verdient es nicht, mit uns anderen am Wettbewerb teilnehmen zu müssen. Was sie getan hat …« Er schüttelte den Kopf. »Sie hat es nicht verdient, um einen Platz in der Show kämpfen zu müssen.«

Jaydens Blick huschte zu Rhian und dann wieder zurück zu Oskar. »Es tut mir leid, aber die Regeln sind eindeutig. Jegliches Versagen beim Abschließen einer Herausforderung endet im Auswahlverfahren. Wir haben versucht, einen Ausweg zu finden, aber es gibt keinen. Wenn sie beim Klettern nicht einen der beiden ersten Plätze gewinnt … Ich fürchte, im Moment gibt es nichts, was wir dagegen tun können.«

Kimi starrte den Boden an und ihre Wangen brannten vor … was? Verlegenheit? Wut? Jayden lächelte innerlich. Wahrscheinlich beides, wenn sie die junge Frau richtig einschätzte.

»Aber das ist nicht richtig«, beharrte Oskar. Gemurmelte Zustimmungen breiteten sich im Raum aus.

»Es tut mir leid. Wirklich. Meiner Meinung nach war das, was Kimi da draußen getan hat, außergewöhnlich. Und sie ist die Art Mensch, die ich da draußen beim Klettern in meinem Team haben wollen würde. Keine Frage. Aber *mir* sind hier die Hände gebunden.«

Sie hoffte, dass sie die Betonung des Wortes erkennen und begreifen würden, worum sie sie bat. Aber nun lag es an ihnen.

»Wir sehen uns morgen Früh zum Kletterwettbewerb. Neun Uhr, Leute.« Sie lächelte alle an, fing Rhians Blick ein und bedeutete ihr mit einem Nicken, ihr zur Lobby zu folgen.

Als sie hinter ihr stehen blieb, legte Jayden die Hände an Rhians Oberarme und zog sie ein wenig näher. »Alles in Ordnung?«

Rhian nickte, während sie sich so weit zurücklehnte, wie Jaydens Griff es zuließ. Ihre Augen waren geweitet und ihr Atem schien zu stocken, als sie leise sagte: »Ich hab Rachel gesagt, wozu wir das Video benutzen und wir haben das WLAN-Passwort geändert. Ich denke, wir sollten ihnen einfach sagen, dass es heute Nacht ausgefallen ist und nicht weiter darüber sprechen.« Rhians Tonfall war vollkommen distanziert und ihre Worte abgehackt. So, wie sie es gewesen waren, seit sie vor Jayden davongelaufen war. Der vollendete Profi. Und es machte Jayden wahnsinnig.

»Das ist eine gute Idee. Danke.«

Rhian wollte sich zurückziehen, hielt jedoch inne. Ihr Blick wurde sanfter, als sie sich über die Lippen leckte und leise fragte: »Geht’s dir gut?«

Die Unsicherheit in Rhians Stimme ließ Jayden klar werden, dass der vollendete Profi, dem sie gegenüberstand, eine Maske war. Eine, die Rhian nur für sie aufgesetzt hatte. Ihr Herz schmerzte und entzog ihr den letzten Rest Energie. »Nur müde.«

»Bist du sicher? Ich weiß, dass das … schwierig für dich gewesen sein muss.«

Jayden hob eine Braue. Es war das erste Mal, dass Rhian irgendwie durchblicken ließ, dass sie etwas über Jaydens Vergangenheit wusste. »Na ja, es war nicht lustig, so viel ist sicher. Aber am Ende hat sich alles zum Guten gewendet.« Im Gemeinschaftsraum ertönte ein Chor aus *Super-Kimi*-Rufen. Jayden grinste. »Und ich glaube, dass es den anderen auch gut geht.«

Schon wieder sah Rhian ihr nicht in die Augen. Ihr Blick schien auf einem Knopf an Jaydens Brust zu ruhen. »Es tut mir leid, Jayden.«

»Was denn? Es gibt nicht, was dir leidtun müsste.«

Endlich sah Rhian zu ihr auf und Jayden sah so viel Kummer in ihren Augen, dass sie nicht anders konnte, als sie in ihre Arme zu ziehen.

»Oh, Süße, es ist nicht deine Schuld.«

»Doch, ist es.« Sie löste sich aus Jaydens Umarmung und rannte die Treppe nach oben. Jayden wollte ihr folgen.

»Lass sie in Ruhe.« Mels Stimme hinter ihr klang hart. »Hast du nicht schon genug angerichtet?«

»Wie bitte?« Jayden drehte sich zu ihr um.

»Hör zu«, sagte Mel und senkte die Stimme zu einem Flüstern. »Ich verstehe, dass du einen Pakt mit dem Teufel eingegangen bist.«

»Wovon redest du?«

»Rachel.« Sie packte Jaydens Arm, zog sie nach draußen und blieb erst stehen, als sie beide auf einer Bank saßen, die mitten auf dem Rasen stand. »Ich weiß, dass ihr beide weiter das glückliche Paar spielen müsst, wenn alle um euch herum sind. Aber siehst du nicht, was du ihr antust? Lass sie in Ruhe, wenn ihr nur zu zweit seid. Hast du ihr nicht schon genug wehgetan?«

»Ihr wehgetan? Glaub mir, das ist das Letzte, was ich will.«

»Warum spielst du dann diese Spielchen mit ihr? Sie sieht vielleicht nicht, was du tust, weil sie zu nah dran ist. Aber ich sehe es. Abenteuerausflüge, Abendessen im Restaurant.« Sie schürzte die Lippen. »Zuerst sagst du ihr, dass du sie nicht willst und dann verhältst du dich so, als würdest du sie doch wollen. Du pfuschst in ihrem Kopf herum und ich will wissen, warum. Soll das eine Form von Rache sein, weil sie dich gezwungen hat, dieses Projekt zu übernehmen, oder etwas ähnlich Dämliches? Denn ich warne dich –«

»Whoa, whoa, whoa. Ich versuche nicht, mich wegen irgendetwas an Rhian zu rächen. Ich hab keine Ahnung, wie du auf so was kommst.«

»Ich hab es dir gerade gesagt. Du pfuschst in ihrem Kopf herum.«

»Tue ich nicht.«

»Warum verhältst du dich dann so, als würdest du sie umwerben, wenn du ihr schon gesagt hast, dass du sie nicht willst?«

»Das hab ich nie gesagt.«

»Hast du nicht?«

Jayden schüttelte den Kopf.

»Wirklich? Warum ist sie dann so davon überzeugt?«

»Rhian war diejenige, die gesagt hat, dass sie sich nicht zu mir hingezogen fühlt. So sehr, dass sie nicht mal sicher war, ob sie vorgeben kann, mit mir zusammen zu sein.« Die Worte taten noch immer weh.

Mels finsterer Blick wurde ein wenig sanfter. »Sag mir, was sie genau gesagt hat.«

»Sie hat gesagt, dass sie nicht glaubt, vorgeben zu können, sich zu mir hingezogen zu fühlen.«

»Warum nicht?«

»Na ja, offensichtlich, weil sie mich unattraktiv findet. Also hab ich gesagt, dass sie sich keine Sorgen machen soll, weil ich mich auch nicht zu ihr hingezogen fühlte. Ich meinte, dass wir einfach nur Freunde sein könnten und diese Freundinnen-Sache einstreuen, wenn andere Leute in der Nähe sind.« Jayden schüttelte den Kopf. »Warum erzähl ich dir das alles? Das geht dich wirklich nichts an.« Sie wollte aufstehen, aber Mel umfasste ihren Arm und zog sie wieder auf die Bank.

»Es geht mich etwas an. Und du liegst falsch.«

Jayden runzelte die Stirn und kräuselte die Lippen. »In welchem Punkt?«

»Ihr Grund dafür, zu sagen, dass sie nicht glaubt, so tun zu können, als würde sie sich zu dir hingezogen fühlen. Es liegt nicht daran, dass sie dich abstoßend findet.«

»Nicht?«

»Nein.«

»Warum hat sie es dann gesagt?«

»Sie wollte ehrlich zu dir sein, aber soweit ich es verstanden habe, hast du sie nie ausreden lassen.«

»Ehrlich worüber?«

»Bist du wirklich so ahnungslos?«

»Offensichtlich.«

Mel seufzte. »Wenn du irgendetwas tust, und ich meine irgendetwas, dass mich bereuen lässt, dir das erzählt zu haben, werde ich dich persönlich verfolgen und dir die Hölle heißmachen. Haben wir uns verstanden?«

»Was bereuen?«

»Rhian ist in dich verliebt, du großer Trottel.«

Jayden starrte sie an. »Sehr witzig. Jetzt erzähl mir, was los ist.«

Mel funkelte sie an. »Sie glaubt, dass du ihr die Schuld dafür gibst, nach deinem Trauma von Nepal wieder in die Berge zu müssen. Sie weiß, dass du deine Partnerin da draußen verloren hast, und macht dir keinen Vorwurf, dass du das Schlimmste von ihr denkst. Sie glaubt, dass du dich nicht zu ihr hingezogen fühlst, oder schlimmer noch, dass du sie verachtest, weil sie dich gezwungen hat, die Show zu machen und da raus zu gehen. Und gleichzeitig liebt sie dich. Und es bricht ihr das Herz. Sie hat Rachel angefleht, sie nach Hause kommen zu lassen, weil es sie zerreißt, jeden Tag in deiner Nähe zu sein und nur in der Öffentlichkeit zu haben, was sie sich so sehr wünscht. Und dann muss sie vor dir so tun, als wäre das alles nur für die Show. Du, Jayden, pfuschst aus Gründen, die ich nicht ganz begreifen kann, in ihrem Kopf herum – und dabei reißt du sie in Stücke.«

»Ich glaube, du liegst falsch.«

»Es ist mir ziemlich egal, was du glaubst. Hör einfach auf, Spielchen mit ihr zu spielen.«

»Das tue ich nicht.«

»Doch, tust du. Das haben wir schon geklärt.« Erneut seufzte Mel schwer. »Hör zu, es ist deine Entscheidung, ob du mir glaubst oder nicht. Aber wenn du sie ansiehst – und ich meine, wenn du sie wirklich ansiehst – wirst du es sehen. Ihre Gefühle für dich sind ihr ins Gesicht geschrieben. Sie leuchtet jedes Mal auf, wenn sie dich sieht. Wenn du sie anlächelst, sieht sie aus, als würde sie die schönste Sache der Welt betrachten. Und dann erinnert sie sich daran, dass du sie nicht willst und das alles eine Lüge ist. Und wieder stirbt ein Teil von ihr. Also bitte, lass sie einfach in Ruhe.« Und damit stand Mel auf und verschwand in der Konklave.

Ein Teil von Jayden wollte hineingehen, zu Rhian rennen und sie fragen, ob es stimmte. Ein anderer Teil von ihr konnte es nicht ganz glauben und wollte wegrennen. War das die Erklärung für Rhians extreme Reaktion auf den Besuch bei Fen?

Jayden musste verarbeiten, was Mel gesagt hatte. Stimmte es? Könnte Rhian Gefühle für sie haben? Die ganze Zeit? Hatte sie versucht, eine Frau zu umwerben, die bereits in sie verliebt war? Kein Wunder, dass Mel glaubte, sie würde ein Spiel mit Rhian spielen, wenn das der Fall war. Himmel, war für ein Chaos.

Jayden stand auf und ging zurück zum Haus. Sie war zu müde, um weiterzudenken; ihr Gehirn konnte einfach nicht mehr mithalten. Morgen. Sie würde morgen eine Lösung finden.

Kapitel 32

Die riesige Kletterwand bestand aus verschiedenfarbigen Elementen mit angeschraubten Griffen in allen Farben und Größen. Toprope-Sicherungen waren an den Wänden des Einstieglevels befestigt. Die fähigeren Kletterer konnten sich den Kletterrouten stellen und ihre eigenen Sicherungen beim Aufstieg an Expressschlingen befestigen. Ein Sprint-Klettern war simpel: Ein Rennen zur Spitze einer Wand der identischen Schwierigkeitsstufe für zwei gegeneinander antretende Kletterer. Wer als Erster am Ende der zwanzig Meter hohen Wand den Buzzer drückte, war der Gewinner.

Die Rennen waren so angelegt, dass sich jeder Kletterer den anderen Dreien stellen musste. Der Kletterer, der die meisten Rennen für sich entschied, war der Gewinner. Im ersten Rennen traten Kimi und Brooke an. Beide hingen in ihren Sicherungsleinen. Oskar hielt Brookes Seil und Liv kümmerte sich um Kimis.

Jayden stand mit einem Lufthorn bereit, um die Rennen zu starten. Sie wartete, bis Angela bereit war. Sie hatte Leute auf den Kletterwänden platziert, die über den Rand hingen, um das Rennen von oben zu filmen. Festinstallierte Kameras waren überall in der Halle verteilt und jeder Teilnehmer hatte eine Helmkamera. Ein leiser Singsang setzte ein. »*Super-Kimi. Super-Kimi. Super-Kimi …*«

Jayden lächelte und hob die Hand, damit alle schwiegen.

»Wettkämpfer, auf eure Plätze.«

Kimi beugte die Knie und bereite sich darauf vor, zur Wand zu rennen und den ersten Griff zu packen.

»Fertig.«

Brooke ballte die Hände zu Fäusten.

»Los!«

Trotz ihre kürzeren Beine war Kimi als Erste an der Wand und ihre starke, dynamische Technik trieb sie mit Leichtigkeit die ersten drei Meter nach oben. Brooke suchte nach dem ersten Halt und rutschte ab, bevor sie ordentlich zupacken konnte. Aber ihre größere Reichweite fraß langsam den Vorsprung auf, den sich Kimi erarbeitet hatte.

»*Super-Kimi. Super-Kimi. Super-Kimi.*«

Jayden hob erneut die Hände, um die Gruppe aus Kletterern um Ruhe zu bitten, während sich Kimi für einen weiteren gewaltigen Sprung an der Wand bereit machte. Sie hatte drei Meter Vorsprung und die größere Kletterin wurde langsamer. Sie setzte ihre Hände und Füße bewusst auf die Haltegriffe.

»Sie gibt wieder auf«, flüsterte eine Stimme hinter Jayden. Sie war nicht sicher, wer es war, aber sie musste der Einschätzung zustimmen. Es sah tatsächlich so aus, als würde Brooke nicht wirklich antreten. Oder lag es daran, dass sie wusste, dass sie mit Kimi nicht mithalten konnte und sich deshalb für die nächste Runde schonte? Egal wie, Kimi erreichte das Ende der Wand und besiegelte ihren Sieg schnell und einfach. Sie war zurück auf dem Boden und löste sich vom Seil, als Brooke das Ende der Kletterwand erreichte.

Als Brooke wieder unter war und sie und Kimi jeweils eine Wasserflasche genommen hatten, wandte sich Jayden an Liv und Oskar. »Ihr seid als Nächstes dran, Leute. Hakt euch ein. Brooke und Kimi werden eure Leinen halten. Sobald die Kameras bereit sind, gebe ich euch das Signal.«

Liv und Oskar hakten sich ein und standen bereit.

»Wettkämpfer, auf eure Plätze«, sagte Jayden, als Angela ihr das Zeichen gab. Liv trat einen Schritt vor, aber Oskar wandte sich an die Kamera.

»Es war mein Fehler an der Wand, der unser Team Zeit und Punkte gekostet hat. Ich verzichte zu Livs Gunsten auf dieses Rennen.« Er öffnete seinen Helm und fing an, den Knoten an seinem Geschirr zu lösen.

»Oskar, bist du sicher?«, fragte Jayden. Sie hatte nicht erwartet, dass er das tun würde.

Er nickte. »Ich habe den Fehler gemacht. Ich werde mich den Konsequenzen stellen. Ich werde nicht mit meinem Teammitglied um einen Platz kämpfen, den sie ohnehin hätte haben sollen.« Er lächelte Liv an. »Es tut mir leid, dass ich da draußen nicht auf dich gehört habe. Du hast mich gewarnt, dass die Steigung, die ich erklettern wollte, keine Gipfelroute ist. Ich war sicher, dass ich eine finden konnte. Wenn wir von Anfang an deinen Weg genommen hätten, hätten wir nicht die vier Stunden verloren, die ich damit verbracht habe, eine Route zu finden, die nicht existiert.« Er reichte Liv die Hand. »Du gewinnst dieses Rennen.«

»Du hättest recht haben können«, sagte Liv. »Und wir hätten einen gewaltigen Vorsprung bekommen können. Ich habe zugestimmt, das Risiko mit dir einzugehen.«

»Aber nur, nachdem ich es dir aufgedrängt habe.« Er schob seine Hand weiter in ihre Richtung.

Widerwillig nahm sie sie an und nickte, womit sie sein Entgegenkommen akzeptierte. Beifall und Jubel breitete sich wie ein Waldbrand im Raum aus.

»Okay. Liv, du bist noch angeschnallt, Brooke, du bist dran.«

Liv nickte und wandte sich wieder zur Wand, während sich Brooke auf die nächste Runde vorbereitete. Beide Frauen waren ungefähr gleich groß und ähnlich gebaut. Theoretisch war es ein ausgeglichener Wettkampf, aber erneut wurde Brooke überholt. Liv zog sich an der Wand nach oben und drückte zuerst auf den Buzzer. Brookes Hand schlug weniger als eine Minute später zu. Die Kletterer schlugen begeistert mit Liv ein, als sie sich etwas zu trinken nahm, ihre Schultern abtrocknete und erneut mit Kimi tauschte.

Kimi gegen Oskar. Ein Duell, bei dem alle erwarteten, dass Oskar als Sieger hervorgehen würde … aber nur knapp. Kimis dynamische Bewegungen und Sprünge an der Wand machten sie zu einer beeindruckenden Gegnerin für jeden Kletterer in der Gruppe und sie alle wussten es. Sie hakten sich ein und schlossen ihre Helme.

»Wettkämpfer, auf eure Plätze.«

Oskar wandte sich wieder an die Kamera. »Ich verzichte auf dieses Rennen.«

Seiner Aussage schlug Schweigen von der versammelten Menge entgegen.

»Was?«, rief Kimi aus. »Warum?«

Oskar drehte sich zu ihr. »Du verdienst es auch nicht, an diesem Wettkampf teilzunehmen. Was du da draußen getan hast«, sagte er und legte sich eine Hand aufs Herz, »war wahrlich heldenhaft. Du verdienst deinen Platz hier. Voll und ganz.« Er bot ihr seine Hand an.

»Es ist nicht deine Schuld, dass ich hier bin.«

»Nein, aber das ist meine Art, dir meinen Respekt zu zollen. Nimm den Sieg an, Super-Kimi.« Er grinste und streckte noch immer seine Hand aus. Ein leiser Singsang breitete sich in der Menge aus. »*Super-Kimi. Super-Kimi.*« Ihre Wangen waren feuerrot und ihre Augen brannten vor Verlegenheit, aber sie schüttelte seine Hand.

»Danke.«

»Oh nein. Ich danke dir.« Oskar zog sie in eine Umarmung und flüsterte ihr etwas ins Ohr, das Jayden nicht hören konnte – aber es sorgte dafür, dass Kimi ihm gegen die Rippen schlug. Lachend lehnte er sich zurück.

»Na schön. Tja, sieht so aus, als würdest du nun gegen Kimi antreten, Liv«, sagte Jayden.

Liv schüttelte den Kopf. »Ich mach mir gar nicht erst die Mühe. Ich verzichte auch zu Kimis Gunsten auf das Rennen. Sie hat Brooke eigenhändig aus einer Spalte gezogen und ihr das Leben gerettet. Ich muss nicht gegen sie antreten, um zu wissen, dass sie eine bessere Kletterin ist als ich. Sie hat es bereits bewiesen.« Sie reichte Kimi ebenfalls die Hand, bevor sie über den geschockten Ausdruck auf Kimis Gesicht lachte und sie in eine Umarmung zog. »Du hast es dir verdient.«

Der Singsang wurde lauter und Jake hob Kimi auf seine Schultern. Rhian stand neben Jayden und sprach leise. »Das ist der wahre Grund, warum du wolltest, dass sie die Aufnahmen sehen, nicht wahr?«

»Ich hatte gehofft, dass sie ehrenhaft genug sind, um das Richtige zu tun, ja.«

Rhian drehte sich zu ihr. »Hoffen wir, dass die Zuschauer es genauso sehen, wenn ihnen die Aufregung der Rennen verwehrt bleibt.«

»Oh, ich glaube, du wirst feststellen, dass die Zuschauer diese kleine Wendung lieben werden. Immerhin ist es eine einmalige Sache.«

»Hm. Hoffen wir es. Wusstest du, dass Oskar auch für Liv aufgeben würde?«

»Nein. Das war ein Schock. Ein netter. Aber ein Schock.« Sie legte ihre Hand auf Rhians unteren Rücken und beugte sich hinunter, um ihr ins Ohr zu flüstern. »In letzter Zeit überrascht mich so einiges.«

»Wirklich?«

»Ja. Ich glaube, dass ich darüber später mit dir reden muss.«

Rhian schüttelte den Kopf. »Tut mir leid. Ich werde mit der Nachbearbeitung und mit Meetings sehr beschäftigt sein.«

»Bitte, Rhian. Es ist wichtig.«

»Ich kann nicht. Es tut mir leid. Du solltest dich jetzt um das finale Rennen kümmern.«

Okay. Das war weder die richtige Zeit noch der richtige Ort, um ihre eigenen Ziele zu verfolgen. Egal, wie sehr sie letzte Nacht versucht hatte, Schlaf zu finden, es war ihr nicht gelungen. Sie hatte die ganze Nacht damit verbracht, jede einzelne Interaktion mit Rhian noch einmal durchzugehen und sie mit anderen Augen zu betrachten. Sie konzentrierte sich nicht so sehr auf die öffentlichen Dinge, bei denen man sagen könnte, dass sie eine Show abgezogen hatten, sondern auf die Situationen, in denen sie nicht beobachtet worden waren – die Situationen, in denen sie in Jaydens Wohnung zu Abend gegessen und sich unterhalten hatten. Sie erinnerte sich an jedes Mal, wenn Rhian den Blick nicht von ihr hatte abwenden können, die sanfte Röte auf ihren Wangen, wenn Jayden einen Witz gemacht hatte und die schüchternen Blicke, wenn Jayden scheinbar nicht hinsah. Mel hatte recht. Es war alles da. Und es war an der Zeit, dass sie beide mit den Spielchen aufhörten.

Aber hier war nicht der richtige Ort.

Schnell rief Jayden Brooke und Oskar zur Startlinie und Brooke hakte sich ein. Sie grinste Oskar an, als Jayden sie auf ihre Plätze rief. Offensichtlich erwartete sie, dass Oskar auch bei ihr aufgab, wie er es bei den anderen beiden Frauen getan hatte. Aber das tat er nicht.

Sobald Jayden das Startsignal gab, flitzte er los und hatte die Wand zur Hälfte hinter sich gebracht, bevor sich Brooke wieder gesammelt hatte und zwei Meter geklettert war. Es war kein Wettkampf. Er war zurück auf dem Boden und löste sein Geschirr, bevor sie die Spitze erreichte.

Sein Aufstieg zur Spitze war nur drei Sekunden langsamer als Kimis, aber seine Enthaltungen hatten ihn auf den vorletzten Platz rutschen lassen. Er würde in der öffentlichen Abstimmung gegen Brooke antreten. Dem breiten Grinsen auf seinem Gesicht nach zu urteilen, schien er mit dem Ergebnis nicht unzufrieden zu sein. Angela und ein Kameramann kamen auf ihn zu.

»Oskar, du bist auf dem vorletzten Platz. Du könntest nach Hause fliegen. Machst du dir Sorgen?«, fragte sie.

Er zuckte mit den Schultern. »Jetzt liegt es in den Händen der Leute zu Hause. Was auch immer sie entscheiden, ich werde mich fügen. Ich habe da draußen einen Fehler gemacht, der meiner Teamkameradin einen sicheren Platz in der nächsten Runde gekostet hat. Ich akzeptiere die Konsequenzen.«

»Deine Zeit war gut. Du hättest Liv an der Wand schlagen und dir deinen eigenen Platz sichern können. Vielleicht hättest du sogar gegen Kimi gewonnen. Es war knapp.«

»Nein. Die Ergebnisse dieses Wettbewerbs sind richtig und fair. Ich kann damit leben, was ich heute getan habe.« Er warf einen bedeutsamen Blick auf Brooke. »Liv und Kimi verdienen es, weiterzukommen, daran habe ich nicht den geringsten Zweifel. Wenn das bedeutet, dass ich nach der Abstimmung nach Hause gehe, dann soll es so sein.« Er zuckte mit den Schultern. »Ich muss noch mit mir selbst leben können, wenn die Show vorbei ist. Und ich weiß, dass ich das kann, selbst wenn ich nach Hause fliege.«

»Danke, Oskar«, sagte Angela und ging zu Brooke, um sie zu interviewen. »Brooke, du hattest ein paar anstrengende Tage. Wie fühlst du dich damit, in der öffentlichen Abstimmung zu sein?«

»Ich bin ganz offensichtlich das Ziel der Gruppe geworden und die Produktionsfirma hat es aufgrund persönlicher Differenzen zugelassen.«

Angela räusperte sich: »Ich bin sicher, dass es schwierig für dich sein muss. Machst du dir Sorgen, dass dich die Zuschauer rauswählen werden?«

»Ich glaube, dass die Zuschauer das Richtige tun werden und mich in der Show lassen. Sie werden sehen können, dass ich hier zum Opfer gemacht werde. Dass sich diese sogenannten Kletterer ganz klar von mir bedroht fühlen und sich verschworen haben, um eine Bedrohung für ihren eigenen Sieg loszuwerden.«

»Danke.« Angela beendete das Gespräch und schaltete die Kamera aus.

»Sie ist verblendet«, sagte Liv hinter Angela. »Sie hätte ehrenhaft sein und ihren Sieg im Rennen ebenfalls an Kimi abtreten sollen. Sie sollte nicht auf dem Eis sein, wenn sie in einer Krise nicht klarkommt. Sie hat sich selbst und andere Menschen in Gefahr gebracht. Es gibt keine Verschwörung. Es ist ziemlich einfach. Niemand will mit einem Kletterer unterwegs sein, der eine Gefahr darstellt.« Sie wandte sich an Brooke, bevor sie sagte: »Wenn du wieder da raus gehst, wird jemand sterben. Wenn du es nicht selbst bist, wird es jemand anderes sein. Niemand will dafür verantwortlich sein.«

Jayden war unheimlich froh, dass die Kamera nicht länger aufnahm, als die Rufe der anderen Kletterer in Livs Ausbruch einstimmten und der Lärm in der Halle anstieg.

Jayden legte sich die Finger zwischen die Lippen und pfiff laut. Stille folgte, als sich alle zu ihr umdrehten.

»Das reicht, Leute. Es wird heute Abend gesendet. Dann wird die Abstimmung für vierundzwanzig Stunden laufen. Ihr wisst, wie es läuft. Oskar, Brooke, packt schon mal. Wer auch immer die wenigsten Stimmen hat, wird sofort von hier verschwinden.« Sie sah sich die wütenden Gesichter und die schmollende Brooke an. »Und ich will nichts mehr davon hören. Es ist erledigt.«

»Aber –«, setzte Brooke an.

»Kein aber. Es ist erledigt. Wir haben uns darum gekümmert und es ist vorbei. Jetzt verschwindet.«

Alle grummelten, als sie die Kletterhalle verließen und zurück zur Konklave gingen. Jayden rieb sich die Augen und kniff sich in den Nasenrücken. Was für ein Tag.

Als sie den Blick hob, war sie allein.

Was für eine Woche.

Kapitel 33

Rhian gähnte, als sie die Stufen zum vierten Stock hinaufstieg. Die Bearbeitung und Nachproduktion war ein mühsamer Prozess, der aus winzigen Schnitten und dem Zusammensetzen eines Zeitstrahls aus Bildern bestand, der ein zusammenhängendes Stück bildete. Es musste nicht nur Sinn ergeben, sondern auch eine fesselnde Geschichte erzählen. Zum Glück hatten sie mehr als genug Material. Mehr als genug Drama und Aufregung. Rachel war zwischen Ekstase und Verzweiflung hin- und hergerissen, dass Brooke in der ersten öffentlichen Abstimmung gelandet war.

Sie hatte fröhlich gekichert, als Rhian ihr von den Ergebnissen der Rennen erzählt hatte. Ihr Vorschlag war es gewesen, die Reihenfolge so zu ändern, dass Brookes Rennen entschieden waren, bevor die Verzichte eingeblendet wurden. Angela und Simon hatten beide zugestimmt und die Session schnell noch einmal überarbeitet. Außerdem hatten sie meisterhafte Arbeit dabei geleistet, die belastenderen Anmerkungen von Brookes Abschlussinterview zu schneiden.

Alles in allem waren Rachel und die Kunden glücklich mit der Show, die morgen ausgestrahlt werden würde. Nun musste Rhian nur noch herausfinden, wie sie ein wenig Schlaf bekommen konnte. Ihr Kopf tat weh und ihre Finger fühlten sich rau an. Sie ging um den Treppenabsatz herum und hielt mit dem Schlüssel in der Hand auf die Tür zu.

»Hey.«

Rhian zuckte zusammen, als eine Stimme aus dem Flur erklang. Sie sah hinüber und stellte fest, dass Jayden mit dem Rücken an ihre Tür lehnte. Sie hatte die Ellbogen auf den Knien abgestützt und trug ein müdes Lächeln auf den Lippen. Rhian schluckte und spannte den Kiefer an. *Nicht jetzt. Ich kann mich jetzt nicht damit befassen. Ich bin zu müde.*

»Langer Tag?«, fragte Jayden sanft und erhob sich langsam.

»Sehr lang.« Entschlossen, Jayden so gut es ging zu ignorieren, schob sie sich an ihr vorbei und steckte den Schlüssel ins Schloss. »Ich muss ein wenig schlafen, bevor –«

Jayden umfasste ihren Oberarm und hielt sie fest. »Ich werde dich nicht lange aufhalten. Versprochen. Aber gib mir bitte ein paar Minuten.«

Rhian ließ das Kinn auf die Brust sinken. Sie wollte Jayden nicht ansehen. Nicht jetzt. Sie wusste, dass sie weinen würde, wenn sie das tat – schon wieder. Sie hasste es, so emotional zu sein, und versuchte, es auf den Schlafmangel zu schieben. Aber das war eine Lüge und sie wusste es. Sie konnte es nur einfach nicht mehr ertragen. Sie konnte es nicht mehr ertragen, was sie Jayden angetan hatte. Ihre Reaktion auf Brookes Unfall zu sehen hatte es noch schlimmer gemacht und sie hatte alle ihre Kraft aufbringen müssen, um professionell zu bleiben. Sie hatte gesehen, wie Jayden die Hände geschüttelt hatte, als würde sie versuchen, den Blutfluss wieder anzuregen. Sie hatte gesehen, wie blass Jayden geworden war und wie ihr angestrengter Atem ihre Brust zum Beben gebracht hatte. Sie hatte sich nur mit Mühe zusammenreißen können. Und es hatte Rhian die Hoffnungslosigkeit ihrer Situation klargemacht – eine Frau zu lieben, die ihre Liebe niemals erwidern würde. Eine Frau, die sie nur verletzt hatte.

»Bitte nicht, Jayden. Ich kann nicht.«

»Warum nicht? Warum kannst du nicht mit mir reden?«

Sie schloss die Augen.

»Weißt du, ich werde nirgendwohin gehen. Wenn du jetzt nicht mit mir redest, komme ich am Morgen wieder. Dann werde ich morgen Mittag da sein. Und morgen Abend und den Tag danach. Und jeden weiteren Tag, bis du endlich mit mir redest.«

Rhian schloss die Augen und wusste, dass es keinen Weg gab, dieser Unterhaltung zu entkommen. Wenn sie ehrlich zu sich war, hätte sie schon mit Jayden sprechen müssen, als sie zurückgekommen war. Zumindest das schuldete sie ihr. Jayden verdiente es.

»Nicht hier draußen.« Sie drückte die Tür auf und Jayden folgte ihr ins Zimmer. Das leise Klicken der Tür hinter ihnen hallte in dem kleinen Raum wider. Rhian zog ihre Jacke aus und hängte sie an die Garderobe. Sie drehte sich nicht um. Sie wusste, dass sie nicht in der Lage sein würde, das zu sagen, was sie musste, wenn sie Jayden auch noch ansah.

»Ich– ich muss mich bei dir entschuldigen und bedanken. Und dir sagen, dass du nicht mehr so tun musst, als wärst du meine Freundin. Es tut mir leid, dass ich es so lange hab laufen lassen. Und es ist mir egal, was Rachel sagt. Es ist einfach zu grausam, dich weiter zu zwingen, das zu tun. Nicht nachdem, was ich dir angetan habe.«

»Was hast du mir angetan?«

Rhian durchquerte das Zimmer und starrte aus dem Fenster, ohne etwas wahrzunehmen. »Ich verstehe es jetzt. Warum du das Projekt nicht machen wolltest. Warum du nicht da rausgehen wolltest. Fen hat es mir erzählt. Von Nepal. Ich hab dich gezwungen, wieder da rauszugehen. Ich verstehe, warum du mich hasst.«

»Dich hassen?« Jayden stand nah an Rhians Rücken. »Ich hasse dich nicht.«

Tränen liefen über Rhians Gesicht. »Es ist in Ordnung. Ich verstehe es. Ich würde mich auch hassen, wenn ich du wäre.«

Jayden umfasste Rhians Arme und drehte sie vom Fenster weg. »Ich hasse dich nicht, Rhian.« Mit den Daumen wischte sie die Tränen von ihren Wangen. »Ich gebe dir nicht die Schuld und ich hasse dich nicht. Ja, du hast mir einen Schubs gegeben, um mich wieder da rauszubringen. Aber ich bin immer noch eine Erwachsene. Ich hätte immer noch Nein sagen können – trotz der Drohung einer Klage.«

»Es tut mir so leid.« Rhians Stimme brach, als sie die Worte flüsterte.

»Ich hab es gebraucht. Ich brauchte den Grund und die Ausrede, um meinen Hintern hochzubekommen und zu tun, was nötig war, um zu heilen. Du hast mir ein Geschenk gemacht. Eine Chance, mich wieder lebendig zu fühlen. Um wieder ich selbst zu sein. Ich will keine Entschuldigung dafür. Ich schulde dir eine Menge Dank dafür und ich weiß nicht, ob ich es jemals werde zurückzahlen können.«

»Du musst nicht nett zu mir sein, nur weil ich weine.«

Jayden lachte leise und strich erneut über ihre Wangen. »Vertrau mir, das tue ich nicht.« Sie fuhr mit dem Daumen über Rhians Unterlippe. »Wenn ich nicht nett zu dir sein wollte, würde ich es nicht tun.«

Rhian runzelte die Stirn. »Ich versteh dich nicht.«

»Nicht?« Jayden lächelte und verschränkte ihren Blick mit Rhians. »Wirklich?«

Rhian schüttelte den Kopf.

»Dann muss ich mich wohl etwas weiter vorwagen und es dir erklären.« Sie schob eine Hand in Rhians Haare und umfasste ihren Kopf. Sie senkte ihren Mund auf Rhians und strich mit der freien Hand über ihre Kehle.

Rhian seufzte bei der ersten Berührung. Jaydens Lippen waren so weich und warm, wie sie sie in Erinnerung hatte. Ihre Zunge fuhr die Umrisse von Rhians Mund nach und stieß sanft gegen ihre Lippen. Rhian reagierte damit, ihre Lippen leicht zu öffnen, obwohl ihr Kopf sie anschrie. Jaydens Zunge tanzte mit Rhians und erkundete jeden Zentimeter ihres Mundes. Die Finger an ihrer Kehle streichelten die Haut über ihrem Puls und schlüpften anschließend unter ihren Kragen, wo sich

Jaydens Daumen auf das V zwischen ihren Schlüsselbeinen legte. Langsam endete der Kuss und Jayden legte ihre Stirn an Rhians.

»Verstehst du es jetzt?«

Rhian schüttelte den Kopf. »Du hast gesagt, dass du dich nicht zu mir hingezogen fühlst.«

Jayden trat einen Schritt zurück und schob die Hände in ihre Hosentaschen. »Nur weil du es zuerst gesagt hast.« Sie zuckte mit den Schultern. »Du hast mein Ego ein wenig beschädigt.«

»Was? Das ist nicht …« Rhian sah zu Jayden auf und versuchte, sich an die Einzelheiten der Unterhaltung zu erinnern, die sie so dringend hatte vergessen wollen. »Das hab ich nicht sagen wollen.«

»Was hast du dann sagen wollen?«

Rhian kniff sich in den Nasenrücken und traf eine Entscheidung, mit der sie hoffentlich würde leben können. »Ich habe versucht zu sagen, dass ich nicht sicher war, ob ich so tun könnte, als fühle ich mich zu dir hingezogen, weil ich mich wirklich zu dir hingezogen fühle. Ich war nicht sicher, ob ich die Scharade von der Realität meiner Gefühle trennen könnte und wollte nicht, dass du dich unwohl fühlst. Ich weiß, dass du wütend warst, weil ich dich gezwungen habe, die ganze Show überhaupt zu machen, und dann hab ich dir noch mehr meiner Probleme aufgeladen. Und jetzt weiß ich, warum du das Projekt nicht wolltest … Ich verstehe es.« Sie schüttelte den Kopf. »Ich dachte, ich würde es verstehen. Und es tat weh.«

»Was tat weh?«

»Mir wird schlecht bei dem Gedanken, was du meinetwegen durchmachen musstest, Jayden. Ich habe nicht mehr geschlafen, seit ich mit Fen gesprochen habe. Ich hab nicht gegessen. Ich konnte nur daran denken, wie sehr du mich hassen musst und dass ich dir keinen Vorwurf machen kann. Ich mache *mir* den Vorwurf. Ich wusste, dass es einen Grund dafür gab, dass du vom Radar verschwunden bist. Ich wusste, dass es einen Grund geben muss. Aber ich habe nie danach gesucht. Ich hätte es tun müssen. Ich hätte mich um dich kümmern müssen.«

»Rhian, du kanntest mich damals noch nicht mal. Du wusstest nicht, was passiert war. Es gibt nichts, weswegen du dich schuldig fühlen müsstest.«

»Doch.«

Jayden umfasste ihre Arme und schüttelte sie sanft. »Hör mir zu.« Sie wartete, bis Rhian sie direkt ansah. »Ich gebe dir nicht die Schuld. Ich gebe niemandem die Schuld. War ich sauer, dass in dem Moment in eine Ecke gedrängt wurde? Sicher.

Hatte ich Angst davor, mich diesen Dämonen stellen zu müssen? Natürlich hatte ich das. Aber ich musste es tun. Ich musste so dringend da rausgehen, wie ich die Luft zum Atmen brauche. Du hast mir den Grund gegeben, den ich brauchte, um diesen Teil von mir zurückzuerobern. Ich habe jeden Tag in einem schäbigen Büro gesessen und meine Mutter besucht und bin dabei mit jedem Tag ein kleines Stück gestorben. Ich hatte nichts. Ich habe nicht gelebt. Ich habe kaum existiert. Frag Fen. Sie wird es dir sagen. Ich bin vor allem und allen davongelaufen. Ich war eine leere Hülle. Jetzt bin ich wieder ich.« Sie grinste. »Vermutlich gebe ich dir dafür die Schuld.«

Rhian lächelte sie unter Tränen an. »Tut mir leid.«

»Muss es nicht.« Erneut wischte Jayden die Tränen von Rhians Wangen. »Jetzt muss ich dafür sorgen, dass mir einige Dinge klar werden. In Ordnung?«

Rhian nickte schwer seufzend.

»Du hast dich damals zu mir hingezogen gefühlt?«

»Ja.«

»Und jetzt? Fühlst du dich noch immer zu mir hingezogen?«

Rhian schüttelte den Kopf.

»Nein?«

»Nein.«

Jayden atmete zitternd ein. »Oh. Na dann –«

»Was ich für dich empfinde, geht weit über Anziehung hinaus.«

»Wirklich?«

Rhian nickte.

»Weit darüber hinaus?«

»Ja.«

Jaydens Lippen verzogen sich zu einem breiten Grinsen. »Tja, das ist gut. Weil ich mich auch mehr als nur zu dir hingezogen fühle.«

»Wirklich?«

»Ja.« Jayden nahm ihre Hand. »Willst du den wahren Grund wissen, warum ich mich zwischen dich und Brooke gestellt habe?«

»Warum?«

»Weil ich es nicht ertragen konnte, dass sie mit dir flirtet und dich unsittlich berührt. Selbst als ich sehen konnte, dass es dir unangenehm war, hat es mich noch immer eifersüchtig gemacht.«

»Hat es das?«

Jayden nickte. »Ich fürchte schon.« Mit den Fingerspitzen strich sie über Rhians Hals, angefangen von ihrem Kinn bis hinunter zu ihrer Kehle. Ihr Blick legte sich auf Rhians Lippen. »Ich weiß, dass du müde bist, aber darf ich dich noch einmal küssen, bevor ich gehe?«

Rhian nickte und keuchte, als sich Jaydens Mund auf ihren legte. Dieser Kuss hatte nichts Sanftes an sich. Er war heiß wie Feuer und unnachgiebig wie Gestein und vereinnahmte sie von Grund auf. Er war hungrig und innig und hielt sie in einem Moment wahrer Leidenschaft gefangen. Sie konnte nicht dagegen ankämpfen; sie wollte es nicht. Alles, was sie tun konnte, war, die Arme um Jaydens Mitte zu legen und den Kuss zu genießen. Nein, *Kuss* war eine zu einfache Beschreibung für das, was Jayden ihr gab. Es war ein Versprechen; es war Verehrung. Es war Hingabe und Freiheit zugleich. Und Rhian wollte, dass es niemals endete.

»Bitte wein nicht«, flüsterte Jayden an ihren Lippen, als sie sich langsam aus dem Kuss zurückzog und erneut mit den Daumen Rhians Tränen wegwischte.

»Entschuldige«, sagte sie. »Ich hab es nicht gemerkt.«

Jayden küsste ihre Stirn. »Ich weiß, dass du erschöpft bist, deshalb werde ich jetzt gehen.«

Rhian war hin- und hergerissen. Ein Teil von ihr wollte Jayden anflehen zu bleiben. Sich an ihrer Seite zusammenrollen und am nächsten Morgen neben ihr aufwachen. Ein anderer Teil von ihr wusste, dass sie nicht bereit dafür war. Sie musste erst verarbeiten, was gerade passiert war, bevor sie sich kopfüber mit Jayden in etwas hineinstürzte. Sie fühlte bereits zu viel.

»Okay«, flüsterte sie an ihren Lippen und stahl sich schnell einen kurzen Kuss.

»Sehen wir uns morgen?«

Rhian lächelte. »Wir filmen den ganzen Tag. Natürlich wirst du mich morgen sehen.«

Jayden schüttelte den Kopf. »Ich meinte nach den Dreharbeiten, oder davor. Ich will dich sehen, wenn wir allein sind. Niemand, der in der Nähe ist oder uns beobachtet. Darf ich *dich* sehen?«

Es dauerte einen Moment, aber schließlich verstand Rhian, worum Jayden sie bat. Sie küsste Jaydens Handrücken und sah ihr tief in die Augen. »Ich habe niemals etwas vorgetäuscht, Jayden. Ich konnte es nicht. Das hab ich zu erklären versucht, bevor alles so durcheinandergeraten ist. Ich konnte nicht so tun. Du hast immer *mich* gesehen – das Gute und das Schlechte.«

»Es gab nichts Schlechtes.«

Rhian lachte leise. »Das sagst du jetzt.«

»Und ich werde es in einer Million Jahren sagen.«

Rhian schüttelte den Kopf. »Ja, ja.« Sie biss sich auf die Lippe. »Ich hätte wirklich früher mit dir über all das sprechen sollen, oder? Ich vermute, dass ich dazu neige, in solchen Situationen komplett dichtzumachen. Es fällt mir schwer … zu vertrauen. An etwas anderes als die schlimmstmögliche Option zu glauben.«

»Ist mir aufgefallen.« Jayden küsste Rhians Stirn und flüsterte an ihre Haut: »Wir arbeiten daran. Es gibt immer noch viel, worüber wir reden müssen.« Sie lehnte sich zurück und sah Rhian erneut in die Augen, während sie darauf wartete, dass sie zustimmend nickte. »Versprichst du mir, dass du mich nicht wieder ausschließt?«, fragte Jayden dann mit einem sanften Lächeln auf den Lippen.

»Versprochen.«

»Gut. Dann kann das alles bis morgen warten.« Jayden küsste sie sanft und ehrfurchtsvoll, ehe sie den Raum verließ und die Zimmertür hinter sich schloss.

»Nacht«, flüsterte Rhian der geschlossenen Tür zu.

Kapitel 34

Die Atmosphäre in der Kletterhalle war angespannt. Oskar und Brooke standen jeweils mit dem Rücken zur Kletterwand neben Jayden und machten sich bereit, das Startsignal von Angela zu bekommen. Rhian kannte die Ergebnisse bereits, genau wie Jayden, Angela und Simon. Alle anderen rieten immer noch.

Der Kameramann passte den Winkel an und bedeutete dem Typ mit dem Mikrofon, die Stange aus dem Bild zu nehmen, ehe er Angela die Daumen nach oben zeigte. Sie nickte Jayden zu und Rhian verschränkte die Arme über der Brust.

»Guten Abend, meine Damen und Herren. Willkommen zur Auswertung der ersten öffentlichen Abstimmung im Rennen um den Titel des *The Amazing Climb*-Champions.«

Beifall, Pfiffe und Buhrufe erfüllten die Halle. Jemand rief sogar *Komm schon, Oskar!* aus dem hinteren Teil des Raums. Rhian warf einen Blick über die Schulter, konnte aber weder die Stimme noch den Übeltäter ausmachen. Jayden ließ sich davon nicht beirren.

»Ich danke den Mitgliedern des Publikums, die heute Abend mit uns hier sind. Die erste Woche war eine Tortur, so viel ist sicher. Wir hatten Gletscherspalten, abgebrochene Gipfelbesteigungen, Wiederholungen, Erfolge und Niederlagen. Und am meisten hatten wir eure Unterstützung, liebe Zuschauer. Dafür sind wir unglaublich dankbar. Aber jetzt ist es meine Aufgabe, euch die Ergebnisse der Abstimmung in dieser Woche mitzuteilen. Wir haben die Teilnehmer auf zwei heruntergebrochen und ihr habt entschieden.« Sie streckte die Hand in Brookes Richtung aus. »Entweder Brooke Shields oder Oskar Nowak.« Sie streckte die andere Hand nach Oskar aus.

»Und diese Woche ist die Person mit der niedrigsten Quote …«

Rhian erkannte das winzige Lächeln, das über Jaydens Lippen huschte, und erinnerte sich unwillkürlich an den Kuss der letzten Nacht. Noch immer konnte sie die Hitze von Jaydens Körper spüren, der sich an sie gepresst hatte, und die samtige Weichheit ihrer Lippen.

»Brooke. Es tut mir so, so leid, Brooke.« Jayden wandte sich der niedergeschlagenen Frau zu. Der Ausdruck auf Brookes Gesicht verriet deutlich, dass sie erwartet hatte, in der Show zu bleiben. Tatsächlich hatte es auf den Sozialen Medien viele Rückmeldungen gegeben, bei denen sie eine Menge Mitgefühl für ihr Martyrium erhielt. Aber es hatte nur wenig Unterstützer dafür gegeben, dass sie in der Show blieb. Livs vernichtende Aussage, dass ihre Handlungen – oder eher ihre fehlenden Handlungen – Menschenleben kosten würden, war durch Mel und Luiji auf *Twitter* durchgesickert. Offensichtlich war Mel noch nicht bereit, Brooke ihr Verhalten zu verzeihen.

Oskars ehrenhafte Entscheidung, statt seiner Teamkameradin die Konsequenzen seines Fehlers zu tragen, hatte ihm jedoch große Beliebtheit eingebracht.

»Ich bin sicher, dass es ein Schock für dich ist«, sagte Jayden zu Brooke.

»Ja. Ich kann ganz genau sehen, was hier passiert ist, keine Sorge.«

»Ja, nun, offensichtlich haben die Zuschauer ihre Stimmen abgegeben.«

»Sicher.« Brooke sprach mit einer solchen Verachtung in der Stimme, dass allen klar wurde, dass sie nicht glaubte, die Ergebnisse wären tatsächlich den Zuschauern geschuldet. Jayden musste dem schnell ein Ende setzen. Die Ergebnisse wurden live übertragen.

»Tja, ich bin sicher, dass wir alle sehr traurig darüber sind, dass du gehen musst, Brooke. Dieser Ort wird ohne dich nicht mehr derselbe sein«, sagte Jayden und drehte sich wieder zur Kamera. Rhian unterdrückte ein Lachen, als Brooke sie entrüstet ansah.

Perfekt. Einfach perfekt, dachte Rhian, als Jayden ihre Stellungnahme beendete und dem Soundtechniker das Mikrofon zurückgab. Sie grinste, als sie zu Rhian kam und Brooke im Hintergrund die Tür zuknallte. Ihr Flug würde in ein paar Stunden gehen und es fühlte sich wirklich, wirklich gut an, von ihr befreit zu sein.

Jayden schlang die Arme um Rhians Mitte, zog sie an sich und flüsterte ihr ins Ohr: »Isst du heute Abend mit mir?«

»Liebend gern«, sagte Rhian und legte die Arme um ihren Nacken. »Du siehst so gut aus vor Kamera.«

»Hm, ich bin der Meinung, dass du darin sehr viel besser wärst.«

Rhian schüttelte den Kopf und ignorierte alle um sie herum. Das war kein Spiel mehr. Sie taten es nicht für die Show. Es war echt. Jayden wollte sie wirklich. »Bei dir?«

Jayden schüttelte den Kopf. »Ich habe uns einen Tisch im *La Tapera* reserviert. Ist das in Ordnung?«

»Klingt wunderbar. Hab ich noch Zeit, um mich umzuziehen?«

Jayden warf einen Blick auf ihre Uhr und nickte. »Ich hol dich in einer halben Stunde draußen vor der Konklave ab. Ist das genug Zeit?«

»Es wird reichen«, sagte Rhian, als sie sich von Jayden löste und durch die Türen ging.

Kapitel 35

Das Restaurant war bezaubernd und das Essen köstlich, aber in Wahrheit sah sich Rhian kaum um und konnte sich nicht aufs Essen konzentrieren. Sie konnte ihren Blick nicht von Jayden abwenden. Die einfache, schwarze Hose sowie die dunkelblaue Seidenbluse, die sie bis zu den Ellbogen hochgekrempelt hatte und deren oberste Knöpfe offen standen, waren mehr als ausreichend, um einen Kurzschluss in Rhians Kopf zu verursachen. Die Unterhaltungen waren rar, aber für sie beide schien die angenehme Stille, die sie einhüllte, völlig in Ordnung zu sein.

Als Jayden an ihrem Wein nippte und einen Tropfen Rotwein von ihrer Unterlippe leckte, starrte Rhian sie an und kämpfte gegen den Drang an, über den Tisch zu klettern und die Sache selbst zu übernehmen. Sie sehnte sich danach, diese Lippen erneut zu kosten. Zu fühlen, wie sie sie in Besitz nahmen.

»Können wir …?« Ihre Stimme brach. Sie hustete und nahm einen Schluck Wasser. »Können wir von hier verschwinden?«, fragte Rhian, als der Kellner ihre Teller mitnahm.

Jayden nickte, winkte den Kellner mit der Rechnung heran und bezahlte sie schnell. Wenige Minuten später gingen sie Hand in Hand die Straße hinunter. Die Wärme von Jaydens Hand war ebenso beruhigend wie aufregend. Die Hitze ihres Arms, als er an ihrem entlang glitt, war glühend und alles, worauf sich Rhian konzentrieren konnte. Erst als Jayden sie die Stufen hinauf zur Lobby der Konklave führte, wurde ihr klar, dass Jayden sie nach Hause gebracht hatte.

»Würdest du lieber, ähm … zu deinem Haus gehen?«, fragte sie schüchtern.

»Ja, aber Mark hat auf dem Sofa geschnarcht, als ich gegangen bin. Der arme Kerl braucht seinen Schlaf und ich wäre lieber allein mit dir, wenn es dir nichts ausmacht.«

Rhian lächelte. »Überhaupt nicht.« Sie deutete auf den Gemeinschaftsraum. »Wollen wir uns Kaffee mit hochnehmen?«

Jayden grinste. »Du bittest mich auf einen Kaffee in dein Zimmer?«

Rhian errötete, ehe sie schwer schluckte, den Blick aber nicht von Jaydens Augen abwandte. »Ja, das tue ich.«

Nun war es Jayden, die schluckte. Heftig. Sichtbar heftig. Sie verschränkte ihre Finger mit Rhians und hob deren Hand an ihre Lippen, ehe sie sanft ihren Handrücken küsste. »Ich brauche nichts zu trinken.«

Rhian führte sie nach oben und schob den Schlüssel ins Schloss.

»Rhian, hast du – oh, tut mir leid. Ich wusste nicht, dass du Besuch hast.« Mel streckte den Kopf durch ihre Tür und beugte sich aus dem Türrahmen. »Eigentlich könnte ich mit euch beiden reden, wenn ihr schon mal hier seid. Ich hab Kaffee.«

Jayden lachte leise, sagte aber nichts. Ganz offensichtlich lag es an Rhian, mit der Situation umzugehen, wie sie es für richtig hielt.

»Mel, es wird bis morgen warten müssen.« Rhian lächelte und zog den Kopf ein. Sie wollte ins Zimmer schlüpfen und die Tatsache ignorieren, dass sich Mel am nächsten Morgen köstlich amüsieren würde.

»Jayden.« Mels Stimme war ein tiefes, beinahe warnendes Knurren und unterschied sich so sehr von ihrem üblich lockeren und leichten Tonfall, dass Rhian die Brauen zusammenzog und den Blickwechsel zwischen den beiden beobachtete.

»Mel? Jayden? Was –«

»Keine Spielchen, Mel.« Jayden schlang einen Arm um Rhians Mitte und zog sie an sich. »Ich liebe sie.«

Rhian starrte Jayden an, ohne zu verstehen, warum sie sich so miteinander unterhielten, aber um ehrlich zu sein war es ihr egal. Hatte Jayden das gerade wirklich gesagt? Und wichtiger noch, meinte sie es ernst?

Mel zeigte mit dem Finger auf Jayden. »Dann passt du besser verdammt gut auf sie auf.«

Jayden grinste und küsste Rhian auf den Kopf. »Das habe ich vor.«

Mel verschwand wieder in ihrem Zimmer und Rhian wartete darauf, dass Jayden sie ansah. Als sie es tat, sah sie die Aufrichtigkeit in Jaydens Augen. Trotzdem musste sie die Worte hören.

»Meinst du das ernst?«

Jayden zog einen Mundwinkel nach oben. »Oh ja. Ich habe vor, mich sehr gut um dich zu kümmern.« Sie verstärkte ihren Griff um Rhian und zog sie zu einem innigen Kuss an sich, indem sie sie mit einer Hand fest an ihren Körper drückte und mit der anderen über ihren Rücken glitt, um Rhians Hintern zu umfassen. Rhian stöhnte in den Kuss und wölbte sich der Berührung entgegen.

Sie atmete schwer, als sich Jayden zurückzog und die Tür für sie öffnete. »Ich meinte den anderen Teil.«

»Ich weiß.« Jayden schloss die Tür hinter ihnen und schaltete das Licht ein. »Das meinte ich auch.«

»Wir kennen uns kaum.« Rhian griff nach den Knöpfen an Jaydens Bluse. Ihre Finger umkreisten den obersten davon, der nur noch halb in der Öffnung steckte. Ihre Handballen glitten über die Oberseite von Jaydens Brüsten.

»Das macht nichts. Ich weiß, was ich empfinde.« Sie strich mit den Fingern über den Ärmel von Rhians Kleid – langsam über ihren Arm nach oben, über ihre Schultern und ihren Nacken, ehe sie die Finger in ihre Haare tauchte. »Mir gefällt dein Kleid. Das Grau passt zu deinen Augen.« Sanft kratzte sie mit den Nägeln über Rhians Kopfhaut.

»Danke.« Rhian schloss die Augen und lehnte sich in die zärtliche Berührung. Jaydens Lippen zogen Spuren über ihre Haut, angefangen bei ihrem Kiefer, über ihr Kinn und ihre Augenlider, nach unten über die Wangen und schließlich zu ihrem Mund, den sie eroberte. Rhian krallte die Fäuste in Jaydens Bluse und stöhnte, als Jayden sie leidenschaftlich küsste, während ihre Hände noch immer ihre Haare im Griff hatten. Besitzergreifend und doch zärtlich, ungezügelt und doch beruhigend. Und Rhian wollte nur noch mehr.

Sie bearbeitete die Knöpfe, bis sie nachgaben und ihren forschenden Händen Jaydens Brust entblößten, auf der sie eine Gänsehaut hinterließen. Rhian schob ihr den Stoff von den Schultern und hörte ein leises Geräusch, als er auf dem Boden aufkam. Dann fühlte sie nur noch Jaydens Herzschlag unter ihren Fingerspitzen, hörte das Rauschen des Bluts in ihren eigenen Ohren und ihr eigenes, kehliges Stöhnen, als sich Jayden zurückzog und sie umdrehte.

»So hübsch es auch ist, es muss trotzdem verschwinden.« Jayden umfasste Rhians Haare im Nacken und legte sie ihre über die Schulter. Sie drückte winzige Küsse auf ihren Haaransatz und die Rückseite ihrer Ohren. Ihre Finger strichen über den Reißverschluss. »Darf ich?«

Rhian nickte und legte ihre Hände an Jaydens Oberschenkel, um Halt zu haben und gleichzeitig so viel Körperkontakt herzustellen wie nur möglich.

Sanft öffnete Jayden den Reißverschluss und der Stoff gab Rhians Haut frei. Jaydens Lippen wanderten über die entblößte Haut und eroberten langsam jeden Millimeter. Rhian ließ den Kopf nach vorn sinken und schwankte leicht unter den Zärtlichkeiten. Einer von Jaydens starken Armen legte sich um ihre Taille und hielt sie aufrecht, während sie Rhian weiter küsste.

Als der Reißverschluss schließlich vollständig geöffnet war, schoben sanfte Finger den Stoff zur Seite und dann von ihren Schultern. Lippen, Zunge und Zähne liebkosten ihren Rücken und Rhian war nicht sicher, wie lange sie noch aufrecht würde stehen können.

»So wunderschön«, murmelte Jayden mit vibrierenden Lippen an ihrer Haut.

Der Arm um Rhians Taille verschwand und ihr Kleid fiel auf den Boden. Sie drückte ihren Rücken gegen Jaydens Brust und war nicht im Geringsten verunsichert, nur mit BH, Höschen, Strümpfen und Absatzschuhen in Jaydens Armen zu stehen. Sie griff über ihre Schulter nach Jaydens Hinterkopf und zog sie nach unten, ehe sie den Kopf drehte und sich den Kuss stahl, den sie so dringend brauchte. Zum ersten Mal konnte sie ihren Größenunterschied ausnutzen. Jaydens Hand glitt über ihren Bauch, umfasste ihre Brüste, erkundete die empfindliche Haut ihrer Hüfte und Oberschenkel und schien immer noch mehr zu wollen.

Rhian schob ihre rechte Hand zwischen ihre Körper und schaffte es umständlich, den Knopf von Jaydens Hose zu öffnen, sodass diese ebenfalls auf den Boden fiel. Jayden löste den Kuss, als sie aus ihrer Hose stieg und sie zur Seite trat, doch ihre Hände ließen keinen Augenblick von Rhians Körper ab.

»Scheiße, das ist so heiß«, flüsterte Jayden und ihr Blick richtete sich auf etwas hinter Rhian. Mit glasigen Augen folgte sie Jaydens Blick. Die Badezimmertür stand offen und Rhian sah sich und Jayden im Spiegel. Der schwarze Satin, der ihre Brüste umschloss, wurde von einer großen Hand bedeckt, als Jayden eine ihrer Brüste drückte und die Hand schließlich in das andere Körbchen schob.

Rhian hatte noch nie etwas so Erotisches gesehen wie den Anblick von Jaydens Hand, die ihre Brüste unter dem BH massierte. Die Erfahrung verstärkte jede ihrer Empfindungen. Das sanfte Kratzen der Nägel an ihrem Nippel ließ beinahe ihre Knie weich werden. Als Jaydens Hand über ihren Bauch glitt und den elastischen Bund an ihrer Hüfte neckte, entlockte es ihr ein lang gezogenes Stöhnen und brachte ihr ein wissendes Grinsen von Jayden ein.

Jayden zog den Bund an einer Seite hinunter und schob eine Fingerspitze darunter. Rein und raus und rein und raus, ein langsamer Rhythmus, den Rhian aber verzweifelt aufrechterhalten wollte.

»Bitte«, flehte sie.

Jayden drückte einen Kuss unter ihr Ohr, knabberte mit den Zähnen an dem empfindlichen Ohrläppchen und flüsterte: »Bitte was?«

»Halt mich nicht hin.« Sie legte ihre Hand auf Jaydens und versuchte, sie in ihre Unterwäsche zu führen. Ihre sinnliche Stimulation wurde dadurch noch weiter in die Höhe getrieben. Ihr Körper war vollkommen überfordert.

»Aber hinhalten macht so viel Spaß.« Jayden schien allerdings zu erkennen, dass Rhian mehr von ihr brauchte – und das sofort. Sie schob ihre Hand tiefer, strich über die Härchen am Scheitelpunkt von Rhians Schenkeln und wanderte dann tiefer, um ihre Finger zu krümmen und die feuchte Hitze zwischen ihren Beinen zu streicheln und sich gegen ihre hervortretende Klitoris zu drängen.

Rhian stöhnte und ließ den Kopf nach hinten gegen Jaydens Brust sinken. Sie stellte die Füße etwas weiter auseinander und versuchte verzweifelt, die Augen offenzuhalten, um sie beide weiter im Spiegel zu beobachten. Nie hätte Rhian sich vorstellen können, sich selbst – und ihre Liebhaberin – als so erregend zu empfinden. Alles, was sie sah, verstärkte ihre körperlichen Reaktionen. Noch nie zuvor war sie so verlangend gewesen, hatte noch nie eine Berührung so sehr gebraucht, wie sie Jaydens in diesem Moment brauchte. Und Jayden enttäuschte sie nicht.

Mit den Fingerspitzen rieb sie über ihren Kitzler, strich darüber und stieß sanft gegen die Spitze. Dabei beobachtete sie Rhians Reaktionen, bis sie sich auf die Bewegung festlegte, bei der Rhians Hüften am heftigsten nach vorn zuckten und die eine Welle der Erregung auszulösen schien, die Jayden ihr unmöglich verwehren konnte.

Wenn Rhian nicht so scharf gewesen wäre, hätte sie sich dafür geschämt. Stattdessen hatte Jaydens offensichtliche Bewunderung genau den gegenteiligen Effekt. Sie schwelgte im Gefühl der eigenen, fehlenden Befangenheit. Es war keine bewusste Entscheidung, ihre eigenen Brüste zu umfassen, sie mit Aufmerksamkeit zu überschütten und an ihren eigenen Nippeln zu zupfen und sie zu drehen. Sie war weit über den Punkt hinaus, solche Entscheidungen zu treffen. Sie funktionierte rein instinktiv, aus Leidenschaft und Verlangen heraus.

»Das ist es, Baby. Zeig mir, was du brauchst.«

»Ich glaube nicht, dass ich stehen kann«, keuchte Rhian.

Jaydens Arm lag fest um ihre Taille. »Ich hab dich.« Ihre andere Hand streichelte sie weiter unter ihrem Höschen und glitt dann tiefer. Rhian schrie auf, als sich ein Finger in sie drückte. Ihre Knie zitterten gefährlich und wenn Jaydens starken Arme nicht gewesen wäre, wäre sie auf dem Boden zusammengesunken. »Fass deine Brüste weiter an. Zeig es mir.«

Rhian stieß mit den Hüften gegen Jaydens Hand und zerrte die Körbchen ihres BHs hinunter, sodass ihre Brüste in ihre Hände glitten. Sie kniff und drückte, während sie bebte, nicht länger denken konnte und vor lauter Verlangen und Lust nur noch von Jayden genommen werden wollte.

Jaydens Lippen legten sich auf ihren Nacken. Ihre Zähne knabberten an Rhians Haut, ehe sie mit der Zunge darüber leckte und ihren Finger schneller in Rhian stieß.

»Oh Gott«, schrie Rhian auf, als sich die ersten Anzeichen des Orgasmus in ihrem Bauch ausbreiteten. »Hör nicht auf.«

»Niemals«, versprach Jayden und schob einen zweiten Finger in Rhian.

Das reichte aus. Rhian schrie, als ihre Beine endgültig nachgaben und ihr zuckender Körper sie beide zu Boden riss. Eine Welle aus Lust und ein Wirbelsturm aus Gefühlen rasten so ungehindert durch Rhian hindurch, dass Schauder über ihren Körper und Tränen über ihre Wangen liefen.

Nachwehen ließen sie erbeben, während sie in Jaydens Armen lag. Noch immer war eine von Jaydens Händen zwischen ihren Beinen vergraben, während die andere auf ihrer Hüfte lag.

»Hab ich dir wehgetan?«

Rhian schüttelte sie. »Gott, nein.«

»Du weinst.«

Rhian öffnete sanft ihre Beine. Jayden zog sich langsam zurück und Rhian drehte sich um, sodass sie sich ansahen. »Ich liebe dich auch, Jayden.« Sie beugte sich nach vorn und küsste sie – ein sanfter Kuss, ein bestätigender Kuss, einer, der nicht mehr so erhitzt war wie noch vor ein paar Minuten, aber dafür umso gefühlvoller. Jayden wimmerte, als sich Rhian zurückzog, und warf einen Blick auf das Bett über ihnen. »Lass uns einen etwas bequemeren Ort suchen. Ich weiß, dass ich dich so nicht mehr lange halten kann.«

Jayden grinste, während sie sich auf Hände und Knie drehte und schließlich aufstand. »Das war es allerdings wert.« Mit den Fingern fuhr sie die Wölbung von Rhians Brüsten nach und beobachtete, wie die Nippel erneut hart wurden. Rhian schlug ihre Hand weg und griff hinter sich, um die Haken zu lösen und ihren BH schnell auf den Boden fallen zu lassen.

»Ich bin dran«, sagte sie und griff nach Jaydens Sport-BH, ehe sie ihn ihr über den Kopf zog und zur Seite warf. »Du. Bett. Jetzt.«

Jayden lachte. »Du bist ziemlich herrisch, wenn du so einsilbig sprichst.«

»Zieh dich aus, wenn du schon dabei bist. Siehst du? Nicht mehr einsilbig.«

»Aber trotzdem herrisch.«

Rhian grinste lüstern, als sich Jayden auszog und aufs Bett krabbelte. »Glaub mir, du hast ja keine Ahnung.«

Jayden riss die Augen auf und zog eine Braue nach oben. »Ich kann es kaum erwarten.« Sie musste auch nicht lange warten. Rhian zog ihre Schuhe aus und trat ans Bett, ehe sie wie eine Löwin, die sich an ihre Beute heranschlich, an Jaydens Körper heraufkletterte. Sie leckte sich über die Lippen und musterte Jaydens Körper, während sie weiter nach oben kroch. Hin und wieder senkte sie den Kopf, um ein Körperteil zu küssen oder darüber zu lecken, wenn es ihre Aufmerksamkeit erregte.

Als Rhian ihre Brüste erreichte, glitt eine sanfte Zunge über ihren harten Nippel. Jayden seufzte erst und stöhnte dann, als Zähne über die empfindlichste Stelle kratzen. Anschließend bekam sie einen Kuss auf ihren Nippel gedrückt. Rhians Aufmerksamkeit blieb nie lange an einer Stelle, ehe sie von einer anderen abgelenkt wurde. Zumindest nicht lang genug für Jaydens Empfinden.

»Wer hält jetzt wen hin?«, fragte Jayden und ihre Stimme war vor Verlangen tief und rau.

Rhian grinste sie an. Sie hatte einen Nippel zwischen den Zähnen und schnippte mit der Zunge über die schmerzende Spitze. Jayden fuhr mit den Fingern durch Rhians Haare und zog sie zu einem Kuss nach oben. Einem innigen, leidenschaftlichen Kuss voller Emotionen, der Jayden feucht machte und sie sich verzweifelt nach Rhians intimsten Küssen sehnen ließ. Rhian glitt an ihrem Körper hinab und machte es sich zwischen ihren Beinen gemütlich. Ihr Hintern, der noch immer von ihrem Höschen bedeckt war, reckte sich in die Luft. Jaydens Erinnerung daran, wie sie mit der Hand unter dem Stoff gespielt hatte, erregte sie bloß noch mehr. Rhian spreizte sie und ihre Zunge tauchte in die Nässe zwischen ihren Beinen ein.

Jaydens Reaktion folgte augenblicklich. Sie zog die Knie an und warf den Kopf von einer Seite auf die andere. Rhians Zunge hielt niemals still. Sie leckte, saugte und küsste jeden Millimeter von Jayden. Sie trieb ihr Verlangen immer weiter in die Höhe, bis außer Rhian und ihrem Orgasmus nichts mehr existieren konnte. Jaydens Körper drängte sich Rhians Zunge entgegen, als Rhian einen Finger tief in sie schob. Ihre Hüften zuckten. Feuer brannte in ihr, badete sie in weißem Licht und brandmarkte sie mit einer Berührung, die ihre Seele vereinnahmen würde. Rhian.

Als sie Minuten – oder Stunden – später wieder in ihren Körper zurückkehrte, lag Rhian an ihrer Seite, hatte den Kopf auf der Hand abgestützt und malte mit den Fingerspitzen träge Muster auf Jaydens Haut.

»Hallo«, flüsterte sie lächelnd.

»Wow.« Jayden streckte sich und genoss den dezenten Schmerz in ihrem Körper, der sie daran erinnerte, wie lange es her war, seit sie so intim angefasst worden war.

»Geht's dir gut?«

Jayden nickte. »Es ist nur eine Weile her und das war ein wenig … schwungvoll, um es so auszudrücken.«

Rhian runzelte die Stirn. »Ist das … ist das in Ordnung?«

Jayden lachte leise und zog sie in eine feste Umarmung. »Mehr als in Ordnung, Süße. Mehr als das.«

Rhian seufzte und legte ihren Kopf auf Jaydens Brust. »Gut. Ich glaube, mir gefällt schwungvoll.«

Jayden lachte und küsste Rhians Scheitel. »Ich liebe dich.«

Rhian sah zu ihr auf, stützte das Kinn auf ihrer Brust ab und grinste. »Und ich liebe dich.«

»Ausgezeichnet.« Ihre Hand glitt über Rhians Rücken und sie schob ihre Finger unter den elastischen Bund an ihrer Hüfte. »Jetzt ziehen wir dich aus und finden heraus, was der Rest der Nacht bringt.«

»Wer ist jetzt herrisch?«, sagte Rhian, als Jayden sie auf den Rücken drehte und sie schnell von ihrem Höschen befreite.

Jayden grinste zu ihr hinunter. »Ich glaube, dass ich die Strümpfe erst mal in Ruhe lasse.« Ihre Lippen schwebten über Rhians Ohr. »Ich will wissen, wie es sich anfühlt, wenn sie sich um mich schlingen.«

Kapitel 36

Rhian hätte nie damit gerechnet, dass die *Reality TV Awards* in London ein Teil ihrer Karriere sein würden, und sie war nicht sicher, was sie zu erwarten hatte. Sagenhaft gekleidete Menschen, beneidenswerte Frisuren, jede Menge falscher Brüste und Luftküsse hatte es bisher reichlich gegeben, aber abgesehen davon konnte sie nur mit Sicherheit sagen, dass der alkoholfreie Mojito besser war als die Shrimphäppchen. In Wahrheit musste sie ständig an die Unterhaltung denken, die sie später mit Rachel führen würde.

Der Zuschauerraum war riesig und die Sitze um sie herum füllten sich. Jaydens Hand lag sanft auf ihrem unteren Rücken und führte sie die breite Treppe hinunter zu einer winkenden, lachenden Rachel.

Hinter ihnen ging Fen langsam mit ihren Krücken die Stufen hinunter. Mark lief neben ihr, hatte einen Drink in der einen Hand und die andere bereit, um ihr zu helfen, falls es nötig war. Nicht, dass es wirklich nötig gewesen wäre. Ihrem Rücken ging es von Tag zu Tag besser und es war nur eine Frage der Zeit, bis sie auf die Krücken verzichten und ihnen allen das Leben wieder zur Hölle machen konnte.

Kimi und Oskar kamen dahinter und genossen einen der Vorteile, *The Amazing Climb* gewonnen zu haben, indem sie an der Preisverleihung teilnahmen. Außerdem würden sie das Team treffen, das sie in die Antarktis und zu ihrer Gipfelbesteigung des Mount Vinson führen würde.

Rachel umarmte Rhian, als sie endlich bei ihr angekommen waren, und schüttelte Jaydens Hand, ehe sie sie zu ihren Plätzen scheuchte.

»Kannst du das glauben?«, sagte sie und Begeisterung schwang in ihrer Stimme mit. »Das Finale lief erst vor zwei Wochen und jetzt sind wir hier!«

Rhian lächelte. Rachels Aufregung war ansteckend. »Ich weiß.« Sie verschränkte ihre Finger mit Jaydens und drückte sanft ihre Hand.

»Es war eine verdammte Achterbahnfahrt, oder?«

Jayden lachte leise. »So viel ist sicher.«

Rachel warf einen Blick auf ihre verschränkten Hände. »Rhi, wir müssen anschließend reden. Geh nicht, bevor wir uns unterhalten haben, ja? Es ist wichtig.«

Rhian nickte und wartete, bis sich Fen und die anderen gesetzt hatten, ehe sie hinter ihnen in die Sitzreihe ging. Sie hatte nicht vor, früher zu gehen. Rachel wusste nicht, dass Rhian selbst eine wichtige Unterhaltung mit ihr führen musste. Sie wollte ihr sagen, dass sie nicht nach England zurückkommen würde, dass sie Jayden liebte und nach El Chaltén ziehen würde, um mit ihr zusammenzuleben. Danke für alles und auf Wiedersehen. Sie war ziemlich sicher, dass Rachel wusste, was kommen würde. Trotzdem, sie war ihre Mum – die Frau, die sie mehr oder weniger großgezogen hatte – und sie freute sich nicht darauf.

Die Veranstalter des Abends hatten es geschafft, Davina McCall als Moderation für die Show zu verpflichten. Ein gelungener Streich, denn die ehemalige *Big Brother*-Moderation war immer ein Publikumshit. Die Witze begannen, Champagner floss und die Preise wurden verliehen: Bester weiblicher Reality-TV-Star, bester männlicher Reality-TV-Star, bester Regisseur, bester Ton, bestes Format *und dann* beste Kamera: *The Amazing Climb*.

Simon und Angela schossen auf die Bühne, um ihre Trophäe in Empfang zu nehmen, und waren beinahe sprachlos. Stotternd dankten sie allen Beteiligten, dass es so eine großartige Show geworden war. Rhian, Jayden, Rachel und die Sponsoren waren aufgestanden, klatschten Beifall und jubelten. Sicher, die umwerfende Landschaft Patagoniens hatte ihnen einen großzügigen Spielraum für gute Kameraaufnahmen gegeben, aber sie hatte trotzdem erst einmal so auf Film gebannt werden müssen, dass man ihr gerecht wurde.

Die Verleihung fuhr fort mit dem besten Schnitt, Jurygremien, der besten Lifestyle-Show und weiteren, bis sie zum Preis für die beste Wettbewerbs-Show kamen: *The Amazing Climb*. Rachel und der CEO von *Patagonia* gingen auf die Bühne, um eine recht trockene Dankesrede für die Teilnehmer, die Leute hinter der Kamera und alle Fans zu halten, die die Show unterstützt hatten.

Nichtsdestotrotz hatte Rhian Tränen in den Augen, als Rachel zu ihrem Platz zurückkam und sie fest umarmte. Das war der Höhepunkt so vieler Monate harter Arbeit. Und für Rachels jahrelange, harte Arbeit, um in die Position zu gelangen, in der sie jetzt war. Sie war so verdammt stolz auf Rachel.

Davina moderierte die Show ungeachtet ihrer emotionalen Umarmung weiter und verkündete schließlich den Gewinner des Preises für die beste Moderation. »Jayden Harris.«

Rhians Mund klappte auf. Rasch drehte sie sich auf ihrem Sitz um und schlang die Arme um Jaydens Hals. Jayden sah ebenso verblüfft aus. Auf der Bühne nahm sie die dreißig Zentimeter hohe, goldene Trophäe an und stellte sie auf das Podium, als sie sich an das Publikum wandte.

»Ich sollte nicht hier sein«, fing sie an.

Gelächter breitete sich im Raum aus.

»Nein, ernsthaft. Vor sechs Monaten, als mir dieses Projekt vorgeschlagen wurde, musste ich gewaltsam zur Mitarbeit gezwungen werden. Ich glaube, dass *Erpressung* die passendste Beschreibung dafür ist, obwohl wir mittlerweile dazu übergegangen sind, es *sanfte Überredung* zu nennen.« Sie lachte leise und suchte in dem Meer aus Gesichtern, das sie beobachtete, Rhians Blick. Rhian schickte ihrer Partnerin einen Luftkuss. »Wissen Sie, vor ein paar Jahren war ich in Nepal, als das Erdbeben den Mount Everest erschüttert hat. Ich habe Zerstörung, Tod und Verwüstung in einem Ausmaß mitangesehen, das Sie sich nicht vorstellen können. Und als ich in London aus dem Flugzeug gestiegen bin, habe ich mir geschworen, nie wieder einen Fuß in die Berge zu setzen. Ich hatte ihre Kraft gesehen, hatte ins Herz von Mutter Natur gesehen und wusste, was Angst ist. Die Natur hat mich demütig gemacht und sie hat mir das Selbstbewusstsein – oder die Arroganz – genommen, die man braucht, um jedes Mal wieder da rauszugehen und zu sagen: *Nicht heute. Heute wirst du mich nicht bekommen.* Also bin ich weggelaufen. Ich habe überall Zuflucht gesucht, nur nicht in den Bergen.« Sie verzog die Lippen zu einem selbstkritischen Lächeln. »Ich nehme an, Sie wissen mittlerweile, dass ich sie nie gefunden habe, richtig?«

Erneut hallte Gelächter durch den Saal.

»Da war ich also, vor sechs Monaten, in einem Krankenhauszimmer am Bett meiner Schwester. Fen.« Sie deutete mit der Hand auf Fen und diese winkte zurück. Mark schob sich die Finger zwischen die Lippen und pfiff laut. »Danke, Mark«, sagte Jayden. »Wie auch immer, sie ist diejenige, die hier oben stehen sollte, aber sie hat einen Tauchgang in eine Gletscherspalte unternommen. Hat sich ein paar Knochen gebrochen und na ja, wir wussten nicht, ob ihr Rückgrat ebenfalls gebrochen war. Wir standen am Rande des Abgrunds – vollkommen unwissend, was passieren würde – und dann kommt diese Frau hereingeschlendert, Rhian. Diese Frau, die einfach alles auf den Kopf gestellt hat. Sie hat darauf bestanden, dass ich wieder rausgehe. Und damit hat sie mir einen Weg zu den Dingen zurück geebnet, die ich vermisst habe. Wissen Sie, wenn Sie den Frieden kennen, den Sie nur da draußen finden können, ist es wie eine Droge. Sie ruft immer nach einem und zieht einen zu sich. Nur noch eine Dosis, ein weiterer Tanz mit Mutter Natur. Und ich brauchte nur eine Ausrede, um rückfällig zu werden.«

Tränen liefen über Rhians Wangen, obwohl sie lächelte. Rachel nahm ihre Hand und reichte ihr ein Taschentuch.

»Putz dir die Nase, Kleines. Sonst entscheidet sie sich vielleicht dafür, nicht zurückzukommen.«

»Danke«, flüsterte Rhian und tupfte sich die Wangen damit ab. Rachels Hand drückte ihre noch immer, als Jayden mit ihrer Rede fortfuhr.

»Aber Rhian hat mir so viel mehr als das gegeben. Nicht nur einen Weg zurück in die Berge, die ich so vermisst hatte, sondern einen Weg zurück zu mir selbst – zu meinem Herzen. Und viel wichtiger noch, zu ihrem.«

Rhian starrte Jayden auf der riesigen Leinwand an und sah, wie ihre Kehle arbeitete, als sie die Emotionen hinunterschluckte.

»Also, obwohl ich allen danke, die an dieser Produktion beteiligt waren – den Teilnehmern, Produzenten, Regisseurin und sogar meiner tollpatschigen Schwester – um die Show zu diesem großartigen Erfolg zu machen, widme ich das hier Rhian Phillips. Weil sie die größte Auszeichnung und Belohnung ist, die ich je bekommen kann.« Sie hielt die Trophäe nach oben, um sich für den Beifall der Menge zu bedanken, und trat vom Podium zurück.

Rhian wischte sich übers Gesicht und stand langsam auf. Der Rest des Publikums hatte sich bereits erhoben, während sie applaudierten und jubelten, und Rhian musste Jaydens Gesicht wiedersehen. Musik wurde über die Tonanlage gespielt, während die Danksagungen an die Organisatoren über den Bildschirm auf der Bühne liefen. Jayden ging zurück zu ihrer Reihe und auf dem Weg schüttelten ihr die Leute die Hände und gratulierten ihr.

Als sie schließlich vor Rhian stehen blieb, lächelte sie schüchtern und flüsterte: »Hi.«

Rhian warf ihre Arme um Jayden und küsste sie geräuschvoll, ehe sie das Gesicht an ihrem Hals vergrub.

»Heißt das, dass dir meine kleine Rede nicht gefallen hat?« Jayden schlang die Arme um Rhians Rücken. Rhian konnte das Lächeln in ihren Worten spüren und wie die Muskeln unter ihrem Gesicht arbeiteten.

»Sie war schrecklich«, grummelte sie. »Schlechteste Rede aller Zeiten.«

»Ach wirklich? Verstehe. Nun ja, Miss Phillips, ich werde versuchen, mich in Zukunft mehr anzustrengen.«

Rhian zog sich zurück, um ihr in die Augen zu sehen. »Tu das.«

»Na schön, ihr beiden, auseinander«, sagte Rachel hinter Rhian. Jaydens Hand löste sich von ihrem Rücken. Jaydens Körper schien zu vibrieren, als Rachel ihr die Hand schüttelte. »Herzlichen Glückwunsch. Ich weiß, dass es gleich eine Aftershow-Party gibt, aber könnten wir ein paar Minuten haben, bevor ihr dort hingeht, ihr beide?«

Jayden sah zu Rhian herunter, die nickte und schließlich sagte: »Sicher. Draußen?«

Rachel ging voraus und der CEO von *Patagonia* folgte ihnen.

»Was für ein Abend«, sagte der Mann, als sie draußen waren. »Entschuldigung, Scott Willis.« Er schüttelte ihnen beiden die Hände. »Hätten Sie das geglaubt – beste Kamera, beste Moderation und beste Wettbewerbs-Show?«

»Daher ist es definitiv der perfekte Moment, um zu verkünden, dass die Serie weiterlaufen wird, oder nicht?«, sagte Rachel. Ihre Worte waren als Frage formuliert, benötigten aber keine Antwort.

»Weiterlaufen? Ihr wollt noch eine Staffel?«, fragte Rhian.

Rachel nickte. »Du wirst mit Jayden in Patagonien bleiben, um mit ihr zu arbeiten und alles zu organisieren – Teilnehmer zu finden und so weiter. Genau wie beim letzten Mal. Offensichtlich brauchen wir größere und aufregendere Herausforderungen, aber dieses Mal habt ihr beiden eine lange Pause, um euch diese Dinge einfallen zu lassen, richtig?«

Rhian nickte, als ihr klar wurde, was Rachel gesagt hatte, und starrte sie mit sprachlosem Entsetzen an. Rachel nahm ihre Hand und zog sie einen Moment zur Seite.

»Du liebst sie.«

Rhian nickte erneut und fand noch immer keine Worte.

»Und du wolltest mir sagen, dass du kündigst, um nach Patagonien zu ziehen und bei ihr zu sein.«

»Ja.«

»Gut. Jetzt musst du das nicht mehr.« Sie zwinkerte ihr zu und ein Grinsen breitete sich auf ihrem Gesicht aus. »Natürlich werde ich in einem Monat oder so rüberkommen, um den Aufbau zu überprüfen und ob wir irgendwelche Veränderungen vornehmen müssen. Also sorg dafür, dass ein Gästezimmer für mich bereit ist, ja? Ich muss mich davon überzeugen, dass sie dich verdient.«

Rhian schlang die Arme um Rachels Nacken. »Ich liebe dich.«

»Ich weiß, Kleines. Aber hinterlass keine Tränenflecken auf meinem Kleid. Dieses Ding kostet ein Vermögen.«

»Ja, Mutter.« Rhian lachte leise.

»Dass du mir das bloß nicht vergisst.« Rachel sah Rhian ernst in die Augen und zum ersten Mal, seit sie sich erinnern konnte, sah Rhian Verletzlichkeit darin. Sie machte sich wirklich Sorgen, dass sie Rhian wegen dieser Sache verlieren würde.

»Wie könnte ich?«, fragte Rhian. »Du bist die Mum, an die ich mich erinnere. Die Mum, die für mich da war. Und diejenige, die mich seit meiner Kindheit bedingungslos geliebt hat. Du hast mich vielleicht nicht geboren, Rach, aber das ist nicht wichtig. Ich hab dir schon mal gesagt, dass ich nur nicht *Mum* zu dir sage, weil ich dachte, dass du mich sonst umbringen würdest.«

»Und ich wollte nicht versuchen, den Platz deiner echten Mutter einzunehmen.«

»Begreifst du es nicht? *Du* bist meine echte Mum. Als ich mich geoutet habe, hab ich es vor dir getan. Und du bist es, auf die ich mich immer verlassen konnte. Als meine Mum. Nicht als Stiefmutter, sondern als meine Mutter.«

»Du machst mich so stolz.«

Rhian strahlte. »Und das ist alles, was ich jemals wollte.«

Rachel drückte sie erneut fest, ehe sie sich zurückzog und in die kleine Tasche an ihrem Arm griff. »Hier, das ist für dich.« Sie reichte ihr eine lange, dünne Schachtel.

Rhian nahm sie in die Hand und hob zögerlich den Deckel. Ein geflochtenes Band aus Weißgold lag auf einem schwarzen Samtkissen und glitzerte im Licht. Rhian keuchte und strich mit dem Finger darüber. »Das hättest du nicht tun müssen, Rachel.«

»Es ist nicht von mir.«

Rhian löste den Blick von der Kette und runzelte die Stirn. »Von wem dann?«

»Deinem Dad.«

Rhian klappte den Deckel zu und reichte Rachel die Schachtel.

Rachel hob die Hände und weigerte sich, sie anzunehmen. »Ich werde es nicht zurücknehmen.«

»Er kann mich nicht kaufen.«

Rachel schüttelte den Kopf. »Das will er auch gar nicht. Er wollte heute Abend hier sein. Er wollte uns beide unterstützen. Aber er wusste, dass du durchdrehen würdest, wenn er mit mir auftaucht.«

»Verdammt richtig. Er hat kein –«

»Er ist dein Vater und er liebt dich auch. Er wollte, dass du weißt, wie stolz er auf dich ist.« Sie deutete auf die Schachtel in Rhians Hand. »Das war das Einzige, was ihm eingefallen ist, um dir zu zeigen, wie viel du ihm bedeutest, ohne persönlich hier zu sein.«

Rhian wedelte mit der Schachtel und versuchte erneut, sie in Rachels Hände zu legen. »Ich kann das von ihm nicht annehmen.«

»Dann verkauf sie, wirf sie in den Müll, gib sie jemand anderem, wenn du sie nicht willst. Aber ich werde sie ihm nicht zurückbringen.«

»Nimm sie.«

Rachel schüttelte den Kopf. »Die Kette anzunehmen bedeutet nicht, dass du ihm verzeihst, Rhi.«

»Aber das wird er glauben, also nein.«

»Nein, wird er nicht. Er wird hoffen, dass du ihm vielleicht eines Tages verzeihen kannst, aber er weiß mit absoluter Gewissheit, dass es ein langer, langer Weg sein wird.« Sie legte ihre Hand um Rhians und die Schachtel. »Er ist stolz auf dich, Kleines, und er liebt dich. Das ist seine Aussage an dich. Nicht deine an ihn.« Sanft drückte sie ihre Finger. »Denk einfach darüber nach, in Ordnung?«

Rhian starrte die Schachtel an. Konnte es so einfach sein? Wollte sie, dass es so war? Sie konnte nicht verhindern, dass ihre Gedanken zu der E-Mail zurückschweiften. Die Nachricht, die noch immer in ihrem Postfach lag. Gelesen, aber nicht beantwortet. Die Nachricht, die sie nicht vergessen konnte, obwohl sie es täglich versuchte. Er hatte nicht noch einmal versucht, sie zu kontaktieren. Er war heute Abend nicht erschienen, obwohl er es gerne getan hätte. Sie konnte sich vorstellen, dass das stimmte. Es war ein großer Abend für Rachel; natürlich würde er ein Teil davon sein wollen. Aber er war nicht gekommen. Um es für sie einfacher zu machen. Tat es ihm wirklich leid? Konnte sie wirklich darauf vertrauen?

Rachel zog sie erneut in eine Umarmung und flüsterte ihr ins Ohr: »Hör auf, darüber nachzudenken. Steck sie in deine Tasche und zerbrich dir morgen den Kopf darüber.« Sie küsste ihre Wange und schob sie zu Jayden. »Und jetzt geht. Ihr zwei müsst auf eine Party und danach habt ihr eine Menge zu packen, nicht wahr?«

Rhian nickte und wischte sich über die feuchten Augen, ehe sie Schachtel in ihre Tasche schob. Sie sah das leicht selbstgefällige Grinsen auf Rachels Lippen, obwohl Tränen in ihren Augen schimmerten, entschied sich aber, es zu ignorieren. »Hilfst du mir? Morgen?«

»Du könntest mich nicht davon abhalten.« Rachel schniefte. »Außerdem muss ich dir noch so viel erzählen – über die nächste Staffel und die ganzen Einzelheiten deines neuen Jobs – und ich muss Jayden kennenlernen. Und, gütiger Gott, es muss so viel geregelt werden.«

»Ich weiß.« Rhian umfasste Rachels Hand und nahm Jaydens in die andere, als sie zu ihnen kam und sie mit einem fragenden Blick in ihren schönen blauen Augen ansah. Rhian drückte einen Kuss auf Jaydens Wange und lächelte Rachel wieder an. Fen und Mark kamen durch die Türen und winkten, als sie auf sie zukamen. Was für ein Kreis der Liebe, des Vertrauens und der Freundschaft, an dessen Aufbau sie in den letzten Monaten so hart gearbeitet hatten. »Ich weiß«, wiederholte sie. »Es muss eine Menge geregelt werden.« Eine Menge, die Teil einer aufregenden neuen Zukunft war, in der sie tat, was sie liebte – mit der Frau, die sie liebte, an ihrer Seite.

»Aber mach dir keine Sorgen«, sagte sie zu Rachel und zog Jayden näher an sich. »Ich bin überzeugt, dass wir gemeinsam alles schaffen können.«

Über Andrea Bramhall

Andrea Bramhall schrieb ihre erste Geschichte im zarten Alter von sechsdreiviertel Jahren. Sie war sieben Seiten lang und wurde von einem rosa Band zusammengehalten. Ihre Großmutter bewahrt sie immer noch auf dem Dachboden auf. Seitdem hat Andrea sich ein wenig weiterentwickelt und inzwischen etliche Werke herausgebracht, die nicht mehr von Bändern, sondern mit Leimbindung zusammengehalten werden. Zudem zieren ein Alice B Lavender Certificate, ein Lambda Literary Award und ein Golden Crown Award ihr Bücherregal.

Sie hat Musik und bildende Künste an der Universität von Manchester studiert und im Jahr 2002 ihren Abschluss in Gegenwartskunst gemacht. Und ganz bestimmt wird es ihr eines Tages von Nutzen sein. Möglicherweise.

Wenn sie nicht gerade mit ihrer Ferienanlage im Lake District alle Hände voll zu tun hat, ist sie an ihrem Laptop zu finden, wo sie all die Geschichten aufschreibt, die sie ansonsten nicht schlafen lassen. Oder sie liest, wandert mit ihren Hunden durch die Berge und macht ein paar Tausend Fotos dabei, geht tauchen, um dabei ein paar Tausend Fotos zu machen, schwimmt, fährt Kajak, spielt Saxofon oder fährt Fahrrad.

Ebenfalls im Ylva Verlag erschienen

www.ylva-verlag.de

Die Tote im Marschland

(Ein Fall für Kate Brannon - Buch 1)

Andrea Bramhall

ISBN: 978-3-95533-740-7
Umfang: 281 Seiten (90.000 Wörter)

Eine Frauenleiche wird an einem Küstenweg in Norfolk gefunden – erschossen durch die Linse ihrer Kamera.

Kate Brannons Ermittlungen führen in die Abgründe eines Fischerdorfs, das eingesponnen ist in ein Netz von Lügen. Kate weiß nur eins: Hier ist niemand das, was er zu sein behauptet. Auch Georgina nicht, zu der Kat sich hingezogen fühlt.

Requiem mit tödlicher Partitur

Lee Winter

ISBN: 978-3-95533-914-2
Umfang: 301 Seiten (90.000 Wörter)

Natalya Tsvetnenko ist eine weltweit anerkannte Cellistin, die mit ihrem sensiblen Spiel die Herzen ihrer Zuhörer berührt. Niemand ahnt, dass sie unter dem Decknamen Requiem ein Doppelleben führt und als Auftragsmörderin mit kühler Präzision das Leben des größten Abschaums der australischen Unterwelt beendet.

Als sie mit dem Mord an Alison Ryan beauftragt wird, gerät das Leben der kühlen Berufskillerin aus dem Gleichgewicht. Alison führt ein absolut durchschnittliches Leben und hat keine Verbindungen zu Melbournes Unterwelt. Warum und vor allem wer möchte, dass Requiem sie aus dem Weg räumt?

Bibliografische Information der Deutschen Bibliothek
Die Deutsche Bibliothek verzeichnet diese Publikation in der Deutschen Nationalbibliografie; detaillierte bibliografische Daten sind im Internet über www.dnb.de abrufbar.

1. Auflage
Taschenbuchausgabe November 2019 bei Ylva Verlag, e.Kfr.

ISBN: 978-3-96324-225-0

Dieser Titel ist auch als E-Book erschienen.

Übersetzung: Anne Sommerfeld
Lektorat: Andrea Fries
Coverdesign: Streetlight Graphics

Kontakt:
Ylva Verlag, e.Kfr.
Inhaberin: Astrid Ohletz
Am Kirschgarten 2
65830 Kriftel
Tel: 06192/9615540
Fax: 06192/8076010
www.ylva-verlag.de
info@ylva-verlag.de
Amtsgericht Frankfurt am Main HRA 46713

www.ingramcontent.com/pod-product-compliance
Ingram Content Group UK Ltd.
Pitfield, Milton Keynes, MK11 3LW, UK
UKHW041633190726
13854UKWH00006B/2480

9 783963 242250